Thanassis Valtinos

ABSTIEG, FLUSSAUFWÄRTS

Thanassis Valtinos

ABSTIEG, FLUSSAUFWÄRTS

AUSGEWÄHLTE PROSA

Übersetzung aus dem Griechischen von Ulf-Dieter Klemm, Hans Eideneier, Danae Coulmas und Andrea Schellinger

EDITION ROMIOSINI

Die Übersetzungen dieses Bandes wurden aus Mitteln der
Stiftung Kostas und Eleni Ourani gefördert.

Aus dem Griechischen übersetzt von Ulf-Dieter Klemm, Hans Eideneier,
Danae Coulmas und Andrea Schellinger

Vertrieb und Gesamtherstellung: Epubli (www.epubli.de)
Satz und Layout: Kostas Kosmas / Center für Digitale Systeme, Freie Universität Berlin

Gesetzt aus Minion Pro
Umschlaggestaltung: Thanasis Georgiou, Yorgos Konstantinou
Umschlagillustration: Yorgos Konstantinou

ISBN 978-3-946142-33-1
Printed in Germany

Online-Bibliothek der Edition Romiosini:
www.edition-romiosini.de

INHALT

Für Jannis Alexopoulos

DIE LEGENDE DES ANDREAS KORDOPATIS
ERSTES BUCH: AMERIKA

Andreas Kordopatis lebt in dem Dorf Dara in Mantinia. Er geht jetzt auf die 95 zu. Die folgenden Ereignisse sind ein Teil seines Lebens. Manche von ihnen hat er selbst aufgeschrieben, andere hat er mir erzählt. Das war das ursprüngliche Material. Ich habe die Geschichte noch einmal von Anfang an neu geschrieben, wobei ich mich bemüht habe, den Stil und die Einfachheit seiner Rede zu bewahren. Die Tatsachen wurden nur in sehr wenigen Fällen verändert, vor allem an Stellen, wo dies aus künstlerischen Gründen geboten war.

12. September 1962

Der Vater unserer Mutter hieß Dimitrios Lepidas und war aus Valtessiniko in Gortynia. Man nannte ihn auch den Kapitän oder den Araber, weil er viele Jahre auf den Schiffen gearbeitet hatte. Er hatte in den arabischen Ländern mit großem Gewinn Schwarzhandel mit Tabak und Haschisch getrieben, sodass er reich geworden war. Bis er eines Tages, als er gerade mit dem voll beladenen Boot vor Anker ging, von einem seiner Landsleute verraten wurde und man ihn verhaftete und das ganze Zeug beschlagnahmte.

Vier Jahre saß er im Gefängnis.

Als er rauskam, zog er vom Dorf Dara hinunter in die Ebene und machte eine Herberge auf. In jener Zeit gingen viele Leute aus den Bergen hinunter nach Gastouni-Amaliada, um zu arbeiten, und mussten an dem Ort vorbei.

Dort verheiratete er unsere Mutter mit unserem Vater Jorgios A. Kordopatis.

Wir waren acht Kinder, drei davon Mädchen. Vassilis, der Älteste, ging zu einem Onkel von uns, einem Schuster, um dessen Handwerk zu erlernen: Pantoffelmacher und Flickschuster. Er blieb ein Jahr bei ihm. Dann zerstritten sie sich, weil der ihn keine neuen Schuhe machen ließ, und er ging weg.

Einer aus unserem Dorf hatte hundert Drachmen, war ohne Familie, und Vassilis lieh sich das Geld, um sich selbständig zu machen.

Ich ging noch zur Grundschule. Wir hatten als Lehrer einen Agrides Zacharopoulos, auch der Knirps genannt oder Hinterwäldler. Er war ziemlich klein, trug die Fustanella und bläuliche Strümpfe mit Quasten und war sehr launisch.

Wenn die Schulstunde zu Ende war, aß ich etwas Brot und ging Vassilis zur Hand. Ich zwirnte Fäden, wachste sie, schleppte Wasser. Dann schlug die Schulglocke, und ich ging wieder hinein.

Nach einiger Zeit meinte Vassilis, er wolle etwas anderes lernen: Sattler. Er wollte arvanitische Schnabelschuhe, Gewehr- und Patronengurte und Zaumzeug anfertigen.

So ging er nach Tripoli und fand einen Meister namens Michalis Jorgiou. Sie einigten sich, wie viel er ihm für sechs Monate zahlen sollte, damit der ihn sein Handwerk lehre. Und er bezahlte ihm die ganzen sechs Monate im Voraus.

Wir brachten ihm Decken zum Schlafen – er schlief im Laden, einem engen, kleinen Laden, oben am Markt auf der rechten Seite.

Fünf Monate später schreibt er unserem Vater einen Brief mit der Bitte, ihm fünfzig Drachmen zu schicken, damit er Leder kaufen könne, um mit dem eigenen Material seine eigenen Schnabelschuhe für jeden, der wolle, anzufertigen. Und er fertigte zwanzig Paar in verschiedenen Größen an und kam in unser Dorf und verkaufte sie alle. Von da an kehrte er nicht mehr nach Tripoli zurück. Er kam, stellte eine Werkbank im Laden eines unserer Verwandten, Theofanis Benos, auf, krempelte die Ärmel hoch und begann für sich zu arbeiten. Er ließ das beste Material herbeischaffen, das ganze Dorf ging zu ihm. Mich nahm er zu sich, damit ich ihm zur Hand gehe, und er brachte mir den Umgang mit der Schusterahle bei, den Steppstich und das Wenden der Sohle.

Im Oktober 1895 schlugen uns Theofanis und seine Geschwister vor, gemeinsame Sache zu machen. Sie würden das Geld aufbringen, um das Unternehmen zu vergrößern: zu einer Schuhmacherwerkstatt und einem Gemischtwarenladen.

Sie einigten sich mit Vassilis, bestellten Ware in Piräus und Syros und füllten den Laden auf.

Ein Jahr lang hatten wir gut zu tun. '97 brach der Krieg an der Grenze aus, und es kam eine große Not, und die Menschen hungerten. Wir hatten auf Kredit verkauft, jetzt aber gab es keinen roten Heller mehr, den man uns hätte zurückgeben können. Und so zerbrach das Unternehmen an seinen Einkaufsschulden.

Kaum hatte ein Winkeladvokat aus Levidi, Spyros Karadoussis, davon erfahren, drängte er uns, die Schuldner öffentlich anzukreiden und sie vor Gericht zu zerren. Er selbst trat auch, wenn es sich ergab, als falscher Zeuge auf. Wir warfen ihn hinaus, wir haben niemanden bloßgestellt. Das ganze Land stöhnte, nirgends fand sich auch nur die kleinste Frucht. Die Mütter schickten ihre Kinder zum Krebsefangen an die Flüsse. So wollten sie den Kohl schmackhafter machen. Später fanden sie auch keinen Kohl mehr, weil die Heuschrecken in Scharen einfielen, die ganze Gegend bedeckten sie.

Dann kam eine Anordnung, dass der Bürgermeister die Glocke schlagen lasse solle, damit wir uns mit Decken und mit Weidenzweigen versammelten. Mit denen sollten wir sie töten, sodass sie auf die Decken fielen, dann sollten wir Gruben ausheben, um sie darin zu vergraben.

Wir brachten viele Trupps zusammen und töteten und gruben pausenlos. Aber die Plage endete nicht. Der Staat schickte uns Petroleum, um sie zu spritzen. Später schickte man uns vergiftete Kleie.

Die, die davon fraßen, verendeten, und die ganze Gegend stank. Die, die nicht fraßen, flogen davon und fielen über die Ebene ein, über die Eisenbahnschienen, brachten die Züge zum Stehen, verheerten die Weinberge, die Maisfelder, kein grünes Blatt ließen sie übrig.

Bei diesem Elend drehte manch einer durch und wurde zum Räuber.

Einer aus unserer Gegend, Vassilis Arjyropoulos, brach als Ziegendieb in die Ställe ein.

In jener Zeit gab es keine Polizei, es kamen die Kommandotrupps. Sie machten sich an seine Verfolgung und fassten ihn unten bei Mega Spileo, zusammen mit seinem Kumpanen Panagopoulos. Man legte den beiden Handschellen an und führte sie, etwa eine Wegstunde entfernt, an unserem Dorf vorbei.

Seine Mutter machte sich auf und lief hinterher, barfuß.

In der Nähe von Kakouri wollte Arjyropoulos Wasser lassen und bat darum, ihn loszubinden. Ein Trick. Er hockt sich hin, um sein Geschäft zu verrichten, groß, der Gendarm schaut weg. Da nimmt er eine Steinplatte, schlägt ihm damit über den Kopf, nimmt ihm die Waffe ab, die Kugeln, haut ab.

Die anderen ballern ihm hinterher, feuern noch mal, er kniet sich hin und schießt noch einen nieder.

Er ging in die Berge und zog von hier nach da.

Dann machte er Elis unsicher, später hörte man von ihm aus Mani.

Eines Nachts kam er in unser Dorf, er hatte da eine Witwe sitzen. Man verriet ihn. Seitdem tauchte er nicht mehr auf, sondern trieb sich unten in den Ebenen von Amaliada herum.

Dort lebte ein gewisser Ilias Moskovos aus Kerpini in Gortynia, ein Freund seines Vaters, der ihn verpflegte.

Er hatte einen großen Laden, und wenn die Leute aus Dara zur Waldarbeit oder zur Weinlese kamen, ließ er sie bei sich anschreiben. Er produzierte auch Rosinen, die er nach England verkaufte.

Der half ihm dann bei der Flucht, indem er ihn an Bord eines Frachters brachte, der Säcke geladen hatte. Sie stellten die Säcke in einem Rechteck um ihn herum auf, legten ein paar andere darüber, und weg war er. Die Seinen wussten nichts davon.

Eine Zeit lang hielten sie ihn für verloren, dann hieß es, er sei als Partisan in Makedonien wieder aufgetaucht. Im Jahr darauf erhielten sie einen Brief aus Amerika, aus New York, dass es ihm gut gehe. Er selbst konnte nicht schreiben, er hatte einen anderen gebeten, es für ihn zu tun. Später schrieb er noch einmal, auch seine Geschwister und Schwager sollten auswandern. Mit diesen gingen dann noch dreißig andere aus Dara fort. Auch zwei unserer jüngeren Brüder gingen mit, Jannis und Dimos. Um das Geld für ihr Schiffsticket zusammenzukriegen, verkauften wir ein Feld und einen Ochsen.

Das waren die Ersten, die gingen.

Dann schrieb einer nach dem anderen und holte die Übrigen nach.

1903 beschloss auch ich auszuwandern.

Ich machte mich eines Morgens auf den Weg, am 15. März, einem Freitag. Ich nahm achthundert Drachmen mit und kam noch vor Sonnenaufgang durch Noudimo bei Orchomenos. Von dort ging es hinab in die Ebene von Milia. Damals war die Straße Levidi – Tripoli noch nicht fertig, und man nahm den Weg über Kakouri.

Am Nachmittag kam ich in Tripoli an und blieb über Nacht in der Herberge eines gewissen Vassilis Macheras oder Anagnostopoulos aus Dara. Er hatte einen Krämerladen, eine Garküche und Betten für die Nacht. Am nächsten Morgen ging ich um fünf Uhr früh zum Bahnhof und löste für zehn Drachmen und achtzig Lepta eine Fahrkarte nach Piräus.

Der Zug kam, ich stieg ein, wir fuhren über Achladokampos, die große Brücke, Myli, Argos, Korinthos. Wir kamen über den Kanal, oben wir, unten die Schiffe. Ich hatte die Adresse von einem Landsmann in Piräus, Ioannis Tsekos oder Lavomenos, der Krüppel. Er lebte schon viele Jahre dort, im Befreiungskrieg war er verwundet worden, von einer Kugel am Kopf, ohne dass sein Gehirn dabei verletzt wurde. Und so nannte man ihn in Piräus den Krüppel. Er hatte auch Brüder, Kapetan Petros, ein ganzer Kerl, Vassilis Tsekos, der Militärarzt war, und Christos Tsekos, auch Kakochristos genannt, ein Räuber in Patras und Umgebung. In jener Zeit waren sie sehr berühmt.

Ich ging zu ihm nach Hause, er nahm mich mit sich, ich kannte mich in der Stadt ja nicht aus, und brachte mich zu einem Gasthaus.

Am Morgen kam er wieder, wir gingen zum Arzt der Agentur, zur Untersuchung. Die Agentur machte spät auf, und wir mussten warten. Nach einiger Zeit erschien der Arzt, wir gingen hinein, er untersuchte mich, befand mich für untauglich, wegen Trachomen.

Er gab mir ein Rezept für ein Medikament, das ich mir zur Heilung in die Augen träufeln sollte, und mit einem Skalpell begann er, die kleinen Körner aus den Augenlidern herauszuschneiden.

Ich hatte jede Hoffnung verloren, dass das noch was werden würde. Am späten Nachmittag gab es einen Zug nach Myli, und ich wollte nur weg.

Gehen wir nach Hause, sagte Tsekos.

Und er nahm mich zu sich nach Hause zum Essen mit. Das Haus war klein, ein Zimmer nur für die Gäste, darin wohnte sein Bruder, der Kapetan Petros, der kranke.

Er hatte auch zwei Söhne, Nikos und Babis, und Töchter. Sie nahmen mich freundlich auf. Noch heute leben ihre Familien in Piräus. Wir aßen zu Ende, ich stand auf, um zu gehen. Sie sagten, ich solle bleiben und am anderen Morgen fahren, um nicht des Nachts reisen zu müssen.

Ich hörte nicht auf sie, ich war verbittert.

Ich stieg in den Zug. Im Wagen sah ich einen, der anscheinend von weit her kam. Zu dem setzte ich mich, und wir kamen ins Gespräch.

Ich fragte ihn, wo er gewesen sei.

»In Amerika.«

»Kommst du gerade von dort?«

»Jawohl.«

»Aus welcher Gegend?«

»Aus Chicago.«

»Kennst du dort einen aus Dara?«

»Ja, Anastassios Megremis.«

»Geht es ihm gut?«

»Gut.«

»Aus welcher Gegend bist du?«

»Aus Argos, aus dem Dorf Berbati.«

»Dein Name?«

»Grigorios Goritsas.«

»Wie geht es euch in Amerika?«

»Sehr gut, zu essen so viel man will. Kleidung, Schuhe, alles sehr billig.«

»Der Lohn?«

»Mal zwei Dollar, mal eins fünfundsiebzig, mal anderthalb.«

»Gibt es viel Arbeit?«

»Viel. Eisenbahnlinien, Goldminen, Kohlebergwerke und so was.«

»Und was suchst du in Griechenland?«

»Ich bin gekommen, um meine Eltern zu sehen, dann fahre ich wieder zurück.«

»Du hast recht. Hier herrscht große Armut. Den Leuten geht es dreckig, alles macht sich ins Ausland davon, die Schiffe sind proppenvoll, jedes mit dreitausend Leuten, alle ganz jung, hie und da ein Vierzigjähriger.«

Wir erreichten Argos, und ich musste nach Myli umsteigen.

Er wollte noch bleiben.

»Mach's gut, mein Freund«, sage ich, »wir müssen uns trennen.«

»Bleib noch in Argos«, sagt er, »verbringen wir den Abend zusammen. Und morgen fährst du dann weiter.«

»Gut«, sage ich.

Argos – Myli, die Fahrkarte kostete eine halbe Drachme, so entschloss ich mich dazu.

Wir nahmen seine Koffer und gingen in die Stadt. »Ich habe hier einen Patenonkel«, sagte er, »den ich finden muss, um meine Sachen dort zu lassen. Bleib du hier und pass auf sie auf, solange ich weg bin.«

Der Platz lag etwas abgelegen, nur ein paar enge Gassen. Die Stadtmitte war schön, Plätze, Straßen, Kirchen, Geschäfte, aber schon zwei Ecken weiter stank es.

Er ging also zu seinem Patenonkel und blieb über eine Stunde weg. Irgendwann kam er zurück, es war schon dunkel geworden.

»Hast du deinen Patenonkel gefunden?«

»Habe ich.«

»Was sagt er?«

»Ich soll meine Koffer zu ihm bringen.«

»Tust du's?«

»Ich tu's.«

»Vertraust du ihm denn, mit deinem Gepäck, der Kleidung und all dem, was du dabei hast?«

»Warum?«

»Morgen wird er dir sagen, du hättest ihm gar nichts gebracht und er hätte dich noch nie gesehen. Wenn er will, erledigt er dich, es ist Abend, und wer kennt dich schon?«

»Meinst du?«

»Gehen wir doch in ein Hotel, wir nehmen den Zimmerschlüssel, dann bist du sicher. Trau keinem! Auch ich könnte, wenn ich nur wollte, irgendeine finstere Straße finden, wo ich dich ausrauben und abhauen könnte.«

Wir gingen ins Hotel, brachten die Koffer aufs Zimmer, nahmen den Schlüssel und gingen wieder. Wir fanden ein Lokal, aßen, er ließ mich nicht bezahlen.

Dann gingen wir in ein Kafenion, wieder ließ er mich nicht bezahlen. Am nächsten Morgen standen wir auf, bestellten Kaffee, ich wollte schon mein Geld herausholen – nichts da! Er bezahlte auch die Übernachtung.

»Das ist jetzt aber der Abschiedstrunk,« sagte ich.

Wir gingen zum Bahnhof, und ich löste eine Fahrkarte. Ich gab ihm meine Adresse und er mir seine, um einander zu schreiben, wie Freunde, immerhin kannten wir uns jetzt, hatten zusammen gegessen und geschlafen.

Der Zug aus Nafplio kam, und wir trennten uns.

Ich stieg ein und in Myli wieder aus. Dort nahm ich den nächsten Zug nach Tripoli. Er fuhr nur langsam, Kohle war knapp geworden, und er mühte sich ab, mit Holz zu fahren. So hatten das die Eisenbahner geregelt. Bei der Steigung von Andritsa fing es an zu nieseln, und die Lok gab fast ihren Geist auf. Sie hatte nicht mehr genügend Dampf auf dem Kessel, um weiterzukommen, blieb stehen und rutschte zurück. Wir Fahrgäste sprangen ab und warfen Schotter auf die Schienen, damit sie wieder vorwärtskam. Bis es wieder flach wurde, kamen wir ganz schön ins Schwitzen.

Am Abend erreichten wir Tripoli, die Lichter brannten schon. Ich übernachtete bei jenem Landsmann aus Dara, und am Morgen machte ich mich auf den Weg.

Wieder nahm ich die Abkürzung über die Ebene von Milia, kam an der Herberge von Tournikiotis vorbei und weiter oben noch an anderen.

Ein Jahr lang blieb ich in unserem Dorf und begann mit der Therapie.

Der Arzt sollte die Trachome mit dem Skalpell herausschneiden und das Medikament auftragen, das schrecklich brannte.

Als ich glaubte, meine Augen seien in Ordnung, beschloss ich die zweite Reise.

Ich brach im Oktober auf, 1904, nahm Geld und ging nach Tripoli. Es gab da eine Agentur, die White Star Line, die gehörte einem gewissen Kostis, und der wurde wieder von einem namens Karabelas vertreten. Ich ging also hin und fragte, wann ein Schiff gehe. Das dauere noch, sagte man mir.

»Hat die Agentur einen Arzt?«

»Selbstverständlich.«

Ich ging zu dem Arzt, er betrachtete mich, sagte, meine Augen seien in Ordnung. Ich hatte regelmäßig die Arznei eingeträufelt und Kokain, zwei Tropfen, weil die Augen dadurch noch klarer aussahen.

Am 10. Dezember benachrichtigte mich die Agentur, dass das Schiff abfahren sollte. Ich ging also nach Tripoli und traf dort auf eine Gruppe aus Valtetsi: Panos Dimopoulos, Ioannis Sarris, Theodoros Anagnostopoulos und Vassilis Alexandropoulos.

Wir lösten die Fahrkarten in der Agentur von Karabelas.

Ich bezahlte fünfhundertfünfzig Drachmen bis nach Pocatello in Idaho und zehn Drachmen für die Reiseversicherung, um mein Geld zurückzubekommen, falls ich umkehren müsste. Andernfalls fiele es der Gesellschaft zu.

Am Morgen fuhren wir nach Athen. Drei Tage lang liefen wir in der Stadt herum, und Alexandropoulos schleppte die anderen in den Puff.

Dann fuhren wir raus nach Piräus zur Agentur. Wir bekamen Quittungen für die Tickets, die wir in Tripoli gekauft hatten, und auch der Arzt warf noch einen Blick auf uns.

Um vier Uhr nachmittags gingen wir an Bord. Es war ein deutsches Schiff, Lloyd. Am Abend schloss man uns ein, damit wir nicht an Deck gingen.

Wir passierten die Meerenge zwischen Cherigo und Kavomalia, und die See wurde ziemlich unruhig. Das Schiff war klein und fuhr nur bis Italien. Es wurde hell, wir kamen an einigen Inseln vorbei, Städte waren keine zu sehen, nur Berge.

Wir fragten, was für eine Gegend das sei, und man sagte uns: Sizilien.

Am nächsten Tag, noch vor Morgengrauen, kamen wir in Neapel an. Man holte uns ab, führte uns von Bord, brachte uns zum Zollbüro, nahm uns das Gepäck ab, Bündel und was wir sonst noch so hatten, um es durch die Öfen zu schicken, wegen der Krankheiten.

Dann fuhr man uns in Vierergruppen in die Stadt. Man setzte uns in den Hotels ab, regelte auch, wo wir etwas zu essen bekämen, das hatte die Agentur so arrangiert. Zu Mittag gab man uns Fleisch, aber wir bekamen es nicht runter. Wir waren in den Schlachthäusern gewesen und hatten gesehen, dass sie Pferde töteten. Wir aßen Stockfisch, Nudeln und Käse aus Kuhmilch.

Bei einem Spaziergang sahen wir uns dann um, was die Leute hier so treiben. Wir gingen in die Cafébars, tranken Kaffee, der war wässrig, und den Zucker musste man selbst hineintun. Wir tranken ihn im Stehen.

Neapel ist gut, alles billig, Kleidung, Schuhe, Haarschneidegeräte.

Drei Tage blieben wir, dann kam das Schiff aus New York, das große. Man holte uns ab, brachte uns erneut zur ärztlichen Untersuchung in das Zollamt. Sie stellten uns in eine Reihe, und ein Italiener namens Montsarinos rief: Einer nach dem anderen!

Ich komme an die Reihe, trete vor den Arzt, der schreibt mich wieder untauglich – Trachom. So ein Elend, es war zum Auswachsen.

Nun hatte ich schon so viel ausgegeben und sollte jetzt zurück.

Außer mir lehnten sie auch Ioannis Sarris, Theodoros Anagnostopoulos, einen aus Makedonien und noch andere ab. Wir wurden zusammengeführt, sollten beieinanderbleiben. Am nächsten Tag wünschten wir unseren Kameraden gute Reise.

Sie gingen an Bord, wir kehrten um, man schloss uns im Hotel ein. Am Abend legte das Schiff ab. Danach durften wir hinaus, um zu schauen, was in der Stadt los war.

Von verschiedenen Eselskarren herab wurden Innereien, Brot und Obst verkauft.

Wir schlenderten umher, auf den Straßen lauter Nutten, die zu dritt oder zu viert unterwegs waren und um ihren Hals so etwas wie ein weißes Band trugen, das sie als Nutten kenntlich machte. Sie riefen uns zu: Tsik–tsik, Margarita. Aber wer achtete schon auf sie. Sie waren voller Krankheiten.

Eines Mittags gingen wir ins Zentrum, breite Straßen, Wintersonne, da sehen wir an die fünfzig katholische Priester, jede Menge Leute, in Kutschen und zu Fuß.

Irgendein hohes Tier war gestorben, und sie gaben ihm Geleit. Aber wir hatten niemanden, der uns etwas darüber sagen konnte. Sie gingen weiter, wir setzten unsere Runde fort, und wer Geld hatte, schaute, ob er nicht etwas einkaufen konnte.

Ich ging in eine Schneiderei und sah dort einen Anzug aus Baumwolle, der mir gefiel. Die Sprache konnte ich nicht. Ich mache also dem Händler ein Zeichen, er solle den Preis aufschreiben. Er nimmt einen Bleistift, schreibt achtzig. Ich nehme den Stift, schreibe darunter: acht. Er schüttelt den Kopf, nimmt wieder den Bleistift, geht zehn Drachmen runter.

Eine ich, zehn er, er geht runter auf zwanzig, auf fünfzehn. Ich drehe mich um, gehe hinaus, komme fünfzig Meter weit, da schickt er mir einen hinterher. Ich gehe zurück, er hatte den Preis heruntergesetzt, gab mir den Anzug.

Mich legt man nicht so schnell rein. Ich kaufte auch ein Paar Schuhe, schöne Stiefel für zweiundzwanzig Drachmen – ich bekam sie für neun.

Ich wusste ja, dass sie dort billig waren, in Griechenland musste man noch Zoll dafür zahlen. Ich kaufte einen kleinen Apparat zum Haareschneiden, für den Feinschnitt, fünfzehn war der erste Preis, ich bekam ihn für vier.

Zwei Tage später kam das Schiff, das uns gebracht hatte, um uns wieder zurückzufahren. Man sagt uns Bescheid, wir gehen durch den Zoll, nehmen unsere Sachen, bringen sie an Bord.

Die Leute unten ein einziger Ameisenhaufen. Männer verkauften

Unterhemden, Unterhosen, Hemden, Uhren. Ich hatte noch etwas Geld für die Fahrkarte von Athen nach Tripoli übrig. Ich gehe hinunter, frage, was das Zeug kostet, man sagt mir: in Drachmen zwei Drachmen. Fünfzig Lepta, sage ich. Siebzig pro Stück, Unterhemden, Unterhosen, Hemden. Ich nahm auch eine Harmonika, die auf und zu geht, man spielt sie mit den Fingern, neun Drachmen.

Das Schiff war bereit. Wir gingen rein, warteten bis acht, und sobald es dunkel wurde, fuhren wir in Richtung Heimat. Am Morgen kamen wir in Piräus an. Wir gingen an Land und zur Agentur, um unser Geld zurückzuverlangen. Dort sagte man uns, wir bekämen es in Tripoli von Karabelas. Ich hatte damit gerechnet, es hier zu bekommen, und besaß keinen Heller mehr. Ich schnappe mir einen meiner Gefährten und bitte ihn, mir fünfzehn Drachmen zu leihen, später würde ich sie ihm zurückgeben.

Er zögerte ein wenig.

»Und wenn Karabelas das Geld nicht zurückgibt?«

»Du wirst es schon bekommen, notfalls besorge ich es mir woanders.«

Er nahm sein Geld heraus und gab mir die fünfzehn Drachmen.

Am nächsten Tag waren wir in Tripoli. Wir gehen zu dem Büro, treffen aber nur einen Angestellten an.

»Wo ist Herr Karabelas?«

»In Athen.«

»Wir wollen unser Geld, wie wir es im Vertrag unterschrieben haben.«

»Ich habe keine Ahnung, wartet, bis er zurückkommt ...«

»Was machen wir jetzt?«, sagte der Freund.

Aus der Zeit, in der wir das Schusterhandwerk ausgeübt hatten, kannten wir zwei Männer, bei denen wir Leder gekauft hatten, Ioannis Kouros und Nikolaos Kotsiopoulos. Sie besaßen eine große Lederhandlung an der Platia Agiou Vassiliou. Ich ging zu ihnen und bat sie um so viel Geld, wie ich schuldig war, und noch zehn Drachmen mehr. Sie gaben es mir sofort.

Ich gab die fünfzehn Drachmen zurück, und mit dem Rest kaufte ich ein. Am nächsten Tag erfuhren wir, dass die Agentur von Kostis bankrott war.

Er hatte Pleite gemacht, das Geld eingesteckt und war verschwunden. Das kam uns hart an, aber wir hatten die Überfahrt in Tripoli versichert, nicht in Athen. Wir hatten nichts mit Kostis zu tun, sondern mit Karabelas.

Bedrückt machten wir uns auf den Weg in unsere Dörfer. Nach den Feiertagen und der Epiphanie verständigte ich mich mit den anderen, und wir gingen nach Tripoli. Wir fanden Karabelas und trieben ihn in die Enge, er gab uns das Geld zurück.

Den ganzen Winter über blieb ich im Dorf. Meine Mutter sah, wie ich den Kopf hängen ließ, weil ich auswandern wollte, und machte sich Sorgen. Sie wollte nicht, dass ich in die Fremde ging. Und so nahm sie sich vor, mich zu verheiraten. Eine ihrer Schwestern sollte das einfädeln.

Es war ein hübsches, rundliches Mädchen, immer fröhlich. Meine Tante tat alles, um den Handel zustande zu bringen.

Ich sagte, daraus wird nichts. Zwar plagte mich mein Körper, und ich hielt das Alleinsein kaum aus. Aber ich hatte anderes im Sinn. Der Vater des Mädchens wusste nichts von der ganzen Sache, die die Weiber ausgeheckt hatten. Er war ein tüchtiger Mensch, kräftig, rüstig, im Dorf beliebt.

1907, im April, am Vierten des Monats, erfahre ich, dass vor Patras ein Schiff liegt, und denke mir, vielleicht schaffst du's ja jetzt.

Ich machte mich also morgens bei Sonnenaufgang auf den Weg, sagte den Meinen adieu und zog zu Fuß über Pangrati, Mazeika, Soudena, Kalavryta. Damals war ich sehr gut zu Fuß. Jugend.

In Soudena ging ich in einen Laden, kaufte Sardinen, Brot, nahm auch Wein und aß gut. Von Soudena bis Kalavryta kannte ich den Weg nicht, aber es war nur eine Stunde. Rauf, runter, ich wurde durstig. Ich fand eine Quelle, ich hatte ja gesalzenen Fisch gegessen, hielt an und trank viel, ganz verschwitzt. Kurz darauf packte mich Schüttelfrost, das Wasser war eiskalt gewesen, und es zerriss mir die Brust.

Kaum im Kalavryta, bekomme ich schon Fieber. So war ich gezwungen, die Nacht über dort zu bleiben. Ich ging ins Hotel und nahm ein Einzelzimmer, damit mir niemand das Geld stahl. Bei Tagesanbruch wollte ich ins Dorf zurückkehren, aber in der Nacht ließ das Fieber wieder nach.

Am Morgen ging ich ins Kafenion, wartete eine Stunde, der Zug wurde bereitgestellt. Ich löste eine Fahrkarte, stieg ein: zwei kleine Wägelchen und die Lok, eine Zahnradbahn.

In Diakofto musste man aussteigen. Der nächste Zug aus Athen kam an, in den stieg ich ein, mittags erreichten wir Patras. Ich ging direkt zur Agentur, um nachzufragen, und man schickte mich zum Arzt. Ferentinos hieß er.

Er untersuchte mich, meine Augen waren noch nicht ganz klar. Er gab mir ein Rezept für ein Medikament, im September würden sie mir Bescheid geben.

Noch am selben Tage, eine Stunde vor Sonnenuntergang, war ich wieder in Kalavryta. Bei Nacht wollte ich nicht weitergehen, damals wurde man für hundert Drachmen umgebracht. Auf dem Markt treffe ich einen Freund aus Pangrati, der wollte sich gerade alleine auf den Weg machen. »Komm«, sagt er, »gehen wir zusammen«, und ich ließ mich überreden.

Unterwegs, es war kurz vor neun, brach ein gewaltiges Unwetter los, wie es im Frühjahr vorkommt, mit Blitzen. Ein Stück weiter lag eine Herberge, sie hieß ›Bei Angelina‹. Sie gehörte einer Witwe mit zwei Töchtern, die eine verheiratet, die andere nicht.

Wir kamen völlig durchnässt dort an, man öffnete uns, und wir traten ein.

Drinnen hatten sie ein Feuer angemacht, und fünf, sechs Soldaten saßen herum und tranken. Wir setzten uns zu ihnen.

Wir waren noch nicht wieder trocken, da donnert es wie wild an die Tür, und vier Männer erscheinen, mit Gewehren und Pistolen. Sie standen vor uns wie Säulen. Wir bekamen es mit der Angst zu tun.

Da sagte der Schwager von Angelina, ihr braucht keine Angst zu haben, das sind unsere. Sofort vergaßen wir unsere Angst und setzten unsere Unterhaltung fort.

Er gab ihnen einen aus, sie nannten ihn Dionysios, dann gaben sie einen aus, auch wir spendierten eine Runde. Dann gingen sie wieder.

Einer, der beim Feuer saß, hatte etwas zu viel getrunken und war am Ofen eingenickt. Die anderen blieben noch wach.

Für uns Ältere machte man in einer Ecke ein Lager zurecht.

Die Herberge war mit Platten gedeckt, und der Regen fand seinen Weg zwischen ihnen durch und tropfte in die Ecken. Mir gab man woanders einen Platz. In der Nacht kommt Angelina, sie schien noch jung zu sein. »Die von vorhin hatten nichts Böses im Sinn«, sagt sie. »Mein Schwager will einem von denen das Mädchen geben. Aber ich will nicht, denn die taugen nichts. Das Mädchen hatte eine große Mitgift, und der Kerl wollte sie deswegen.«

»Gib sie nicht weg«, sage ich. »Sorge dafür, dass du sie irgendwohin gut verheiratest, in die Stadt, in ein reiches Dorf.«

Sie sagte nichts, kam, legte sich zu mir.

Am Morgen standen wir auf, bezahlten die Übernachtung und machten uns auf den Weg. Das Wetter war unbeständig, mal Nieselregen, mal Sonne.

Wir gelangten auf eine kleine Ebene, ließen sie hinter uns. Gegen Mittag erreichten wir Mazeika. Es war kurz vor der Karwoche, und die Leute waren bei der Arbeit, sie säten Mais.

Das Dorf schien uns leer. Ein paar Häuser weiter hörten wir Frauen klagen. Wir sahen einen alten Mann, der sich in einer stillen Ecke sonnte. Wir sprachen ihn an, er antwortete nicht. Wir gingen den Stimmen nach. Es war ein ordentliches Haus, eine Menge Leute davor. Auf dem Balkon hatten Blumentöpfe gestanden, die hatte man hinabgeworfen. Wir gingen näher ran. Die Nachricht vom Tod eines Angehörigen war aus Amerika gekommen. Die Frauen hatten sich um ein Foto von ihm versammelt und weinten laut. Als sie uns Fremde sahen, hielten sie kurz inne, dann fingen sie umso heftiger wieder an.

Vorsichtig stieß ich meinen Freund an, wir sollten besser verschwinden.

Und so gingen wir zum Fluss. Der Fluss war trübe, führte viel Wasser. Wir überquerten die Brücke, sie war alt, aus der Türkenzeit, ohne Geländer, einfach eingerammt. Wir tasteten uns voran ans gegenüberliegende Ufer. In Alogopatima trennten wir uns. Alogopatima, Hufspur, so hieß diese Gegend. Einmal war dort ein Heiliger vorbeigekommen, sein Pferd glitt aus, und auf der Felsplatte blieb seine Spur zurück. Am späten Nachmittag erreichte ich das Dorf. Zu Hause sehen sie mich überrascht an, fragen mich, was passiert sei.

Ich sage, ich hätte eine Arznei bekommen, um sie in meine Augen zu tun.

»Hast du immer noch nicht genug?, fragt mich meine Mutter.«

»Nein.«

Fünf Monate später erhalte ich Nachricht aus Tripoli.

Austroamerikana die Gesellschaft, Agent: Malouchos.

Das Schiff sollte von Patras aus nach New Orleans fahren, nicht nach New York.

Ich machte mich wieder fertig, da sagte mein großer Bruder, wenn du schon gehst, dann nimm auch Panos mit.

Wir entschlossen uns in diesem Moment dazu.

Mit uns rüsteten sich noch sechs Weitere aus: Antonios Gotsis, Vassilios Karabetsos, Kostas Karassoulas, Antonios Delfakis, Vassilios Bakopoulos. Alle zusammen. Wir verließen das Dorf am fünften Oktober 1907.

In Tripoli lösten wir die Fahrkarten, unterschrieben die Verträge, und Sonntag stiegen wir in den Zug.

Im Zug trafen wir Jannis Ikossitrias aus Karnesi, dem heutigen Prassino. Auch er fuhr nach Patras, wegen seiner Geschäfte.

Als wir durch Masklina fuhren, auf die Brücke von Achladokampos zu, erwischte es einen von der Gesellschaft, einen Eisenbahner. Er hielt sich draußen auf dem Trittbrett der alten Wagen fest, schlug gegen die Felsen, war tot. Die Strecke dort war sehr schmal. Man zog ihn hinauf, und wir fuhren weiter. Ich weiß nicht, wo sie ihn gelassen haben.

In Korinthos stiegen wir um. Einer, der Äpfel verkaufte, hatte die Tür nicht richtig zugemacht. Wir waren schon ein ziemlich großes Stück gefahren, da stand mein Bruder auf. Er lehnte sich unbekümmert an die Tür, und sie ging auf, er fiel hinaus.

Wir schrien laut, der Zug solle halten, aber er fuhr nur noch schneller. Endlich blieb er stehen. Einem war eingefallen, die Notbremse zu ziehen.

Wir liefen zurück, Panos war aufgestanden, er konnte noch laufen. Er war noch einmal davongekommen, weil die Strecke dort gerade war und es keine Kurven gab, wo es ihn hätte erwischen können. Er hatte sich nur an der linken Wange, am Auge und an der Brust verletzt, nichts Ernstes.

In Egion erwarteten uns die Angestellten der Gesellschaft und begannen nachzuforschen, wie es zu der Verspätung gekommen war. Eine Dreiviertelstunde schlugen wir die Zeit tot.

In Patras kamen wir abends an, es dämmerte schon. Wir stiegen aus und gingen sofort in eine Apotheke, um meinen Bruder behandeln zu lassen. Solange es frisch war, schmerzte es noch nicht. Man gab uns Salben, Jod und so weiter. Sein Gesicht war ziemlich angeschwollen, und sein Auge lief langsam schwarz an.

Wir suchten ein Hotel, reservierten die Betten und gingen dann zum Essen hinaus.

Am Morgen standen wir bei Tagesanbruch auf und warteten, bis die Agentur aufmachte. Man schickte uns wieder zum Arzt, er untersuchte uns der Reihe nach. Denen, die reisetauglich waren, gab er ein Papier; die es nicht waren, schickte er wieder in ihre Dörfer zurück.

Er schaute sich auch meinen Bruder Panos an. »Doktor«, sage ich ihm, »wir wollen keine Verzögerungen wegen seiner Schwellungen. Bis wir da sind, wird alles wieder in Ordnung sein.«

Wir bekamen neue Salben und neue Watte, und er versorgte seine Wunden noch einmal.

Nun, der Reise sicher, rufe ich meine Freunde und sage: »Wir sind so weit.« Die ganze Truppe war beisammen, auch Jannis Ikossitrias aus Karnesi. Er sagt: »Ich bleibe auch bei euch.«

Wir mussten noch verschiedene Sachen einkaufen, die wir unbedingt für die Reise brauchten. Ich hatte die Idee, wir sollten für die Einkäufe zusammenlegen. Alle, selbst der Ikossitrias, stimmten zu.

Nimm zuerst von mir und kauf, was du für richtig hältst.

Als Erstes besorgten wir zehn Stangen Baguettebrot. Dann Hartkäse und Feta. Drittens Limonade, Cognac, Mastix, Rosenlikör, Kaffee, Zucker, einen Spirituskocher, einen kleinen Kaffeetopf, Becher und andere Kleinigkeiten, die wir auf See benötigen würden.

Aber das Wichtigste, was wir kauften, war eine Quecksilbersalbe, die die Mikroben vernichtet und die Läuse. Damit würden wir uns einreiben, dann kommen sie nicht in unsere Nähe. Nachdem wir all das vorbereitet hatten, gingen wir am Abend noch vor Sonnenuntergang an Bord, und gegen neun legten wir ab.

Wir reisten in Richtung Palermo/Italien. Nach vierundzwanzig Stunden erreichten wir die offene See. Das Meer schwarzblau, und die meisten Passagiere wurden seekrank.

Wir waren an die Dreitausend aus aller Herren Länder: Griechen, Bulgaren, Albaner, Türken, Russen, Rumänen, Serben, Österreicher. Nach zwei Tagen näherten wir uns Palermo. Es war ein halbfertiger Hafen, ungefähr zwanzig Minuten von der Stadt entfernt. Dort draußen warf das Schiff seinen Anker aus.

Vom Ufer aus setzten sich Boote in Bewegung, aber sie schafften es nur bis in die Mitte des Hafens, der Hafen war riesengroß und das Wetter mies, eine kräftige Brise ließ sie nicht näherkommen. Drei Stunden vergingen, nur eines schaffte es, legte am Schiff an, nahm die Papiere entgegen und fuhr ab.

Gegenüber vom Hafen waren die Werften.

Wir blieben sechs Stunden dort, nicht länger, dann begann man den Anker zu lichten. Doch der Anker hatte sich im Felsen verfangen, und es dauerte Stunden, bis man ihn losbekam. Schließlich klappte es, und wir fuhren ab.

Bei Tagesanbruch erreichten wir Gibraltar. Rechts auf dem Weg nach Amerika liegt ein Berg, innen ganz hohl und bis an den Rand voll mit der englischen Flotte, Kriegs- und Begleitschiffe, in Bereitschaft für den Ernstfall. Wir blieben weitere sechs Stunden dort, ohne dass jemand von Bord ging. Und dann stachen wir in den großen Ozean.

Drei Tage ging es voran. Am dritten, tief in der Nacht, bekam das Schiff einen Schaden, ohne dass wir etwas merkten.

Nur die Offiziere und die Maschinisten wussten Bescheid, statt voran ging es zurück. Sie reparierten den Schaden, und das Schiff konnte wieder fahren, aber sie hatten Mist gebaut, es schaffte nur noch acht Meilen. Zwei Stunden zu Fuß, eine Stunde mit dem Schiff der Austroamerikana.

Dazu hatte es Schlagseite. War das Meer ruhig, streckten wir uns an Deck aus und berührten das Wasser mit den Händen. Verfinsterte sich aber der Himmel, rutschte uns das Herz in die Hose, und alle zitterten vor Angst.

Zum Essen schlachtete man ein paar alte Pferde und gab sie uns.

Wir hatten sie in den Laderäumen gesehen und ekelten uns davor. Drei, vier von uns brachten es fertig, den Fraß mit geschlossenen Augen hinunterzuwürgen. Wir anderen wären beinahe verhungert.

Ungefähr eine Woche kamen wir mit dem aus, was wir in Patras gekauft hatten. Aber es ging zu Ende.

Da versammelten wir uns und gingen gemeinsam zum Kapitän und baten ihn, Bohnen, Stockfisch und Linsen kochen zu dürfen.

Wir schafften es sogar, dass einer von uns, ein Reisegefährte, Koch wurde.

Man gab uns ein paar Heringe mit Würmern, verdorben, wir warfen sie weg. Kaum dass wir sie weggeschmissen hatten, stürzten sich Albaner und andere darauf und holten sie sich.

Mitten in diesem Elend saßen wir, unter uns das Meer und über uns der Himmel. Dann kam die Läuseplage. Sie saßen aufrecht auf den Mänteln der Passagiere, weiß mit Schwanz. Alle litten fürchterlich unter endlosem Jucken.

Wir hatten uns mit Quecksilbersalbe eingeschmiert, so merkten wir nichts davon an unserem Leib. Nach ein paar Tagen wurde infolge der Verspätung des Schiffes das Wasser knapp. Dreitausend Mann an Bord waren fast am Verdursten.

Wie die Ameisen sammelten wir uns mit Näpfen vorne an den Reservoirs, es war ein heilloses Durcheinander.

Einmal, ich war an der Reihe, ging ich mit einer großen Flasche hin, da drängelt sich ein Österreicher vor. Da konnte ich mich nicht zurückhalten, ich hob die Flasche und haute ihm damit auf den Kopf, ich schlug ihm den Schädel ein.

Ich verdrückte mich, in der Menge konnten sie mich nicht ausfindig machen. Der Österreicher wurde weggetragen, zum Arzt gebracht, verbunden.

So kamen wir langsam voran, das Schiff zog träge dahin, und unser Durst wurde immer größer.

Eines Abends kam schwerer Sturm auf. Wir wurden in die Höhe gerissen und dann wieder in den Abgrund geschleudert.

Das Meer tat sich auf, das Schiff zu verschlucken, die Wassermassen türmten sich auf, wurden zu Bergen, und wir mittendrin.

Ein Wellenberg rollte heran, schlug auf das Schiff, jetzt bricht es entzwei, dachten wir, die Woge war weg, ein Tal tat sich auf, die nächste Welle kam, ein neuer Stoß.

Solange der Wellengang anhielt, ging es uns übel. Dann hörte er plötzlich auf. Es war eine herrliche Morgenröte, so blau war das Meer, so ruhig.

Wir gingen alle an Deck und standen nebeneinander an der Reling. Da erblickten wir in der Ferne einen Schwarm Delfine, jeder drei Armspannen lang, sie spielten im Wasser. Am nächsten Tag erreichten wir die Inseln von Florida.

Links und rechts machten wir zwei Leuchttürme aus, an denen die Schiffe sich orientieren konnten. Die passierten wir, begegneten anderen, sagten, bald sind wir da. Aber es dauerte noch. Und die Leute wurden fast wahnsinnig vor Durst.

Das Schiff hatte kein Wasser, kein Eis, keine Filteranlage, um Salzwasser aufzubereiten. Zum Waschen schöpfte man Meerwasser, wir nahmen es in den Mund, um uns etwas vorzumachen, der Mund wurde gallenbitter.

Wir hatten noch eine ganze Strecke vor uns bis nach New Orleans, und eines Nachmittags im November, so um den fünfundzwanzigsten herum, dem Tag der Heiligen Ekaterini, gab es einen gewaltigen Knall, und das ganze Schiff erbebte.

Die Sachen der Leute fielen von ihren Plätzen, die Sirenen begannen zu heulen, Panik ergriff uns.

Schreie und herumrennende Maschinisten, die Kessel waren geplatzt.

Es wurde dunkel, und auf dem Schiff wurden die Seenotlichter gesetzt. Wir liefen wie aufgescheuchte Hühner umher, und da wir nichts unternehmen konnten, packte uns der Jammer.

Dreitausend Menschen, die zugrunde gehen sollten.

Ich versuchte mir das klarzumachen, wollte es aber nicht wahrhaben.

»Was nützt da alles Jammern? Macht euer Kreuz.«

Wer orthodox war, bekreuzigte sich, Serben, Rumänen, Bulgaren, Russen, Griechen.

Die Maschinisten konnten den Schaden beheben, so kamen wir mit heiler Haut davon.

Inmitten dieser Angst erblickten wir die Küste. Gegen zwei Uhr nachts näherten wir uns der Mündung des Mississippi. Das Schiff nahm Flusswasser auf und füllte die Wassertanks.

Mitten in der Nacht begannen die Matrosen zu rufen: Wasser, Wasser!

Von Durst geplagt, sprangen wir auf und tranken das kalte Wasser.

Im Morgengrauen ging es mit dem Durchfall und dem Erbrechen los.

Das Wasser war trübe, und wir kotzten Galle, einer auf den anderen.

Später kam ein Schiff, das nahm uns ins Schlepptau. Es holte die Papiere, die Unterlagen, warf die Taue aus und begann flussaufwärts zu ziehen. Der Fluss war breit, wir hintendran. Wir brauchten noch zwei Tage bis New Orleans.

Das Schiff legte im Hafen an, der Hafen ausgebaggert, das Zollamt auf dem Wasser.

Die Austroamerikana hatte offenbar viele Illegale ungehindert an Land gehen lassen, so konnte jeder reisen, wohin er nur wollte, und die anderen Gesellschaften hatten sich beschwert.

Daher schickte die amerikanische Regierung eine Kommission, um die Leute nochmals zu überprüfen. Ein Arzt kam und begann, einen nach dem anderen zu untersuchen.

Denen, die in Ordnung waren, gab er eine Karte, darauf schrieb er mit blauem Bleistift »allright«, Amerikanisch. Wer nicht in Ordnung war, dem gab er mit rot ein »skart«.

Jeder, der mit blau durchkam, ging zur Kommission, gab die Karte ab, die lasen sie gründlich durch und ließen ihn gehen.

Die anderen verfrachtete man nach unten in die Laderäume. Unsere Gruppe kam dran, vom Ersten angefangen bis zum Letzten, das war ich. Mir gab der Arzt rot, den anderen blau.

Das war's, jetzt geht es zurück, dachte ich.

Meine Kameraden sahen mich stumm an. Ich muss zurück, »skart« heißt Rückkehr, »allright« nicht. Alle kamen durch die Kontrolle, man entließ sie.

Ich komme an die Reihe, sie holen mich, bringen mich nach unten. Aber vorher konnte ich noch meinen Bruder rufen, er hatte zwanzig Dollar bei sich. Ich sagte ihm, er solle mir die Hälfte lassen, ich würde sie noch brauchen.

Der Abend kam, die Sonne ging unter.

Ich sagte ihm, wenn du morgen früh noch da bist, komm, damit wir uns noch einmal sehen, und bring mir was Gutes mit.

Er kam nicht. Ich blieb zusammen mit den anderen.

Auf dem Schiff waren auch zwei Jungs aus Vrachati bei Korinthos. Sie warteten auf ihren Vater, der persönlich kommen und sie abholen sollte. Aber die waren schon durch. Es war dort noch einer aus Vocha, ziemlich untersetzt, dem fehlten drei Finger. Er war Feldhüter gewesen und hatte nachts, wie er uns erzählte, die Weinberge bewacht.

Eines Nachts war so eine Art Marder aufgetaucht, kam immer näher heran, er schoss, um das Tier zu töten, und das Gewehr explodierte und zerfetzte ihm die Hand.

Er quatschte einen Matrosen an, Thomas, der etwas Griechisch konnte, und dieser sprach mit dem Arzt, der ihn am Ende tauglich schrieb.

Am nächsten Tag kam die Kommission erneut, man untersuchte uns noch einmal, erklärte uns ein zweites Mal für untauglich. Nach drei Tagen eine neue Kommission, eine höhere. Man holte uns vor und untersuchte uns aufs Neue. Sie schworen uns, dass die Regierung es Kranken, Dieben und Verbrechern niemals erlauben werde, amerikanischen Boden zu betreten.

Da wurde uns klar, dass man uns zurückschicken würde.

Es war hart für mich, an die Küste Amerikas gelangt zu sein, aber nur bis dahin und nicht weiter.

Sie sperrten mich in das Unterdeck, zusammen mit sechzig anderen aus aller Herren Länder. Es waren auch Juden unter uns. Einer von ihnen stürmte immer vor, sobald man uns Wasser brachte, um als Erster dran zu kommen. Einmal, zweimal, beim dritten Mal zog einer ein Klappmesser, wie man es aus dem Gefängnis kennt, stieß es ihm rein, er purzelte um.

Der würde seine Hand nicht noch einmal danach ausstrecken. Fleisch essen die Juden nicht, außer ihr Pope hat es geschlachtet.

Am dreißigsten November, einem Sonntag, kam der Schiffsdolmetscher, ein Mann namens Kostas Pylias.

»Jungs, wie geht es euch?«

»Hier drinnen kriegen wir noch die Schwindsucht«, sagen wir.

»Ich werde dafür sorgen, dass sie euch heute noch rauslassen.«

Mittags, wir hatten gut gegessen, schlossen sie uns die Türen auf, damit wir an Deck gehen konnten.

Ich hatte meinen Geschwistern geschrieben, ich kehre wieder zurück nach Griechenland, aber schreibt mir über Kostas Pylias, und falls ich noch hier bin, bekomme ich es.

Sie schrieben mir auch, aber der Brief erreichte mich nicht mehr.

Kaum hatten sie uns nach oben gebracht, begann mein Kopf zu arbeiten.

Ich wollte abhauen.

Ich hatte dreißig Dollar zusammen mit dem, was mir Panos gegeben hatte. Fünf hatte ich ausgegeben, den Rest trug ich unter dem Hemd.

Die Mütze auf dem Kopf, die Schuhe lose, den Mantel über der Schulter, so klettere ich in ein Beiboot, dachte ich mir, und verstecke mich, nachts krieche ich im Schatten des Schiffes hinaus und lasse mich ins Wasser fallen.

Aber ich hatte Angst zu ertrinken, die ganze Sache gefiel mir nicht. So beschloss ich, mich dumm zu stellen und einfach die Treppe hinunterzugehen.

Ich verschränke die Arme lässig hinter dem Rücken, gehe hinunter, vorbei am Wachpersonal. Ich tue so, als ob ich austreten will, klopfe an eine Tür, drinnen andere Beamte, keiner nimmt Notiz von mir. Ich wende mich nach rechts, gehe ein paar Gänge entlang, sehe eine Glasscheibe und draußen Leute, die vorbeigehen.

Ich trete hinaus und kann es immer noch nicht fassen.

Ich biege in eine unbelebte Gasse ein, jemand folgt mir.

Ich wechsle die Straße, er hinterher. Das Herz rutscht mir in die Hose.

An einer Ecke halte ich an, der Mann geht an mir vorbei, dreht sich nicht einmal nach mir um.

Ich ging langsam weiter, immer geradeaus, der Weg führte mich wieder zum Fluss. Hier hatte das Schiff am ersten Tag angelegt, später war es weitergefahren, flussaufwärts.

Ich sah einen, der wie ein Wachmann aussah, frage ihn: griik sala, keine Antwort. Ich frage noch mal, er zeigt mit der Hand nach der anderen Seite.

Ich ging in diese Richtung, bis zu einem kleinen Haus, etwas tiefer gelegen, mit einem Mäuerchen drum herum. Ich gehe rein.

Hallo, sage ich. Zwei Männer und ein paar Frauen schauten her, sie sagten kein Wort. Ich verdrückte mich, damit ich nicht noch Prügel bezog, ich hatte kapiert, es war ein Puff.

Ich lief herum. Ich hatte eine kleine Broschüre, ein Englischlexikon. Ich ging auf und ab und tat so, als ob ich lesen würde, aus Angst, dass man mich suchte.

Die Zeit verging, es fing an dunkel zu werden. Ich hatte keine Ahnung, wie ich ein griechisches Hotel finden sollte. Wieder frage ich den Wachmann von vorhin, er deutet auf die Straße, in der er stand.

Verzweifelt eile ich geradeaus. Es dämmerte, die Lichter gingen an.

Ich konnte kein Wort. Während ich so gehe, erblicke ich einen Obstladen, es brannte Licht. Von drinnen sah mich der Mann.

»Italiano?«, fragt er mich.

»No, Greco«, sage ich.

»Buono Greco.«

»Italiano?«, frage ich.

»Yes«, antwortet er.

»Buono Italiano«, sage nun ich.

Dann frage ich ihn: »griik sala«, ein Zimmer zum Schlafen? Mir standen die Tränen in den Augen. Wir konnten uns nicht verständigen.

Da lässt er einen anderen im Laden zurück und winkt mir, ich solle ihm folgen.

Wir suchten Stunden, um ein griechisches Hotel oder Geschäft ausfindig zu machen. Niemand kannte eins.

Um zehn Uhr nachts landeten wir bei einem anderen Italiener. Er war ein Flickschuster und arbeitete mit seiner Frau zu Hause. Zusammen mit uns trat auch ein Polizist ein. Ich bekam es mit der Angst, aber sie wussten ja nichts über mich.

Ich hatte Durst, mittags hatte ich gut gegessen, bat um Wasser, auf Italienisch: acqua. Die Frau brachte mir ein Glas, ich bat um ein zweites, sie brachte mir auch das. Ich hatte sieben Tage in Neapel verbracht und kannte ein paar Worte.

Während ich das Wasser trank, beratschlagten sie mit dem Polizisten, ob er nicht vielleicht ein griechisches Hotel wüsste.

Sie nahmen mich mit, und wir gingen lange, alles zu Fuß. Sie brachten mich zu einem makedonischen Kafenion.

Mitten in der Tür stand jemand. Ich frage, »wo ist der Chef?«

»Kommt gleich.«

Der Chef kam, ich sage ihm, er solle den Leuten einen ausgeben.

Sie wollten nichts annehmen, aber ich bestand darauf. Schließlich konnte ich sie zu einem Kaffee bewegen.

Ich gab dem Wirt einen Dollar, und er behielt dreißig Cent. Er gab mir siebzig Cent Restgeld und dazu drei Chips, die sollte ich nachher dem am Ausgang geben, als Zeichen, dass ich bezahlt hatte.

Ich sage, »bring mich zu einem Hotel, wo ich schlafen kann.«

»Gleich kommt ein boy, der bringt dich hin.«

Es kam einer aus Serres, so in meinem Alter.

Der Chef sagte ihm, nimm den Burschen und bring ihn ins Hotel. Er hatte aber keine Lust, wollte mich nur in die Straßenbahn setzen, der Schaffner sollte mich da rauslassen, wo ich aussteigen musste. Ich bat ihn, komm, bring du mich hin, ich zahle dir auch die Fahrt. Ich konnte ihn nicht dazu bewegen. Die Italiener waren Stunden mit mir unterwegs gewesen, nur um für mich etwas Griechisches zu finden.

Er brachte mich zur Station, setzte mich rein, gab mir noch die Adresse, wo ich aussteigen sollte.

Wir kamen durch viele Stadtteile, zum Schluss setzte man mich an einem Platz ab, voll mit Straßenbahnen, die Lichter so grell, dass man ganz krank wurde.

Ich hatte keine Ahnung, wohin ich mich wenden sollte.

Ich steige eine Treppe hinauf, vor mir liefen Leute, ich sage mir, ich hau' einen an.

Ich tippe einem an die Schulter, zeige ihm die Adresse, er betrachtet sie, sagt: »four blocks.«

Ich gehe, zähle vier Straßen ab, tippe einem anderen auf die Schulter.

Ich zeige ihm die Adresse, er sagt, noch drei Straßen weiter.

Ich marschiere drei Straßen, hau' einen anderen an, zeige ihm die Adresse. Er nimmt sie, streicht sie durch, sagt gar nichts.

Ich begreife, die Straße war erreicht. Jetzt ist es gut, sage ich.

Ich biege rechts ein, gehe weiter, komme auf eine gepflasterte Straße.

Wieder biege ich ab, nach kaum fünfzig Schritten sehe ich einen Haufen Griechen, die mit mir auf dem Schiff waren.

Ich renne, rufe laut.

»He Jungs, habt ihr ein Hotel?«

»Ja«, sagen sie.

Dort ganz in der Nähe war eins, das gehörte einem aus Volos. Sie brachten mich rauf und gingen dann wieder, um sich in der Stadt umzuschauen.

Ich zitterte die ganze Nacht, dass man das Hotel umstellen und mich schnappen würde.

Morgens fragte ich nach meinem Bruder, sie sagten, all meine Landsleute seien weggefahren. Ich fragte ein paar Makedonier, wisst ihr, wann ein Zug geht?

»Ja.«

Schaun wir nach.

Bevor wir losgingen, bat ich sie um ein Rasiermesser.

Jemand gab mir eins, und ich fing an, mich mit kaltem Wasser zu rasieren. Ich büßte alle meine Sünden, so weh tat es.

Einer aus Mani hatte alte Kleider, aus Drillich, und eine Mütze. Meine Kleider hatte ich in Italien gekauft. Ich gab ihm meine, er mir seine. Wenn wir uns irgendwo mal wiedertreffen sollten, wollten wir sie wieder austauschen.

Schlecht rasiert und in den alten Sachen machte ich mich mit den anderen auf den Weg zum Zug.

Anstatt mich zum Bahnhof zu bringen, führten sie mich zum Büro der Gesellschaft. Drinnen befand sich der Schiffsdolmetscher, Kostas Pylias. Ich sah ihn, bekam Angst, behielt aber die Nerven.

»Jungs, was wollt ihr?«

»Wir wollen weg von hier.«

»Wo wollt ihr denn hin?«

»Nach Chicago.«

»Was kostet die Fahrt?, frage ich. «

»Sechsundzwanzig Dollar.«

»Ich hatte vierundzwanzig.«

»Das reicht nicht«, sagt er.

»Welche Stadt liegt näher?«

»Das wäre St. Louis.«

»Wie viel Dollar?«

Er schaute in einer Preisliste nach.

»Sechzehn Dollar.«

»Da fahren wir hin.«

So würden mir noch acht Dollar bleiben. Meine Überfahrt war schon bis Pocatello/Idaho bezahlt, aber das durfte ich nicht verraten.

»Gib mir eine Fahrkarte.«

»Dein Name?«

»Christos Manthopoulos.«

Er stellte eine für sechzehn Dollar aus.

Auch die anderen lösten Fahrkarten.

»Kommt so gegen Abend, ihr kommt alle zusammen in einen Wagen, und ab geht's.«

Wir gingen raus, und die anderen holten ihre Sachen. Meine waren auf dem Schiff geblieben.

Unterwegs trafen die Makedonier einen Landsmann, der war schon seit fünfunddreißig Jahren in New Orleans.

»Wo wart ihr«, fragt er.

»In der Agentur, wir haben Fahrkarten geholt.«

»Wie viel habt ihr bezahlt?«

»Sechzehn Dollar.«

»Der hat euch zu viel abgeknöpft, elf macht es. Kommt mit.«

Ich bekam es mit der Angst, dass er zur Polizei ginge.

Dort gab es Polizisten in Massen, sie brachten Betrunkene herein, manche in Handschellen, andere stießen sie vor sich her.

»Hab keine Angst, sagt ein Freund aus Katerini.«

»Nein«, sage ich, »verrat bloß meinen Namen nicht.«

Der Makedonier sagte der Polizei, die Agentur habe zu viel Geld von den Leuten genommen, es wären elf Dollar, und sie hätten sechzehn genommen.

Fünf Polizisten und wir, so gingen wir wieder dorthin.

»Was ist denn los?«, fragt uns Kostas Pylias.

»Nichts«, sage ich, »dieser Herr hier hat die Polizei geholt und sie hier angeschleppt. Ich möchte jetzt gehen.«

Die Polizisten erkundigten sich nach der Fahrkarte, er zeigt ihnen die Tarife, es waren sechzehn Dollar.

Ich rate meinen Kameraden zu sagen, sie wollten gehen, der Dolmetscher würde den anderen anzeigen.

Sie sagten, sie wollten gehen, dann ließ man uns raus.

An der Tür trafen wir die Jungs, die noch auf dem Schiff geblieben waren, um eine Nachricht von ihrem Vater zu erhalten. Sie sahen uns in Polizeibegleitung und vermuteten, man hätte mich geschnappt. Ich mache ihnen ein Zeichen: nein, und sage auf Albanisch: »pusioni«, haltet den Mund!

Sie machten Platz, die Polizisten gingen weg. Dort in der Nähe war eine große grocery, wir gingen zu dritt hin, um Kuchen zu kaufen.

Wir sprachen Albanisch, das hörte die Frau im Laden.

Sie packte den Kuchen ein. Auf einmal fragt sie uns: »Ga ku yeni«, wo kommt ihr her?

»Wir sind Griechen«, sagten wir.

»Und Sie?«

»I'm Kalabrese«, Italienerin.

Wir blieben ziemlich lange bei ihr und unterhielten uns, die anderen waren vorausgegangen.

Unterwegs fragte ich die beiden Jungs, was an dem Abend, an dem ich abgehauen war, passiert sei, als sie auf dem Schiff unsere Namen ausriefen. Sie sagten, man hätte mit der Pistole in der Hand alles durchsucht, die Ladeluken, die Kohlenspeicher, die Aborte, ob ich vielleicht dort versteckt war. Sogar die Matratzen hätten sie hochgehoben.

Meine Gefährten holten im Hotel ihre Sachen ab, und wir gingen wieder zur Agentur.

Gegen Abend kam Kostas Pylias, verfrachtete uns auf einen Pferdekarren und brachte uns zum Bahnhof.

Er löste die Fahrkarten, gab sie uns, wir stiegen ein.

Nach etwa einer Stunde fuhren wir ab. Wie fuhren die ganze Nacht durch.

Der Tag brach an, der Mittag ging vorbei, in der Abenddämmerung hielten wir am Rande einer kleinen Ortschaft. Dort ging was am Zug kaputt. Zwei Stunden warteten wir, die Stadt war ganz voll von Negern. Dann kam eine andere Lok und übernahm uns.

Um elf Uhr nachts kamen wir in St. Louis an. Die Jungen suchten nach ihrem Vater, aber er war nicht zum Bahnhof gekommen.

Ein anderer Grieche war dort, er fragte uns, »was wollt ihr?«

Die Jungen wollen zu ihrem Vater.

»Ich bringe sie hin, haben sie eine Adresse?«

»Haben sie.«

»Ein Fuffziger, ein halber Dollar, und los geht's.«

Sie gaben es ihm. Wir kamen an einen Platz.

»Ich suche«, sage ich ihm, »ein griechisches Hotel, zum Essen und Schlafen.«

Er brachte mich zu einem, und ich blieb die Nacht über dort.

Morgens ging ich runter, es war noch früh, der Wirt am Fegen. Ich fragte ihn, ob er in St. Louis nicht vielleicht jemanden aus Dara kenne.

»Ich kenne keinen«, sagt er.

In dem Moment kommt einer aus Karnesi rein, Jorgios Chrysanthopoulos, unsere Felder lagen nebeneinander. Auch ihn frage ich.

»Ich habe keinen gesehen«, sagt er.

Verzweifelt, ich hatte kaum noch Geld, bat ich ihn um fünf Dollar. Ich würde meinen Brüdern schreiben, sie sollten mir was schicken, um es ihm zurückzuzahlen.

»Ich habe nichts«, sagt er, »morgen fährt mein Sohn Fotis weg, der hat alles mitgenommen.«

Sonst kannte ich niemanden. Wenn ich an meine Geschwister schrieb, würden sie mir sofort etwas schicken. Aber mich hatte die Angst gepackt, denn vielleicht würde mir die Polizei durch die Adresse auf die Spur kommen.

Ich steckte in der Klemme. Da erschien einer aus Pangrati bei Kalavryta, Panajotis Boitalis.

Ich fragte ihn, ob er hier nicht einen aus meinem Dorf kenne.

»Nein«, antwortete er.

Zwei Monate vor mir war er abgefahren, ohne einen Heller, ein armer Schlucker.

»Gehen wir raus«, sage ich, »in eine Kneipe, du kennst dich aus, damit ich hier mal rauskomme.«

»Gehen wir.«

In der Tür stoßen wir mit einem aus Vitina zusammen.

Ich erfuhr, dass am Abend einer aus Dara, Efthymios Jannopoulos, aus Great Falls/Montana angekommen war. Wenn es der ist, dachte ich mir, bin ich aus dem Schneider, denn er war ein Vetter ersten Grades von mir.

Wir gingen los, zusammen mit dem aus Pangrati suchten wir in allen Kneipen und Lokalen. Wir fragten herum, und man sagte uns, wir haben davon gehört, aber keiner hatte ihn gesehen. Wo wir vorbeikamen, hinterließen wir die Nachricht, ein Vetter von ihm suche ihn, und wir kämen wieder vorbei.

Es wurde dunkel, wir klapperten noch einmal von Anfang an die Kneipen ab, die erste, die zweite, in der dritten fanden wir ihn.

Er saß ganz hinten, mit einem anderen zusammen, einem Italiener, ihre Anzüge eng geschnitten, die Hüte tief in die Stirn gezogen, sie tuschelten miteinander.

Er gab uns ein Zeichen, auf ihn zu warten und uns was zu bestellen.

Nach einer Weile kam er und sagt zu uns: »steht auf.«

Er lud uns ein, wir aßen, er bestellte nur das Beste. Dann verließ er uns.

Am Morgen darauf kam er wieder und holte mich im Hotel ab. Wir tranken Kaffee, dann gingen wir zu einem Schneider.

»Such dir einen Anzug aus, der dir passt«, sagt er.

Ich schämte mich und erklärte ihm, dass ich meine Kleidung in New Orleans mit jemandem getauscht hatte, damit man mich nicht erkennt.

Wir kauften alles neu, Kleider, Unterwäsche, Schuhe, Hut, Halstücher, Socken.

Wir gingen in eine Badeanstalt, ich nahm ein Bad, zog die neuen Sachen an, wir gingen weiter zu einem Haus, trafen welche aus Filia, aus der Gegend von Kalavryta. Ich ließ die alten Sachen dort und erzählte meinem Vetter, ich hätte Angst, meinen Verwandten zu schreiben, wo ich sei, weil ich abgehauen war.

Er riet mir zu schreiben, aber unter dem Namen Tom Jason. Unterschreibe mit ›euer Freund‹, nicht ›euer Bruder‹, das würden sie schon begreifen.

Ich blieb zwei Tage in St. Louis. Wir bummelten durch die Stadt, und Efthymios wollte mich noch dabehalten. Ich sagte ihm, meine Geschwister hätten an Kostas Pylias geschrieben, und sie machten sich sicherlich Sorgen. Das Schiff war für zehn bis zwölf Tage in New Orleans geblieben, um überholt zu werden, und Pylias habe sicher geantwortet, ich sei verschwunden.

»Wenn es so ist«, sagte er, »dann fahr.«

Er brachte mich zum Bahnhof. Dieser war mit Eisengittern eingefasst und hatte schon damals, 1907, um die zwanzig Gleise, jeder Bahnsteig mit Sperre. Jeder Zug fuhr zu einer bestimmten Zeit und an einen bestimmten Ort. An den Sperren standen Kontrolleure, die niemanden durchließen, der keine Fahrkarte hatte.

Wir lösten die Fahrkarte, fünfunddreißig Dollar. Er gab mir noch fünfzehn dazu, damit ich was habe, also fünfzig.

Die ganzen Tage hatte ich ihn nicht arbeiten sehen.

»Viel Geld«, sage ich ihm.

»Ich mache so meine Geschäfte«, sagt er.

Vielleicht wettet er auf Pferde, dachte ich.

Den Kontrolleuren zeigte ich meine Fahrkarte und ging durch.

Zwei Uhr nachts war es, als ich die Sperre passierte. Um den Zug herum lauter rabenschwarze Neger mit Laternen. Ich steige ein und setze mich, ohne es zu wissen, in die erste Klasse. Erste Klasse, zweite Klasse, dritte Klasse, und die dritte Klasse wie die erste in den griechischen Zügen.

Mein Vetter bekam das mit, unbemerkt kommt er, sucht und findet mich, »steh' auf«, sagt er, »komm mit.« Er brachte mich in die dritte Klasse.

Der Zug setzte sich in Bewegung und fuhr mit einer Geschwindigkeit von fünfzig Meilen.

Dreieinhalb Tage reiste ich, Tag und Nacht. Ohne Freunde, ohne Griechen zum Unterhalten, ganz allein, wie ein Stück Frachtgut.

Wir kamen durch Städte, ab und zu hielten wir kurz an, fuhren weiter.

An einer Station stieg ich aus, um mir Kuchen zu kaufen und mir die Füße zu vertreten, da pfeift der Zug und fährt plötzlich los. Ich renne, um ihn noch zu erwischen, die anderen rufen mir etwas zu, ich verstand nicht. Ich erreiche ihn, hänge mich ans Trittbrett, aber da fuhr er wieder zurück und blieb noch eine ganze Weile stehen.

So fuhren wir, Essen, Schlafen, alles drinnen, die Fahrkarte am Hut, unters Band gesteckt. Der Kontrolleur kam, nahm sie, prüfte sie, und weg war er.

Wir erreichten Kansas City, zwei Uniformierte steigen ein, holen die von uns aus dem Zug, die nach Pocatello sollten, und mit Zeichen machten sie uns deutlich, wir sollten unser Zeug mitnehmen, wir müssten umsteigen.

Ich stieg aus, der andere Zug kam, man setzte mich hinein.

Wir kamen durch weitere Städte, Pueblo, Denver, Colorado, Omaha.

So viele Tage und Nächte, dachte ich mir, wo zum Teufel sind denn bloß meine Brüder, am Ende der Welt?

An vielen der Orte, an denen wir anhielten, sah man auf den Bahnhöfen griechische Arbeiter, sie unterhielten sich auf Griechisch.

Ich rief ihnen zu: »Hey Leute, ist es noch weit bis Pocatello/Idaho?«

»Das dauert noch«, sagten sie.

Wir fuhren durch Salt Lake City, erreichten Ogden.

Dort mussten wir erneut umsteigen. Wir würden zwei Stunden Aufenthalt haben.

Ich fragte die Griechen auf dem Bahnhof, ob sie nicht einen Landsmann von mir, einen aus Dara, kennten. Sie sagten, es gäbe da einen

Alexis Tsinos, der ein Kafenion betreibe. »Kommt«, sage ich, »lasst uns hingehen, damit ich ihn sehen kann«, und sie verlangten einen halben Dollar von mir.

Mein Geld wollte ich nicht verschleudern, ich wusste ja nicht, was mir noch bevorstand. Also, sage ich, warte ich hier.

Am selben Abend schlug das Wetter um, es fing an zu schneien.

Es war Dezember, kurz vor dem Festtag des Heiligen Spyridon.

Am siebten Oktober war ich von meinem Dorf aufgebrochen, am zehnten war ich an Bord gegangen. Über zwei Monate war ich schon verschollen.

Ich merkte, dass wir ankamen, der Schaffner begann zu rufen:

Pocatello, Pocatello.

Zwei Uhr nachts. Ich stand auf, der Zug hielt, ich stieg aus. Ich wusste nicht, wohin ich gehen sollte, traute mich nicht zu fragen, die Polizei ...

Die Adresse der Jungs hatte ich zerrissen. Ich hatte sie im Kopf, wusste aber nicht, wie ich das Haus finden sollte. Ich musste erst mal hier weg, denn ich bekam immer mehr Angst.

Ich ging in eine Straße, in die Nummer 117. Dort war eine grocery, ein Krämerladen. Geschlossen. Der Laden gehörte einem aus Sparta und einem aus Dara, Varavelis und Co. In Ogden hatte man mir gesagt, wenn ich hier ankäme, solle ich zu ihnen gehen. Man hatte mir auch gesagt, dass mein Bruder Jannis hier einen Saloon an einer corner hätte, aber keine Nummer.

Ich ziehe weiter, sah Lichter, es war ein Saloon, der erste oberhalb des Bahnhofs. Drei Uhr, und drinnen waren Leute.

Ich schaute durch die Scheiben, und ein paar von ihnen machten mir ein Zeichen, komm rein!, aber ich kannte sie nicht. Ich dachte mir, das sind vielleicht Gauner, und ging weiter.

Ich ging auf die andere Seite, zu einem anderen Saloon, dasselbe.

Ich zögerte hineinzugehen. Nachher ist irgendein Fahnder drinnen und ergreift mich.

Ich mache kehrt, es ist Nacht, gehe weiter, komme zu einer Apotheke.

Ich gehe noch ein Stückchen weiter, kehre um. Ich wusste nicht, was ich tun sollte.

Meine Brüder würden sicher schon zu Hause sein und schlafen. Ich stehe wieder vor dem ersten Saloon, beschließe reinzugehen.

Ich trete durch die Tür, bleibe kurz stehen.

»Guten Abend«, sage ich auf Griechisch.

»Kalispera«, ist die Antwort.

Zwei würfelten, etwa sechs saßen dabei. Einer stand hinter der Theke, mit grüner Schirmmütze und weißer Schürze.

Ich gebe mir einen Ruck und sage:

»Bist du's, Jannis?«

»Ich bin's, Andreas, du?«

Da fielen wir uns in die Arme, Küsse und Tränen, weil wir zwei Brüder uns gefunden hatten, ohne uns wiederzuerkennen. Denn er war sieben Jahre vor mir abgefahren, und nun hatten wir beide Schnurrbärte.

»Setz dich«, sagt er zu mir, und fragt die anderen, was er ihnen ausgeben soll.

Einer nahm Kaffee, einer Cognac, einer Bier. Ich fragte ihn nach den Jungs, nach Dimos und Panos.

Er sagte, sie seien zu Hause, weit außerhalb.

»Warte, um vier kommt einer, um die Schicht zu übernehmen, dann gehen wir.«

Sein Kompagnon kam, er zog die Arbeitskleidung aus, und wir brachen auf. Wir gingen zuerst in ein chinesisches Lokal, um zu essen.

Dort bringen sie alles auf einmal, fünf oder sechs Teller, von der Suppe bis zum Nachtisch. Ich hatte keinen Appetit, aber Jannis drängte mich zu essen.

Dann machten wir uns auf den Weg nach Hause, wo unsere Brüder waren.

Sie wohnten zusammen mit anderen Verwandten aus dem Dorf und einem Mann aus Kamenitsa, Kostas Pifas. Wir trafen sie da an, sie waren gerade aufgestanden und bereiteten das Frühstück, Milchkaffee, in den sie Butter taten und ihr Brot eintunkten, um sich für die Arbeit in der Fabrik zu stärken.

Wir saßen dort, bis es hell wurde. Dann gingen die Arbeiter weg. Jannis hatte ein Zimmer in einem Hotel gemietet, das Haus lag ihm zu weit draußen. Ich blieb bei Panos, er hatte noch keine Arbeit aufgenommen. Im Erzählen überkam uns der Schlaf.

Gegen Mittag stand ich auf und ging zum Saloon. Jannis hatte einen gewissen John Foreman aufgestöbert, einen Boss, und fragte ihn, ob ich bei ihm arbeiten könne. Dimos war auch dort. Er wollte am nächsten Tag Bescheid geben.

Am nächsten Tag ließ er uns ausrichten, wir sollten zu ihm kommen.

In der Nähe war eine Schneiderei, von einem Juden. Dahin gingen wir und kauften Arbeitskleidung, overcoat, Hemd, Lederhandschuhe, ein Käppi, Gummistiefel, damit ich anfangen konnte. Am nächsten Morgen stand ich auf und ging mit allem ausgerüstet in den Saloon.

Jannis sagte zu einem Gehilfen, nimm Andreas und bring ihn zu John Foreman, er soll ihm eine Karte geben.

Wir gingen zum Boss. Er erklärt ihm, ich sei Jannis' Bruder.

»Ich weiß«, sagt er, »aber schau, ein Telegramm, wir sollen Leute entlassen. Tut mir leid für meinen Freund Jannis, aber ich kann nichts tun.«

Am nächsten Tag schmeißen sie vierzig aus der Fabrik, am Tag darauf noch mehr. Schließlich kam auch mein Bruder Dimos an die Reihe, der seit sechs Jahren bei der Firma war.

So stand es um die Arbeit, und wir waren schon drei, die die Hände in den Schoß legten.

Dann begann die Arbeitslosigkeit von 1908, und man war froh, wenn man etwas zu beißen hatte. Wir, das heißt der Saloon, konnten uns mit Mühe ernähren und schlugen uns so durch. Ich war noch keinen Monat in Pocatello, als eines Tages zwei Beamte bei uns vorbeikamen. Sie waren vom Fahndungsdienst. Man konnte sie nicht erkennen, weil sie ihre Marke innen trugen. Sie gingen zu Jannis und fragten, wo ist dein Bruder, Andreas Kordopatis? Er sagte, er kam zwar mal hier vorbei, aber mehr weiß ich auch nicht. Drinnen stießen sie auf Panos und nahmen ihn fest, weil sie den Verdacht hatten, er sei ich. Dann fragten sie, wo das Haus sei, um auch dort nachzusehen.

Sie gingen mit Jannis los, Panos nahmen sie gleich mit.

Draußen fiel Schnee, sie trafen auf Kostas Pifas. Zu dem sagt Jannis heimlich: »Ist Andreas zu Hause?«

»Ja.«

»Schnell, nimm einen anderen Weg, das hier sind Fahnder, er soll abhauen, weil sie ihn sonst schnappen.«

Sie gingen ein Stück weiter, und Jannis begann Umwege zu machen, um sie hinzuhalten.

Ganz außer Atem kommt der Mann an, sagt zu mir, verschwinde sofort, sonst haben sie dich.

Mein Herz schlug wie verrückt vor Angst, ich raffe in einer Minute alles zusammen, werfe mir eine Jacke über die Schulter, greife meine Mütze, die Pantoffeln, und wir verschwinden durch die Hintertür.

Gerade als wir hinaustreten, knarrt vorne die Tür. Aber wir waren auf einer entlegenen Straße und verließen uns auf unsere Füße.

Wir liefen einen Kilometer aus der Stadt hinaus.

Dort wohnte einer aus Sparta, der hatte sich ein Grundstück gekauft und ein Haus gebaut, war verheiratet. Sein Name war Kostopoulos, er stellte Kuchen her. Fünf Tage blieb ich bei ihm. Aber die Angst setzte mir zu, weil ständig Wagen vorbeifuhren. Sie fuhren raus zu den Schlachthöfen und holten Fleisch.

Vor Morgengrauen konnte ich kein Auge zukriegen.

Nach fünf Tagen schickte mein Bruder einen seiner Bekannten mit hundert Dollar. Der brachte mich zu einem Hotel im Zentrum der Stadt, ganz neu, gerade erst errichtet. Er gab mir die hundert Dollar, um dort zu wohnen, zum Essen sollte ich hinuntergehen und danach gleich wieder rauf.

Ich kannte keinen Menschen, konnte die Sprache nicht, es war hart.

Ich nahm ein paar amerikanische Bücher, lesen konnte ich nicht, tat so, als ob ich reinguckte, nur um die Zeit totzuschlagen.

Zehn Tage blieb ich im Hotel, dann schickte mein Bruder einen anderen, der sagt, gehen wir zu Jannis. Wir liefen nachts, durch abgelegene Straßen, dort, wo man fest schlief.

Er sagt, »mach' dich fertig, morgen früh fährst du nach Salt Lake City. Von da schicken sie dich nach Rock Springs, um in den Minen zu arbeiten.«

Er gab mir noch etwas Geld für die Auslagen, die Fahrkarte bezahlte ich nicht, ich würde free fahren, auf Rechnung der Oregon Shoreline. Die gehörte einem Vassilios Karavelis.

Am Morgen stieg ich in den Zug, zusammen mit einem Mann aus Komi, Nikolaos Antonopoulos. Auch Karavelis selbst fuhr mit, erste Klasse. Wir kamen in Salt Lake an und gingen dorthin, wo es griechische Saloons gab. Kaum tauchten wir da auf, erkannte man mich als einen der Kordopatis-Brüder. Ich wollte nicht, dass die Leute von mir wussten, und stritt es ab, behauptete, ich sei aus Valtessiniko in Gortynia.

Sie erwiderten mir:

»Klar bist du ein Bruder von denen, Gesicht, Haare und so, alles gleich.«

Egal woher sie auch kamen, aus Roumeli, Kreta oder von den Inseln, wer mit meinen Brüdern zusammen gearbeitet hatte, erkannte mich.

Wir waren im dritten Saloon, da kommen ein paar Polizisten herein, zwei Meter jeder, Mordskerle, hundertzwanzig Kilo, Muskelpakete. Das Herz rutschte mir in die Hose, hoffentlich entdecken sie mich nicht.

Ich verdrücke mich zusammen mit Antonopoulos, sage, »ich gehe zu Karavelis, um ihn um einen free pass zu bitten, damit ich wieder nach Pocatello zurückfahren kann.»

Ich suchte ihn auf, sagte ihm, »hier kennen mich zu viele. Gib mir eine Bescheinigung für eine Rückfahrkarte.«

Ich bekam die Bescheinigung, und Antonopoulos brachte mich im elevator rauf zu den Büros. Wir lösten die Fahrkarte, und so war auch das geregelt. Dann gingen wir zum Bahnhof, ich stieg in den Zug und fuhr ab.

Zehn Tage blieb ich bei den Jungs. Dann sagte Jannis, wir sollten eine Karte nach Nampa/Idaho lösen, da fährst du hin. Dort wohnte ein Onkel von uns, ein Bruder unserer Mutter. Er war bei der Eisenbahn beschäftigt, und vielleicht könnte auch ich dort Arbeit finden.

An dem Tag, als ich abfahren sollte, schaute ich morgens noch einmal im Saloon vorbei. Wie ich reingehe, bemerke ich drinnen einen älteren Polizisten.

Kaum sah ich ihn, zog ich mich unbemerkt zurück und renne nach Hause. Als die anderen am Abend von der Fabrik kamen, sahen sie Jannis. Er fragte sie, warum ist er so schnell weggerannt? Der Polizist da ist von hier, einer von uns.

Und er bestellte mich für zehn Uhr morgens zum Bahnhof, er werde auch selbst da sein. Er kam, setzte mich in einen Waggon und ging.

Abends kam ich in Nampa/Idaho an. Nach etwa zwei Stunden erschienen die Arbeiter, die in der section arbeiteten. Sie wohnten in den Wagen der company, nahmen mich bei sich auf, und ich blieb bei ihnen.

Das war am Samstag, am Montag sorgte mein Onkel beim Boss dafür, dass sie mich einstellten, für anderthalb Dollar am Tag. Ich arbeitete fünfundvierzig Tage, und das trotz der Arbeitslosigkeit.

Dann erhielt ich einen Brief aus Pocatello: »Versteck dich, einer von denen, die dich neulich suchten, ist wieder vorbeigekommen und dir auf der Spur.«

Es war Mittag, als ich den Brief erhielt. Wir aßen gerade, und ich ging nicht zur Arbeit, womöglich würde er da auftauchen und mich schnappen. Ich verzog mich in eine Art Schilfdickicht, es gab einen See in unserer Nähe, und dort hielt ich mich versteckt, bis es dunkel wurde.

Als es dunkel genug war, stand ich auf, ging an den Wagen und klopfte.

Mein Onkel öffnete mir.

»Kam jemand hier vorbei?«

»Nein.«

»Morgen früh«, sage ich, »muss ich abhauen, woandershin.«

Er sagt, »geh doch nach Boise/Idaho.«

Dort gab es einen Schuster aus Tripoli, Dimitrios Karakassis. Ich stieg in den Zug, es war ein Regionalzug, er fährt nur bis Boise. Auf dem Bahnhof fragte ich ein paar Griechen nach ihm, sie gaben mir Straße und Nummer.

Ich ging hin und fand den Mann, er machte Schuhe, reparierte auch alte, der Laden eng und ärmlich. Ich kannte die Flickschusterei, blieb eine Woche und half ihm. Schließlich wollte ich wieder weg. Er gab mir sechs Dollar, ich nahm den Zug und fuhr zurück nach Pocatello.

Ich blieb den ganzen Tag im Haus, und mit der Dämmerung ging ich raus, ins Kino oder trieb mich auf den Straßen rum. Nur dem Saloon näherte ich mich nicht, damit sie mich nicht dort schnappen konnten.

Manchmal nahm ich mir auch eine Flinte und ging in die Hügel auf die Jagd.

Einige Tage später machten wir drei Brüder uns fertig, Dimos, Panos und ich, um nach Butte/Montana aufzubrechen. Man hatte uns gesagt, eine Gesellschaft namens North Pacif, die Gleise repariere, stelle Arbeiter ein. Da gehen wir hin, sagten wir.

Jannis blieb im Lokal, er konnte sich noch gerade so über Wasser halten.

Es hatte Zeiten gegeben, da erhielten die aus aller Herren Länder kommenden Arbeiter ihre Schecks, lösten sie noch am selben Abend ein, und am nächsten Morgen rannten sie betrunken gegen die Häuserecken.

Jetzt gab's keine Schecks, alle krepierten beinahe vor Hunger, schnallten den Gürtel enger und tranken Wasser, um etwas im Magen zu haben.

Wir kamen mittags in Butte/Montana an. Die Stadt liegt hoch oben, die Erde unter ihr ist ganz durchlöchert, Metallminen, da arbeiten die Leute.

In dieser Stadt blieben wir zwei Wochen, ohne Arbeit. Wir aßen kaum, das Geld ging uns aus. Wir schliefen in den billigsten Hotels. Wer gar nichts mehr hatte, übernachtete in Kneipen auf Stühlen.

Ein Landsmann von uns, Nikolas Jorgokopoulos, hatte früher einen Saloon in Salt Lake gehabt, der dann bankrottgegangen war. Der brachte es nun zusammen mit Jannis Sarris und seinem Bruder Tzialas fertig, sich nach ihrer Ankunft in Montana an einige Eisenbahngesellschaften zu hängen.

Mit Hilfe eines gewissen Kostas Katarachias alias Bouras aus Toparista in Gortynia, drei Stunden von unserem Dorf entfernt, schafften sie es, Arbeit für fünfzehn Mann bei der North Pacif zu finden, für anderthalb Dollar am Tag.

Sie nahmen uns, und die Arbeit bestand darin, in einem fort die

Schienen oder Schwellen der Gleise zu entfernen und andere zu verlegen, von Bahnhof zu Bahnhof.

Wir wohnten in extra Waggons für die Arbeiter. Wir kochten und schliefen darin, und wenn die Gesellschaft uns an einem anderen Ort benötigte, verfrachtete man uns über Nacht einfach dorthin.

So wachten wir oft auf und arbeiteten schon wieder in einer anderen Stadt: Center Park, Logan, Bozeman, Livingston.

Wir waren in Logan, als eines Abends ein fürchterliches Gewitter losbrach. Ein Güterzug voll mit Lebensmitteln kommt an, ein Fels bricht ab, trifft ihn, trifft die Lok, zertrümmert sie. Sofort schafft man uns nach Lombard rüber, einer anderen kleinen Stadt, wir sollten die Waggons entladen, die umgekippt am Flussufer lagen. Wir legten Leitern an und holten die Kisten und Pakete heraus: Geräuchertes, Schweinekeulen, Lenden, Würstchen, Eier, Salami, Butter.

Am ersten Tag arbeiteten wir, am zweiten fanden wir in einem Bahnhof außerhalb von Lombard vier Kisten. Am Morgen brachten wir kaputte Butterfässer und Kartons mit zerbrochenen Eiern – einige hatten wir selbst zerschlagen – und Fleisch auf die Seite, füllten alles um, und zwei Monate ließen wir es uns gutgehen.

Von dort brachte man uns zur Arbeit nach Bozeman.

Kostas Bouras schaute bei uns vorbei, die Arbeit war hart.

Wir sagten ihm, er solle dafür sorgen, dass wir in einer Fabrik unterkämen.

Er versprach es. Wir waren zu siebt, und acht aus Roumeli. Er schaffte es nicht für alle, nur für uns sieben. Schließlich fragte er uns, wohin wir wollten, nach Helena oder Missoula. Wir wollten nach Missoula.

Er ging, und am nächsten Tag schickte er uns die Fahrkarten, free pass. Wir erhielten sie abends, am Morgen brachen wir auf, stellten uns in einer Reihe auf, alle zusammen, auch die aus Roumeli.

Die Arbeit begann, der Monat ging zu Ende, wir sollten time check bekommen, vierzig Tage.

Da legte sich der Boss mit Panos und einem namens Dimos Jannopoulos an, sie würden nicht arbeiten, dabei waren sie die besten Arbeiter. Das geschah einmal, zweimal, wir arbeiteten immer zu zweit, da sagt er zu ihnen: Feierabend. Mein älterer Bruder Dimos stellt sich breit vor ihn hin:

»Willst du die fähigsten Arbeiter entlassen? Arbeiten sie nicht erstklassig, besser als alle anderen?«

»Sie werden entlassen.«

»Na schön«, sagt Dimos, »dann gehen wir alle. So hauten wir fünfzehn ab und gingen in die Stadt zu den Waggons, wo wir unsere Sachen hatten.«

Wir packten sie zusammen und machten uns fertig, um am Morgen abzufahren.

Als es dunkel wurde, kam der Boss und flehte uns an zu bleiben. Aber wir hatten mit dieser Sache schon abgeschlossen.

Die Leute aus Roumeli fanden nur schwer Arbeit, wir sagten ihnen, sie sollten es sich noch überlegen. Sie blieben. Wie es ihnen weiter ergangen ist, weiß ich nicht.

Im Morgengrauen gingen wir zum Bahnhof, gaben unsere Kleidung als Frachtgut auf und warteten auf den Zug.

Wir waren sieben, Katarachias hatte uns acht Fahrkarten geschickt. Der Zug kam, wir stiegen ein, im Gang trafen wir noch einen Landsmann. Der sagt uns, drinnen sitzt Thodoris Loumbassis, ab hier hat er keine Fahrkarte mehr, sie werden ihn rausschmeißen.

»Wo ist er?«, frage ich.

»Im anderen Wagen.«

Ich gehe zu ihm hin. »Hast du eine Fahrkarte, Thodoris.«

»Nein.«

Komm, setz dich zu uns.

Er macht es. Der Schaffner kommt, kontrolliert die Fahrkarten, wir geben ihm den free pass für acht: die da ist für den Herrn da drüben.

So kam er durch.

Wir kamen nachts in Missoula an. Dort gab es zwei Landsleute von uns und Verwandte, aber wir hatten ihre Adresse nicht. Thodoris kannte sie.

Wir gingen zum Obstladen von Jannis Jokas, er war zu. Danach in einen Saloon von Nikos Monoros, darüber hatte er ein Hotel, wo wir die Nacht über bleiben konnten.

Am nächsten Morgen gingen wir zur Arbeit in die Fabrik. Wir fragten, wann wir anfangen sollen, man sagt uns, kommt heute.

»Heute geht's nicht, wir haben unsere Arbeitskleidung noch nicht dabei.«

»Gut.«

Die anderen sagen uns, wartet zwei Tage.

Zwei Tage vergingen, die Kleider kamen immer noch nicht. Wir gingen zum Boss, aber der ließ uns nicht vor.

»Und was jetzt?«, frage ich Monoros.

»Wir werden vorschlagen, sie sollen euch draußen beschäftigen.«

»Wenn wir draußen arbeiten wollten, würden wir das schon tun. Wir sind gekommen, um in der Fabrik zu arbeiten, dann soll es ruhig regnen oder schneien.«

Ich sage, »sieh zu, dass du an den Mechaniker rankommst, der steht höher als der Boss. Nimm auch eine gute Zigarre mit, lad ihn ein und sag ihm, die Männer hätten keine Arbeitskleidung, und sie wollten nicht ihre andere kaputt machen, es sind arme Jungs, aber gute Arbeiter.«

Am Ende schaffte er es. Wir gingen in die Fabrik, und sie schrieben unsere Namen auf. Weil mich die Polizei jagte und um meine Spur zu verwischen, nannte ich mich nicht Andreas Kordopatis, sondern Tom Kallas.

Ich wechselte oft meine Namen. Man gab uns auch Stempelkarten, die wir in die Stechuhr stecken sollten, um die Stunden aufzuzeichnen, die wir gearbeitet hatten. Man teilte uns der Depotreinigung zu. Wir sammelten Eisenabfall von den Maschinen auf und fegten. In einem halben Tag machten wir alles blitzblank.

Wir arbeiteten schnell, aber das ist nicht erlaubt. Die Bosse wollen dich immer in Bewegung sehen.

Den Trick hatten wir schnell raus.

»Easy«, sagen sie, »immer mit der Ruhe, nur keine Hast.«

Einige Zeit später begann man so nach und nach die Italiener und Japaner rauszuwerfen. Und wir brachten Griechen aus den umliegenden sections.

Ungefähr einen Monat später waren alle Italiener und Japaner weg.

Es blieben nur die Mechaniker, die die Räder reparierten.

Wir hatten schwer zu tun. Ein paar sammelten Eisenabfälle, ein paar Asche, und einige fegten. Andere standen in der Kohle, leerten Karren, füllten die Maschinen.

Im Winter begann die Arbeit an den Öfen, und man übergab mir zehn zur Aufsicht. Morgens musste ich sie anmachen, ich zog die Schlacke heraus, besorgte mit Fischöl getränkte Dochte und Holz, die Öfen waren riesig, warf viel Kohle hinein und zündete sie an, sodass sie Feuer fing. Es war mächtig kalt, viel Schnee.

Damit die Maschinen arbeiten konnten, schaufelte man die Wege frei, um die Fabrik herum war alles zugefroren. Kaum wurde es zehn Uhr und die Öfen brannten gut, machte ich mich heimlich davon, um nicht von den Bossen gesehen zu werden. Ich ging nach Hause, kochte, bereitete das Essen vor, um zwölf, wenn die Sirene heulte, war ich zurück.

Ich steckte meine Karte in die Stechuhr, und sie schrieb die genaue Stundenzahl auf. Dann ging ich mit den Jungs weg. Wir aßen, und eine Viertelstunde, bevor um eins die Sirene wieder heulte, gingen wir zurück.

So sah unsere Arbeit aus, und jeder war auf seinem Posten.

Ich verdrückte mich immer wieder, mal ging ich nach Hause, mal stieg ich auf irgendeine Maschine und war nicht zu sehen.

Es gab da einen Boss, Mitchell, höher als die anderen, der beschwerte sich bei Nikos Monoros, sie hatten miteinander zu tun: den Mann, den seh' ich nie. Nikos sagte mir das, und von da an ließ ich mich ab und zu blicken.

Eines Morgens, alles war schwarz vor Rauch, man konnte seine eigene Nase nicht sehen, ging ich über den Flur, um zu verschwinden. Er kommt, wir stoßen zusammen, er sagt: »excuse me.«

»Macht nichts«, sage ich.

Und er ging weiter.

Es wurde Mai, der Winter war vorbei und damit auch das Heizen. Jetzt sollte ich Eisen aufsammeln. Ungefähr einen Monat später gab man uns den time check und entließ uns.

So waren wir wieder ohne Arbeit, und Dimos fand ein Haus, wo er eine grocery aufmachte. Darüber eröffnete er noch ein Hotel, sechs Zimmer, für Griechen, die aus anderen Städten auf der Durchreise waren. Panos kehrte nach Pocatello zurück, um sich mit Jannis zusammenzutun.

Wir blieben eine Woche, dann erwischte Nikos Monoros einen Superintendent der Eisenbahngesellschaft. Wir, so um die dreißig Mann, sollten raus zu einem Tal fahren, um Sand auf offene Waggons zu laden.

Der Ort hieß San Rizzi. Ein kleines Nest, wenige Häuser, aber es gab viele groceries, auch Saloons mit Frauen gab es. Da arbeiteten wir eine Zeit lang, dann brachten sie uns wieder zurück, zu einer death mix section in der Nähe von Missoula, zwei Stunden zu Fuß. Am dritten Tag beschloss ich, in die Stadt zu gehen. Ich wollte sehen, wie es Dimos und seiner grocery ging, mich ein bisschen umschauen, vielleicht konnte ich dort Arbeit finden.

Bei Sonnenuntergang ging ich los und war am Morgen bei Tagesanbruch wieder zurück. Ich ging zu Fuß, und zufällig traf ich auf die anderen.

Dort ging es uns gut, wir hatten Eier, Milch, Hühner, alles ganz billig.

Aber ich hatte es mir in den Kopf gesetzt, wieder in die Fabrik zu gehen.

An einem Donnerstagabend springe ich auf einen Lastwagen und fahre wieder nach Missoula. Ich ging zur grocery und besprach mich lange mit meinem Bruder. Im Morgengrauen, ich muss wohl anderthalb Stunden unterwegs gewesen sein, sehe ich meine Kumpels in einem Zug, sie geben mir Zeichen, sie hätten die Arbeit aufgegeben.

Ich blieb stehen und schaute ihnen nach, bis sie verschwunden waren.

Dann ging ich weiter, um meine Sachen zusammenzusuchen. Ich hatte sie schon einmal verloren, damals auf dem Schiff, als ich abgehauen war, Decke, Jacke, Rasierzeug.

Damals trugen die Leute alles mit sich herum, weil die Schiffe nur Holzbetten hatten. Ich wollte mein Zeug nicht noch einmal verlieren.

Ich ging eine Viertelstunde auf und ab und treffe den Boss ganz allein auf den Gleisen.

»Good morning«, sage ich.

»Good morning.«

»Warum sind die anderen weg?«

»Go home«, sagt er.

Er hatte ihnen gesagt, die Hälfte der Leute solle mit einem anderen Boss arbeiten, die andere Hälfte mit ihm, und am Abend sollten alle wieder zusammenkommen. Sie wollten sich nicht trennen und hatten die Arbeit hingeworfen. Wo sie nun weg waren, konnte ich nicht bleiben.

Ich kehrte zur section zurück, ging zum Waggon, wo wir unsere Kleider hatten.

Drinnen fand ich meine Sachen, machte ein Bündel daraus und ging zum Bahnhof, um dort zu warten. Man sagte mir, dass kein passenger, kein Personenzug käme.

»Fright car«, frage ich, »kommt so einer?«

Man sagt mir: »yes, aber er hält nicht an.«

Ich ging zum äußersten Ende des Bahnhofs und wartete. Nach etwa einer Stunde tauchte der Zug auf. In dem Moment, wo er an mir vorbeikommt, werfe ich das Bündel auf einen der ersten Waggons.

Ich rannte und schaffte es noch, auf den letzten Wagen zu kommen.

Von dort robbte ich auf dem Bauch bis nach vorne.

Die Waggons waren offen, drinnen jede Menge Strolche versteckt. Aber das war mir egal, ich hatte ja keinen Cent bei mir.

Am frühen Nachmittag kamen wir in Missoula an.

Ich blieb zwei Tage bei Dimos, ich dachte, ich gehe lieber wieder in die Fabrik, vielleicht kann ich ja etwas erreichen. Ich nahm Nikos Monoros mit, und wir fanden einen Boss, der im coal dock arbeitete, der brachte mich unter.

Der Waggon rollte mit voller Ladung heran, halb gekippt, wir entluden ihn in große Behälter, acht Meter hoch.

Das ging so neun Tage lang. Eine anstrengende Arbeit und gefährlich, wenn man aus dieser Höhe herunterfiel, brach man sich den Hals. Ich wollte weg. Ich kannte zwei Bosse, einen Deutschen namens Buch, der dauernd vor sich hin pfiff, und einen Makis. Makis arbeitete da, wo man die Maschinen zur Reinigung auseinandernahm.

Ich sage: »Ich möchte, dass du mir eine Arbeit bei der Maschinenreinigung gibst.«

»Das hat Mitchell zu entscheiden, und wenn ich dann einen change habe, gebe ich ihn dir.«

»Wann hast du einen change?«

»Da ist einer, der hört bald auf, und wenn es so weit ist, sprechen wir uns wieder.«

Zwei Tage später erfahre ich, dass Mitchell zur Kur gefahren ist.

Ich laufe zu Buch, dem Pfeifer, der Mitchell vertritt.

»Was willst du?«

»Dass du mir eine andere Arbeit gibst.«

»Allright, morgen früh.«

Ich ging zum coal dock, löste den time check zur Auszahlung ein, und am nächsten Morgen erschien ich bei dem anderen, er schrieb meinen Namen auf.

Aber er trug mich für die Arbeit in den ditches ein, da, wo die Maschinen sind und die Asche hinfällt, wir sollten sie mit Eisenkarren wegschaffen. Ich war mit noch einem zusammen.

Vierzehn Tage später kommt Mitchell zurück. Er sieht mich arbeiten.

»Come on, check«, ruft er mir zu.

Das hatte mir gerade noch gefehlt. Das war's, sage ich, der wird mich rausschmeißen.

Er redete ziemlich lange mit mir, er kannte mich ganz gut. Dann schickte er mich zusammen mit Christofis zu den Öfen, wir sollten als Erstes die Asche ausräumen. Ich war noch einmal davongekommen. Ich rief den anderen, er nahm eine Schubkarre, und wir gingen zu den Öfen.

In den einen stieg zunächst ich, es waren zwei. Anderthalb Meter tief, fünf Meter lang und vier breit.

Ich hatte einen Wasserschlauch, löschte die Kohle, zog sie mit der Feuerzange raus, warf sie in die Karre. Der andere nahm die Karre, kippte sie in einen Waggon, der war drei Meter hoch, da musste er auf einem Brett hinauf, vorsichtig, um nicht runterzufallen.

Den einen Ofen machte ich fertig, dann stieg er in den nächsten. Wir krochen wieder heraus und kümmerten uns um die Asche, die von den Maschinen rieselte. Nach einer Woche war unser Kreuz lahm, der Schweiß floss in Strömen. Ich sagte, oh je, das halte ich nicht aus.

Da kam ein Anruf von Jannis aus Pocatello, Dimos solle kommen, er brauche ihn.

Zu mir sagt Dimos, bitte Mitchell um Urlaub, weil du in der grocery einspringen sollst. Ich bat ihn um Urlaub, mein Bruder müsse zu meinem anderen Bruder nach Pocatello.

Ich bat ihn um vier Tage.

»Allright«, sagt er.

Vier Tage war ich meine Sorgen los, Dimos fuhr, kam wieder.

Diese Arbeit wollte ich auf keinen Fall mehr machen, das war mein Tod. Ich dachte mir etwas anderes aus.

Ich nahm einen Korb, einen geflochtenen Behälter mit Deckel, füllte ihn mit Früchten, machte ihn zu, nahm noch eine Flasche Whiskey, eine Kiste Zigarren bester Qualität, eine Schachtel Schokolade zu drei Pfund und zwei Säckchen mint chewing gum.

Es wurde Abend, in einer Stunde würde es Nacht sein. Dimos besaß eine Stute, einen Apfelschimmel, und auch einen buggy, einen kleinen Wagen, außerdem einen Karren, aber ich nahm den Wagen und lud die Sachen auf.

Ich fuhr allein und kam auf eine breite Straße. Dort war Mitchells Haus. Ich steige ab, klopfe an die Tür, seine Frau öffnet in der Dunkelheit. Wie sie mich sieht, erschrickt sie.

»Ist Herr Mitchell zu Hause?«

»Jawohl.«

Ich nehme die Sachen und gehe ins Haus. Es war groß, ebenerdig. Ich sehe Mitchell im Sessel. »Guten Abend«, sage ich, »good evening, das ist für dich, das habe ich mitgebracht.«

»Vielen Dank«, sagt er.

Freude bei Frau und Kindern, sie fordern mich auf, mich zu setzen.

»Nein, mein horse steht draußen.«

»Wir danken dir sehr, aber nimm den Korb wieder mit.«

»Ist schon gut«, sage ich, und wünsche gute Nacht.

Am nächsten Tag arbeitete ich nicht. Ich ging zu Makis, der in der Maschinenreinigung war. Ich frage ihn: »Wie geht's? Hast du einen change?«

»Ja, geh zu Mitchell.«

Am nächsten Morgen passe ich ihn ab, als er in sein Büro geht.

Ich trete vor ihn: »Guten Tag, Herr Mitchell.«

»Was willst du?«

»Einen change machen, andere Arbeit kriegen.«

»Wo gefällt es dir denn?«

»Die Maschinenreinigung ...«

»Hat Makis einen change?«

»Hat er.«

»Sag ihm, er soll herkommen.«

Ich gehe hin, sage es ihm. Er kam sofort, wurde noch mal gefragt, sagte ja und ging wieder. Mitchell fragt mich: »Dein Name?«

Da machte ich einen großen Fehler. Ich sage ihm die Wahrheit, meinen richtigen Namen, Andreas Kordopatis.

Er schrieb mich in die Liste für die Arbeit in der Maschinenreinigung, Stopfen lösen, damit das heiße Wasser abfließt.

»Kannst du das?«

»Natürlich.«

»Geh zu deinem Kollegen, er soll mit der Asche aufhören und in die ditches gehen.«

Ich gehe zu ihm und sage, »mach die Arbeit hier fertig, dann geh rüber.«

»Und du?, fragt er.«

»Ich haue ab.«

Dann traf ich Nikos Monoros mit einem aus Agridi, Spyros Karakitsios.

»Wo geht ihr hin?«

»Ihm seine Arbeit zeigen.«

»Dann geht mal.«

Gleich darauf kommt er zurück, sagt, »du bist mir zuvorgekommen.«

Ich schaute ihn an.

»Mensch, was soll ich dir sagen, du unterstützt andere, nicht Verwandte und Landsleute. Die werden es dir nie so danken wie die aus deinem Dorf.«

Er gab nichts auf meinen Rat, nur Leute aus Dara herzubringen, die in den sections in Montana waren, begraben im Schnee.

Von allem, was ich ihm sagte, tat er das Gegenteil.

Ich nahm die Arbeit in der Maschinenreinigung auf und war zusammen mit Jorgis und Paraskevas Christopoulos aus Philia und Thodoris Karachalios, meinem Landsmann.

Da arbeitete ich eine Zeit lang, es war ganz gut, und ich wäre dort nie weggegangen. Zwei Dollar pro Tag, und wenn der Monat einunddreißig Tage hatte, waren ganz schön viele Dollars zusammengekommen.

Im Februar 1910 eröffnete eine neue Eisenbahnlinie, die Milwaukee Company, und Nikos Monoros schrieb an Jannis, wenn es bei ihnen Arbeitslose gäbe, könnten sie dort arbeiten.

Jannis sagte zu, und Nikos vermittelte der Gesellschaft sechzig Leute. Der Ort füllte sich mit Griechen, und nach fünfzehn Tagen kamen nochmals zwanzig. Nikos ging zum Bahnhof, um sie abzuholen.

Da erscheint ein Fahndungsbeamter.

»Ich habe dir ausrichten lassen, dass du zur Verwaltung kommen sollst«, sagt er zu ihm.

»Ich konnte nicht, hatte zu tun.«

»Dann gehen wir jetzt, du bist verhaftet.«

Die Leute aus Kamenitsa und ein Dimos Jannopoulos, ein Landsmann von ihnen, hatten ihn angezeigt, weil er ihnen Geld dafür abnahm, dass er sie an die Eisenbahn vermittelte.

Jannopoulos hatte etwas gegen ihn und brachte auch die anderen gegen ihn auf, Leute aus Laga, Theodoropoula, Philia, sogar Antonis Raptis aus Mazeika.

Er stellte bis zum Beginn seines Prozesses eine Kaution von zweihundert Dollar, und man ließ ihn frei. Zwanzig Tage später, als er vor Gericht kommen sollte, schrieb er meinem Bruder Jannis. Am Abend kam er aus Pocatello, und sie fingen die Anwälte ab, den Vorsitzenden, den Staatsanwalt, mit Zigarren und so, um die Sache zu besprechen.

Jannis war mutig, redegewandt, sie diskutierten stundenlang. Er machte ihnen klar, dass dieser Mann keine Arbeiter ausbeutete, seinen eigenen Saloon besaß und ihnen nur Arbeit besorgte, damit sie nicht verhungerten in dieser schweren Zeit.

Die companies hatten seit Dezember 1907 all ihre Arbeiter entlassen. Bis 1909 arbeitete hier und da noch einer, von hundert vielleicht gerade noch zwanzig.

Und so versprachen der Vorsitzende und der Staatsanwalt, ihn freikommen zu lassen.

Am nächsten Tag begann der Prozess, die Leute aus Kamenitsa und die Übrigen beschworen alles Mögliche, sie wollten ihn vernichten. Aber das Gericht sprach ihn frei. Er verlor nur die zweihundert Dollar Kaution an den Staat. Sie platzten beinahe vor Wut.

In ihrer blinden Rachsucht verrieten sie dann mich. Als ich nach St. Louis gekommen war, hatte mein Vetter Efthymios Jannopoulos zu einigen aus Philia, in deren Haus wir gewesen waren, gesagt, dass ich auf der Flucht sei. Die waren jetzt auch in Missoula, Nikos selbst hatte sie hergebracht.

Zusammen mit den Leuten aus Kamenitsa hatten sie das Fahndungsbüro der Einwanderungsbehörde in Helena/Montana angerufen, dass wir einen Obstladen hätten und dass ich hier sei und in der Fabrik arbeite.

Sofort wurden die Beamten aktiv und gingen zum Bahnhof. Dort fanden sie einen unserer Landsleute, Aristotelis Karapanos, der Orangen an den Zügen verkaufte.

Sie fingen an, ihn nach mir auszufragen, er sollte ihnen zeigen, wo ich sei, weil sie etwas mit mir zu klären hätten.

Er sagt: »Ich kann meinen Obststand nicht allein lassen.«

»Wir zahlen dir den Verlust«, sagen sie. Aber er ging nicht darauf ein, so zogen sie wieder ab. Kurz darauf kam Nikos dort vorbei und erfährt die Geschichte.

Er eilt zur Fabrik, ihm war klar, dass sie mich schnappen wollten.

»Hau ab, die da im Tor der alten Werkshalle sind Beamte, die wollen dich kassieren.«

Sie unterhielten sich gerade mit den Bossen. »Spring durchs Fenster, verschwinde«, sagt er. »Nein, ich mache das anders, ich gehe durch die Tür der neuen Werkshalle, dann rüber zur Maschinenhalle, an der Stechuhr vorbei, und weg bin ich.«

So tat ich es, die anderen waren nur zehn Meter entfernt.

Ich lief nach Hause, zog die Arbeitskleidung aus, zog mich wieder an, ging hinaus. Es war März, und es schneite in dicken Flocken. Die Zeit verging nicht. Gegen halb vier kehrte ich wieder zurück.

Wenn sie zu Hause vorbeigekommen waren, mussten sie wieder gegangen sein, durchkämmten jetzt wohl die Stadt.

Ich aß gut, schloss ab, noch war ich angezogen, da höre ich draußen Stimmen, ich öffne, um nachzusehen, es ist der eine Beamte, zusammen mit meinem Bruder Dimos. Sie treten ein, sofort fragt er:

»Bist du Andrew Patis?«

»Nein«, sage ich.

»Wie ist dein Name?«

Schnell antworte ich: »Bill Dimopoulos.«

»Wo ist der andere?«

»Geh rauf« – das Haus, in dem wir wohnten, hatte nämlich noch ein zweites Stockwerk, mit einer Innentreppe –, »da ist einer, der schläft, sieh nach.«

Es war Thodoris Kalapodas, einer aus meinem Dorf, er hatte Nachtschicht.

Er fiel darauf herein, ging hinauf und fand Thodoris vor, der schlief.

Ich schnappe mir meine Mütze und haue ab.

Ich laufe los und platze in eine Fabrik hinein, in der man Bier braute.

»You crazy«, schreien mich die Arbeiter an, »was willst du denn hier, du Idiot.«

»Ja«, sage ich, und renne wie ein Wilder weiter.

Ich komme auf eine Straße, dort war der Park. Auf der einen Seite die eingesperrten Tiere, auf der anderen der Fluss von Missoula. Er kam aus den Bergen, der Wald war hier dicht.

Ich überlege: Wenn der Polizist Hunde hat und meine Spur findet, schnappt er mich. Ich muss durch den Fluss.

Aber der Fluss war auf beiden Seiten von einem Drahtzaun umgeben.

Ich klettere über einen Zaunpfahl, das Wasser bis zum Bauch, ich lasse die Hosen an, gehe weiter, noch mal auf die andere Seite, das Ganze zwei, drei Mal, die Hunde sollten meinen Geruch verlieren.

Ich gelangte an einen Berg, etwa zwei Stunden entfernt. Es begann zu dämmern, der Schnee fiel dichter. Ich wusste nicht, was ich machen sollte, Mitten in der Nacht und in Todesangst.

Ich mache mich an den Aufstieg, man braucht sonst bestimmt über eine Stunde, ich schaffe es in zwanzig Minuten. Oben angekommen, liegt unter mir die Stadt, die Lichter brennen. Ich wieder blitzschnell den Hang hinunter, vielleicht finde ich das Haus von Bekannten aus Dara wieder, die hier irgendwo wohnen.

Wir waren dort einmal abends zu Besuch gewesen, und ich hatte einen Brunnen im Hof gesehen. Ich müsste es eigentlich finden.

Ich erreiche die Ebene, laufe nahezu eine halbe Stunde, treffe keine Menschenseele; ich stoße auf die ersten Häuser, erkenne die Gegend.

Ich komme zum Brunnen, sehe unsere Stute draußen, den beladenen Karren. Es war Jannis Jokas, er und Dimos waren Partner geworden.

»He, Andreas, was ist denn mit dir los?«

»Verdammt noch mal«, sage ich, »das Gestrüpp hat mich völlig zerkratzt, siehst du nicht, wie ich aussehe?«

»Mensch, du Armer, kannst einem schon leidtun.«

»Was soll ich machen, wo mich diese Schufte verraten haben? Der Ertrinkende zieht sich selbst an den eigenen Haaren aus dem Wasser.« Jannis machte sich auf zur grocery und sagte meinem Bruder, dass er sich keine Sorgen um mich zu machen brauche.

Ich blieb zwanzig Tage in dem Haus, ohne einen Schritt hinauszugehen. Ich kochte für sie. Wenn sie von der Arbeit nach Hause kamen, fanden sie das Essen fertig vor. Ich trug es auf, sie aßen, tranken Bier, ich räumte den Tisch ab, machte den Abwasch und griff mir ein Buch, las, bis sie wieder von der Arbeit kamen und wir uns unterhalten konnten.

Eines Abends fuhr Nikos Monoros mit einem Wagen vor. »Sitz auf«, sagt er, »wir gehen heimlich zu einem Arzt, er soll dich untersuchen.«

Wir gingen zum Arzt, er untersuchte mich von oben bis unten, auch die Augen, stellte mir die Bescheinigung aus, dass ich gesund sei, nichts habe.

Beim Hinausgehen sichtet Nikos weiter unten den Beamten.

»Der Halunke, er kommt«, sagt er, »hau du ab.«

Ich verdrücke mich, er hält sich an Nikos. »Und wenn du ihn im Horn eines Stieres versteckst«, sagt er, »ich finde ihn. Bring ihn her, dann gehe ich mit ihm zum Arzt, und wenn er gesund ist, geschieht ihm nichts.«

»Ich habe schon eine Bescheinigung vom Arzt geholt«, sagt Nikos, »du wirst schon sehen.«

Sie trennten sich, wir trauten ihm nicht.

Wenige Tage später schreibt mir Jannis aus Pocatello, ich solle kommen.

Aber dieser Beamte lauerte bei den Zügen. Um abfahren zu können, ging ich mit Dimos zu einem kleinen Bahnhof, eine Viertelstunde außerhalb der Stadt.

Nikos hatte für uns zwei Karten free pass nach Butte/Montana gelöst. Auch Jannis hatte welche geschickt, von Pocatello aus, von einer anderen Gesellschaft, der Oregon Shoreline, aber die lagen in Missoula.

Wir kamen in Butte/Montana an, fragen, ob sie vielleicht dort seien, nein, sagt man uns. Wir rufen Jannis an, er sagt uns, dass sie in Missoula sind. Wir rufen in Missoula an, man sagt uns, wir schicken sie morgen früh.

Mir war nicht nach Warten zumute, und so kaufte ich eine Fahrkarte und fuhr ab.

Ich kam nachts um halb zwei in Pocatello an. Ich ging zu Jannis' Hotel, er schlief.

Bei ihm war auch Kostas Tsikinias, sie hatten das Zimmer für zwei gemietet, ein Dritter durfte nicht drin wohnen.

Aber das Haus, wo Panos wohnte, war weit weg, wir hatten keine Zeit hinzugehen.

Zwei Tage blieb ich, und Jannis brachte mich in der Fabrik unter, im Round House. Er war mit allen Bossen bekannt, es gab wieder Arbeit, man stellte auch andere ein.

Ich bekam Arbeit bei den machines im machines shop, wir reparierten die kaputten Maschinen. Da war der Meister, der sagte, hol' dir den und den Schlüssel von dem, der die Werkzeuge hat.

Die Leute aus Kamenitsa und die anderen erfuhren, wohin ich gegangen war. Wohin sonst als zu meinem Bruder sollte ich auch gegangen sein? Sie schickten die Beamten hinterher.

Sie tauchten heimlich auf, gingen in die Fabrik und fragten dort nach, schauten sich die Liste der Arbeiter an. Ich hatte meinen Namen geändert, ich hieß jetzt Nick Poulos. Sie fanden mich nicht und durchstreiften die Stadt, ohne dass wir etwas mitbekamen.

Es werden so sieben Tage vergangen sein, da sehe ich eines Abends auf der Straße zwei von ihnen – mir war, als ob ich den einen kannte. Ich zögerte weiterzugehen. Aber dann überlegte ich, was sie hier wollten, dort, wo sie hingingen, waren die Bordelle.

Ich ging hinauf zum Hotel, wo Jannis sein Zimmer hatte, um abzuwarten. Sie ließen sich nicht blicken, ich ging hinunter, in den Saloon meines Bruders.

Eben war Dimos aus Butte/Montana gekommen, plötzlich standen wir uns gegenüber.

Da war auch noch einer aus Agridi, Panos Jannopoulos, ein Bekannter von uns. Wir hatten ein Jahr zusammen am selben Platz gearbeitet. Das Licht im Saloon wurde angemacht, da sieht der die Beamten draußen, während wir uns unterhalten. Er sagt, sie haben dich, hau ab.

Schnellen Schrittes verziehe ich mich nach hinten, viele Leute, kein Durchkommen. Das Lokal hat nach hinten eine Tür, wenn ich es schaffe hinauszukommen, verlieren sie mich in der Dunkelheit.

Aber sie durchschauen meine Absicht, eilen mir hinterher.

Ich gehe bis nach hinten durch, bis zu den Pissoirs, doch bevor ich hineingehen kann, ruft der eine »stop!« und zieht die Pistole.

»Was ist los?«

»Come on, komm her.«

»Ich gehe nur mal eben pinkeln …«

»Allright, geh.«

Ich tue so, als ob ich Wasser lassen muss.

»Come on, jetzt.«

Ich folge ihm, wir gehen nach vorne, wo Dimos mit den Leuten aus Agridi steht. Der andere bewacht sie.

»Ihr auch, kommt näher«, sagt er.

Jemand flüstert es Jannis drinnen zu, sie haben Andreas gefasst. Er kommt raus, so wie er hinter der Bar angezogen war, im weißen Kittel, die Mütze mit dem weißen Schirm, damit ihn das Licht nicht blendet.

»Wartet kurz«, sagt er zu ihnen, »damit ich mich fertig mache, die Arbeitskleider ausziehe.«

Sie warteten auf ihn. Als er fertig war, gingen wir, zwei Beamte, drei Brüder und der aus Agridi.

Jannis sagt, »ich zahle euch fünfhundert Dollar Kaution, wenn ihr ihn heute Nacht nicht einsperrt.«

Es war schon nach acht.

»Nein, das ist gegen das Gesetz. Und wenn eine Kaution gezahlt werden soll, dann sagen wir es dir schon.«

Sie ließen sich auf nichts ein. Und so marschierten wir zum Revier.

Dort vernahmen sie mich.

»Warum bist du in New Orleans vom Schiff Sofia Homberg der Austroamerikana abgehauen, mit dem du nach Hause zurückkehren solltest? Hast du vielleicht einen Beamten bestochen? Weißt du, dass diese Beamten deinetwegen im Gefängnis sitzen, wegen des Verdachts auf Bestechung?«

»Nein, ich habe niemanden bestochen, weder Beamte noch sonst jemanden. Ich bin ganz alleine abgehauen.«

»Wusstest du, dass man sie ins Gefängnis stecken würde?«

»Nein.«

»Warum bist du geflohen und nicht nach Hause zurückgekehrt?«

»Weil ich Angst vor dem Meer hatte, dieses Schiff war ein uralter Kahn, auf der Herfahrt ging es zweimal kaputt, dreitausend Mann wären beinahe ertrunken. Auch Sie hätten an meiner Stelle dasselbe getan.«

Das alles sagte ich zu einem Dolmetscher. Zu meinem Bruder hatten sie kein Vertrauen.

Sie sagten, das mag ja stimmen, aber jetzt kommt er erst mal in Arrest.

So führt der eine mich ab und bringt mich hinunter. Er macht die Tür auf und schließt mich im Keller ein.

Es war ein Kellerraum, ordentlich geweißt, mit Zementboden.

Drinnen lag ein Betrunkener und wälzte sich herum. Decken gab es keine. Ich frage mich, was ist denn das für einer, und bekam Angst, er könnte in der Nacht aufstehen und mich umbringen. Zehn Uhr.

Ich sage mir, Andreas, das wird nicht gut enden. Erstens wirst du dir die Schwindsucht holen, und dann die Gefahr von dem Betrunkenen. Ich will mal gegen die Tür donnern. Und sofort schlage ich mächtig drauf los.

Der Beamte kommt.

»Was willst du?«

»Ist Jannis oben?«

»Ich muss nachsehen.«

»Falls er noch da ist, sag ihm, er soll herkommen.«

Er ging hinauf, fand ihn, Jannis kam runter.

»Was ist los?«

»Sag ihnen, sie sollen mich aus der Arrestzelle herausholen, da ist noch ein Betrunkener, und Decken gibt es auch keine. Sie sollen mich ins große Gefängnis bringen. Dort finde ich vielleicht ein paar alte Decken zum Liegen. Nicht zum Zudecken. Unten Zement, da hol' ich mir den Tod.«

Jannis sagte es ihnen. Sie gaben dem Wärter sofort Anweisung, er macht auf und sagt zu mir, komm raus.

Ich trat hinaus, zwei Beamte kamen herunter und die anderen beiden vom Fahndungsdienst, die mich geschnappt hatten. Bei ihnen waren auch Jannis, Dimos und P. Jannopoulos.

Wir marschierten zum oberen Teil von Pocatello, wo das Gefängnis war. Der Aufseher machte die Tür auf, ich ging hinein.

Die anderen kehrten um und gingen zusammen weg. Sobald mich die Gefangenen sahen, sprangen sie auf, als ob sie einen Kriminellen vor sich hätten. Ich konnte mich nicht gut verständlich machen, stammelte nur ein paar Worte.

Ich schaute mich um, fand eine alte Decke, nahm sie und legte sie unter mich.

Neben mir lag ein Mexikaner, zu zwei Jahren verurteilt. Andere für länger. Ich schätzte, dass wir an die einhundertzwanzig waren.

Am nächsten Morgen brachte man uns in den Hof, wir wuschen uns das Gesicht. Dann setzten wir uns in eine Ecke, und zwei Schwerverbrecher begannen eine Liste herunterzulesen, wir sollten die Regeln befolgen, die man für das Gefängnis aufgestellt hatte: Erstens, wer neu angekommen ist, soll zehn Dollar für Lebensmittel, Kaffee, Zucker und so weiter abgeben.

Zweitens, wenn jemand mit Fegen dran ist, soll er den Besen nehmen und fegen. Drittens, man soll die Teller und Töpfe abspülen, in denen man uns das Essen bringt.

Das brachte uns immer ein alter Mann, und man tat irgendein Pulver hinein, um die Nerven der Leute zu beruhigen.

Am ersten Tag nahmen die zwei Schwerverbrecher das Brot und schnitten es in dünne Scheiben, zwei für jeden Gefangenen. Es blieben fünfzehn bis zwanzig übrig, die schnitten sie in Stücke, ein bis zwei Happen, und teilten sie zu gleichen Teilen auf, für sich selbst auch nicht mehr.

Sie hatten auch cakes, gaben mir einen, und ich gab ihn dem Mexikaner neben mir. Ich gab ihm auch mein Essen, ich brachte es nicht hinunter.

Nach dem Essen sollte jemand fegen, und sie riefen mich, den Frischling.

Ich sage, nein, ich fege nicht. Die Schwerverbrecher wurden wütend.

Da war der Mexikaner schon aufgesprungen, griff nach dem Besen und fegte für mich. Aber dass ich nicht auf sie hörte, nahmen sie mir sehr übel, und sie schauten mich böse an.

Man hielt sie immer in einem quadratischen Raum in der Mitte des Gefängnisses eingeschlossen, mit eisernen Türen und Blechwänden rundherum und einem Schloss, das mit dem amerikanischen Alphabet geöffnet werden musste.

Man holte sie nur heraus, wenn das Essen gebracht wurde, dann übernahmen sie das Kommando.

Ich setzte mich hin und schrieb einen Brief an Jannis, er solle mir von dem Brot schicken, das die Jungs herstellten, sie backten es selbst, und griechischen Käse, Feta. Er schickte es, und der Mexikaner sagte, schreib deinem Bruder, er soll Fleisch senden, hamburger steak, für Frikadellen und zum Grillen, das übernehme ich.

Ich schrieb, und man brachte mir alles, was ich wollte. Der Mexikaner machte auch Kuchen mit Pfirsichen, er nannte sie peaches.

Dann ließ ich Jannis durch den Wärter mitteilen, er solle ihm zwei Flaschen Whiskey für mich einpacken. Da wären zwei Schwerverbrecher, die mich böse ansehen, weil sie zehn Dollar wollten, und ich sollte auch noch für sie schuften.

Jannis gab ihm die zwei Flaschen und sagte wegen der beiden, sie seien gefährlich, man sollte sie einschließen.

Am Abend kam der Wärter, sprach mit mir und machte die Tür auf. Ihm gab ich die eine Flasche, die andere steckte ich in meine Innentasche. Ich versteckte sie dort, wo wir schliefen, denn Alkohol war im Gefängnis verboten. Ich trank sie zusammen mit dem Mexikaner, er war ein armer Tropf und hängte sich an mich.

Drei Tage blieb ich, am vierten kamen die Beamten, holten mich und führten mich hinauf zu den Büros.

Sie hatten den Amtsarzt hergebracht, und er untersuchte meinen Körper und dann die Augen auf Trachome.

In einem Nebenzimmer klingelte das Telefon, der Beamte ging nachsehen, der andere war draußen geblieben. Ich frage den Arzt, ob er was gefunden hat.

»Er sagt, du bist in Ordnung.«

»Schicken sie mich nach Hause?«

»I don't know, ich weiß nicht, du bist gesund.«

Der Beamte kam, holte mich, brachte mich wieder hinunter ins Gefängnis.

Am nächsten Tag kam er zusammen mit Vassilios Karavelis von der Oregon Shoreline und zwei reichen Leuten aus Pocatello zurück. Sie begannen das Verhör von neuem, ich sagte dasselbe wie beim ersten Mal. Karavelis wurde darauf vereidigt zu sagen, was ich sagte, die zwei Amerikaner unterschrieben als Bürgen und gingen weg.

Ich zurück ins Gefängnis.

Die Unterlagen schickten sie nach Washington ins Weiße Haus, und das Weiße Haus würde eine Gerichtsverhandlung ansetzen, um darüber zu befinden, was geschehen sollte.

Nach drei Tagen wurde bestätigt, die Unterlagen und die Kaution seien da, man sollte mich vorläufig freilassen. Das Telegramm erhielt der Aufseher abends gegen zehn.

Es kam die Antwort, dass ich freigelassen werden sollte. Er ging zu meinem Bruder Jannis und sagte, morgen früh lasse ich ihn frei.

»Nein, du gehst jetzt und lässt ihn raus.«

Und er kam gegen zehn, ich hatte mich gerade schlafen gelegt.

Er spricht mich an, »Andrews Patis?«

»Hier.«

»Nimm deine Sachen und komm mit.«

Als die Gefangenen sahen, dass ich nachts wegging, platzten sie vor Neid.

Und der Mexikaner blieb ganz niedergeschlagen zurück.

Man hatte an dem Tag noch zwei Taschendiebe gebracht, der eine hatte nur einen Arm, die wollten die Gitter aufbrechen und abhauen.

Wir gingen in den Saloon, mein Bruder gab wegen meiner Freilassung dem Aufseher und den Übrigen einen aus.

Am nächsten Abend war ich wieder im Saloon und unterhielt mich mit Jannis, da sehe ich die beiden Taschendiebe auftauchen.

Jannis, sage ich, die da haben gestern noch gesessen.

Er sagt, ich gab meine Unterschrift, und sie kamen raus. Es sind nette Burschen, was sie auch gestohlen haben, hier legen sie es an, und wir unterstützen sie. Und wenn sie fünfzig Dollar von uns haben wollen, geben wir sie ihnen. Irgendwann zahlen sie das Geld wieder zurück, und dann geben sie auch das hier aus, was sie gespart haben.

Es war der Abend des Gründonnerstags, als sie mich freiließen. Drei Tage lang tat ich nichts, feierte Ostern, am Ostermontag ging ich in die Fabrik zu meiner Arbeit.

Mein Kumpel war nicht mehr da, der Neue kannte mich nicht.

Ich gehe mit meiner Karte zum Boss und sage ihm, dass ich die Arbeit wieder aufnehme.

»Wo warst du die ganzen Tage?«

»Ich war krank.«

»Hast du ein Attest vom Arzt?«

»Das habe ich nicht gewusst, ich bin zu einem privaten Arzt gegangen, nicht zu einem von der company.«

»Geh zum Chef, der die Fabrik leitet.«

Ich ging hin, es war ein Bekannter von Jannis, zeigte ihm die Karte, Nick Poulos, er wusste Bescheid. Er gab mir eine neue Bescheinigung, mit der ich Gehilfe in der Maschinenhalle werden konnte.

Ich nahm die Arbeit auf, zusammen mit einem netten Kerl.

Fünfundzwanzig Tage arbeitete ich, ohne dass Antwort aus Washington gekommen war. Da sage ich, jetzt besorge ich mir einen Karren, um Obst vor den Kinos zu verkaufen.

Ich bestelle ihn also, für vierzig Dollar.

Der Meister machte sich an die Arbeit, und ich ging weiter zu der Fabrik.

Eines Mittags kommt Jannis nach Hause, wir waren gerade beim Essen, und sagt, der Karren steht bereit. Geh in die Fabrik, stemple deine Karte, damit du ausbezahlt wirst, und pack deine Sachen, morgen geht es ab nach Griechenland. Es ist Nachricht gekommen, du sollst bis elf Uhr früh am Bahnhof sein, ein Beamter holt dich ab und bringt dich nach New York.

Ich ging, stempelte den time check und kehrte nach Hause zurück. Dann ging ich in den Saloon. Ich konnte die Tränen nicht zurückhalten. Wäre ich drei Jahre und einen Tag lang dagewesen, wäre ich davongekommen. Aber es waren nur zweieinhalb.

So kaufte ich ein paar Sachen, ließ die fünfhundert Dollar, die ich noch hatte, bei Jannis, um die Fahrtkosten nicht selbst bezahlen zu müssen, und als es so weit war, begleiteten mich meine Brüder und Freunde zum Bahnhof.

Ich fuhr in Begleitung eines Beamten vom Fahndungsdienst und mit einem anderen von hier, George Smith, bester Freund meines Bruders. Sie hatten früher zusammen in der Fabrik gearbeitet, und er sollte dafür sorgen, dass ich mich auf der Straße frei bewegen konnte.

Er gab ihm noch dreißig Dollar für uns zum Ausgeben.

Im Zug aßen wir gratis, alle Ausgaben bezahlt von der Regierung.

Wir schliefen zusammen, unten er, oben ich. Nachts stand ich zum Pinkeln auf, er folgte mir nicht; wenn ich gewollt hätte, hätte ich entwischen können.

Aber mein Bruder hatte mir gesagt, er wird dich frei gehen lassen. Versuch aber ja nicht abzuhauen, um nicht am Unglück dieses Mannes schuldig zu werden. Neun Münder hängen von ihm ab.

Wir brauchten fünf Tage und fünf Nächte bis New York. In Chicago hatten wir zweieinhalb Stunden Aufenthalt.

Ich sagte, schauen wir mal, vielleicht finde ich einen Landsmann von mir.

Und wir gingen los.

Wir fragten Griechen, sie sagten, da und da ist ein Stavros Notis aus Dara. Wir fanden ihn, ich blieb nur kurz, wir unterhielten uns, er gab mir noch einen Brief an seine Mutter mit.

In New York kamen wir abends an, ich, der Polizist, der andere Beamte vom Fahndungsdienst, eine Frau, eine Engländerin, die er begleitete.

Sie brachten uns ins Hotel, wir aßen, die bezahlten.

Wir aßen, was immer wir wollten. Sie besorgten Zimmer zum Schlafen, und später brachten sie uns zu einem großen Revuetheater.

Wir schauten uns das an und kamen zum Schlafen zurück.

Am nächsten Morgen stand ich auf, sagte zu dem Beamten, gehen wir noch etwas einkaufen. Und wir gingen in Läden für Unterhosen, Unterhemden und Oberhemden. Wir nahmen mal die eine, mal die andere Straße, weil auch er zum ersten Mal in New York war.

Schließlich kauften wir ein paar Sachen ein. Wir gingen hinaus, aber wir wussten nicht mehr, wie wir zurückkommen sollten. Alle Straßen gleich und die Häuser riesig, vierzig Stockwerke und mehr. Bei einem bauten sie hoch oben mit Fahrkörben, die Maurer sahen aus wie Ameisen.

Er sagt, wir haben uns verirrt. Warte, ich frag mal an der Kreuzung. Dort standen Polizisten und machten hierhin und dorthin Zeichen. Er ging ziemlich weit weg, es war sehr belebt, wenn ich abgehauen wäre, hätte man mich niemals wiedergefunden. Ich hätte meinen Namen geändert, wäre mit keinem Landsmann zusammengekommen, und so hätte ich es geschafft. Aber da war das Versprechen gegenüber meinem Bruder, und ich wollte diesem Mann gegenüber korrekt sein.

Ich wartete auf ihn.

Mittags holten sie uns ab, um uns nach Castrigari zu bringen. Zusammen fuhren wir mit Booten hinaus. Wir kamen an, drum herum Meer, Castrigari war wie eine kleine Stadt.

Die Beamten übergaben uns der Dienststelle und gingen wieder.

Man nahm uns in Empfang und steckte uns in ein großes Gebäude, direkt am Meer. Drinnen traf ich noch andere Griechen.

»Wie geht's?«, frage ich.

Der eine war auf dem Weg nach Amerika gewesen, und als er dort ankam, nahm man ihn fest und schickte ihn zurück. Er war aus Thessalien, ein Schlitzohr, Sofoklis Theologopoulos, er war jahrelang Gendarm in allen Provinzhauptstädten der Peloponnes gewesen.

Der andere war Angelos Porikos aus Kaponaki in Trifylia. Er war in Griechenland verurteilt worden, und seine Gegner hatten hierher geschrieben, man schnappte ihn. Er war nur vierzig Tage in Amerika.

Da war noch ein alter Mann aus Korinthos, er kehrte krank zurück. Der war schon viele Jahre in Amerika, aber das ausschweifende Leben hatte ihn ruiniert. Das ist die Fremde, am Anfang Arbeit und dann das Sichgehenlassen, Karten, Frauen, Pferderennen, Operationen.

Am Abend sagte man uns, dass wir abfahren.

Da frage ich, »kann ich wieder zurückkommen?«

»Wenn sechs Monate vergangen sind.«

Man brachte uns um neun Uhr an Bord.

Mich, Porikos und zwei Bulgaren schloss man im Schiffsgefängnis ein. Die Engländerin brachte man auf ein anderes Schiff.

»Aus welchem Grund?«, fragten wir.

»Das ist so Vorschrift. Wenn das Schiff vierzig Stunden von New York entfernt ist, lassen wir euch raus.«

Der Dolmetscher war Grieche.

Wir sagen, »wir sind doch keine Verbrecher.«

»So ist es nun mal in Amerika, Leute. Was kann ich dafür?«

Den Alten brachte man ins Schiffslazarett.

Bis zum Ozean verlief die Reise gut. Aber eines Tages, Ende Mai 1910, brach ein starkes Unwetter los.

Das Schiff ›Martha Washington‹, ebenfalls von der Austroamerikana, war ein Seelenverkäufer. Es lag in den letzten Zügen.

Die Offiziere erkannten die Gefahr und betätigten den Fernschreiber, um den Schiffen im Umkreis SOS zu funken. Aber nur eines antwortete, das Schiff ›Athen‹, es war selbst in Gefahr. Es war einen Tag vor uns abgefahren. Gott stand uns bei, und wir kamen noch einmal davon.

Wir erreichten Portugal und blieben einen halben Tag.

Das Schiff ankerte weit draußen, Boote kamen, und wir kletterten hinunter, um in die Stadt zu kommen.

Wir sahen die Frauen, wie sie zum Einkaufen in die Geschäfte gingen, mit den Tüchern auf dem Kopf, genau wie zu Hause.

Als nächsten Hafen liefen wir Neapel an. Das Schiff ankerte längs des Zollamtes.

Ich wollte leichte Kleidung kaufen und ging an Land.

Bei einem Schneider fand ich einen Anzug, er wollte hundert Drachmen dafür, der ein Fass, ich ein Deckel, ich kannte mein Geschäft. Ich handelte ihn auf fünfundzwanzig runter.

Es war ein erstklassiger Anzug, ein schönes Stück für den Sommer aus strapazierfähigem Stoff und mit ungewöhnlichem Schnitt, mit zwei Einschnitten hinten an den Taschen, so was gab es in Griechenland nicht.

Ich kaufte auch zwei gute Uhren, solche wie bei der Eisenbahn, vorne und hinten verglast.

Ich hatte auch zwei amerikanische für fünfundzwanzig Dollar und eine Damenuhr mit Kette, ein Geschenk meines Bruders Jannis für die Frau von Vassilis Tsekos, dem Arzt. Er hatte in Griechenland einmal Schmerzen gehabt, und der Arzt hatte das wieder in Ordnung gebracht.

Bei Sonnenuntergang legten wir in Neapel ab. Zwei Tage später kamen wir in Patras an, es war Abend.

Ich zog die neuen Kleider an und steckte die eine Uhr in die Jackentasche. Fünf Stück hatte ich, die Übrigen versteckte ich am Körper unterhalb der Achselhöhlen, um keinen Zoll bezahlen zu müssen.

Ich hatte sie nicht als Ware, ich brachte sie meinen Geschwistern mit.

Wir gingen nach Patras hinein und nahmen Zimmer im Hotel Vassilikon, alle zusammen, ich, Theologopoulos, Porikos und der Alte aus Korinthos.

Wir gingen essen, da sagt Theologopoulos zu mir, »machen wir noch eine Runde, wo was los ist. «

»Gehen wir.«

Er führte mich zur Platia Jeorjiou.

Dort waren die Café Chantants. Wir gingen in eines, die Kellner kamen. Sie fragen, »was darf's sein?«

»Bier, eine Flasche.«

Auch eine Tänzerin kam, der Tanz hatte noch nicht begonnen. Wir tranken das Bier.

»Steh auf«, sage ich, »lass uns gehen, die Sache gefällt mir nicht.«

Er kannte jeden, weil er dort Gendarm gewesen war.

Er stand auf, sagt zu mir, gehen wir, ich möchte noch jemanden treffen, nimmt mich und bringt mich zu den Frauen.

Eine Weile unterhielt er sich mit ihnen, dann ließen sie die Vorhänge herunter.

Da frage ich: »Was ist los, so einer bin ich nicht. Soll der Herr machen, was er will.«

Ich gehe, auch er kam mit. Wir gehen ins Hotel, er nimmt den aus Korinth mit sich, und sie ziehen noch einmal los.

Der Alte hatte noch etwas Geld – Jahre in der Fremde –, er zeigte es den Madams. Er, ein geborener Gendarm, kam auf seine Kosten. Sie kehrten um Mitternacht zurück. Jeder ging auf sein Zimmer.

Am nächsten Morgen erfahre ich, dass der Alte Blut gepinkelt hat.

Theologopoulos war im Morgengrauen aufgestanden und zu den

Frauen zurückgegangen. Gegen zehn schickt er einen Burschen vorbei und lässt dem Alten ausrichten, er solle kommen.

Der Alte erzählt mir, was sich zugetragen hatte.

Ich sage, »der hat mit den Frauen ausgemacht, dich auszunehmen. Nimm einen Polizisten und geh, wenn du kannst, und schnappt ihn euch.«

Er fand einen und ging los, aber jener hatte Lunte gerochen und sich versteckt.

Er kam allein zurück, und wir gingen zusammen zum Marktplatz. Wir kamen an einigen Schneidereien vorbei, ich trug den italienischen Anzug.

Fragt mich ein Schneider: »Wo hast du diesen Anzug machen lassen?«

»Ich habe ihn fertig in Italien gekauft.«

»Schöner Stoff und gut genäht.«

Er bat uns hinein, um uns Kaffee anzubieten, und betrachtete eingehend den Schnitt, die Schlitze hinten an den Taschen.

Wir blieben auch diesen Tag noch in Patras.

Am Morgen brach ich mit Porikos auf, er wollte über Kalamata zu seinem Dorf fahren. Ich wollte in Pyrgos bleiben.

Ich hatte mit meinen Brüdern ausgemacht, dass ich nach meiner Ankunft in Griechenland nach einem günstigen Kauf Ausschau halten sollte, bei Gastouni oder Amaliada. Wir waren eine große Familie, hatten Schwestern, die wollten Geld schicken, um es gut anzulegen.

Ich ging nachmittags zur Bank, fragte, ob sie nicht ein größeres Stück Land von verschuldeten Leuten hätten. Denn in jenen Zeiten war ein jeder verschuldet, nichts war in festem Besitz.

Man sagte mir, ich solle Schuldverschreibungen kaufen und mir die Schuldner dann selbst vornehmen.

Soll ich denen nachjagen oder Ihre Bank? In solchen Dingen kenne ich mich nicht aus. Wir nehmen unbelastete Felder, keine verschuldeten.

Ich fand nichts, und am Morgen fuhr ich nach Tripoli.

Ich wohnte im Hotel von Matzagriotis und schickte ein Telegramm ins Dorf.

Am nächsten Morgen kam mein Bruder Antonis mit zwei Lasttieren.

Wir stiegen auf und machten uns auf den Weg. Als wir an der Platia Agiou Vassiliou vorbeikommen, sage ich: »Wart einen Moment.«

Ich sitze ab und gehe zur Agentur Malouchos. Dort war ein neuer Angestellter.

Ich sage: »Gib mir in sechs Monaten Bescheid, wann ein Schiff fährt.«

Und ich hinterließ Namen und Adresse.

Aus dem Griechischen übersetzt von Hans Eideneier

DRINGENDER BEDARF AN ÖL

Alle hatten Kerzen angezündet, bekreuzigten sich aber nicht. Den gekochten Weizen für die Totenspeise hatten sie selber aus Athen mitgebracht. 15 Mitglieder der Familien Leon, Kamhi, Molho. Drei Generationen.

Der Pope mit seiner leicht näselnden Stimme stand in der ersten Reihe. Das Seltsame daran: eine christliche Totenmesse, organisiert von Juden.

Jorgos Mitseliotis, früher Bürgermeister der Gemeinde Glossa auf Skopelos, starb 1993 im Alter von 85 Jahren. Im Garten der Gerechten in Israel trägt ein Baum seinen Namen.

In der Kirche waren noch etwa dreißig weitere Personen, Einheimische. Nina betrachtete sie. Unbekannte Landschaften. Tief eingefallene Gesichtsfalten, gefurchte Nacken.

Der Pope kam zum Schluss, irgendjemand hob die Schale mit dem gekochten Weizen und dem Kreuz aus silbernen Zuckerbohnen in die Höhe. Eine alte Frau näherte sich Nina, lächelte unsicher. »Bist du die ›Mücke‹«?, fragte sie schüchtern. Sie war die »Mücke«. Vor 52 Jahren. Drei Jahre alt mit dünnen Beinchen. Verteilt auf die kleinen Hütten. Irgendjemand brachte ihnen nachts zu essen.

Aus welchen Tiefen stieg diese Gestalt empor? Vassiliki mit den beiden langen Zöpfen, eine schlanke junge Frau. Oft trug sie Nina auf ihrem Rücken und warf sie damals an der Abbruchkante über dem gleißenden Meer in die Luft und fing sie wieder auf, bis ihr der Atem wegblieb. »Vassiliki«, sagte Nina und fiel der Alten in die Arme.

1943 kam in Glossa ein Telegramm an. Aus Thessaloniki. +»*An Sotiris Mitseliotis, Bürgermeister, dringender Bedarf an Öl.*«+ »Jorgos, das muss für dich sein«, sagte der Briefträger. Jorgos war der einzige Mitseliotis auf der Insel. Unterschrieben von Jacques Leon. Mit Jacques Leon arbeitete er seit längerem zusammen. Seit vor dem Krieg. Olivenöl – besonders Altöl, Rückstände für die Seifenherstellung. An Sotiris Mitseliotis. Er hatte verstanden.*

Er war dreißig Jahre alt, jung verheiratet. Er charterte ein kleines *kaiki*, einen Kutter. Richtung Chalkidike, um Weizen zu laden. Es war April, das Wetter schlecht, aber die »Taxiarchis« hielt stand. Sie ankerten bei Epanomi. Am nächsten Tag fuhr Jorgos Mitseliotis auf dem Landweg nach Thessaloniki. Er ging ins Viertel der Ölmühlen. Den Laden von Jacques fand er versiegelt vor. Er überlegte, zur Fabrik zu gehen. Seifenfabrik Leon-Jakos. Im letzten Moment entschied er sich dagegen. Ein Angstgefühl hielt ihn zurück. Er überlegte, Freunde aufzusuchen, sie zu befragen. Er traf niemanden an. Irgendein »Draht« muß aber funktioniert haben. Er hatte schon aufgegeben – da erschien Jacques ohne den gelben Stern an der Stelle des Herzens. Er war aus dem Ghetto geflohen, hielt sich versteckt. Es wurde bald dunkel. Sie haben nicht viel geredet. Fast nichts haben sie gesagt. Sie stiegen in den letzten Holzvergaserbus nach Epanomi.

Sie schliefen an Bord der »Taxiarchis«. Morgens fuhren sie nach Nea Iraklia. Dort würden sie den Weizen übernehmen. Sieben, acht Säcke. Jorgos Mitseliotis hieß Jacques, sich zu verstecken, solange sie auf die Fracht warteten. Er selbst führte ihn zu einigen abgelegenen

* Der griechische Vorname Sotiris bedeutet »Retter«.

harten, salzverkrusteten Küstenfelsen. Ließ ihn dort zurück. Spät am Nachmittag holte er ihn ab.

Sie fuhren nach Nea Moudania. Die Nacht brach an, und nachts war die Schifffahrt verboten. In Moudania waren Deutsche. Der Kapitän schlug vor, dort zu bleiben. Er stritt sich mit Jorgos Mitseliotis. Irgendwann machten sich die örtlichen Fischkutter zum Auslaufen bereit. Ihnen war es erlaubt. Lichtfischer. Das war die Gelegenheit. Jorgos Mitseliotis stieg selber hinunter und warf den Motor an. So glitten sie schweigend zwischen den anderen Booten hinaus, während der Kapitän grollte.

Die Lichtfischer fuhren so vier, fünf Meilen hinaus, nahmen ihre Plätze ein und machten die Motoren aus. Jorgos Mitseliotis tat es ihnen gleich. Er kannte das Meer, ein starker, äußerst kaltblütiger Mann. Weiter fuhren sie unter Segeln durch die Nacht.

»Onkel Jacques ging als erster nach Skopelos«, sagte Nina. »Er war der Intellektuelle der Familie. Las die Schriften. Las die griechischen Autoren. Wir kamen später. Oder vielleicht früher. Sehr viel früher. Das sind keine Erinnerungen. Man hat es mir später erzählt. Es gab den Doktor Kallinikidis. Arzt für Geschlechtskrankheiten. Das deutsche Militär ging zu ihm. Ein Schwarzmeergrieche, wie sein Name verrät. Er kam ins Ghetto – wie er da reinkam? Ins Viertel Baron Hirsch. Er wohnte in Ajia Sofia. Suchte nach einem Jungen, um ihn zu verstekken, aber der wollte bei seiner Familie bleiben. Und blieb für immer weg. Daher nahm er Nikos zu sich. Ich war drei Jahre, Nikos sechs. Vater hatte uns diese Namen gegeben. Nikos und Nina. Vater versteckte sich woanders. Die Mutter war eine geborene Molho. Victoria Molho. Von denen hat keiner überlebt. Nur Mutter und Onkel Solon, der mit uns kam. Ich möchte an dieser Stelle dem Arzt Pantelis Kallinikidis danken, an den ich mich nicht erinnerte und den ich erst sehr viel später wieder traf. Jahre später. Seine Frau lebt noch. Er nahm Nikos auf. Danach ging auch meine Mutter mit mir zu ihnen. Er nahm uns auf.

Versteckte uns. Ich weiß nicht, wann wir weggingen. Wenn ich Onkel Maurice frage, der wird sich erinnern. Hat sich verschiedene Details notiert. Wir sind jedenfalls weg. Nicht alle zusammen. Mit dem Auto, mit Mulis. Papa hatte sechs Brüder. Bis auf Onkel Jacques sind alle anderen nach Athen gegangen. Katerini–Larissa. In Larissa mussten wir irgendwo bleiben. An irgendeine Tür klopfen. Nirgendwo nahm man uns auf. Wir landeten in einem billigen Hotel mit Huren. Dort blieben wir drei, vier Tage. Sie waren so nett. Nahmen mich auf den Arm, spielten mit mir, gaben mir verschiedene Kleinigkeiten. Ein kleiner runder Messingspiegel, irgendwo gibt's ihn noch.

Onkel Maurice kam als Kohlenschipper auf der Dampflok des Zuges nach Athen. Opa Isaak und Oma Enrietta Leon, gleichfalls mit dem Zug. Die konnten kein Griechisch. Ihre Sprache war das Spanische. Das sephardische Ladino. Lamia–Thermopylen. Wir erreichten Athen. Der Apotheker Miniadis erwartete uns. Ein Schwager von Doktor Kallinikidis. Ebenfalls vom Schwarzen Meer. Er versteckte uns irgendwo im Gyzi–Viertel. Weiß nicht mehr, wie lange. Athen war von den Italienern besetzt. Dort war es besser. Dann brach Italien zusammen. Die Deutschen kamen. Das heißt, sie übernahmen allein die Besatzung. Da mussten wir wieder fliehen. Es gab einen Kontakt mit Skopelos, mit Onkel Jacques. Er wusste, dass wir leben.

Jorgos Mitseliotis kam nach Athen und sammelte uns alle ein. Wir fuhren mit einem Holzvergaserbus nach Euböa, erreichten Ajia Anna. Am nächsten Tag erschien Stefanos Korfiatis mit seinem Motorboot. Jorgos Mitseliotis' Schwager. So setzten wir über nach Glossa, mit diesem Motorboot. Im August 1943. In Loutraki, dem Hafen von Glossa, war ein deutscher Posten. Wir stiegen hinauf ins Dorf. 13 Personen, verlorene Seelen:

Isaak Leon und Enrietta Leon. Opa und Oma.
Berta Matathia (Leon), Maurice Leon.

Elie Cohen und Jeanne Cohen (Leon).
Judas und Victoria Leon (Molho), Papa und Mama.
Nina Leon (jetzt verheiratete Kamhi, ich).
Nikos Leon.
Solon Molho.
Sarina Saltiel, Elies Schwester.
Isaak-Ino Rousso, ein Freund von Onkel Elie.

Onkel Jacques war schon vor Ort. Sie verteilten uns auf verschiedene Hütten. Jorgos Mitseliotis' Frau hieß Magdalini. Auch Stefanos Korfiatis Frau. Die beiden Magdalinis kneteten das Brot und schickten es uns heimlich. Versteckt vor den Deutschen. Die Einwohner von Glossa wussten alle Bescheid. Niemand hat uns verraten. Jorgos Mitseliotis als Dorfvorsteher hat für die Erwachsenen Papiere ausgestellt. Papa war Ioannis Grivas. Ein von seiner Hand geschriebener Ausweis, ich habe ihn aufgehoben.

Irgendwann kam die SS auf die Insel. Vielleicht war etwas durchgesickert. Da schickten sie uns weg, weg vom Dorf. Wir kamen in der Kapelle der Madonna Eliotissa unter. In der kleinen Kirche, mitten im Wald. Stefanos Korfiatis brachte uns Wasser und Lebensmittel. Mitten in der Nacht ruderte er um Loutraki herum. Ein junger Priester kam zur Kapelle, um uns zu beschützen. Trug eine Pistole unter seinem Priestergewand. Er wollte uns durch seine Anwesenheit beschützen, damit wir nicht wie Juden wirkten.

Danach verschwand die SS, und wir gingen ins Dorf Machalas, dem heutigen Atheato. Zu Jorgos Mitseliotis' achtzigjähriger Mutter. Dort waren einige Kinder, es gab Tiere. Wir spielten. Und ich fiel in den Mist. Riss mir das Knie auf, dass der Knochen zu sehen war. Ich erinnere mich an mein Geschrei. Sie holten den Arzt aus der Inselhauptstadt auf einem Maultier. Er nähte mein Knie. Man hatte mich auf einem Tisch festgebunden – und ich schrie. Sie hatten Wasser abgekocht.

Auch daran kann ich mich erinnern: Ich spaziere mit meinem Onkel Elie durch das Dorf, da hören wir hinter uns Stiefel. Ich beginne zu zittern. Onkel Elie hält mich an der Hand. Schau dich nicht um, sagt er. Vorwärts, vorwärts. Und seine Hand ist schweißgebadet.

Großvater und Großmutter lebten in einer eigenen Hütte. Und auch daran kann ich mich erinnern: Nikos und ich wollen zu ihnen gehen, aber es gibt keinen Pfad. Wir laufen durch die Gräser, und die zertretenen Gräser riechen intensiv. Jedes Mal, wenn ich heute unruhig bin, spüre ich diesen Geruch, der mich beruhigt. Das stammt aus jener Zeit.

Letztes Jahr habe ich in Ano Klima 6.000 Quadratmeter Land gekauft. Es liegt auf der anderen Seite des ehemaligen Dorfes Machalas. Wirklich habe ich diesen Ort erst nach der Totenfeier kennengelernt. Und seine Menschen. Dieser Ort gefällt mir, sagte ich mir. Ich besichtigte dieses kleine Landgut. Es gab einen herrlichen Blick auf das Meer. Der Verkäufer sah mich prüfend an. Stellte Fragen. War etwas älter als ich. Vielleicht. ›Hast du einen Bruder namens Nikos?‹ ›Ja.‹ ›Hast du etwa eine Narbe am Knie?‹ ›Ja.‹ ›Du bist also die ›Mücke‹‹.

Drei Jahre alt und mager und die Arme voller Mückenstiche. Ja, ich war die ›Mücke‹, und dieser Junge, mit dem ich damals spielte, der jetzt in seinen Sechzigern ist, erinnerte sich an mich. Oh, mein Gott. Der Klang der deutschen Stiefel, der Geruch der zertretenen Gräser, mein Geschrei. Das übrige hat man mir erzählt.

Großvater Isaak, Großmutter Enrietta leben nicht mehr. Papa und Mama leben nicht mehr. Ich habe jetzt einen Sohn und eine Tochter. Enkel habe ich noch nicht. Sarina Saltiel und Ino Rousso habe ich nie wiedergesehen. Noch ist irgend etwas von ihren Gestalten in mir geblieben. Ich frage mich, ob sie ein Paar waren. Sie hatte schöne blaue Augen, sagte Mama über Sarina Saltiel. Ino Rousso nannten sie »Senegal«. Er hatte einen dunklen Teint und war ständig am Lachen. Der Gedanke, dass die Menschen sich in diesem Elend verlieben konnten, ist tröstlich.

Jorgos Mitseliotis starb 1993. Seine Frau Magdalini 1997. Stefanos und Magdalini Korfiatis leben noch. Ebenso der Apotheker Miniadis in Athen.

Im Oktober 1944 verschwanden die Deutschen aus Glossa. Die Nachricht verbreitete sich überall. Jorgos Mitseliotis holte meinen Vater ab, gemeinsam stiegen sie auf den Glockenturm der Kirche und begannen die Glocken zu läuten. Rasend, wie verrückt. Als sie Krämpfe in den Händen bekamen, setzten sie sich hin, nebeneinander, und weinten mit den Köpfen auf den Knien.

Vater wurde 83 Jahre alt. Er erinnerte sich immer noch an jene, die fortgereist waren. An Ino Rousso, Sarina Saltiel. An jene, die es eilig hatten, wegzukommen. Er starb 1985.«

Aus dem Griechischen übersetzt von Ulf-Dieter Klemm

Für Dimitris und Konstantina

GEWÖHNUNG AN NIKOTIN

Meine erste Zigarette habe ich 1943 geraucht, mit elf Jahren. Wir wohnten damals in Karavas, einer Gegend am Eurotas, an seinem westlichen Ufer. Wir hatten uns dort zu Beginn der Besatzung wegen gewisser Umstände niedergelassen. Die Geschichte trug sich folgendermaßen zu:

Bei seiner Rückkehr aus Albanien hatte sich ein Bruder meiner Mutter, ein junger Apotheker mit philologischen Interessen und glücksritterhaften Tendenzen, anstatt in Tripoli auszusteigen und sich ins Dorf zu begeben, seinen Kameraden – Kriegskameraden – angeschlossen und war in Sparta gelandet. Einige Monate später heiratete ein befreundeter Arzt, mit dem ihn gemeinsame Erinnerungen an dasselbe Berglazarett verbanden; zur Aussteuer gehörte unter anderem ein Landgut, vier Kilometer außerhalb der Stadt, mit Olivenhainen, Zitrusplantagen und Weideplätzen. Das nannte sich Karavas. Und der Arzt, der das Landgut richtig bewirtschaften wollte, suchte einen Verwalter. Unser Vater, obgleich ein gestandener Steinmetz, nahm das Angebot unseres Onkels sofort an. Die Anzeichen für den schrecklichen Winter, der folgen sollte, waren deutlich. Und so fanden wir Bergarkadier uns dort unten wieder.

Das Landgut bedeckte eine Fläche von etwa 300 Hektar. Ich kann den Ort ziemlich genau beschreiben. Am Fuße eines Berghangs befanden sich einige eindrucksvolle Ruinen. Zwei niedrige, längliche Schuppen und zwischen ihnen mit gähnenden Fensteröffnungen und ohne Dach die dicken Steinwände eines zweigeschossigen Turms. Am Anfang haben uns die Eulen jede Nacht mit ihren Schreien aus diesem Gemäuer fast das Blut in den Adern gefrieren lassen. Die Witwe Spirena, von der heute nur noch der Nachhall ihrer Stimme übriggeblieben ist, hat unserer Mutter erzählt: »Es sind Seelen, die Verwünschungen ausstoßen. Ihr werdet euch dran gewöhnen.«

Den Turm hatte irgendein Nachfahre von Sacharias Varvitsiotis bauen lassen. Eine Überlieferung berichtete Einzelheiten. Dieser Sohn oder Enkel des Kleften aus der Zeit vor der nationalen Erhebung hatte sich eines Tages auf die Spitze des Jatrissahügels gestellt, seine Hände ausgebreitet und die ganze Gegend, die er so umgrenzte, als die seine beansprucht. Es scheint, dass die Menschen in seinem Schatten schlimm gelitten haben. Ferner scheint es, dass in seinem Blut neben der Härte seiner Sippe weitere eigentümliche Neigungen steckten: Die Mütter, die jeweils kamen, um ihre blutenden Töchter aufzulesen, standen mit gesenktem Kopf abseits und haben den Fluch gemurmelt: »Eulen sollen hier hausen.« Aber nicht eine hat es jemals laut gesagt.

An der Grenze des Landguts, wo die flacheren Böden waren, gab es noch weitere kleinere Höfe. Ihre Besitzer betrachteten wir als unsere Nachbarn. Am Anfang haben wir alle, die ganze Familie, bis zur Erschöpfung geschuftet. Unser Vater fällte eine Zypresse, die hinter dem Turm wuchs, erneuerte das Dach des einen Schuppens, setzte neue Dachbalken ein, verlegte Fußböden und errichtete zwei Zimmer. Den anderen Schuppen machte er zum Stall. Die Pächter, die aus den nahe gelegenen Dörfern des Taygetos herabstiegen, um das Gut zu bearbeiten, bewunderten seine Tüchtigkeit. Das waren Leute, die schicksalsergeben an der Landarbeit klebten. Regnete es – so ernteten sie; regnete es nicht – so schnallten sie den Gürtel enger. Ihre Beziehungen zum Gutsherrn beruhten auf dem Prinzip: »Die Hälfte der Hälfte.« Jedes Jahr verschwand ein Viertel ihrer Ernte, wie auch immer sie ausfiel, von vornherein aus ihren Händen. Einige versuchten mit der traditionellen Verschlagenheit der Freigelassenen, sich mit meinem Vater zusammenzutun. Er hat sie bitter enttäuscht. Nie hat er weggeschaut, auch nicht in ihren schwierigsten Stunden.

Diebstahl war ehrlos. Und er glaubte an die Arbeit. Ich erinnere mich an ihn – ich erinnere mich an seinen Körper, an die Bewegungen seiner Hände bei allem, was er in Angriff nahm. Ich frage mich heute, welchem Traum er nachjagte. Er war nicht nur gegen sich selbst erbarmungslos, sondern auch gegen uns. Es gab keine Schule in der Gegend, und er zwang uns, zu Fuß nach Sparta zu laufen. Vier Kilometer täglich, zweimal pro Tag, Sommer wie Winter. Und Martha war damals fast noch ein Baby, in der ersten Klasse.

Der Arzt kam öfter zur Inspektion auf das Gut. Gewöhnlich kam er in Begleitung. Vorneweg er selber mit seiner Frau, in einem alten offenen Automobil, dahinter zwei leichte Pferdewagen, kunstvoll bemalt. Ihre Räder rot, das hölzerne Stützgitter golden. Jedesmal wenn dieser Zug erschien, belebte sich das Gut. Die Pächter versammelten sich, um die Herrschaften zu begrüßen. Von den Pferdewagen sprangen zuerst die Männer – unter ihnen auch mein Onkel –, um den jungen Damen beim Herabsteigen behilflich zu sein. Schöne Tage, geprägt vom Parfum dieser Frauen. Bei großer Hitze gingen alle zusammen, paarweise diskret eingehakt, hinunter zum Fluss zum Schwimmen. Während unsere Mutter das Essen vorbereitete – gewöhnlich freilebende Enten –, errichtete Vater aus Brettern unserer Betten einen großen Tisch im Schatten des Nussbaums beim Wassertümpel. Wir halfen ihm dabei. Ohne es damals zu ahnen, waren wir das malerische Dekor dieser Idylle.

Von all den Menschen dieser Zeit sind in meiner Erinnerung nur wenige Namen verblieben. Bachaviolos. Beinikolas mit seinen zwei Schweizer Kühen. Louis, ein Junge in meinem Alter – Louis wie? Die Katsanis-Sippe. Damianos Kotsarelos: Pächter und Nachbarn. Ambelia aus Sparta: eine Vorkriegsschönheitskönigin der Provinz, später Geliebte des italienischen Stadtkommandanten. Samalis, »der Krapfen«: ebenfalls aus Sparta. Unter dem Zwang, seinen Spitznamen zu widerlegen, verkaufte er uns in den Pausen Sesamschnitten, die er ausschließlich mit Johannisbrotsirup herstellte. Herr Takis: der Gutsherr. Anna-Mery Vlande: Tochter unseres Religionslehrers, die ihr Vater unerlaubterweise in unsere Knabenklasse brachte. Erste Gymnasialklasse 1942. Ihre Freundin, Sofia Pikrou: meine einzige, heimliche Knabenliebe. In den Stunden der Ermattung füllte ich meine Hefte mit Segelbooten, die ihren Namen trugen. Jetzt bemühe ich mich manchmal in schlaflosen Stunden, Gestalten wieder zusammenzusetzen, aber es ist unmöglich.

Der Sommer 1943 ging grausam vorüber. Karavas war zu einer Art Niemandsland geworden. Nachts kamen Abteilungen der Reserve-ELAS von den Bergen, sammelten Lebensmittel ein oder zündeten irgendein Haus von »Reaktionären« an. Tagsüber zogen Patrouillen der Sicherheitsbataillone zum Plündern aus. Mitte August, am Tag vor Mariä Himmelfahrt, hatten die Partisanen unterhalb der Kapelle zur Himmelfahrt – einer Exekutionsstätte am Rande der Stadt – in einem kühnen Manöver das Erschießungspeloton, das einige Geiseln dorthin führte, beschossen und aufgerieben. Die Deutschen waren rasend vor Wut. Durch Bekanntmachungen schränkten sie für den ganzen Bezirk die Verkehrszeiten ein, von acht bis acht. Bei uns, im Niemandsland, haben diese Beschränkungen niemals funktioniert. Vier Tage später, beim Morgengrauen, machten Sondereinheiten der »Jäger« einen geräuschlosen Überfall in unserer Gegend. Sie griffen sämtliche Männer auf, die sie »außerhalb von Wohnstätten« fanden, setzten ihre Operation Richtung Eurotasquellen fort und nahmen alle mit.

Die Nachricht verbreitete sich sofort. Es waren alles Nachbarn von uns sowie zwei Pächter, welche die Nacht über in ihren Gemüsefeldern geblieben waren. Unser Vater kam durch Zufall davon. Er steckte im zweiten Schuppen, den er in einen Stall verwandelt hatte, und bemühte sich, einen Eber zu kastrieren. Bei dem Gebrüll des Tieres merkte er nicht einmal, dass Deutsche vorbeigekommen waren. Gegen neun versammelten sich sechs weinende Frauen in unserem Hof. Ich weiß nicht, ob bei der Auswahl des Ortes unbewusst die Anwesenheit eines Mannes eine Rolle gespielt hatte. Unser Vater versuchte vergeblich, sie zu beruhigen. Etwas später trafen auch einige Pächter ein, die inzwischen aus ihren Dörfern herabgekommen waren. Einer von ihnen hatte die Eingebung, »Schnauze« zu brüllen. Überrascht verstummten die Frauen. Dieser breitknochige, leicht krummbeinige Landarbeiter, der sicher ähnliche Erinnerungen im Blut hatte, verstand zu lügen. Er stellte sich neben meinen Vater und blickte die Frauen finster an. »Eure Männer haben sie als Führer mitgenommen«, sagte er. »Bevor die Sonne untergeht, bringen sie sie euch zurück.«

Seine Worte fielen auf fruchtbaren Boden. Ein tiefes Aufatmen war zu hören, als löse sich ein Knoten. Aber die Frauen gingen nicht auseinander. Sie blieben dort und teilten sich ihr Harren. Sogar lustige Dinge waren zu hören. »Meiner ist wegen eines Bedürfnisses rausgegangen. Sie haben ihn mitgenommen, bevor er die Hose zumachen konnte.« Doch während die Sonne höher stieg, nahm die Euphorie ab. Der Mittag fand die Frauen wortlos im Schatten des Turms sitzend. Unsere Mutter brachte ihnen Wasser, Brot, Tomaten. Sie nahmen keinen Bissen zu sich. Das wirksame Argument des Landarbeiters löste sich durch seine eigene Logik allmählich auf. Zwei Stunden später war eine Stimme zu hören. »Sie kommen!« Die Frauen sprangen auf. An der westlichen Ecke unseres Hauses erschien Bachaviolos in vollem Lauf. Mit der Hacke in der Faust wie ein Zepter, die Hosenbeine hochgeschlagen, wies er nach unten. Zwischen dem Fluss und dem Turm, in einer Entfernung bis zu 250 Metern, lief ein tiefer Bewässerungsgraben durch die Felder. Sein linkes Ufer, seit Jahren von Tier und Mensch ausgetreten, hatte sich in einen Pfad verwandelt. In der verstohlenen Stille ihrer Schritte kamen die Deutschen in ihren graugrünen Uniformen, die abschnittweise von ebenso graugrünem Blattwerk unterbrochen wurden, einer hinter dem anderen auf dem Pfad zurück. Als auch der letzte aus dem Blickfeld verschwunden war, hielt das Verstummen, das ihren Vorbeizug begleitet hatte, noch etwas an. So lange, bis die Hoffnung zerstoben war, dass die entführten Nachbarn und Pächter vielleicht als Nachzügler folgten. Ein Schrei, der wie ein Jammern begann, verwandelte sich schnell in ein spitzes Kreischen ohne Höhepunkt, das jene unnatürliche Untätigkeit beendete.

»Uuunglückliche!«

Die Frau von Vlachos Karmiris, hager, mit schwarzen Brauen und barfuß, verstummte plötzlich und schaute die anderen erstaunt an. Da setzte eine seltsame Unruhe ein. Diese Frauen, die seit dem Morgen an ihrem Unheil herumkauten, stießen es jetzt, da es gegenwärtig war, von sich. Sie schauten sich gegenseitig an, berührten sich und schüttelten wie wahnsinnig ihre Köpfe. Die Witwe Spirena und unsere Mutter traten zwischen sie und versuchten, sie zu beruhigen. Zusammen mit meinen Geschwistern und Michalis und Spiros, den Zwillingen der Witwe Spirena, die älter waren als wir, verfolgte ich stumm diesen Schmerz, der sich sträubte, hervorzubrechen. Es betraf uns nicht unmittelbar, wühlte uns aber auf. Dieser zuckende Schmerz hatte keine unmittelbare Beziehung zum Tod, er war vor allem erotisch. Und vage, instinktiv bekamen wir das mit. Unser Vater stellte sich in voller Kenntnis seines Unvermögens auf einen Baumstumpf und versuchte, etwas zu sagen.

»Frauen ...«

Eine oder zwei hielten inne und hängten sich, die anderen mitreißend, an seine Lippen. Es folgte ein verlegener Augenblick. Unser Vater fand keine Worte. Da erfüllte plötzlich eine andere, abgehackte, fast kühle Stimme die Stille.

»Was warten wir?«

Angelina, Beinikolas' Frau, eine Fettsteißige in den Vierzigern, stellte sich vor ihre Gefährtinnen. Sie blickte sie streng an und wandte sich ohne weitere Worte zum Gehen. Bachaviolos sprang auf, um sie aufzuhalten.

»Wo willst du hin, gute Frau?«

Er trat ihr in den Weg und bemühte sich, sie zu überzeugen, dass sich die Männer irgendwo herumtrieben. Dass sie bald kämen und dass man auf sie warten müsse. Solange er sie nicht vorbeiließ, trommelte Angelina wie eine Bärin auf den Hinterbeinen mit ihren Fäusten auf seine Schultern und sagte immer wieder: »Nein. Nein. Nein.« Danach begann sie, sich aufzubäumen und mit komischer Wildheit zu brüllen. Sie hob die Augen, blickte zum Himmel und grub ihre Nägel in die Backen. Sie schaute auf den Boden, hob ihre Röcke und kratzte sich die Schenkel auf. Die anderen Frauen standen fassungslos herum. Die Witwe Spirena schnellte wie ein Pfeil los und packte sie an den Handgelenken.

In diesem Netz gefangen, gab Angelina schließlich nach. In den Achseln hängend warf sie den Kopf nach vorn, und solange Spirena und Bachaviolos sie schleppten, drang ein gedämpftes Brüllen aus ihrer Brust. Sie setzten sie auf den Baumstumpf, auf den mein Vater vorher gestiegen war, und unsere Mutter eilte, um Wasser zu holen.

Da wandte sich Michalis zu uns um und sagte aus einer Eingebung heraus: »Gehen wir.«

Mit einem Sprung löste er sich von der Mauer, an die er gelehnt stand, und wir folgten ihm. Wir wussten nicht, was er genau im

Sinn hatte, aber es war, als hätten wir es gemeinsam beschlossen. Wir schlugen den Pfad ein, der rechts am Turm vorbeiführte. Etwas weiter verlor er sich auf der schmalen Schotterstraße, die Sparta mit den nördlichen Dörfern des Taygetos verband. Unentschlossen lief Martha los, um mit uns zu kommen. In ihrem Arm hielt sie eine improvisierte Puppe. Jorgos hatte sie ihr aus einer grünen Schilfwurzel gemacht. Ich blieb stehen und hieß sie umkehren. Zurückgelassen, brach Martha in Tränen aus. Ich ließ sie stehen und lief hinter den anderen her. Wir wussten tatsächlich nicht, wohin wir gingen.

Wir traten hinaus auf die Landstraße. Die Sonne hatte sich schon ziemlich gesenkt, aber die Gluthitze wollte nicht abnehmen. Wir schritten so eine Weile ziellos voran. Die Verlassenheit des Ortes, seine löchrige Stille beunruhigten uns irgendwo in unserem Innersten. Aber gleichzeitig regte sich, ebenfalls irgendwo in unserem Innersten, ein furchtbares Gefühl der Freiheit.

Wir erreichten die große Kurve. Die Straße verlief dort senkrecht über dem Fluss, gegenüber von Vordhonia. Links von uns, auf der Kuppe eines flachen Hügels, stand die Hütte von Boutsikakis. Er schien alterslos, lebte dort allein und hütete ein Dutzend Mutterschafe. Er hatte auch einen Deckbock, ein riesiges Tier, den er jeden August den ganzen Monat lang im Freien unter einer Weinlaube angepflockt hielt. Wer von unseren Nachbarn Ziegen zum Bespringen hatte, schickte sie zu ihm. Die Deckgebühr wurde in Naturalien gezahlt.

»Los, den wollen wir uns anschauen«, sagte Michalis und stieg als erster hinauf.

Die Tür der Hütte stand sperrangelweit offen. Der Bock war an einen Pfosten gebunden, »grinste«, indem er die Lippen hochzog, und pisste auf seine Füße.

Michalis blieb an der Tür stehen und beugte sich hinein.

»Hier ist er nicht«, sagte er.

An die Hauswand war eine niedrige Bank gemauert. Einige trockene Maisblätter, auf die Länge von Zigarettenpapier gestutzt, wurden von einem alten, abgewetzten Messer beschwert. Ein paar hatte der Wind zerstreut. In einer kleinen hölzernen Schale zwei, drei Tabakklumpen und daneben ein Feuerstahl mit Zunder.

Michalis stand da mit den Händen in den Taschen und schaute sich um.

»Er wird sich irgendwo rumtreiben«, sagte er.

Der Brunstgestank des Bockes stand schwer in der Luft und klebte auf unserer Haut. Michalis ging langsam um die Hütte herum und kam wieder zu uns. Weiter unten, auf der anderen Seite, weideten frei Boutsikakis' Schafe. Michalis bückte sich, nahm ein Maisblatt, füllte es mit Tabak, strich ihn mit dem Finger glatt und drehte mit ziemlicher Geschicklichkeit eine Zigarette. Er befeuchtete ein Ende mit Spucke und reichte sie Vassilis. Er drehte eine zweite, und Spiros tat es ihm sogleich nach.

Sie zündeten sie an, und alle drei begannen hastig zu paffen. Sie hielten den Rauch eine Weile im Mund und stießen ihn dann in aufeinanderfolgenden Wölkchen wieder aus. Anschließend sagte Vassilis irgendwas zu den Zwillingen. Sicherlich wollte er auch uns mit hineinziehen, damit wir ihn nicht verpetzten. Spiros hielt Jorgos seine Zigarette hin, aber Jorgos lehnte ab. Spiros wollte auf ihn losgehen.

»Lass ihn«, sagte Vassilis.

Michalis stellte sich vor mich, legte seine Hand auf meine Schulter und zeigte mir, was ich machen sollte.

»Du drückst die andere Hand auf den Magen und ziehst tief ein.«

Ich nahm die Zigarette und tat, was er mir gesagt hatte. Plötzlich spürte ich, wie mein Hals brannte, und meine Augen traten hervor. Die Zigarette fiel aus meiner Hand, und unter Hustenanfällen begann ich unaufhörlich Speichel zu spucken. Die Zwillinge brachen in Gelächter aus und jagten los, wobei sie wie Zicklein durch die

Luft sprangen. Vassilis lief ihnen nach. Durch meine Tränen sah ich, wie sie unten das Tal erreichten und anfingen, erregt die Schafe aufzuscheuchen. Jorgos kam und stellte sich neben mich, um mich zu trösten.

»Patronenhülsen!« hörten wir sie auf einmal alle zusammen schreien.

Jorgos ließ mich sofort stehen. Patronenhülsen hatten zu jener Zeit für uns Kinder die Murmeln als Werteinheit abgelöst. Nach allgemeinem Kurs konnte man zehn davon gegen die verschiedensten Dinge tauschen. Auch ich vergaß sofort meinen Schmerz. Aber wir kamen nicht dazu, den Abhang hinunterzustürzen. Wir sahen, wie die drei dort unten, die auf allen vieren herumkrochen, erstarrt innehielten. Dann erhoben sie sich langsam, stolperten eine Strecke rückwärts, und plötzlich drehten sie sich um und begannen, in unsere Richtung zu laufen. Keuchend kamen sie bei uns an.

»Dort liegen sie«, sagte Michalis mit irrem Blick. »In den Sträuchern.« Und sie rissen uns mit in eine wilde Flucht.

Meine zweite Zigarette habe ich fünf Jahre später geraucht.

Nach der Befreiung kehrten wir in unser Dorf zurück.

Wir hatten überlebt, und unser Vater wollte sein Handwerk wiederaufnehmen. Er meinte, wegen der Verwüstungen während der Besatzung werde es wieder Arbeit geben. Ich persönlich glaube, dass es noch einen anderen Grund gab. Die Ebene lag ihm nicht. Er war die aufeinanderfolgenden Horizonte unserer Berge gewöhnt. In der Zwischenzeit hatte Vassilis sein Studium an der Universität aufgenommen. Jorgos, der sich ebenfalls auf Prüfungen vorbereitete, war zu ihm gezogen. Ich blieb zurück, um das Gymnasium in Tripoli abzuschließen.

Im Januar 1948 quartierte sich vorübergehend ein durchziehender Trupp Gebirgsjäger in unserem Schulgebäude ein. Uns brachten sie im Mädchengymnasium unter. In denselben Klassenzimmern, auf denselben Schulbänken, im Schichtbetrieb: morgens wir, nachmittags die Mädchen. Diese Unterbringung unter demselben Dach steigerte unsere provinzielle Pubertätslüsternheit ganz schrecklich. Nikos D., mit dem ich dieselbe Schulbank drückte, behauptete öfters, dass er eine seltsame Hitze spüre, die von dem Holz auf seine Oberschenkel übergreife und sich prickelnd in Richtung Nieren ausbreite ...

Eines Morgens während des Französischunterrichts, als die Lehrerin gerade an die Tafel schrieb: »Das gute Naturell von Paul und Virginie steigerte sich von Tag zu Tag«, stand jemand aus der ersten Reihe auf, wandte sich in unsere Richtung und schwenkte wie eine Trophäe ein Stück Mädchenunterwäsche. Das hatte er im Fach seiner Schulbank gefunden. Auf einmal war der Teufel los, und da es unmöglich war, die Schuldigen ausfindig zu machen, wurde unser Ausbruch mit dreitägigem Schulverweis von fünf per Los ermittelten Klassenkameraden bestraft.

Nikos D. ist jetzt Röntgenfacharzt. Seit Jahren verheiratet, aber ohne Kinder, mit eigenem Penthouse in der Stratiotikou-Syndesmou-Straße, führendes Mitglied im *Panathinaikos*. Das, was man einen »gemachten Mann« nennt. Nach dem Gymnasium haben sich unsere Wege getrennt. Wenn wir uns mal zufällig treffen, wechseln wir einige Worte und beziehen uns natürlich immer mit einer heruntergespielten Nostalgie auf jene Zeit.

Damals hatte Nikos D. eine Krise durchgemacht. Angeregt durch diese prickelnde Hitze, wagte er es schließlich, mit dem Füller eine Botschaft auf die Schulbank zu schreiben. »Schöne Unbekannte, Du erfüllst meine Träume.« Ohne Unterschrift. Die Botschaft hatten wir gemeinsam verfasst, aber die »schöne Unbekannte« war seine Eigenmächtigkeit. Am nächsten Tag gab es eine Antwort. »Träume! ...« Nur das. Aber mit Ausrufungszeichen und vielen Pünktchen. Nikos war begeistert. Die Botschaften wurden fieberhaft und im gleichen poetischen Stil fortgesetzt. Bald wurden sie zu richtigen Liebesbriefen. Das war ein Fortschritt. Sie versteckten sie beide in den Toiletten, in einer Ritze über der Tür. Immer anonym. Ich drängte Nikos, seine Identität aufzudecken und dasselbe zu verlangen. Schließlich gab er nach, und am anderen Tag geschah das Unglück. Seine Korrespondentin war ein dickes Mädchen mit Brille. Eine von den guten Schülerinnen, die wir »Streber« nannten. Nikos brach zusammen. In seine Liebesbriefe hatte er nicht nur seine Idealvorstellungen von Schönheit investiert. Die Investition war ernster und ging tiefer.

Ich versuchte ihn zu trösten. Wir unternahmen lange Spaziergänge. Ich versuchte ihn abzulenken. In jenem Winter schwebte das Gerücht von der »Afrikana« über uns wie eine Grippe. Die »Afrikana« war der neue Star im Bordell von Kasamias. Nikos hörte gar nicht hin. Nur einmal wurde sein Interesse geweckt, als ich ihm erzählte, dass verschiedene Familienväter, selbst aus Argos, ihretwegen mit dem Taxi kämen. Er schaute mich voller Argwohn an und vermutete Aktivitäten, die ich vor ihm geheim hielt.

»Woher weißt du denn das?«

»Von Koularmanis.«

Koularmanis war ein Halunke, der uns Fahrräder vermietete.

Anfang Februar bekamen wir das Programm für die Halbjahresprüfungen. Damit ging die erste Stunde drauf, und in der Pause versammelten wir uns auf Anweisung des Direktors im Vorhof. Das erstaunte uns ein bisschen. Es war fester Brauch, und davon waren wir ausgegangen, dass wir anschließend frei bekämen.

Unser Direktor stieg kühl auf das dafür bestimmte Podest und stellte uns förmlich den »nationalen Dichter« Herrn Soundso vor. Neben ihm stand ein magerer Typ in Militärstiefeln und mit Halstuch. Mit einer gewissen Verspätung schleppte der Pedell einige Stapel schlecht gedruckter Heftchen herbei und legte sie auf dem Zementboden ab, neben den Stiefeln dieses Typs. Nach der Deklamation würden wir

»auf freiwilliger Basis« seine Gedichte erwerben können. Ich erinnere mich nicht mehr an den Währungsstand jener Zeit; jedenfalls entsprach der Preis dieser Blätter dem Gegenwert unserer Frühstücksbrezel. Nikos stieß mich verschwörerisch an, und sobald der Dichter loslegte, zogen wir uns unauffällig ans Ende unserer Reihe zurück. Von dort glitten wir leicht nach draußen. Der Tag war frisch, aber klar. Eine kühle Sonne stand am Himmel. Wir umgingen das Gerichtsgebäude und traten hinaus auf den Arisplatz. Der Platz wirkte leer zu jener Stunde. Leer und riesig. An seinem unteren Ende schob ein Straßenkehrer langsam seinen Wagen, und vor dem Mainalon standen einige nackte Tischchen. Nikos hatte das Fiasko seines Briefwechsels noch nicht überwunden.

Wir waren am Eingang zum Großen Park stehengeblieben und redeten über die Liebe. Da ertönte ein Autogeräusch, und an der Ecke des Serails erschien ein alter Kipplaster, wie ihn Bauunternehmer haben. Er fuhr über den Rinnstein auf den Platz, bis in die Mitte, machte eine Kurve um180 Grad und blieb mit laufendem Motor stehen. Vorn stieg ein Feldwebel mit Patronengurten und MP aus. Die Ladefläche begann sich langsam zu heben, und als sie die richtige Höhe erreicht hatte, sahen wir, wie Leichen herausfielen.

Wir waren die ersten, die hinzutraten. Bald vergrößerte sich natürlich der Kreis. Der Laster blieb mit erhobener Ladefläche stehen; vor uns hatte sich eine kleine Pyramide aus toten Männern gebildet. Die einzige Frau unter ihnen schloss, auf dem Bauch liegend, die Pyramide ab. Ihr Rock war bis zu den Hinterbacken hochgerutscht, und an der Außenseite ihres linken Oberschenkels war ein Einstich von einem Bajonett. Trotz des Todesschauders auf ihrer Haut, den die Wintersonne hervortreten ließ, verspürte ich eine wilde Erregung.

Die ersten Kommentare waren bereits zu hören. Die Gebirgsjäger hätten diesen kleinen Zug »Banditen« in einem nächtlichen Hinterhalt aufgerieben. Eine andere Version war, dass man sie gefangengenommen hätte. Später habe jemand zu fliehen versucht, und man habe alle exekutiert.

Am nächsten Tag würden wir die Geschichtsarbeit schreiben. Ich verkroch mich in mein Zimmer und versuchte zu lernen. Früh am Nachmittag kam Nikos und holte mich ab. Auch er konnte sich nicht konzentrieren. Von der Spitze der morgendlichen Pyramide herab foppte uns die Geschichte in Gestalt der erotischen Wölbung toter Hinterbacken.

Wir gingen durch die Straßen und befanden uns schließlich in der Gegend des Bahnhofs. Jenseits der Gleise, an der alten Landstraße nach Tegea, lag das offizielle Bordell von Kasamias. Das Haus war von einer Mauer umgeben, und obwohl noch helllichter Tag war, brannte vorne eine kleine nackte Birne. Zögernd standen wir davor. Wir trauten uns nicht zu gestehen, dass uns der Mut fehlte, hineinzugehen. Schließlich rettete uns die Haustür innerhalb der Mauer aus der Verlegenheit. Sie öffnete sich plötzlich, und in der Öffnung erschien gebückt der nationale Dichter mit dem Halstuch und den Militärstiefeln.

Wir sprangen rasch nach links, bogen um die Mauer, erreichten ihre hintere Seite und stützten uns darauf. Vor uns befand sich ein Graben mit grünlichem Wasser. Hunderte benutzter Präservative verfaulten darin. Während wir warteten, dass der Dichter sich entferne, zog Nikos zwei Zigaretten aus seiner Jackentasche. Er hatte am Tag des Fiaskos zu rauchen begonnen, und damit es keine »Beweisstücke« gebe, kaufte er sie lose und immer paarweise. Er gab mir die eine, und diesmal lehnte ich nicht ab. Ich zündete sie an, zog den Rauch vorsichtig ein, behielt ihn ein bisschen im Mund und ließ ihn dann stoßweise wieder heraus.

Das Ende der Geschichte ist dieses:

Mein Vater verstarb im Mai 1969, im Alter von 72 Jahren. Bis ans Ende seines Lebens blieb er unerbittlich – und bis ans Ende glaubte er an die Arbeit. Er hatte Marmortreppen behauen. Er hatte Türstürze für Kirchen verziert. In Karavas hatte er Gräben angelegt, Bäume gepflanzt, Tiere gezüchtet. Für andere. Später bekam er es an den Nieren, und eine Zeitlang betrieb er einen Kiosk, verkaufte Kaugummi und Zeitungen. Er starb in tiefer Genugtuung über seine Redlichkeit. Er war ein Phantast – definitiv.

Nach Karavas bin ich seitdem nicht zurückgekehrt. Nie mehr. In letzter Zeit habe ich erfahren, dass das Landgut, aufgeteilt in Baugrundstücke, draufgegangen ist beim Kartenspiel.

Was den eingangs erwähnten Onkel von mir angeht: Er lebt immer noch, am Strand eines äußersten Zipfels der Peloponnes. Seine glücksritterhaften Tendenzen stumpften in der Ehe mit der Erbin einer Apotheke ab. Die einzige Apotheke, die noch die alten Gerüche ausströmt.

Manchmal schaue ich dort vorbei und besuche ihn. Zuckerkrank, das Rauchen seit Jahren aufgegeben ... Ein gealterter Löwe. Er pflegt allerdings immer noch seine philologischen Interessen. Seit seinen Studentenjahren kauft er lückenlos die *Nea Estia* und lässt sie unaufgeschnitten in Jahresbänden binden.

Ich hoffe wirklich, dass er sich als ebenso zählebig erweist wie sie.

Aus dem Griechischen übersetzt von Ulf-Dieter Klemm

DER ABSTIEG DER NEUN

Am 26. Oktober 1948, dem Tag des Heiligen Dimitrios, gerieten wir in einen Hinterhalt. Es war das erste Mal. Wir waren auf dem Rückweg von Panajia, hatten getrunken, getanzt, und wenn sie nicht so stümperhaft geschossen hätten, wäre keiner von uns übriggeblieben.

Wir merkten, dass die Zeiten sich allmählich änderten. Liaros wurde dort am Bein verletzt. Drei Monate hat er gelitten. Mit Olivenöl und rote Bete-Blättern haben wir ihn notdürftig verarztet.

Im Januar wurde die Neunte Division auf die Peloponnes verlegt. Wir begriffen, dass sie uns in die Enge treiben würden, hatten auch das Wetter gegen uns. Bis März blieben wir im Taygetos-Gebirge. Dann schickten die anderen die Gebirgsjäger los. Als unser Kommandant Zacharias sah, was bevorstand, gab er Befehl, uns zu zerstreuen.

Mit Kapetan Nikitas und sieben weiteren Genossen zogen wir Richtung Sparta. In den Dörfern Logastra und Soustiani ließen wir uns nieder, wir hatten dort Angehörige.

Zwei Monate versteckten wir uns in der Kelterei, warteten auf Nachricht. Als der Sommer kam, mussten wir weg, man fing an über uns zu reden. Damals erfuhren wir aus den Zeitungen, dass Zacharias sich ergeben habe. In unserer Isolierung glaubten wir es nicht, hielten es für Propaganda.

Eines Nachts stiegen wir hinab nach Karavas, überquerten den Evrotas und hielten uns ans andere Ufer. Bis zum Fluss kannten wir die Gegend gut. Jorgouleas sagte, er habe in Vourlia einen Schwager von seiner ersten Frau. Dorthin zogen wir.

Noch in derselben Nacht erreichten wir den Ort und warteten am Dorfrand, dass es hell werde. Am Morgen sahen wir Leute sorglos ihren Arbeiten nachgehen. Wir saßen auf glühenden Kohlen. Im Lauf des Tages sahen wir auch Gendarmen.

Bis zum Abend saßen wir unschlüssig herum. Bratistas blickte zurück zum Taygetos.

»Nikita«, sagte er, »zurück geht's nimmer.«

Er war groß, hatte blaue Augen, ein kräftiger Mann von wenigen Worten.

Mit Einbruch der Nacht zogen wir wieder los. Unter uns glänzte der Evrotas. Wir machten einen Bogen um das Dorf, überquerten die Landstraße und drangen in den Wald ein.

Niemand von uns war bisher im Malevo-Gebirge gewesen. Wir kannten nur die uns zugewandte Seite, die man von unseren Höhen aus sah. Ich stammte aus Kalamata, konnte immer den Taygetos sehen, ging es mir durch den Kopf, aber jetzt war der Berg verstummt.

Am dritten Tag erreichten wir Arachova, Zacharias' Dorf. Es wimmelte von Soldaten. Wir trafen auf Hirten, denen wir Brot stahlen. Bis dahin waren wir nur nachts marschiert. Aber das Gelände war schwierig, und wir begannen auch am Tag zu laufen. Bis wir die letzten vertrauten Landschaftsmerkmale aus den Augen verloren. Zum Schluss brachten wir Tag und Nacht durcheinander und verloren die Orientierung.

Für zwei Wochen ließen wir uns in einer Schlucht nieder. Oberhalb unseres Rastplatzes brachte jeden Mittag ein weißhaariger Alter seine Schafe zur Weide. Wir beobachteten ihn, und sobald er sich zum Schlaf hinlegte, krochen wir auf dem Bauch hin, legten uns rücklings unter die Schafe und saugten deren Milch. Wasser gab es auch in der Nähe, ein guter Ort. Wir überlegten, dort zu bleiben. Konstandarakos hatte ein Kabel aus seinem Rucksack gezogen und an der Quelle Schlingen ausgelegt für Hasen. Am nächsten Tag geriet der Wald in Brand. Es war eine Gluthitze, die Samen der Wildpflanzen sprangen auf, sobald man sie berührte. Wahrscheinlich hatte das Feuer sich selbst entzündet. Aus den Dörfern eilte man herbei einschließlich Soldaten. Wir konnten uns gerade noch rechtzeitig zurückziehen, fast hätten sie uns eingeschlossen.

Der Atem des Feuers verfolgte uns. Bis zum Einbruch der Nacht spürten wir ihn im Nacken. Bei Tagesanbruch marschierten wir noch immer. Wir ließen den Wald hinter uns, gerieten auf einen Höhenzug, nackt wie ein Kuhrücken. Wir liefen und liefen, es nahm kein Ende. Vor uns versengte Erde, der Horizont in Flammen. Nikitas wandte sich an Bratistas.

»Was meinst du, Kosti?«

Bratistas zog stumm die Lippen zusammen, löste das dreckige Taschentuch vom Hals und wischte sich den Schweiß. Eine spürbare Freundschaft verband die beiden.

Konstandarakos setzte sich auf den Boden und zog den Stiefel aus. Sein Fuß war geschwollen wie ein Dudelsack.

»Er quält dich«, sagte Nikitas. Was hätte er ihm auch sagen sollen.

Konstandarakos nahm den Stiefel in die Hand, und wir brachen auf. Wir überquerten eine Passhöhe und stiegen auf der anderen Seite hinab. Unter uns erschien ein Talkessel mit blühenden Kartoffelfeldern. Wir blieben stehen und sahen uns das an. In der Mitte eine Wellblechhütte, etwas weiter ein Brunnen mit Schöpfrad. Plötzlich zuckt Bratistas zurück, als habe ihn was gestochen, und erstarrt. Instinktiv machen wir es ihm nach. Auf dem Brunnenrand saß ein barhäuptiger Mann und aß. Wir bemerkten ihn, als er sich nach dem Eimer streckte.

Nikitas rief Konstandarakos zu:

»Geh runter und tausch deine Stiefel aus. Und frag, wo wir uns befinden.«

Der Bauer warf den Eimer in den Brunnen und zog Wasser hoch. Als er sich zum Trinken beugte, entdeckte er Konstandarakos mitten im Farn. Er richtete sich auf und wartete. Wir sahen, wie er ihm die Hand hinstreckte. Konstandarakos blieb in einiger Entfernung stehen, gab ihm seine nicht. Anscheinend bat er um Wasser. Der Bauer bückte sich, ergriff den Eimer, um ihn ihm zu reichen, stülpte ihn jedoch plötzlich mit unerwarteter Behändigkeit Konstandarakos über den Kopf. Mit einem Satz griff er nach seiner Hacke, um sich auf ihn zu stürzen.

Ein Schuss fiel, und der Bauer klappte zusammen. Bratistas setzte den Karabiner ab und gab ihn Koutsos zurück. Wir kannten seine Schnelligkeit, hatten sie schon bei anderen Gelegenheiten erlebt. Die MP hatte er vor sich auf den Boden geschmissen.

Wir stiegen hinab zum Brunnen. Der Bauer war auf die Seite gefallen, die Augen offen, die Haare wirr, ein ungeformtes Erstaunen auf seinem ganzen Gesicht.

Konstandarakos hatte den Eimer vom Kopf gezogen, er war klatschnass, eine Augenbraue war aufgeplatzt.

»Einer muss hinaufsteigen zur Passhöhe«, sagte Nikitas besorgt.

Er wandte sich an Ligitsos. Der verschwand im Laufschritt. Jorgouleas ließ den Eimer hinab und zog ihn mit Wasser gefüllt hoch. Nikitas zog den Toten an den Füßen und stieß ihn in den Brunnen. Danach ging er zur Hütte und trat die Tür auf. Sie war leer bis auf ein kaputtes Sprühgerät und einige verfaulte Säcke. Auf dem Brunnenrand lag ein Tuch mit den Resten der Mahlzeit des Bauern. Feuchtes Brot, eine halbe Tomate mit Bissspuren und Käsekrümel. Koutsos aß alles auf.

*

Ich hielt auf der Passhöhe Wache. Im Morgengrauen kam Nikitas mit zerzausten Haaren hinauf. Vor uns lag ein tiefes Tal und gleich anschließend ein niedriges, langgestrecktes, trockenes Bergplateau. So grub es sich in unser Gedächtnis. Zwei Gebirgszüge weiter am Horizont das Meer. Seine nackte Fläche kräuselte sich.

Wir lagen auf dem Bauch in Deckung.

»Wie alt bist du?«, fragte Nikitas.

»Achtzehn.«

Er schüttelte den Kopf. Seit einigen Tagen lag Bitterkeit in seinem Blick.

Aus der Ferne war das Geräusch eines Autos zu hören.

»Schau!«

Ich blickte in die Richtung, in die er zeigte. Im Morgenlicht sah ich in der Ferne Staub aufsteigen. Bald verlor sich das Geräusch.

»Sie haben uns von allen Seiten eingeschlossen«, sagte Nikitas.

Ich sagte nichts. Bald darauf eine neue Frage:

»Hast du Angst?«

»Nein.«

Er lächelte.

»Wir werden Richtung Meer laufen«, sagte er.

Ich fragte ihn, was das für ein Meer sei da unten. Sein Gesicht verfinsterte sich.

»Ich weiß es nicht.«

Er war ein mittelgroßer Mann von dreißig Jahren mit schwarzem Haar. Der Bart ließ sein Gesicht noch schmaler aussehen. In sein Brüten hinein frage ich:

»Hast du die Hoffnung verloren?«

Ich dachte, er würde nicht antworten.

»Seit langem.«

»Mach dir nichts draus!«

Er lächelte erneut.

»Woher die Kraft nehmen zum Sterben?«

»Mach dir keine Sorgen, irgendjemand wird dir schon den Gefallen tun.«

Er wandte sich zu mir, schaute mich finster an, blickte dann aufs Meer.

»Woran soll man sich jetzt halten, um Mut zu schöpfen?«

In diesem Moment ging die Sonne auf. Seine Miene färbte sich einen Moment lang rosig, wurde dann gleichgültig. Er verharrte eine Zeitlang, als denke er an nichts.

»Geh und weck die anderen«, sagte er schließlich.

*

Wir überquerten den Pass schräg zum Hang, unter der Morgensonne wurde die rote Erde unglaublich hart. An der Vegetation konnten wir die Höhe abschätzen, Eichen und Kiefern. Unter uns, etwa tausend Meter entfernt, sahen wir die Landstraße. Nikitas wich nach links vom Pfad ab. Wir erreichten den gegenüber liegenden Hang, erklommen ihn und sahen wieder die Landstraße. An einer Wegbiegung stand ein einsames Haus mit offener Tür, wohl eine Herberge.

Nikitas holte sein Fernglas hervor, ein Beutestück aus der Schlacht bei Pelagonia. In der Tür des Hauses erschien ein Mann, stieg hinab zur Landstraße und verschwand. Danach hörten wir ein Geräusch, und ein Kleinlastwagen kam rückwärts die Straße hoch. Vom Fahrersitz sprang der Mann, den wir zuvor gesehen hatten, trat ins Haus und erschien wieder mit einer Frau. Sie warfen irgendwelche Kisten auf die Ladefläche und unterhielten sich eine Zeitlang gestikulierend. Danach setzte sich der Mann ans Steuer, und das Auto rollte ohne Motor los.

Bald hörten wir, wie der Motor ansprang. Eine Qualmwolke erhob sich. Auf einem Zaun hinter dem Haus hing Weißwäsche. Die Frau sammelte sie ein. Auf dem Weg zum Haus blieb sie stehen und sprach mit jemandem im Schatten. Wir sahen ihn nicht. Nikitas setzte das Fernglas ab.

»Irgendwas ist los«, sagte er.

Katsanis zeigte auf das Haus. In der Tür erblickten wir jemanden in Stiefeln und Reithose, großgewachsen, kräftig, die Hände in den Gürtel gesteckt. Von der Landstraße erschien ein anderer mit einem Gewehr über der Schulter. Sie begannen vor dem Haus auf und ab zu gehen. Dann erschienen zwei weitere Bewaffnete und gingen auf sie zu.

Nikitas steckte das Fernglas ein.

»Schleicht euch vorsichtig weg«, sagte er.

Einer nach dem anderen krochen wir auf dem Bauch zurück. Gegen Mittag erreichten wir die Stelle, wo wir übernachtet hatten. Rechts und links von uns erstreckten sich tiefe Täler, wir konnten uns nicht entschließen hinabzusteigen. Völlig erschöpft hielten wir an. Katsanis hatte Wildpflaumen gegessen, sein Magen begann ihn zu quälen. Er beugte sich zur Seite und erbrach Speichel. Vom Pfad, der über den Bergsattel führte, hörten wir ein Glöckchen. Bevor wir uns verstecken konnten, erschien ein Maultier, beladen mit zwei Tragekörben, dahinter der Treiber. Sobald er uns erblickte, blieb er stehen. Er merkte jedoch, dass wir ihn beobachteten, und es blieb ihm nichts übrig, als weiter zu gehen. Als er auf unserer Höhe war, tat er, als wolle er an uns vorbeigehen. Jorgouleas putzte seine Brille. Ein Drahtgestell, einen gebrochenen Bügel hatte er durch Schnur ersetzt. Er kniff die Augen zusammen und sah den Treiber an. Als er merkte, dass dieser vorbeigehen wollte, stellte er sich ihm mit einem Satz in den Weg. Er packte das Muli am Zügel und riss die Persenning von den Körben. Sie waren bis an den Rand mit Kalksteinen gefüllt. Er war perplex. Mit trübem

Blick und heiserer Stimme wandte er sich an den Maultiertreiber:

»Hast du eine Zigarette?«

»Ich rauche nicht«, antwortete der, und seine Lippen zitterten.

In einer Art hysterischen Anfall versetzt Jorgouleas ihm einen Schlag mit voller Wucht. Als sei er schuld, dass er nicht rauche. Das Muli erschrak. Der Strohhut des Mannes fiel zu Boden, er ließ ihn liegen. Sein Blick wie der eines gehetzten Tieres.

Nikitas trat heran, hinter ihm Bratistas und die anderen. Wir umringten den Treiber. Er ergriff den Hals des Tieres. Als wolle er sich an etwas Eigenem festhalten.

»Wo kommst du her?«, fragte Nikitas.

»Aus Vourvoura.«

»Wo geht's hin?«

»Nach Kastri.«

»Wie weit ist es bis dahin?«

»Anderthalb Stunden.«

»Gibt's dort Soldaten?«

»Weiß ich nicht.«

»Was schleppst du da?«

»Kalk für die Kirche.«

»Gibt es in Vourvoura Soldaten?«

»Nein.«

»Sind die Leute da bewaffnet?«

»Weiß ich nicht.«

»Was liegt da unten am Meer?«

»Astros.«

Er schien zu weiteren Antworten bereit, aber Nikitas stellte keine Fragen mehr. Jorgouleas lud durch. Der Maultiertreiber erbleichte. Nikitas beobachtete ihn. Jorgouleas hielt seine Waffe unbeweglich, als bereite er sich innerlich vor. Die Hand des Treibers klammerte sich nervös an das Tier. Nikitas' Blick fiel auf jene Hand. Breite, sonnenverbannte Finger und am Ringfinger ein abgewetzter Ehering, der ins Fleisch schnitt.

»Geh!«, sagte er.

Jener begriff nicht sofort.

»Hau ab!«, wiederholte Nikitas.

Der Treiber bückte sich nach seinem Strohhut und begann das Muli fortzuziehen. Wütend riss ihm Jorgouleas den Strohhut vom Kopf. Gebeugt, ohne sich umzusehen, entfernte sich der Mann. Sein Rücken, noch immer in Reichweite unserer Gewehre, gekrümmt.

Jorgouleas wandte sich an Nikitas.

»Warum hast du ihn laufen lassen?«

»Darum.«

»Weißt du, was der macht, kaum dass er über den Kamm ist?«

»Ich führe hier das Kommando.«

»Auf Kosten meines Lebens?«

Bratistas fuhr dazwischen.

»Halt's Maul.«

*

Es war Vollmond, und wir warteten, bis er unterging. Wir marschierten durch die Schlucht. Zuerst war es etwas mühsam, dann gewöhnten sich unsere Füße daran. Hunderte von Nachtmärschen hatten wir schon hinter uns. Am Anfang war da immer dieselbe Angst, die Angst vor der Dunkelheit.

Wir marschierten die ganze Nacht durch, und beim Morgengrauen, als wir hofften uns auszuruhen, wurden wir beschossen. Bratistas schmiss sich hinter einen Stein und erwiderte das Feuer. Wir merkten, dass es wenige waren. Alle gemeinsam griffen wir an, Nikitas brüllte los, und wir durchbrachen ihre Linie.

An einem Hang voller Dornen und Disteln erwischte uns die Sonne. Wir setzten uns hin, um zu verschnaufen. Katsanis fehlte. Uns gegenüber lag wieder die Landstraße. Wir liefen im Kreis herum. Jorgouleas hatte sich den Arm aufgeschürft, er blutete. Er zerriss sein Hemd, um die Wunde zu verbinden. Die Sonne stach gnadenlos. Nirgends eine Spur von Wasser, nur Steine und Ziegenpfade mit vertrockneten Kötteln.

In diesem Moment, in dem wir kaum Kraft zum Atmen hatten, begann Jorgouleas zu singen. Dieser ungeschlachte Kerl hatte die instinktive Fähigkeit, die Schwingungen der Situation zu erspüren:

Rot ist die Sonne aufgegangen – und schwarz der Mond
Und der leuchtende Morgenstern, er will nicht erlöschen.

Seine leise Stimme in dem finsteren Morgen berührte uns bis ins Mark. Großgewachsen und breitknochig war er, mit Gesichtszügen wie mit der Axt geschnitzt.

Die Sterne verblassten, ihre Bahnen verwirrten sich, der Himmel stürzte auf uns nieder.

Auf der Straße erhob sich Lärm, dann Staub. Ein Dutzend Lastwagen voller Soldaten kamen die Kurven herunter. Wir schmissen uns auf die Erde, Schulter an Schulter, und beobachteten sie. Auf dem letzten Wagen waren Maultiere.

Wir ließen sie vorbeifahren und erhoben uns wieder. Langsam machten wir uns auf Richtung Höhe. Als wir die Landstraße überquerten, war wieder ein Geräusch zu hören. In Panik schmissen wir uns in den Straßengraben. An der ersten Kurve oben erschien der Kleinlastwagen, den wir gestern bei der Herberge gesehen hatten. Nikitas erblickte ihn als erster, warf sich mit einem Satz neben Koutsos und gab ihm Anweisungen.

Koutsos ließ sein Gewehr liegen, erhob sich und stellte sich mitten auf die Straße. Bald darauf erschien der Laster. Er hob die Hand, um ihn anzuhalten. Der Fahrer tat, als verlangsame er, beobachtete ihn beim Näherkommen genau und trat plötzlich aufs Gas. Koutsos verfolgte ihn durch den Staub, erwischte ihn an der nächsten Kurve, sprang aufs Trittbrett und packte ihn am Hals. Der Fahrer bremste und stemmte sich nach hinten, um sich von dem Griff zu befreien. Der Wagen zog nach rechts, die Vorderräder rutschten in den Straßengraben, er stieß gegen die Böschung.

Wir standen auf und liefen hinterher. Koutsos zog seine Hand zurück, leblos sackte der Fahrer auf das Lenkrad. Koutsos sprang vom Trittbrett wie ein Hund, der Schaden angerichtet hat. Nikitas fuhr ihn wütend an:

»Mensch, wir brauchen ihn lebend ...«

Bratistas half ihm, den Fahrer herauszuziehen. Sie ließen ihn auf den Boden fallen. da die Bremse gelockert wurde, machte der Wagen einen Satz nach vorn und bohrte sich noch tiefer in die Böschung.

»Kann jemand von euch fahren?«, fragte Nikitas.

Niemand antwortete.

Er stieg selber ein, bewegte den Schaltknüppel und schaffte es schließlich, den Wagen auf die Straße zu bringen. Wir stiegen auf die Ladefläche und ließen den Fahrer liegen.

»Schmeißt den auch rauf!«

Jalis und Konstandarakos packten ihn an Händen und Füßen und schleuderten ihn wie einen Sack nach oben.

Bratistas setzte sich auf den Beifahrersitz. Doch dann rief er mich, ich solle mich auf seinen Platz setzen. Nikitas wollte mich neben sich haben, damit ich mit meinem bartlosen Gesicht sein wildes Aussehen etwas abmildere.

»Bist du gläubig?«, fragte Nikitas mich mit einem schiefen Lächeln. Ich schaute ihn verwundert an.

»Dann schlag dein Kreuz!«

Er ließ die Kupplung los, das Auto machte einen Sprung nach vorn. Ich wurde nach hinten geschleudert und stieß gleich darauf gegen die Windschutzscheibe, da Nikitas ebenso ungeschickt bremste. Ich sah, wie er das Steuer umklammert hielt, den Blick starr auf die Straße gerichtet. In den Kurven biss er sich auf die Zunge, hielt den Atem an. Allmählich wurde es besser. Eine Strecke weiter begann er sogar zu reden. Nach einer Kurve erblickten wir vor uns ein Dorf.

»Sag den da hinten bescheid!«

Ich drehte mich um, klopfte gegen die kleine Scheibe und machte Zeichen, dass sie in Deckung gehen sollten.

Das Dorf war leer. Die Dachziegel flimmerten unter der Gluthitze. Ein Gestank von Mist und Tierbrunft drang in unsere Nasen. Unbestimmte Erntegeräusche waren zu hören. Nikitas trat aufs Gaspedal, der Motor heulte auf, und eine Qualmwolke erhob sich. Aus dem Augenwinkel erhaschte ich in einem Hof einen in Windeln gewickelten Säugling, der in der Sonne schrie.

Wir ließen das Dorf hinter uns. Zu unserer rechten, etwa zweihundert Meter entfernt, mähte ein einsamer Mann Getreide. Er richtete sich auf, hielt die Hand gegen die Sonne und beobachtete uns.

»Wink ihm zu!«, sagte Nikitas.

Ich streckte den Arm aus dem Fenster und winkte ihm zu. Die Landstraße verlief eine Strecke gerade aus. Soweit man sehen konnte, schwebten Reste von Staub in der Luft. Die Kolonne war nicht sehr weit vor uns.

»Wir müssen sie einholen«, sagte Nikitas. Wir müssen uns an sie hängen.

Der Plan war kühn und schlau zugleich. Nach einer Viertelstunde gelangten wir in ein anderes Dorf, eine Provinzhauptstadt. Vor der Kirche lag ein kleiner Platz. Wasser rann aus einem Löwenhaupt. Die Kolonne musste eben erst losgefahren sein. Im Kaffenio saß der

Gendarmeriehauptmann. Um ihn herum einige Stühle, und auf dem Tisch leere Gläser und Tellerchen. Mit umgeschnallter Pistole saß er da, gedrungen und fett wie ein Schweinchen. Er wandte sich um und beobachtete uns. Instinktiv griff ich nach meiner Waffe.

»Vorsicht«, zischte mir Nikitas zu.

Er war kaltblütig, so unglaublich kaltblütig, dass ich seine Anspannung spürte.

Ein hochgewachsener, korpulenter Pope trat uns in den Weg. Nikitas bremste ab und legte die Arme aufs Steuerrad. Der Pope näherte sich gemächlich der Wagentür.

»Was ist mit Antonis los?«, fragte er.

Wir begriffen, dass er sich auf den Fahrer bezog. Nikitas zögerte etwas und sagte:

»Hat sich den Magen verdorben.«

»Sag bloß, mein Sohn? Bist du sein Schwager?«

Ich schaute den Popen an, danach Nikitas. Er war ausdruckslos.

»Ja«, sagte er.

»Funktioniert die Dreschmaschine?«

Die Nerven an meinen Händen waren nahe daran zu platzen.

»Ja«, wiederholte Nikitas.

Ich sah im zerbrochenen Rückspiegel, wie der Gendarmeriehauptmann uns beobachtete. Und der Pope schien nicht locker lassen zu wollen.

»Richt' ihm aus, dass er mir die Schaufeln schicken soll. Hält mich schon seit einer Woche hin.«

»Gestern ist er hier durchgefahren.«

»Hab ihn verpasst.«

»Ist gut, Pater.«

»Bitte, sei so gut. Die Frauen sitzen seit Tagen rum und legen die Hände in den Schoß.«

»Wird gemacht, Pater.«

»Das Geld hat er schon.«

»Ich werd's ihm ausrichten.«

Der Priester ließ die Wagentür los, und Nikitas fuhr an. Schweigend verließen wir das Dorf. Meine Handflächen waren schweißnass, seine ebenso. Er ließ einen Moment das Steuer los und wischte sie an den Knien ab. Er atmete tief durch und schaute mich an.

Bratistas kletterte von hinten auf den Kotflügel und streckte den Kopf rein. Er legte Nikitas die rechte Hand auf den Rücken.

»Du nimmst mir den Fahrtwind«, sagte jener.

*

Wir fuhren einen Hang entlang, die Straße war wie mit dem Messer hineingeschnitten. Der Aushub zu unserer rechten war auf ganzer Länge mit blühendem Ginster bedeckt. Die Sonne blendete. Die Steine glänzten, und das intensive Gelb des Ginsters verlieh dem Ganzen etwas Unwiederbringliches. Nikitas verlangsamte die Fahrt. Die anderen auf der Ladefläche erhoben sich, so sehr stach ihnen das grelle Licht ins Auge.

Der Wagen fuhr langsam, als schwimme er auf einer Kruste auf geschmolzenem Stahl.

Acherussia hatte ich mir schattig und sonnenlos vorgestellt. Jetzt in der Lichtfülle sagte ich ohne Grund wieder und wieder still vor mich hin.

Acherussia, Acherussia ...

Nikitas blickte wortlos vor sich hin. Zur rechten der Ginster und die blendenden Steine. Eine Sorgenfalte kerbte seine Stirn. Welche Vorahnungen mag diese unerträgliche Farborgie in ihm ausgelöst haben.

Wir durchfuhren eine enge Kurve und stießen unvermittelt auf eine Steigung. Nikitas versuchte runterzuschalten, schaffte es aber nicht. Der Wagen bockte und rollte rückwärts. Er versuchte zu bremsen, die

Bremsen griffen nicht. Erschrocken riss er das Steuer nach rechts, und der Wagen landete im Straßengraben.

Wir öffneten die Türen und stiegen aus. Die anderen waren schon aufgeregt von der Ladefläche gesprungen.

»Wir bräuchten den Fahrer«, sagte Nikitas.

Eine Zeitlang standen wir herum und blickten auf das Auto. Schließlich ließen wir es mit laufendem Motor stehen und wandten uns links dem Hang zu. Wir gelangten auf eine trockene Hochebene.

Hinter dem Hang mit dem Ginster erhob sich das Gebirge. Für uns war es jedoch tabu. Sicher wurde es bereits durchkämmt.

Auf der Hochebene blieben wir zwei Tage, unter glühender Sonne. Das voll ausgereifte Getreide verstärkte die Unbarmherzigkeit der Sonne. Wir aßen Ähren, die wir in der Hand zerrieben, aber es fehlte uns Wasser. Den ersten Tag verbrachten wir versteckt, hielten Ausschau nach einem Ort, wo wir was zu trinken fänden. Die Bauern hatten begonnen, die Felder von den Rändern her abzuernten. Wir sahen sie, die Frauen gebückt, in bunte Kopftücher gehüllt, Strümpfe an den Beinen, die Arme durch lange Ärmel geschützt, nichts Nacktes bis auf das Blitzen der Augen im Sonnenlicht. Die Luft war von Erregung und Rufen erfüllt. Wir verstanden ihre Unruhe. Zwar hatten wir solche Arbeiten vor drei Jahren hinter uns gelassen, waren aber aus demselben Holz. Die Erwartung der Ernte, die nackten, prallen Ähren auf dem Dreschplatz. Oh ja. Der Durst. Wir hielten es nicht mehr aus.

*

Im Morgengrauen machte ich mich mit Koutsos auf die Suche. Nikitas meinte, dass wir eine Woche dort oben bleiben könnten, wenn wir Wasser fänden. Die Hochebene ohne jede Deckung bis auf das Getreide und mit den Menschen bei der Ernte würde uns ausgezeichneten Schutz bieten.

In östlicher Richtung hatten wir in der Ferne zwei hohe Bäume ausgemacht, sahen aus wie Pappeln. Vorsichtig liefen wir dort hin. Es waren tatsächlich Pappeln aber mit vergilbten Blättern. Ich stieg hinab zu einer Hütte, die vor den Pappeln stand. Koutsos blieb sitzen, um mir Deckung zu geben. Hinter der Hütte entdeckte ich zwei hölzerne Tröge zum Tränken von Tieren. Ein primitives Wasserschöpfgerät aus Blechdosen war vollkommen trocken. Ich machte Koutsos ein Zeichen. Er nahm an, dass ich fündig geworden sei, und begann mit seinem Hinkebein den Abhang hinunter zu springen. Als er ankam, warf er sich auf alle Viere und folgte der Leitung bis ans Ende. Ein kleiner Gemüsegarten, ein paar Schritte lang, vorzeitig verdorrt. Außer sich vor Wut ergriff er eines der Blechrohre und schlug es auf den Boden. Schließlich warf er es weg, und wir brachen auf.

Gegen Mittag zogen wir noch immer so umher. Wir stießen auf eine Senke mit Getreide, das noch Grün aufwies. Wir sahen es grünen und hielten darauf zu in der Hoffnung Wasser zu finden. Aus der Entfernung merkten wir nicht, was es war. An die Ränder der Senke war Tabak gepflanzt. In unserer Einbildung war uns, als röchen wir Nikotin. Koutsos steckte sich Tabakblätter ins Hemd, warf sie aber schließlich weg. Er merkte, dass damit nichts anzufangen war.

Wir stiegen auf eine Anhöhe, um uns zu orientieren. Die Gluthitze schränkte die Sicht ein. Wir hatten noch eine Strecke Rückweg vor uns. In einiger Entfernung war man beim Ernten. Deutlich konnten wir die Frauen erkennen. Unermüdlich gingen ihre Arme hin und her, und die Sonnenreflexe tanzten auf den Sicheln. Die Männer liefen mit roten Köpfen umher, banden die Ähren zu Bündeln und schleppten sie weg.

Bald darauf machten sie Mittagspause, legten sich in den Schatten eines wilden Birnbaums und begannen Witze zu reißen.

»Was meinst du, gehen wir runter?«, fragte Koutsos.

»Auf keinen Fall«, sagte ich, »sie dürfen uns nicht sehen. Sind vielleicht bewaffnet.«

Die Frauen kicherten. In dem Gekicher ahnten wir die Auflösung der Körper unter dem Einfluss der Hitze und der Plackerei. Einige Kinder standen auf und zogen die Maultiere auf das abgeerntete Feld.

Bald darauf erschien ein Mann auf einem Maultier. Über die Schulter trug er ein Gewehr. Er lud ein Fässchen mit Wasser und mehrere Hirtentaschen ab.

»Siehst du«, sagte ich zu Koutsos.

Er biss sich auf die Lippe.

Sie setzten sich auf den Boden und begannen zu essen. Die Stimmen verstummten, wir hörten das Geräusch der Gabeln auf den Blechtellern. Wer Durst hatte, schöpfte sich Wasser aus dem Fässchen und trank. Es war ein Martyrium. Ich blickte zu Koutsos.

»Gehen wir«, sagte ich.

Er hörte mich nicht. Ich bekam Angst vor ihm.

»Gehen wir, Mensch!«

Er hob langsam sein Gewehr und zielte.

Unten war einer aufgestanden, hielt das Fässchen in die Höhe und ließ sich das Wasser in den Mund laufen. Die anderen hielten inne und schauten ihm zu.

»Hörst du nicht!«

Er drückte ab. Trocken hallte der Schuss durch die Hitze, das Fässchen wurde in die Luft geschleudert. Die Männer sprangen auf und griffen nach ihren Gewehren. Die Frauen begannen erschrocken zu schreien.

Ich nahm Reißaus. Koutsos blieb eine Zeitlang stehen, dann folgte er mir. Jeden Moment drehte sich um und blickte verbissen zurück.

Der Schuss hatte die Leute auf den Feldern aufgeschreckt, und wir mussten alle möglichen Ausweichmanöver in den Getreidefeldern machen, um ihnen zu entgehen. Ich musste an Nikitas denken, der sich aufregen würde. Aber wie auch immer, Wasser hatten wir nicht gefunden.

Kurz vor Abend erreichten wir die Stelle, wo wir sie zurückgelassen hatten. Konstandarakos wartete auf uns. Die anderen hatten sich etwas weiter zurückgezogen. Sie hatten den Schuss gehört, die aufgestörten Bauern gesehen und sich Sorgen gemacht.

Sie gaben uns Wasser, und wir löschten unseren Durst. Ganz in der Nähe hatten sie eine Quelle gefunden.

»Warum habt ihr geschossen, verflucht«, fragte Nikitas wütend. »Gerade jetzt, wo wir Wasser gefunden haben.«

»Die anderen hätten auf uns geschossen«, sagten wir.

Wir ließen uns nieder um auszuruhen. Ein durchsichtiger Mond segelte hoch durch die abendliche Windstille. Schweigen senkte sich allmählich über die Hochebene, bei Nachtanbruch verstummte sie völlig. Vom Gebirge begann ein kühler Luftzug zu wehen. Er trug Tannenduft bis in unser Innerstes.

*

Um drei Uhr in der Frühe brachen wir auf. Wer eine Feldflasche hatte, füllte sie zuvor. Wir hielten uns an die linke Flanke der Hochebene. Bei Tagesanbruch durchquerten wir ein Brachfeld. Dort konnten wir auf keinen Fall bleiben. Die Sonne ging auf, Nikitas machte sich Sorgen.

In der Ferne sahen wir Frauen auf Mulis reiten. Wir wichen ihnen aus.

»Bloß weg hier«, sagte Nikitas.

Jorgouleas hatte noch den Strohhut des Maultiertreibers. Nikitas ließ ihn vorangehen, er sah wie ein Bauer aus. Wir folgten mit einem Abstand von etwa dreihundert Metern. Alle Nase lang machte er uns Zeichen.

Wir überwanden zwei, drei aufeinander folgende Höhenzüge mit roter Erde. Ab und zu stießen wir auf wilde Birnen. Sie waren unreif, wenn man hineinbiss, zog einem der Saft den Mund zusammen. Wir marschierten bis Mittag. Danach änderte sich das Gelände. Es war nackt und fiel eine Weile gleichmäßig ab. Danach begannen die Ölbäume. Klein und verstreut, so lange es bergab ging. In der Ebene wurden sie fülliger, von oben sahen wir, wie sie sich in epischer Pracht bis zum Meer erstreckten. Darauf folgte das Meer, ein schmerzhafter Stich im Auge, da wir gegen die Sonne blickten, und die Meeresfläche glänzte und blendete wie Gelatine.

Bis dort hinunter würde es länger als einen halben Tag dauern. Aber wir würden mindestens die doppelte Zeit brauchen. Wenn wir überhaupt ankämen. Der Durst begann uns wieder zu quälen. Die Feldflaschen waren leer getrunken. Der Abstieg war mühsamer als der Aufstieg. Unsere Beine bewegten sich von selbst, wir mussten an uns halten, nicht los zu rennen.

Wir gingen den Abhang schräg an, um das Gefälle zu mildern. Weiter unten stießen wir auf einen Pfad. Auch er verlief schräg zum Hang, aber in entgegengesetzter Richtung. Geduldig und sicher wand er sich durch die tiefhängenden Ölbäume, ein biblischer Weg, ausgetreten durch schwere Bauernfüße. Nicht für uns bestimmt. Zweifellos führte er zu irgendeinem Haus.

Misstrauisch blieb Nikitas stehen. Begegnungen mit menschlichen Spuren hatten immer etwas Seltsames. Wir hielten sie für gefährlich. Außerdem herrschte eine schwüle Stille, kompakt und unnatürlich. Nikitas hieß Jalis und Ligitsos zur Sicherung auf eine Kuppe zu steigen, die zu unserer rechten lag, während wir einen halben Kilometer weiter absteigen würden.

Etwas weiter entdeckten wir die Quelle. Man hatte ein Stück Kiefernrinde in einen Felsen geklemmt, damit das Wasser ablief. Koutsos wollte loslaufen. Ein Vogel flog von dort auf. Nikitas hielt ihn zurück und zwang auch uns anzuhalten. Er befürchtete einen Hinterhalt. Jorgouleas solle sich allein nähern, sagte er.

Die üblichste Methode, eine Falle zu stellen, war, einen Draht zu spannen mit einer Handgranate am Ende. Jorgouleas riss einen Zweig von einem Ölbaum, näherte sich vorsichtig, nahm Deckung hinter einem Johannisbrotbaum und warf den Zweig auf die Quelle.

Gleichzeitig mit der Explosion begann man, uns von der Seite unter Beschuss zu nehmen. Wir zogen uns bergauf zurück. Jalis und Ligitsos schossen von oben. Jorgouleas saß hinter seinem Johannisbrotbaum fest. Als wir den Pfad erreichten, hielten wir an, um ihm Deckung zu geben.

Es waren wohl welche von der Dorfmiliz. Sie hatten begonnen, unsere Taktiken zu übernehmen, es fehlte ihnen aber noch an Übung. Sie stellten das Feuer ein. Jorgouleas sprang hinter dem Baum hervor und lief gebückt auf uns zu. Als sie ihn entdeckten, belegten sie ihn mit Salven. Um sie zu verhöhnen, schlug sich Jorgouleas im Laufen wiederholt auf den Arsch. Irgendwann stolperte er, und der Strohhut fiel von seinem Kopf. Augenblicklich hielt er ein, drehte sich um und lief zurück, um ihn zu holen. Nikitas brüllte hinter ihm her. Wir verstärkten sogleich das Feuer. Als er sich nach dem Hut bückte, erwischte ihn ein Feuerstoß. Er ließ den Hut los, richtete sich langsam auf, machte mit beiden Händen eine obszöne Geste und sackte zusammen.

Wütend schossen sie auf ihn ein.

Wir nahmen die Füße unter den Arm und rasten nach oben. Völlig aufgelöst erreichten wir die Höhe. Nikitas blieb stehen und ließ uns voran gehen An der Mauer einer verfallenen Hütte fielen wir erschöpf zu Boden. Niemand sprach.

»Wir müssen uns trennen«, sagte Nikitas.

Er schaute auf die dürre Landschaft ringsum.

»Wenn wir noch einen Tag hier bleiben, haben sie uns.«

Ich rupfte einen Halm aus und begann daran zu kauen.

»Wir zerstreuen uns und tauchen unter, bis das Schlimmste vorbei ist. Dass sich niemand Illusionen macht und sich ergibt.«

Jalis beugte sich vor und massierte seine Knöchel in den Stiefeln.

»Kommen wir wieder zusammen?«, fragte er.

»Glaubst du etwa davon zu kommen?«, höhnte Konstandarakos.

»Ach was, Scheiße!«

Nikitas hatte es eilig.

»Zieht die Köpfe ein und lasst sie ballern, so viel sie wollen.«

Ligitsos schaute ihm in die Augen.

»Glaubst du, dass wir davonkommen?«

»Nein«, antwortete Nikitas und drehte den Kopf zu Seite.

Ligitsos erhob sich.

»In welche Richtung geht ihr?«

Wir schauten ihn an, niemand antwortete.

»Ich versuche runter ans Meer zu gelangen«, sagte Nikitas.

»Ich hau ab.«

Ohne weitere Worte warf sich Ligitsos den Rucksack über und zog los.

»In dieser Richtung läufst du ihnen direkt in die Arme«, rief ihm Bratistas hinter her.

Er blieb stehen, drehte sich um und blickte uns fest entschlossen an.

»Viel Glück«, rief Nikitas ihm zu.

Ligitsos reagierte mit einem sarkastischen Schnauben.

Wir sahen, wie er über den Bergrücken stieg und verschwand.

*

Als die Abenddämmerung anbrach, zog ich mit Koutsos los. Nikitas und Bratistas blieben als letzte zurück. Jalis und Konstandarakos bildeten eine weiteres Paar. Eine Zeit lang marschierten wir zusammen. Als wir uns trennten, wollte mir Konstandarakos die Maschinenpistole abnehmen.

»Nur über meine Leiche«, sage ich, »die MP kriegst du nicht.«

Ich legte den Finger an den Abzug. Jalis zog ihn fort, und sie verschwanden.

Koutsos schlug vor, auf die Rückseite des Gebirges zu laufen. Von dort könnten wir den Taygetos sehen, uns vertraute Gegend. Zwei Tage zogen wir umher. Durst quälte uns.

In der Ferne erblickten wir ein Haus mit Wellblechdach. Wir beschlossen, uns zu nähern. Es wirkte verlassen. Wir blieben stehen und beobachteten es. Unvermittelt drehte Koutsos sich um. Ich machte es ihm nach. Ein barfüßiger Mann mit einem Roggenbündel unterm Arm stand hinter uns. Wir hatten ihn nicht bemerkt.

»Grüß euch, rief er.« Sein Ton wirkte freundlich.

»Wasser«, sagte Koutsos.

»Kommt rein, Jungs.«

Er ging voran, zog die Tür auf, und wir traten in den Hof. Dort waren ein Brunnen und ein trockener Mandelbaum.

»Kosta ...«, rief er.

Niemand antwortete.

»Wir sind bei der Ernte«, sagte er.

Er warf einen Eimer in den Brunnen und zog Wasser herauf.

»Erfrischt euch erst mal, Jungs.«

Er trat an die Hofmauer und rief noch mal.

»Antoni ...«

Wieder keine Antwort.

»Sind verschwunden, die Mistkerle. Ich bring euch was zu essen.«

Er ging ins Haus.

Am Hoftor erschienen zwei junge Burschen. Schüchtern standen sie dort und beobachteten uns. Mussten ungefähr in meinem Alter sein. Der Mann kam mit einem halben Brotlaib aus dem Haus.

»Wo treibt ihr euch rum, schalt er die Jungen. Holt mal ein paar Tomaten.«

Er gab uns das Brot und setzte sich auf den Brunnenrand.

»Gestern sind Soldaten hier durchgekommen«, sagte er.

»Viele?« fragte Koutsos.

»Ungefähr hundert.«

»Wo sind sie hin?«

»Nach Porta Panajia, denk ich.«

»Das Gebirge ist der Malevos?«

»Ja.«

»Hab ich mir gedacht. Ist der Weg nach Barbitsa offen?«

»Glaub ich nicht. Die Gegend ist voller Gewehre. Haltet euch von Bauern fern.«

Die Jungen brachten Tomaten, gaben sie uns.

»Geht ihr rein und macht die Säcke fertig«, sagte der Mann.

Sie waren gleich groß und sahen sich ähnlich.

»Deine Söhne?«, fragte Koutsos.

»Ja, beide aus einem Bauch. Haben ihre Mutter bei der Geburt fast umgebracht.«

Wir aßen Brot und Tomaten, kamen wieder zu uns.

»Vater«, rief einer der Jungen von drinnen.

»Gleich.«

Koutsos hob kauend den Kopf:

»Hast du vielleicht eine Zigarette?«

Er zog eine Schachtel hervor. Darin zwei Zigaretten. Er gab sie uns.

Ich rauchte nicht. Auf ein Zeichen von Koutsos nahm ich sie.

»Ich find sie nicht«, rief wieder der Junge von drinnen.

»Gleich«, sagte der Mann.

Er wandte sich uns zu.

»Drinnen hab' ich Tabak. Ich hol euch welchen.«

Er ging hinein.

Ich bückte mich zum Eimer und trank noch einmal. Koutsos ging zur Hofmauer und schaute nach draußen. Der Mann brachte uns einen Beutel mit Tabak und einen Notizblock.

»Hab' leider kein besseres Papier«, sagte er.

Koutsos füllte seine Feldflasche. Ich beugte mich runter und trank noch einmal. Der Mann begleitete uns ans Tor.

Als wir losgingen, beschossen sie uns von hinten. Aus dem Haus heraus. Erschrocken drehte ich mich um und sah, wie der Mann vom Tor aus eine Handgranate auf uns schmiss.

Ich ließ mich fallen und rollte den Abhang hinab. Die Handgranate explodierte und wirbelte Gräser und Erde in die Luft. Hinter einem Strauch fand ich Deckung. Sobald sich der Staub gelegt hatte, sprang der Mann hinter der Mauer hervor. Hinter ihm erschienen die beiden Jungen mit Karabinern in den Händen.

Sie liefen den Abhang hinunter dorthin, wo die Handgranate explodiert war. Ich zielte und drückte ab. Der Mann hielt inne, hob die Arme, als habe er das nicht erwartet, und fiel der Länge lang zu Boden. Neben ihm fiel auch einer der Jungen. Der andere wandte sich in Panik zur Flucht. Eine weitere Garbe nagelte ihn fest.

Ich erhob mich und schoss noch einmal auf sie. Dann blieb ich stehen, um zu Atem zu kommen. Wie ich sie so aufgereiht liegen sah, spürte ich eine wilde Einsamkeit in mir aufkeimen. Ich riss mich los und versetzte im Vorbeilaufen dem Kopf des Mannes einen wütenden Tritt. Und schluchzte sogleich los. Noch eben hatte er uns zu trinken gegeben, zum Teufel mit ihm. Ich lief den Abhang hinab.

»Nassio«, hörte ich Koutsos Stimme.

Ich fand ihn in einem Graben. Sein gesundes Bein war am Schienbein gebrochen. Er sah mich an, wie er mich ansah.

Ich nahm ihn auf den Rücken. Er biss sich auf die Lippen, um nicht zu stöhnen. Ich wusste nicht, wohin ich ging. Als ein Dickicht vor mir auftauchte, zwängte ich mich hinein.

Koutsos verlor die Besinnung und wurde unerträglich schwer. Ich konnte nicht mehr und ließ ihn zu Boden gleiten. Ich stieg auf eine Kuppe, schaute mich um. Dann schleifte ich ihn bis zur Schlucht.

Ich zielte auf den Kopf. Die Schlucht hallte vom Schuss wider. Ich dachte gar nicht daran, dass mich der Widerhall verraten könnte.

*

Stille herrschte, als ich ins Gebirge aufstieg. Geräuschlos tropfte die Sonne durch die Blätter. Ein Vogel flog. Ich erschrak, und ein Feuerstoß löste sich ohne dass ich es richtig merkte.

Nachts kam ich fast um vor Angst. Ich wusste nicht wohin. Mir fiel ein, dass Nikitas gesagt hatte, er wolle ans Meer. Ich kehrte wieder um. Irgendwann stieß ich auf die Landstraße. Ich überlegte, ob ich nicht auf gut Glück der Straße folgen sollte.

Aber ich war mutterseelenallein.

Der Mond brauchte lange, bis er unterging. Von Tag zu Tag nahm er jetzt zu. Jenseits der Straße schimmerte eine Ebene. Ob es etwa die trockene Hochebene war?

Ich ging darauf zu, der Mond zog mich hin. Aus der Ferne waren Glocken zu hören von Schafen, die nachts weideten. Schwach trug der Lufthauch mir das Geräusch zu. Es war ein Trost. Ohne es zu wollen, lief ich in die Richtung. Dann hörte ich sie nicht mehr. Ich war todmüde, lief aber weiter. Anscheinend bin ich im Gehen eingeschlafen. Am Rand der vom Mond beschienenen Fläche sah ich unser Haus. Bei den Nachbarn hatten sie gebacken. Ich atmete den Geruch frisch gebackenen Brotes ein, und Freude durchdrang mich.

Irgendjemand sprang auf mich zu und riss mich zu Boden. Ich schlug mir den Ellbogen und die Rippen auf den Steinen auf. Danach packte man mich und hielt mein Gesicht ins Mondlicht. Ich erkannte Bratitsas' Stimme.

»Wo treibt du dich rum, du Wildziege? Hast du dir was gebrochen?«, fragte er.

»Nein.«

Mein Ellbogen war aufgeschürft, aber ich empfand tiefe Freude.

»Was ist mit Koutsos?«

»Wir wurden beschossen«, sagte ich.

Ich ging zu ihnen. Sie lagerten etwas abseits zwischen einigen Steinhaufen.

»Wir haben dich schon fast eine Stunde kommen sehen«, sagte Bratitsas.

Ich sagte gar nichts, fühlte mich schlapp und knochenlos wie ein Tintenfisch. Ich legte mich auf die rechte Seite, mein Kopf sank runter. Mit ihrem Geflüster im Ohr schlief ich ein.

Am nächsten Tag erwachte ich gegen Mittag. Mein ganzer Körper tat weh, aber ich fühlte mich erfrischt, meine Nerven von der Anspannung befreit. Nikitas und Bratitsas waren fort. Ich richtete mich auf bis auf die Knie und schaute umher. Um mich herum wieder derselbe Horizont, den ich die letzten Tage gesehen hatte. Die Linien lösten sich in der Hitze auf. Sie haben mich im Stich gelassen, dachte ich. Je länger ich darüber nachdachte, desto mehr Wut überkam mich. Ich musste an mich halten, um nicht zu weinen.

Eine Ameisenstraße zog zwischen meinen Füssen durch. Dies verstärkte noch mein Gefühl der Einsamkeit. Ich erhob mich. Aber wohin? Vor mir brannte die Erde. Sie war trocken, so trocken wie die Haut an meinem Ellbogen. Sie lockte mich nicht.

Ich wandte mich zu dem Abhang hinter mir um zu sehen, ob es einen Abstieg gab. Dort nahm ich den Geruch gebratenen Fleischs wahr. Das muss der Beginn des Wahnsinns sein, sagte ich mir.

Ich beugte mich über die Böschung und hörte Stimmen von unten. Ich warf mich auf den Boden, hörte aber eine Zeit lang nichts mehr. Da beschloss ich hinunter zu steigen. Mit der MP im Anschlag machte ich vorsichtig einen Umweg. als ich unten ankam, entdeckte ich Nikitas und Bratitsas am Fuße eines Felsens vor einem Feuer. Wütend ging ich auf sie zu.

»Bist du aufgewacht?«, fragte Nikitas, als ob nichts wäre.

Sie hatten einen Igel gefangen und brieten ihn. Damit man das Feuer nicht sehe, waren sie hinuntergestiegen. Wir stiegen wieder hinauf und aßen wortlos das Tier.

Während wir kauten, starrte Nikitas vor sich in die Sonnenglut. Weiß Gott, was ihm durch den Kopf ging. Ich betrachtete sein Gesicht, es war furchtbar abgemagert. Nichts als Augen und Bart.

Er wandte sich an Bratitsas.

»Es ist nicht zu sehen.«

Er meinte das Meer. Eine Wand aus Glut versperrte die Sicht.

»Das kommt von der Hitze«, sagte Bratitsas.

»Morgen früh wieder.«

»Wir müssen los.«

»Noch so viel Träume, wie?«

»Denk nicht drüber nach.«

»Nagt es nicht an dir, in deinem Innern?«

»Versuch nicht, dir einen Reim darauf zu machen.«

»So viel Blut. Und nach all dem nicht zu wissen, wo man hin kann.«

»Wir haben zwei Tage verloren. Sobald es Nacht wird, sollten wir aufbrechen. Wir folgen dem trockenen Bachlauf, er wird uns ans Meer führen. Eine meiner Schwestern ist dort unten in Skala verheiratet, die werden uns helfen. Und nach einiger Zeit wird sich alles beruhigen.«

»Weißt du, was mich aufrecht hält? Du und meine Hoffnung ans Meer zu kommen.«

»Deine fixe Idee.«

»Mich hinein zu schmeißen und mich zu reiben, bis ich eine neue Haut kriege.«

»Wir kommen nicht durch.«

Nikitas schwieg und starrte vor sich hin. Mit einer zögerlichen Bewegung, als schäme er sich der fürsorglichen Geste, ergriff Bratitsas seine Hand.

»Weißt du«, sagte Nikitas nach einiger Zeit, »wenn sich die Sonne neigt, kann man das Meer wieder sehen.«

»Kann man nicht, gestern war es auch nicht zu sehen. Es ist zu diesig, wir warten umsonst.«

Ich konnte Nikitas verstehen. Er war ein richtiger Mann, hatte es so oft bewiesen. Und jetzt stand er hier und wartete, dass man wieder das Meer sehen könne.

*

Am Abend hatte Bratistas ihn überzeugt, und wir brachen auf. Wir stiegen in das Bachbett hinab. Der Mond hüllte uns in sein kaltes Licht. Von den Bergen trug uns der Wind Geräusche von Dachsen und Nachtvögeln zu, stilles Geflüster der Nacht. Mit gespitzten Ohren schlichen wir lautlos voran und wussten, dass wir keinen Anteil daran hatten.

Wir marschierten bis in den nächsten Tag. Gegen Mittag hielten wir an. Wir fingen Krebse und brieten sie und beschlossen, dort unser Nachlager einzurichten.

Im Schlaf hatte ich das Gefühl, dass meine Seele zusammengepresst wird. Bei Tagesanbruch wachte ich unruhig auf, mein Bein war eingeschlafen, ich spürte es nicht mehr. Ich richtete mich auf und sah, dass sich eine Schlange um mein Bein gewickelt hatte. Je mehr mein Blut abgeschnürt wurde, desto fester wickelte sie sich auf der Suche nach Wärme. Ich stieß einen Schrei aus, dass meine Genossen auffuhren.

»Rühr dich nicht«, sagte Nikitas.

Er ergriff einen Stock, drückte den Schlangenkopf zu Boden, zog sein Messer aus dem Stiefel und trennte ihn vom Körper, wie man eine Wurst durchschneidet. Mir lief es noch den ganzen Tag kalt den Rücken runter.

Wir liefen weiter durch den trockenen Bachlauf. Von unten hörten wir einen dumpfen Ton wie eine Posaune. Bald stießen wir auf einen Kanal. Wir folgten dem Wasserlauf, einem Mühlbach.

Wir erreichten einen Teich, sahen unterhalb davon die Mühle und versteckten uns. Der Müller trat in den Hof, setzte eine Muschel an die Lippen und trompetete zweimal. Danach ergriff er eine Hacke und folgte dem Bachlauf.

Wir stiegen rasch zur Mühle hinab, die Tür war mit Stoff verhängt. Ich blieb draußen, Nikitas und Bratistas drangen ein. Ich hörte sie drinnen rumstöbern und roch das frisch gemahlene Getreide. Mir schien, dass sie sich sehr lange aufhielten. An den Wegkehren gegenüber sah ich auf einmal ein beladenes Maultier herabkommen, von einem Treiber am Schwanz geführt. Ich lief hinein, um sie zu warnen, und stolperte über einen Sack mit Weizenschrot. Ich nahm mir eine Handvoll. Wir stürzten hinaus und verschwanden. Zu Hause machten wir aus Weizenschrot Grütze. Meine Mutter bereitete sie nach ihren sparsamen Rezepten zu. Was ich in der Hand hielt, stammte aus der Früherernte.

An einigen Platanen machten wir Rast. Die Mittagssonne schwebte mitten im Himmel wie ein Falke. Sie spiegelte sich in dem spärlichen Wasser des Baches und stach uns in die Augen. Es war die Stunde, zu der Wind aufkommt, es waren die mittäglichen Geräusche entschwundener Sommer.

Keiner sprach. Unsere Seelen in Aufruhr. Von weiter unten hörte ich ein schwaches Schleifgeräusch und lauschte. War es eine Überreizung der Nerven? Es wurde von einer wirren Psalmodie begleitet, von einem fernen unfassbaren Gesang. Ich drehte mich zu Nikitas und schaute ihn an. In seinen Augen sah ich meine Angst, die gleiche Lähmung der Seele.

Bratistas schob vorsichtig mit dem Gewehrlauf die Platanenzweige zur Seite. Nichts war zu sehen. Plötzlich springt er, der als einziger von uns die Kraft hatte die Lähmung zu überwinden, auf die Füße.

Es war eine große Schildkröte mit zerbrochenem Panzer. Mühsam schleppte sie sich voran, begleitet von einer unglaublichen Wolke von Wespen und Schmeißfliegen. Sie hockten auf ihr, saugten an dem getrockneten Blut, umkreisten sie im Sonnenlicht. Hart und durchsichtig blitzten die Flügel auf

Ich brach in ein nervöses krampfartiges Lachen aus. Nikitas erhob sich stumm, seine Gesichtszüge erstarrt. Als sehe er unser Schicksal. Bratistas hob einen schweren Stein auf und hielt ihn über die Schildkröte. Nikitas' Lippen öffneten sich ohne einen Laut. Der Stein fiel, unterbrach jäh die Prozession.

*

Je weiter wir vorankamen, desto spärlicher wurde das Wasser, bis es völlig versiegte. Wir marschierten ein ganze Weile durch das trockene Bachbett. Rechts und links von uns blühten üppige Oleandersträuche. Wir verließen das Bachbett, Nikitas holte sein Fernglas hervor und reichte es an uns weiter. Wir befanden uns in einem kleinen trockenen Becken, der Abfluss des Baches war nirgends zu entdecken. Die Hänge, die das Becken einfassten, waren nackt, überzogen von Terrassen aus Trockenmauern, um die Erde zu halten. Ich hielt den Feldstecher an die Augen, und die unfruchtbare, von der Sonne gepeinigte rote Erde war mir plötzlich so nahe, dass ich spürte, wie sich ihr Durst auf mich übertrug.

Im Zentrum des Beckens stand ein riesiger wilder Birnbaum, an seine Wurzel gelehnt einige Habseligkeiten. Wir hielten darauf zu. Mich ließen sie vorangehen. Eine Wiege hing mit Seilen vom Baum. Ein Sattel stand in dem kargen Schatten, drunter eine Korbflasche mit Wein. Sie fühlte sich kochend heiß an. Ich begann die Säcke zu durchsuchen. Ein Brot, in eine Serviette eingeschlagen, steckte ich ein. Wie ich mich über die Säcke beuge, höre ich ein leises fast unhörbares

Stöhnen und gleich darauf Babygeschrei. Erschrocken stand ich auf und schaute zu Wiege. Das Kopftuch, das sie bedeckte, bewegte sich.

Gleichzeitig erschien weiter unten eine Frau, und Nikitas machte mir ein Zeichen. Vorsichtig zog ich mich zurück in das Versteck zu den anderen. Die Frau ging geradewegs auf den Birnbaum zu, beugte sich über die Wiege und nahm das Baby auf den Arm. Sie setzte sich in den Schatten, holte ihre Brust hervor und säugte es.

Jung sah sie aus aber verhärmt. Der Säugling nahm die Brustwarze, beruhigte sich. Sie hielt ihn im Schoß, ein Bein angewinkelt, und schaute auf das glühende Feld mit kleinen Linsensträuchern.

Bald darauf sahen wir einen Mann aus derselben Richtung kommen wie zuvor die Frau. Er ging zu ihr, setzte sich erschöpft auf den Boden und wischte sich das verschwitzte Gesicht mir der Hand. Danach beugte er sich über die Säcke und begann sie zu durchsuchen.

Gebückt schlichen wir uns zurück zum Bachbett. An der Stelle, an der wir es verlassen hatten, sahen wir plötzlich Soldaten. Etwa vierzig. Sie waren unseren Spuren gefolgt. Der Offizier hielt an, wo die Spuren aufhörten und studierte die Karte. Augenblicklich fielen wir zu Boden.

Die Soldaten zogen an uns vorbei, so nah, dass wir ihren Atem hören konnten. Sie marschierten zu dem Paar unter dem wilden Birnbaum. Der Mann erhob sich, sprach mit dem Offizier. Dann zeigte er mit der Hand eine Richtung. Dorthin verschwanden die Soldaten.

Wir folgten ihnen vorsichtig. Nach etwa einer Stunde stießen sie auf die Landstraße und verließen das Bachbett. Wir blieben stehen und beobachteten sie, bis sie verschwanden. Ich holte das Brot aus der Serviette. Es war in Scheiben geschnitten, trocken und salzig. Wir teilten es unter uns. Es schmeckte nach Erde und Plackerei.

Wir stiegen weiter durch das Bachbett hinab. Es beschrieb eine große Kurve, und seine Ufer wurden steil und felsig, fast senkrecht. Wir beeilten uns, diesen Abschnitt hinter uns zu lassen. Danach wurde der Verlauf gerade wie mit dem Lineal gezogen. Wir merkten, dass wir uns der Mündung näherten. Die Landschaft wurde lieblicher, und wir stießen auf die ersten Ölbäume. Bratitsas kletterte auf das rechte Ufer um sich zu orientieren. Vor oben rief er uns zu: das Meer.

Wir kletterten neben ihn und sahen etwa einen Kilometer vor uns zwischen kleinen, trockenen Olivenbäumen das Meer. Nikitas fuhr mit der Zunge über seine aufgesprungenen Lippen.

»Ausgeschlossen, dass das hier Skala ist«, sagte Bratitsas.

Wir erhoben uns und marschierten zum Meer. Der Strand bestand in ganzer Länge aus von der Salzluft zerfressen Felsen, die in der Sonne glühten. Nirgends ein Stückchen Sandstrand.

Wir setzten uns auf die Felsen mit der Sonne im Genick. Ich zog die Stiefel aus und steckte die Füße ins Wasser. Es war lauwarm. Als ich mich bückte und mein Gesicht mit Wasser benetzte, beschossen sie uns von rechts, von einer kleinen Anhöhe aus. Sie hatten die Gelegenheit abgepasst. Wir ließen uns sofort zu Boden fallen bis auf Nikitas, der sich nicht rührte, als habe er nichts gehört. Die Kugeln peitschten ins Wasser und verlöschten wütend. Mit einem Sprung war Bratitsas bei ihm und zwang ihn in Deckung. Wenn wir das Feuer erwiderten, würden sie uns abfangen. Wir zogen uns deshalb am Strand entlang zurück und flüchteten wieder in das Bachbett. Nach einiger Zeit beschossen sie uns auch dort. Ein Maschinengewehr bestrich es in ganzer Länge und es gab nicht einen Stein, hinter dem wir hätten Deckung nehmen können. Bratitsas schmiss eine Handgranate, und wir kletterten auf das linke Ufer und rannten über das nackte Feld.

In der Eile hatte ich versäumt, meine Stiefel zu packen, und spürte jetzt, wie meine Fußsohlen aufrissen. Hinter uns war der Teufel los. Wir schafften es bis zu einem Wäldchen und verschwanden zwischen den Sträuchern.

Nikitas blutete an einer Hand. Ich gab Bratitsas die Serviette, in die das Brot eingeschlagen war, und er verband sie ihm. Nikitas war es gleich. Wir schöpften etwas Atem und liefen dann orientierungslos weiter, dem Instinkt folgend. Wir erreichten eine Anhöhe und sahen dahinter Rauch aufsteigen. Darauf hielten wir zu. Auf einer Lichtung stießen wir auf einen Holzkohlenmeiler. Er war abgedeckt und rauchte vor sich hin. Wir warteten, ob sich jemand zeige, und näherten uns. Wir suchten nach Wasser, fanden aber nichts. Dann hockten wir uns hin um auszuruhen und beschlossen, die Nacht neben dem Meiler zu verbringen. Die ganze Nacht konnten wir hören, wie das Feuer darin arbeitete.

*

Bei Tagesanbruch wachte ich auf. Meine Füße brannten. Ich weckte die anderen. Aus meinem Rucksack zog ich ein Barett und band es um den rechten Fuß. Bei Sonneaufgang brachen wir auf. Zunächst konnte ich kaum laufen, später gab sich das. Bis Mittag suchten wir nach Wasser. Schließlich fanden wir an einem Weinfeld einen feuchten Felsen voller Moos. Aus einer Spalte tropfte es ab und zu.

Bratitsas stellte seine Feldflasche darunter, und bis sich etwas ansammelte, befeuchteten wir unsere Lippen mit Moos. Bald konnte jeder einen Schluck trinken und wir stellten erneut die Feldflasche auf. Südwind blies, unter seinem heißen Atem erstickte die Erde. Wir ließen uns an den Felsen fallen und warteten, dass sich die Feldflasche fülle. Wir wussten, wir würden diesen Sommer nicht überleben. Von den reifenden Reben und Feigen ging eine unerträgliche Süße aus. Bratitsas erhob sich, nahm die Flasche und gab zuerst Nikitas, dann mir zu trinken. Schließlich trank er selbst.

Zwei sich paarende Heuschrecken fielen vor unsere Füße. Ihre harten metallischen Körper glänzten in regloser Hingabe. Bratitsas bespritzte sie mit Wasser. Vereint flogen sie auf und entfernten sich.

Nikitas löste den Verband von seiner Hand. Das Blut war getrocknet und bildete Krusten auf dem Tuch. Bratitsas wusch es aus und erneuerte den Verband. Danach stellte er wieder die Feldflasche unter den Felsen.

Ich spürte ein Kribbeln in meinen Beinen. Die Erde an meinem Bauch fühlte sich warm an. An meinen Fußsohlen ein süßer Schmerz. Eine Lebenswoge, eine Reaktion aus meinen innersten Fasern. Vor drei Jahren gingen wir an solchen Tagen hinunter zum Fluss. Die Frauen rafften ihre Röcke, stiegen bis zu den Knien ins Wasser und schlugen Wäsche.

Wir blieben dort, bis sich die Sonne neigte. Da hörten wir in der Ferne einen Schuss. Bratitsas erhob sich und band die Flasche an den Gürtel. Nach fünf, sechs Minuten hörten wir von der anderen Seite einen weiteren Schuss, sehr viel näher. Wir schlichen durch die Reben. Die Erde war wie gebacken, zerbröselte. Auf der anderen Seite des Weinfeldes angekommen hielten wir an. Zu unserer rechten fiel das Gelände ab in eine Schlucht. In der Richtung, aus der wir den ersten Schuss gehört hatten, entdeckten wir etwa zwanzig Männer in Zivil mit Gewehren. Sie blieben stehen.

Wir nahmen Stellung und beschossen sie. Erschrocken warfen sie sich zu Boden. Wir nutzten die Gelegenheit und stiegen in die Schlucht hinab. Das Gelände wurde rauer, nichts als Felsen und Dornengestrüpp. Wir hofften dort ein Versteck zu finden, aber jetzt beschossen sie uns auch von gegenüber, von der anderen Seite.

Es waren Soldaten. Wir sahen, wie sie sich aufteilten. Die eine Hälfte eilte voran, um uns den Weg abzuschneiden, die anderen hefteten sich an unsere Fersen. Wir liefen, um ihnen zuvor zu kommen. Bratitsas und Nikitas liefen vorneweg, ich folgte barfuß und hatte alle Mühe, nicht zurück zu bleiben.

Irgendwann glitt Nikitas aus, ich sah ihn stürzen. Bratitsas wollte zurücklaufen, wurde jedoch von oben beschossen. Er rief zwei Mal

Nikita, Nikita, nahm an, dass er getroffen sei, und flüchtete weiter. Außer Atem kam ich dort an und blieb stehen. Vor mir war der Teufel los. Und die anderen hinter uns kamen näher. Ich dachte, dies sei das Ende. Dann entdeckte ich Nikitas in einem Ginsterbusch. Er packte mich an der Kniekehle und zog mich hinein.

Die Soldaten liefen oberhalb von uns vorbei und schossen. Wir sahen ihre Füße, die fast auf uns traten. Sie hechelten wie wütende Jagdhunde hinter dem Eber. Hinter ihnen kullerten noch Steine hinunter. Jetzt mussten sie den Sattel erreicht haben. Es war zu hören, wie das Gewehrfeuer anschwoll, und gleich darauf ein gemeinsames Gebrüll. Wir spitzten die Ohren, in der folgenden Stille legte Nikitas den Kopf auf die Knie und hielt sie umklammert.

*

Wir blieben dort, bis es richtig Nacht wurde. Dann erhoben wir uns und versuchten, uns in der Dunkelheit mit den Ohren zu orientieren. Wir waren erschöpft, und in der stundenlangen Bewegungslosigkeit war unser Hörsinn bis zur Sinnestäuschung gereizt. Wir hörten das Blut in uns pulsieren, wir hörten, wie sich die Zweige, auf die wir traten, in ihre Ausgangsstellung zurück bewegten. Und jede dieser Bewegungen berührte und schmerzte uns in der Seele.

Wir versuchten aufs Geratewohl zu marschieren, machten dabei aber Lärm, den die Nacht aufnahm und vervielfältigte. Dies zwang uns stehen zu bleiben. Nach langer Zeit erschien der Rand der Schlucht in einem milden Licht. Es war der Mond. Wir schöpften Mut.

Nikitas drängte sich an mich, und ich spürte seine Wärme, die Wärme eines lebenden Menschen. Er stieß mich an und flüsterte mir ins Ohr:

»Horch!«

Ich hielt den Atem an, hörte aber nichts außer dem Pochen meines Herzens. Ich wollte mich rühren, aber Nikitas hielt mich fest.

»Das ist Kostis«, flüsterte er. »Kostis.«

Es verging etwa eine Viertelstunde, bis auch ich hörte, wie er sich zögernd näherte. Als ob Lichtteilchen vom Mond rieselten. Ganz allmählich kam er näher, konnten wir ihn genauer hören, bis wir seinen Schatten sahen, der hinter einem Felsen hervorkam. Er verharrte dort eine Weile, ging dann fast auf allen Vieren weiter, bis er vor uns war.

»Kostis«, rief Nikitas leise, jener erschrak und wandte sich stumm in unsere Richtung.

Zu dritt zogen wir vorsichtig weiter und gelangten nach einer Weile an den Ausgang der Schlucht, wo wir auf ein trockenes Bachbett stießen, ähnlich dem, durch das wir gestern und vorgestern hinabgestiegen waren.

Von der gefährlichen Stelle hatten wir uns schon um einiges entfernt. Wir wussten, dass sie am nächsten Tag wiederkommen und die Gegend Schritt für Schritt absuchen würden. Aber wir konnten nicht mehr und beschlossen einen Schlafplatz zu suchen.

Wir stiegen das Bachbett hinauf, verließen es nach einiger Zeit und kletterten noch etwas höher. Wir fanden eine Felsgrotte und drangen hinein. Sie war voller Fledermäuse, die aufgeregt flatterten. Vom Boden, der mit ihrem Kot bedeckt war, stieg ein scharfer Gestank auf. Wie wir waren, sanken wir zu Boden und schliefen augenblicklich ein.

*

Am nächsten Tag wachten wir spät auf. Durch die Felsspalte sahen wir draußen die Mittagssonne im Zenit. Nikitas wurde von Fieber geschüttelt. Bratitsas Gesicht war vollkommen zerkratzt, als habe man es mit Sandpapier behandelt. Er erzählte, dass er kopfüber in einen Dornenstrauch geflüchtet war.

Nach einer Weile beschlossen wir, die Höhle zu verlassen. Wir brauchten Wasser. Was auch geschehen möge, wir wollten es nicht passiv hinnehmen. Ich kletterte zuerst hinaus und blieb stehen, um meine Augen an das Licht zu gewöhnen. Unter uns gähnte trocken das Bachbett. Die Sonne hoch oben brannte lichterloh. Bratitsas half Nikitas auf die Beine. Kein Blatt rührte sich, und die Steine platzten in der Gluthitze.

Wir stiegen hinab in das Bachbett und folgten ihm vorsichtig auf der Suche nach Wasser. Wir liefen eine gehörige Strecke und stießen plötzlich auf riesige Felsen. Zwischen ihnen erhob sich eine hohe weiße Wand mit Balkonen.

Ein Kloster. Wir suchten den Pfad und stiegen hinauf. Die Zunge hing uns heraus, bis wir oben angekommen waren. Das Tor verschlossen. Bratitsas packte den Eisenring und klopfte. Keine Seele rührte sich. Er wandte sich an Nikitas.

»Was zum Teufel, ist es denn verlassen?«

Nikitas war an der Mauer erschöpft zusammengesackt. Die weiße Kalktünche blendete wie eine Klinge. Da hörten wir einen Hahn im Hof krähen. Bratitsas stürzte sich auf das schwere Tor und schlug wütend darauf ein. Aber niemand machte uns auf. Schläge und Wutgeschrei vermischten und verloren sich echolos, wodurch unsere Ohnmacht umso mehr wuchs. Es war zwecklos, weiter herumzustehen. Bratitsas schäumte.

»Diese Kapaune ...«

Als wir uns entfernten, drehte ich mich um und erhaschte in einem kurzen Blick ein halbgeöffnetes Fenster, das sich sofort schloss. Mit wankenden Knien stiegen wir wieder hinab zum Bachbett. Langsam und vorsichtig sichernd folgten wir ihm bergan. Jedoch je mehr Zeit ergebnislos verging, desto mehr beherrschte uns der Durst, bis wir anfingen wie verrückt durch das Bachbett zu torkeln. Die Kiesel kochten in der Sonne, die riesig und wie festgenagelt über unseren Köpfen stand.

Schließlich hielten wir ein. Nikitas war kurz vor dem Zusammenbruch. Er keuchte mit heraushängender Zunge wie ein erhitzter Jagdhund. Auch die Flucht half uns nicht mehr. Der Durst, unser Durst, hatte uns eingeholt, hatte uns überholt. Uns blieb nichts mehr als auf den Rücken zu fallen und Hände und Füße gen Himmel zu strecken.

Vor uns beschrieb das Bachbett eine Kurve. Die Vorstellung, dass wir dahinter wieder auf eine ausgedörrte und von Windstille ausgelöschte Strecke stoßen würden, war wie eine Hoffnung. Denn anders konnte es nicht sein.

Alle zusammen setzten wir uns wieder in Bewegung, und als wir um die Ecke bogen, sahen wir Wasser glänzen. Wir stürzten uns darauf. Bratitsas kam zuerst an, kniete nieder, tauchte die Hände hinein und erstarrte. Es war eine kleine Mulde, die noch etwas Wasser bewahrte. Aber es war mit Petroleum verseucht.

Nikitas versuchte die Oberfläche aufzuwühlen und steckte die Hände tief hinein, aber noch bevor er trinken konnte, nahm er den Gestank wahr und begann zu husten und zu spucken. Er erhob sich und schaute sich um mit dem sicheren Gefühl, dass man uns beobachte.

Von diesem Augenblick an, glaube ich, überkam uns eine Ruhe. Bratitsas wischte die Hände an seiner Hose ab. Unbewusst bückte ich mich, ergriff einen kleinen schimmernden Kiesel und umklammerte ihn mit der Faust. Da er sich kühl anfühlte, steckte ich ihn in den Mund.

Ohne Eile zogen wir weiter. Bald darauf stießen wir auf ein weiteres Wasserloch, dann noch eines und noch eines. Alle waren mit Petroleum verseucht und spiegelten den Himmel wie tot.

Etwas weiter erblickten wir eine steinerne Bogenbrücke. Wir hielten inne und beobachteten sie. Irgendwie scheuten wir davor weiter zu gehen. Die Gegend war trocken und gelb, wie aus Gips und Schwefel. Auf allen vieren änderten wir die Marschrichtung, kletterten rechts eine Strecke hinauf und stießen auf eine trockene Wasserrinne. Sie war wie ein eigens für uns geschaffener Pfad. Kurz darauf war die Rinne unterbrochen. Dort quoll in einem kleinen Wasserfall trübes Wasser hervor. Wir folgten dem Wasserlauf, bis das Wasser klarer wurde, und ließen uns neben einigen Binsensträuchern nieder. Bratitsas streckte langsam die Hand ins Wasser und beugte sich dann vor zum Trinken. Noch bevor seine Lippen das Wasser berührten, ertönte ein Schuss, sein Kopf sackte vornüber und rührte sich nicht mehr. Das Wasser färbte sich eine Weile rot, wurde dann wieder klar. Ungerührt, ohne sich zu bewegen, wandte sich Nikitas an mich.

»Marsch«, sagte er, »lauf den Berg runter.«

Ich schaute ihn an.

»Hau ab«, wiederholte er, »du hast keine Zeit zu verlieren.«

Ich klemmte die MP zwischen die Beine, zog die Knie an und ließ mich in einen Ginsterbusch rollen. Von dort sah ich, wie Nikitas aufstand, sich dann wieder hinsetzte, als habe er es sich anders überlegt, den Lauf seiner Maschinenpistole auf seinen Kiefer richtete und abdrückte.

Das ganze Magazin ratterte durch, und jedes Mal wurde sein Kopf etwas höher geschleudert, bis er sich schließlich zur Seite neigte, und ich ihn nicht mehr sah.

Ich stürmte blindlings nach unten durch Ginster und Dornenbüsche und spürte, wie mir die Äste ins Gesicht schlugen. Bald erblickte ich die Landstraße. Ich schmiss die MP weg, stellte mich mitten auf die Straße und hob die Hände. Ich erwartete, dass man herbeieilt und mich ergreift oder mir eine Kugel in den Kopf schießt. Mein Kopf fühlte sich trocken an, heiß und leer. Ich wartete eine Weile, aber niemand erschien und nichts war zu hören.

Ich setzte mich in Bewegung und lief auf gut Glück in die eine Richtung der Landstraße. Mein ganzer Körper schmerzte, als habe man mir die Haut abgezogen. Irgendwann stieß ich auf eine kleine Brücke und setzte mich auf das Geländer. Meine Kiefer waren verkrampft, und erst da wurde mir klar, dass ich noch immer den Kiesel im Mund hielt und auf die Zunge presste.

Ich machte mich wieder auf den Weg und erblickte nach der nächsten Kurve Ziegeldächer zwischen Kastanienbäumen. Unterhalb der Straße weideten zwei, drei Ziegen, und weiter vorn, neben einer Quelle saß ein kleines Mädchen. Sie hatte den Rock über die Knie gezogen und betrachtete ihre Schenkel in der Sonne. Sobald sie mich erblickte, bedeckte sie sich und erhob sich erschrocken. Ich ging zu ihr und fragte, ob ich Wasser trinken dürfe. Sie sagte nichts. Ich bückte mich und trank mich satt. Dann fragte ich, wie das Dorf heiße. »Oria«, sagte sie, trieb ihre Ziegen zusammen und verschwand. Ich blieb allein zurück und setzte mich auf den Stein, auf dem sie gesessen hatte. Ich war kurz davor loszuheulen, mich vom Kummer fortreißen zu lassen.

Bald erschienen bewaffnete Bauern und nahmen mich fest.

Aus dem Griechischen übersetzt von Ulf-Dieter Klemm

KOSTAS UND MARINA

Vier Monate in Albanien, drei auf dem Taygetos mit Vrettakos, sechs Monate bei den Bataillonen. Hinterher wieder im Krieg. Seit 1946.

Am 20. Juli, dem Festtag des Propheten Elias, erfuhr ich in Tripolis, dass Vater gestorben war. Ich ließ ausrichten, ihn zu begraben und nicht auf mich zu warten. Damit ja nichts nach außen drang. Ich sagte es Michalis. Er meinte, »geh zu Latzos.«

Ich ging zu Latzos. Wir waren der Truppenleitung zugeordnet. Von dort kam Munition und so weiter. Das war 1948. Hauptquartier: Hotel »Semiramis«. Dort meldete ich, dass ich mal zwei Tage weg wäre. Aus dem und dem Grund. Er war Major und meinte: »He Bursche, lass das mal lieber, Prekeses macht dich nur einen Kopf kürzer.« Meine Antwort: »So weit kommt's nicht.«

Zwei Kameraden kamen mit mir, Nikos Atsalis und Vassilis Bolis. Wir hatten vor, den Weißen Hang runter ins Dorf zu laufen und zurück. Jeweils vor Tagesanbruch. Was auch immer dabei raus kam.

Wir nahmen den späten Zug und stiegen in Masklina aus. Von dort die ganze Nacht durch die Große Schlucht. Beim ersten Tageslicht erreichten wir Klari. Wir gingen zum Pferch von Panagis Laganis. Der war einer von uns. Trieb gerade seine Ziegen raus. »Was gibt's Neues, Panagis?«. »Nichts los.«

Er hieß uns ins Haus gehen. Dort waren seine Frau und eins der Kinder. Wir legten uns ein Stündchen aufs Ohr. Hundegebell weckte uns. Panagis schaute nach, aber alles war in Ordnung. Seine Frau brachte uns Kaffee in Gläsern. »Geht über den Trockenen Kamm, dann kommt ihr bei Stalio raus«, sagte Panagis. »Von denen hört und sieht man nichts, irgendwas hecken sie aus.« »Was ist mit den Vrasidiotis-Leuten«, fragte Atsalis. »Die könnt ihr vergessen«, sagte Panagis. »Passt nur in Plakes auf. In der Herberge von Bousgoúnis gibt´s Kontrollen. Seine Frau!« Und weg waren wir. Wir schlugen einen Haken um das Gasthaus von Bousgounis und erreichten Stalio. Von hier oben war das ganze Dorf zu sehen.

Gegen vier schlug die Kirchenglocke. Da sahen wir den Leichenzug, ungefähr 15 Leute, die den Alten zu Grabe trugen. Wir standen auf, liefen runter und gingen rüber. Oberhalb der Kirche gab es ein paar windgebeugte Pinien. Dort blieben Vassilis und Nikos stehen, um mir Deckung zu geben. Ich ging weiter runter, wartete eine Weile. Als ich reinkam, las Onkel Frangos nuschelnd aus dem Evangelium. Der Pope fuhr zusammen, als er mich erkannte. Ich hatte meine Sten dabei, zwei Handgranaten am Gürtel und einen Stoppelbart, denn ich rasierte mich immer selbst. Alle drehten sich um und schauten auf mich. Ich ging am Sarg in die Knie, aber Mutter, erschöpft von der Totenwache, begriff nicht, wer ich war. Da nahm ich sie in den Arm. Am Geruch erkannte sie mich dann. Sie stützte sich tränenlos auf mich, der Fluss war ausgetrocknet.

Wir begruben den Alten, und dann wollten meine Schwester und mein Schwager uns nach Haus bringen. Von wegen Haus! Seit ’44 ausgebrannt, hatte es mit dem Feuergeld jetzt wieder ein Dach und Zwischenböden. Die halben Fensterrahmen fehlten. »Geht ihr nur«, sagte ich.

Onkel Manolis war auch da, Vetter ersten Grades meiner Mutter. »Ja Kostas, ach Junge.« Marina, seine Tochter, schaute mich an. Fünfzehn war sie, Kusine zweiten Grades. Ich hatte es eilig, der Tag ging zu Ende.

Anfang der 50er wurde es ruhiger. Ich ging ins Dorf zurück. Vaters Werkzeug lag unbenutzt da. Wer sollte auch Sattel herstellen oder Hufe beschlagen? Man bot mir eine Stelle bei der Post an. Als Briefträger. Kalabokas von der Volkspartei wollte das regeln. »Wir stehen in deiner Schuld, für deinen Einsatz.« Ich schlug aus und schickte die Leute zum Teufel. Dann arbeitete ich im Tagelohn. Auf dem Bau. Zumindest wurde wieder hochgezogen, was verbrannt war.

Marina kam immer, um meiner Schwester bei den Kindern zu helfen. Was für Augen, diese Hüften, wenn sie ging!

Ich fragte den Popen, ob Verwandte zweiten Grades heiraten können. »Das geht schon.« Er war in der Schule mein Religionslehrer. Ich schaute bei Onkel Manolis vorbei: »Ich will Marina heiraten.« »Aber Junge«, war dessen Antwort. »Ihr seid doch verwandt.« »Spielt keine Rolle.«

Wir heirateten '52. Marina war zwanzig, ich einunddreißig. Die erste Tochter kam, dann die zweite. Damals galten Mädchen noch nicht als Nachwuchs. Darauf die Zwillinge, schon wieder weiblich. Wie eine Seuche. Von nun an passten wir auf. Ich zog ihn immer rechtzeitig raus und kam auf ihrem Bauch. Gerade dann, wenn ich mich ganz in sie drängen wollte. Gummis ertrug ich nicht. Sie auch nicht. Das ging so ein Jahr, dann war Marina krank, fertig mit den Nerven. Wir gingen nach Athen zu Doktor Mangas. Marina, mit vierundzwanzig Mutter von vier Kindern, genierte sich. Der Arzt war ein entfernter Verwandter von Vater. Er verschrieb ihr Tropfen täglich abends. Zur Beruhigung. Und riet uns, sie solle lieber die fruchtbaren Tage abzählen, statt dass ich ihn rausziehe. So entstand Dimitris.

1963 ging ich nach Amerika. Mit einundvierzig. Auf Einladung von Tante Christina, der Schwester meiner Mutter. Nach Chicago. Die erste Zeit arbeitete ich bei einem Landsmann aus Sparta, der hatte eine Bäckerei. Nach einem Jahr hörte ich dort auf. Es gab da zwei Brüder aus unserer Gegend, Sofianopoulos hießen sie. Waren inzwischen richtige Amerikaner, zweite oder dritte Generation. Der eine, ein bekannter Architekt, nannte seine Firma Parnon, nach unserem Berg. Bei der arbeiteten viele meiner Bekannten, als Maurer. Ich ging also weg von der Bäckerei und fing dort an. Prima Bezahlung für harte Arbeit. Und einer von der Gewerkschaft schaute immer genau hin.

Von Marina kamen Briefe, die trug ich ständig bei mir. Ostern '65 kaufte ich ein billiges Flugticket, für drei Wochen. Ich schickte Marina ein Telegramm. Sie bestellte Nektarios und kam zum Flughafen. Mit allen fünf Kindern.

Marina, ganz von sich aus.

Wir drängten uns ins Taxi und fuhren vier Stunden. Auf meinen Knien Dimitris, sie hielt die Zwillinge. Ich nahm ihre Hand, sie weinte. »Warum, Marina?« »Weil du hier bist.«

Unsere Große saß mit der zweiten vorn. Sie drehte sich um und schaute uns an.

Am Isthmus von Korinthos bat ich Nektarios zu halten. Wir stiegen aus und vertraten uns die Beine. Dann holten wir uns Fleischspießchen. Die Kleinen liefen zur Brücke und schauten runter auf das Kanalwasser.

Zwanzig Tage lang hielt Marina mich fest, wenn ich kam. Wir warteten ab, bis die Kinder einschliefen und man sie atmen hörte. Bei der Großen wölbte sich das Brüstchen schon ein wenig. Sie hatte bereits einiges aufgeschnappt. Marina umfing mich und hielt mich in ihr fest. Sie zuckte und bebte ununterbrochen. »Wie geht's jetzt weiter, Marina?« »Gar nicht. Ich will nicht, dass du gehst.« »Dann bleib ich eben, Marina.«

Auf der Bank hatte ich an die zehntausend und genauso viel in Papieren. Timoleon, der Anwalt des Konsulats, hatte mir dabei geholfen. In der Firma sagte ich also, dass ich nur noch einen Monat bleibe. Musste den Leuten doch Bescheid geben. Drei Wochen davon arbeitete ich ab. In der vierten machte ich mich reisefertig. Da lief mir Dimosthenis Pantzaris über den Weg. Älter als ich, Vorkriegsgeneration. Er hatte ein Restaurant *downtown. The greek town.* Hatte Geld wie Heu gemacht, war ohne Anhang. Er sagte mir: »Am Bahnhof gibt es eine Bude, und der sie hat, will weg. Zwanzigtausend gleich und genauso viel in einem Jahr. In einem Jahr haben wir das raus.« Meine Antwort: »Ich geh zurück.« Er schaute mich an: »Oh, du Unglücksrabe.« Da kriegte ich auf einmal Angst, was er gleich kapierte. »Grillfleisch wie in Myli, am Spieß. Wie er's aus seiner Jugend kennt, der Alte, so bietet er's auch jetzt an. Zwei Schichten – tags und nachts. Schau dir den Laden ruhig mal an, ist die reinste Goldgrube.«

Ich ging hin. Genau so war's. Die Züge trafen ein und fuhren wieder weiter. Ein arges Gewühl, im Stehen. Ich fragte den Mann von Tante Christina über Pantzaris aus. Er war mit den beiden aus Griechenland hergekommen. »Geldgierig und knausrig, aber er wird dich nicht übers Ohr hauen.« Mit siebentausend war ich dabei, genau wie Pantzaris. Für die Anzahlung.

Timoleon übernahm den Papierkram. Eine große Hilfe. Für mich ein Drittel und die Geschäftsleitung. Dimosthenis hätte das auch allein gestemmt, er konnte das. Aber er wollte, dass jemand mitmacht.

Ich schrieb Marina, sie soll sich zwei, drei Jahre gedulden. Wir hatten fünf Kinder. Auf Marina war Verlass. Sie schrieb zurück, um Weihnachten kommt noch eins.

Meine Schicht ging von morgens um sechs bis abends um sechs. Für die Kasse hatte ich eine junge Frau, in der Küche stand einer am Grill. Fünfundvierzig Quadratmeter. Das Essen gab ich aus, auf die Hand.

Nachts war Dimosthenis dran. Er konnte nicht schlafen. Etwas ließ ihn nicht zur Ruhe kommen, bohrte in ihm. Die ersten fünf Monate schaffte er die Lebensmittel ran für sein Restaurant und unsere Bude und arbeitete dazu seine Schicht ab. Wie hielt er das nur aus? Bis die Sache richtig lief. Später half ein Neffe von ihm aus, Sohn seiner Schwester. Dem überließ er später den Laden.

Weihnachten wollte ich eine Pause einlegen – er machte mir die Hölle heiß. »Lässt man die Arbeit links liegen, dann lässt sie einen im Stich.« Im Januar schrieb mir Marina von unserer neugeborenen Tochter. Ich wusste, der Mann bestimmt die Kinder, ihr Geschlecht. Aber ich wurde einfach nicht damit fertig. Oma Zoi, die Schwiegermutter von Tante Fotini, nannte Mädchen »Runien«. Sie war aus Nordepirus. Vielleicht verballhornt von »Erinyen«.

Ich kaufte eine Truhe und stopfte Taschen, Schuhe, Seidenstrümpfe und Kleider für Marina rein. Sonst hatte sie ja nichts von mir.

Am Ende sind aus den zwei Jahren zwanzig geworden. Ja, wenn ich an die erste Zeit denke! Anfänglich träumte ich von Marina. Dann auch von anderen Frauen. Manchmal unbekannten. Wie kamen die in meinen Traum? Einmal träumte ich, dass ich mit Tante Christina schlief. Aber mit der jungen.

Später tauchte Stacy auf. Sie war wirklich. Ein richtiges Luder. Stammte aus Kleinasien. Wusste, dass ich sechs Kinder habe. Beinahe hätte ich alles stehen und liegen lassen. Dimosthenis hielt mich zurück: »Was soll das? Halb Chicago hat die schon gevögelt.« Das nahm ich ihm übel. Eine Woche wechselte ich kein Wort mit ihm, und er machte sich hinterrücks über mich lustig. Blöder Hund. Nein, kein Hund, einsamer Wolf. Ich fragte mich, ob seine Stirn je von einer Frau berührt worden war.

Er starb 1978. Hinterließ der Kirche was. Die versuchten, alles zu kriegen – für sein Seelenheil. Auf diesem Ohr war er taub. Nur eine Geldsumme bekamen die, mit Vertrag. So läuft das in Amerika. Und der Auflage, sich um sein Grab zu kümmern. Fürs Grablicht zu sorgen, das brennen sollte, solang es die Gemeinde gab. »*Demosthenes Panjaris 1893–1978*«. Sonst nichts. Sein Testament hatte er eigenhändig verfasst. Timoleon hatte es ihm beigebracht. Das ganze Geld ging ans Dorf, wo eine Schule gebaut wurde. Für alle Klassen bis zur Oberstufe. Alles für die Gegend, aus der er stammte. Schönes Gebäude, gut durchdacht. Nach Plänen von »Parnon«. Jetzt wird´s geschlossen – die Dörfer veröden. Man sagt, dass ein Hotel draus werden soll, für Sommergäste. Außerdem baute man mit seinem Erbe ein kleines Krankenhaus, drei Räume, wo erschöpfte Tagelöhnerinnen entbinden konnten. Alles hinterließ er Kindern – die er selbst nicht hatte.

Bis zum Schluss war er Kunde von einer aus Puerto Rico, einmal pro Woche. Sie war verheiratet und nahm dreißig Dollar. »Gute Hausfrau, solche passen auf. Nur bei Stromerinnen holt man sich was.« Der Seitenhieb galt mir. Er ließ nicht locker.

1987 wurde ich fünfundsechzig. Marina war zweimal nach Amerika gekommen. Die Mädchen hatten fertig studiert. Ebenso Dimitris. Der vorletzte. Theodosia, die war erst am Anfang. Ich arbeitete nach wie vor von sechs bis sechs. Fünf Mal Mitgift hab ich so herausgeholt.

Zum Fest des Heiligen Georg lud mich Andreas Laoutaris ein, es war der Namenstag von Georgia, seiner Frau. Essen und Nachtisch wie zu Haus. Weder aß noch trank ich viel. Irgendwann sackte ich zusammen. Doktor Chrysogenis saß mit am Tisch. Ich wurde ins Krankenhaus gebracht, zwei Tage lag ich dort. Man sagte mir, ich sei noch mal davon gekommen. Da beschloss ich aufzuhören. Gar nicht so einfach, wenn das Geschäft so gut läuft. Ich schrieb Marina, dass ich zurückkomme. Sonst nichts. Auch dafür brauchte ich noch zwei Jahre. Aber ich hab's gemacht.

Mit dem Neffen von Dimosthenis konnte ich mich nicht einigen, dass er meinen Anteil übernahm. Ich verkaufte an einen, der erst vor kurzem hergekommen war. Zum Studium, aber das hatte er sein lassen. »Onkel, ich habe keine hunderttausend, nur achzigtausend.« Ein schüchterner Bursche, nannte mich »Onkel«. Ein Bousgounis. Sohn von Achilleas Bousgounis. So ein Zufall. Bis '49 hatten sein Vater und ich es darauf angelegt, uns gegenseitig den Schädel einzuschlagen. Für achzigtausend überschrieb ich ihm den Laden, mit guter Kundschaft.

Marina hatte '73 ein Grundstück in Ano Glyfada gekauft. Mit dem Geld, das ich für die Kinder überwies, und mit Ersparnissen. Ohne mir was davon zu sagen. Es lag oben am Hang, freie Sicht aufs Meer bis nach Ägina und Salamis.

Wir fanden einen Bauunternehmer aus unserer Gegend, der machte uns einen Entwurf, drei Stockwerke, Türen rechts und links. Den Kindern gefiel's nicht. Wie ein kleines Mehrfamilienhaus.

Theodosia hatte eine Freundin, die hatte an der Technischen Universität Athen studiert. Klein und dünn, fiel kaum auf. Sie baute unser Haus nach ihren Plänen. Überdachte Balkone, Wendeltreppen wie Spiralen. Diese jungen Leute heute. Denen sieht man gar nicht an, wozu sie in der Lage sind. Ich hatte den Eindruck, meine Tochter wollte ihrem Bruder den Rücken für ein Techtelmechtel freihalten. Dimitris ist groß und in sich gekehrt. Mit mir spricht er nur selten. Aufgewachsen unter Frauen – sechs, seine Mutter inbegriffen. Er ist Fotograf. Um einen Kopf überragt er mich. Ich bot ihm an, ein Geschäft zu eröffnen, er lachte nur. Wahrscheinlich hat er was mit dem jungen Mädchen. Von wegen jung – sie war sicher sechs- oder siebenundzwanzig.

Von Anfang an machte er Aufnahmen vom Haus. Er fotografierte den Felsaushub, dann die Fundamentlegung, das Betonieren. Eins nach dem anderen. Auch die Bauarbeiter, jeden einzeln. Daraus sollte eine Ausstellung werden.

Eines Mittags war ich dort. Um den Beton zu nässen. Da kamen sie. Ausgeschlossen, dass sie mich nicht sahen. Oder doch? Möglich, dass sie mich nicht sehen wollten. Er sagte ihr, sie solle sich ausziehen. Sie zog sich nackt aus. Ich versteckte mich. Eine gestandene Architektin. Er fotografierte sie auf dem Gerüst. Am helllichten Mittag, ringsum keine Menschenseele. Nirgends eine Spur von Schatten. So ein langer Kerl. Die Kleine war recht griffig, gut gebauter Körper. Ich hatte keine andere Wahl als mich wegzustehlen, von Mauer zu Mauer. Und mich dabei zu schämen.

Mich schämen vor meinem Sohn, meinen Mädchen. Das ist nicht meine Welt. Die älteste ist Ärztin, mit einem Arzt verheiratet. Sie wollen noch keine Kinder. Wann denn dann? Die zweite verlobt. Was heute so Verlobung heißt. Sie ist Anwältin und hat sich in einen Dichter verliebt. Er ist auch Anwalt, arbeitet aber nicht. Von Geld keine Spur. Der geht mir auf den Wecker. Schaut auf andere herab.

Die Zwillinge sind mir ähnlich. Verdienen gutes Geld. Ich hatte ihnen eine Etage gekauft, dort richteten sie einen Pool ein und ließen Friseusen und Masseurinnen arbeiten. Nichts als heiße Luft – aber teuer. Die eine Sportlehrerin, die andere Kosmetikerin. Theodosia – nur sie reden wir mit ihrem Namen an. Und Dimitris. Der verschlossene Dimitris. So was Merkwürdiges. Theodosia. Die jüngste. Als hätte sie uns dazu gezwungen. Ein fixes Mädchen. Sehr sprachbegabt. Arbeitet an der Universität. Zwei Jahre in Deutschland, dann in England. Nach Amerika wollte sie nicht. Mit 27 schon Assistenzprofessorin. Das hat sie von Marina. Immer nach oben der Blick. Deshalb streiten sich die beiden andauernd. Vom Heiraten will sie nichts wissen, und ihre Mutter ärgert sich fürchterlich. Ich rede ihr zu, das Kind doch sein Leben genießen zu lassen. Zwei Mal hat sie uns einen

Freund vorgestellt. Erst den einen, dann den anderen. Was weißt du schon, zeterte Marina. Und das ist wie ein Vorwurf. Was weiß ich. Ich halte den Mund. Dann kommt sie und greift nach meiner Hand. Fünf Töchter und einen Sohn hat sie geboren und aufgezogen. Ihr Werk. Sie hat diese Welt geschaffen.

Jetzt hat sie ein wenig zugelegt. Und eine Spur von Bitterkeit hat sich auf ihren Lippen niedergelassen. Ich rücke ihr gelegentlich auf den Leib, sie stößt mich weg. Diese Flamme, sie ist aus. Einmal habe ich geweint. War es gestern, dass ich die Berge rauf und runtergelaufen bin?

Aus dem Griechischen übersetzt von Andrea Schellinger

TIEFBLAU FAST SCHWARZ

Für Sigi H.
17. VI. 77

Ich weiß jedenfalls, dass ich mich eines Tages beim Aufwachen schlecht fühlte. Ich hatte im Bett keine Ruhe finden können, das kam von Zeit zu Zeit vor. Dann wurde es zum Dauerzustand, als käme ich von mir selbst nicht los. Am Anfang dachte ich, ich könnte das bei anderen loswerden. Danach hat mich auch das ermüdet. Was hätten sie mir sagen können, was ich nicht gewusst hätte. Sie beharren darauf, dass man sich, wenn man arbeitet, selbst vergisst, das ist aber eine Lüge, es ist nämlich wie mit den Pillen. Kaum ist die Wirkung vorbei, da geht alles wieder von vorne los. Man müsste rund um die Uhr arbeiten, aber wer hält das aus? So ungefähr. Das sind so Dinge, die ich hier und da notiere. Das mit dem Hund habe ich dir schon erzählt. Und danach habe ich nichts mehr geschrieben, denn ich bin den ganzen Tag unterwegs. Wie ich diesen Hund weg gab, der nur Pralinen fraß. Bis dahin. Dann, da ich den Dichter nicht auch weggeben konnte, beschloss ich, ihm das Bauernsofa aus Skyros zu schenken und mich in mein Elternhaus zurückzuziehen. Zwar erleichtert, aber auch mit vielen, vielen Tränen. Mir fiel es eigentlich immer schwer, mich von den Menschen zu lösen, die ich verließ. Mein Gott, was für eine Last auch das. Mit dem Dichter habe ich zweiundzwanzig Monate zusammengelebt. Das heißt noch zwei, und es wären zwei Jahre gewesen. Er war sehr auf seine Kleidung bedacht gewesen, insbesondere auf die Farbkombinationen – Strümpfe, Pullover und der Rest. Es war seine Ausrüstung auf dem Weg zur Ewigkeit, wie er zu sagen pflegte. Ich glaube, das war kein Spaß. Er war ein Narzisst, und er meinte es so.

Tage Nächte. So schön.

Immer dieses So schön. Mehr kann ich daraus nicht lesen, das lässt sich nicht lesen. Du siehst, was hier los ist. Ich müsste mich etwas zusammen nehmen. Ich glaube, ich sollte für eine Weile nicht mehr aus dem Haus gehen, ein wenig Ordnung in meine Gedanken bringen.

Also Schluss damit. Zumal ich mir jetzt einen anderen Stil angeeignet habe. Das ist wahr. Jetzt bin ich stets in großer Eile, ich träume nicht mehr vor mich hin. Onkel Karolos, zweiundsiebzig Jahre alt, zog immer an der Wasserspülung, noch bevor er Pipi machte. Ist das nicht eine Art von Panik? Gestorben ist er allerdings mit neunzig – fast. Lache nicht. Und auch Onkel Kostas ist jetzt in den Achtzigern. Mama nennt ihn noch immer »den Kleinen«. Seine Frau hat er vor zwei Jahren zu Grabe getragen. Die schöne blonde Despina. In ihrer Jugend blond. Gestorben an ihrem Herzleiden. Sie war klein und umtriebig und viel jünger als er, das heißt in den Sechzigern. Vor zwei Jahren; und jetzt geht er jeden Tag aus. Morgens, in sein Büro, tagtäglich. Ganz herrlich anzusehen, so rüstig und mit so einer frischen Haut – dass man ihn küssen möchte. Schnell läuft er den Weg hinunter, von der Platia, an der er wohnt, bis zur Ecke Stadiou- und Omirou Strasse. Die Hände auf dem Rücken flitzt er jeden Tag von der Platia hinunter, als würde er etwas – was? – verpassen. Und abends lädt er öfters zwei, drei Frauen, Witwen von Freunden, zum Essen ein, mal in diese, mal in jene Taverne. Mit achtzig. Deshalb denke ich, ich werde alt sterben. Alle Moudros sterben alt. Das ist ganz schlimm. Ich will das nicht. Aber wirklich, dir das alles noch einmal zu erzählen, das möchte ich und kann es auch nicht. Ich bin nicht in Form. Vielleicht liegt es daran, dass ich gestern wieder mal so viel geredet habe. Ich muss leicht beschwipst sein, um reden zu können, ich fühle mich dabei etwas wohler. Sonst bin ich wie zugeknöpft. Das geht aber nicht, dauernd beschwipst zu sein, am Ende werde ich zur Alkoholikerin. Außerdem habe ich nichts zu sagen, meine Anwesenheit ist nicht mehr von Interesse. Abgesehen davon, dass ich manchmal vor Wut platzen könnte, auf mich selbst. Es ist eine Wut der Erinnerung. Wegen all dieser Fallen, in die man getappt ist. Schöne Augen, schöne Worte und soweiter und sofort. Es gibt Menschen, die verführen einen zur Selbsttäuschung. Man merkt es nur immer zu spät. Mich zu erinnern ist mir unangenehm, aber, du siehst, ich komme wieder in Fahrt. Paris, das war eine andere Zeit. Ich musste mir eine Arbeit suchen, um Geld zu verdienen. Wie üblich reichte es uns nicht. Ich hatte immer so einen Hang zu Menschen mit leeren Taschen. Das ist doch seltsam, wobei zwei meiner Männer ziemlich betucht waren. Ich arbeitete also in einer *boutique* – ich weiß nicht mehr, wie ich zu diesem Job gekommen bin. Offenbar war ich in Schwierigkeiten. Oder ich wollte mir vielleicht einbilden, in solchen zu sein. Jedenfalls musste ich arbeiten. Und da kamen all diese Damen, um sich einzukleiden, und das war für mich, die ich mein Leben lang gewohnt war, zu tun, was ich wollte, eine Kränkung. Es war mir unangenehm, all diese Frauen mit ihrem derartig schlechten Benehmen. Ich dachte, sie könnten sich nicht einmal im Traum vorstellen, unter welchen Umständen ich aufgewachsen bin, sie waren so lächerlich, und mich ritt der Teufel, am liebsten hätte ich ihnen die Pakete ins Gesicht geschmissen. Diese Arbeit war mir nicht gerade auf den Leib geschnitten. Passte überhaupt nicht zu mir. Aber das alles ist nicht von Interesse, wenn ich nicht in Stimmung bin. Nur wenn ich etwas getrunken habe, bin ich in der Lage, damit einigermassen humorvoll umzugehen. Und das geht jetzt gerade nicht, denn um halb sechs müssen wir, Nicole und ich, hinunter zum Flughafen. Einen Holländer in Empfang nehmen. Nicole ist bei den *public relations*. Sie hat mir die Stelle irgendwie vor der Nase weggeschnappt. Von der Buchhaltung in die *public relations*. Ich begreife nicht, wieso ich ein Leben lang nichts auf die hohe Kante gelegt habe. Es ist störend zu wissen, dass man später nicht mehr nach Lust und Laune wird leben können. Wo ich doch, ein Leben lang, so viel Geld bedenkenlos ausgegeben habe. Und mir niemals vorgestellt habe, dass ich es einmal nötig haben könnte. Vielleicht weil ich nie in wirkliche Not geraten bin. Was ich hatte, warf ich gleich aus dem Fenster hinaus. Manche Menschen sind richtige Geizkragen, darunter einige mir ziemlich Nahestehende. Eine fürchterliche Eigenschaft. Früher waren die Leute spendabler, glaube ich. Sie ließen dir mal ein Geschenk zukommen, waren irgendwie aufmerksam. Heute kümmert sich keiner um dich, noch viel weniger wenn du nicht mehr jung bist. Letzten Endes ist es eine Frage des *physique*. Denn einen Marktwert besitzt du nur, wenn du eine glatte Haut hast und keine müden Augen und das alles. So ungefähr. Außerdem, die Menschen sind eitel und prätentiös, mein jetziger Mann ganz besonders. Er mag schöne Frauen und schöne Autos. Einmal hatte er einen Vorkriegs-Citroën und protzte damit in ganz Kolonaki herum. So einer mit den *marche-pieds* und den großen Kotflügeln. Natürlich war ich, als ich jung war, genauso. Schönsein ist alles, glaubte ich. Jetzt interessiert mich das nicht mehr. Ich könnte durchaus mit einem hässlichen Menschen zusammenleben, vorausgesetzt er wäre intelligent und nett. Das war mein Fehler, ich hätte keinen solchen Mann heiraten sollen wie meinen. Mir kommt es so vor, als lebte ich mit jemandem zusammen, der mit mir zusammen lebt, bloß weil wir nun mal verheiratet sind. Vielleicht lasse ich mich scheiden. Dann aber werde ich mutterseelenallein sein. Und das Problem ist, dass am nächsten Tag das Gleiche wieder von vorne beginnt.

Ich habe am Sonntag einen Artikel zu diesem Thema gelesen. Letzten Endes ist weder die Frau zufrieden, die es geschafft hat, sich ihres Mannes zu entledigen, allein ist und von ihrer eigenen Arbeit lebt, noch die Frau, die Gattin, Mutter und so weiter geblieben ist. Niemand ist zufrieden. Es ist keine gute Sache, glaube ich, allein zu leben. Aber du kannst auch als Witwe allein sein. Ich weiß nicht. Schön wäre es, man hätte einen Mann, der irgendwo weg ist, man wartet auf ihn und weiß, er kommt wieder. Die Frage ist, ob man fähig ist, die Wahrheit zu akzeptieren. Ich habe ganz schlechte Laune, sagte Nicole neulich, ich verstehe das nicht, Michalis kommt zurück. Er kommt morgen nachhause, und ich bin schlechter Laune. Da sagte ich zu ihr, es liegt daran, dass du ein Jahr lang ganz frei warst zu unternehmen, was du wolltest, jetzt aber Michalis mit von der Partie sein wird, und ihr zu zweit herumlaufen werdet, wie die Chioten. Das stimmt, sagte sie. Sie dachte eine Weile nach und meinte dann: Wie auch immer, ich sehe nicht wie dein Problem zu lösen ist – wie es zu lösen wäre. Sie sprach von mir. Es ist schrecklich in so einen Zustand zu geraten, in dem sie mich so oft erlebt hat, nämlich als ein Wrack. Du musst dir einen Freund an Land ziehen, sagte sie. Aus dir heraus gehen. Sie lachte sich dabei halbtot. Aus mir heraus. Wie? Und wohin? Es klang wie raus mit dem Busen. Dann sagte sie, neun von zehn Frauen haben einen Freund – auch in unserem Alter. Worauf ich: und was hat das für einen Sinn? Und so ging die Unterhaltung weiter. Nicole, mit ihren flotten, funkensprühenden Absätzen. Sie ist Schütze. Man behauptet, die Schützen wären polygame Sternzeichen. Ich bin Steinbock, und sogar von der pessimistischen Sorte. Auch der Löwe ist ein sehr anstrengendes Sternzeichen. Ich hatte drei davon in meinem Leben. Und alle drei waren unvorstellbar strapaziös. Zwei Männer und eine Frau. Pervers, pervers. Mir war schon klar, dass du so etwas sagen würdest. Nein, ich habe nie etwas für Frauen übrig gehabt. Mit dieser war ich einfach befreundet. Sie war mir sehr sympathisch, aber sie war heimtückisch, männerfressend. Man sagt, der Steinbock hat eine komplizierte, langwierige Entwicklung. Wäre ich doch Schütze. Jedenfalls, ich kenne jemanden, der auf Anhieb sagen kann, was für ein Sternzeichen man ist, und er irrt sich dabei nie. Abgesehen davon, dass er das schon, als er sehr jung war, als Hobby betrieb, beschäftigt er sich auch heute noch andauernd und ernsthaft mit diesen Horoskopen. Wir waren einmal an die vierzig Leute zusammen und er sagte, der da ist das, und er fragte ihn, und der war es. Und der hier ist dies und der dort ist jenes. Und alle waren es. Seltsam. Ich glaube natürlich nicht an sowas; an diesen Illustrierten–Quatsch. Heute wirst du dem begegnen, Geld bekommen, dir wird das und das widerfahren. Doch, vielleicht ist etwas dran. Das mit der Gesundheit zum Beispiel. Man sagt, der Löwe hat es mit dem Herzen, der Steinbock ist anfällig im Bereich der Bauchhöhle und so weiter. Vielleicht ist im Großen und Ganzen etwas Wahres dran, irgendeine Übereinstimmung. Ich weiß es nicht. Gewiss, es gibt auch Unterschiede. Der Löwe, der wankelmütige Löwe. Als er im vorigen Sommer nachhause kam, mein Mann, fing er an, in diesen Schmierblättern zu stöbern, um zu sehen, was auf ihn zukommt. In diesen elenden Presseerzeugnissen. Wie besessen. Er, der sich nie um etwas gekümmert hat, nichts in die Zukunft projizierte. Vielleicht lag es am falschen Umgang. Vielleicht an der Gesellschaft irgendeiner Idiotin, die jeden Tag in ihrem Horoskop nachsah. Als es zum ersten großen Streit mit ihm kam, sagte ich zu meiner Schwägerin – es war der erste große Ärger –, da sagte ich zu ihr, dein Bruder ist der einzige Mensch in meinem Leben, der von nichts träumt. Er hat nie »ich werde«, oder »wir werden« gesagt. Wir werden das tun, wir werden jenes tun, oder was auch immer. Das einzige »ich werde« hat er zu mir gesagt, bevor wir heirateten. Er sagte, ich werde dich nach Agrafa bringen. Das vor fünfzehn Jahren. Als sei es ein Gelübde, versprach er mir, mich eines Tages als seine Frau nach Agrafa zu bringen. Das klang doch hübsch. Nie hat er mich dorthin gebracht. Offenbar war ich für ihn eine Frau, die man als Braut in sein Dorf bringt. Wie ist es möglich, mit einem Menschen das Leben zu verbringen, ohne etwas von ihm zu wissen? Ich weiß natürlich, dass er einmal eine Frau geliebt hat und dass er, als sie im Sterben lag, zu ihr hinging und ihr in der letzten Stunde beigestanden hat und bei ihr war, als sie den Geist aufgab. Aber abgesehen davon, was hat das alles für einen Sinn? Und außerdem bin ich müde. Und ich fürchte, bei diesem Abendessen werde ich mich nur so hinschleppen und mich langweilen mit diesem Holländer. Und den Mund nicht aufmachen. Es wird ein misslungener Abend sein, und mir werden die Augen zufallen. Wir wollen zum »Abreuvoir« hinauf, oben auf dem Dexameni-Platz. Nein, nicht zum Dexameni; zum alten »Omorfo«. Ich frage mich, warum ich hingehen muss, wenn mich das so anödet. Es kommt aber manchmal vor, dass ich irgendwo hingehe und dann wird es doch amüsant, das heißt, ich amüsiere mich mit mir selbst: ich rede viel und lache über dies und jenes, was ich von mir gebe, und der Abend vergeht irgendwie. Es gibt natürlich Abende, die von selbst vergehen, ohne dass man dafür etwas tun muss. Aber was soll's, Abende, die leicht vergehen, Abende, die nicht vergehen wollen. Ich weiß es nicht. Möglicherweise liegt es einfach daran, dass ich müde bin. Weil ich nachts nicht gut geschlafen habe, weil – so viele Weil. Du könntest mir einen Kaffee kochen, dann geht es mir vielleicht besser. In letzter Zeit bin ich, wenn ich nicht geschlafen habe, wie zerschlagen. Du denkst natürlich nicht daran, mich zu besuchen. Ich kann mir vorstellen, das ist wegen des Hausmeisters, der dir Angst macht. Am Anfang ging es mir auch so, bis mir klar wurde, dass es seine Augen sind. Mit denen ist etwas nicht in Ordnung, sie blicken nicht in die gleiche Richtung, das merkt man aber nicht gleich und man hat den Eindruck, er wolle einem übel, denke schlecht von einem. Lappalien eben, die dir den Tag verderben können. Vor allem, wenn du deine Gründe hast.

Heute Morgen bin ich aus dem Haus gegangen, zur Bank, und da sah dort an der Ecke einen Kater liegen. Ich glaube nicht, dass er verletzt war, man sah kein Blut, er war aber zweifellos schon fast tot. Ich wollte nach jemanden fragen, der ihm eine Spritze geben könnte, wie in Europa. In England, wo man den Tieren eine Spritze verpasst und sie erlöst. Es war schrecklich, dieser nicht enden wollende Prozess. Ich bin dann zur Bank gegangen und auf dem Rückweg kam ich wieder dort vorbei, denn der Gedanke an den Kater ließ mich nicht los. Das hatte mich enorm gestört. Es war seltsam, er lag im Sterben und sein Maul war offen und er hielt sich die Pfoten vor die Augen. Ein paar Kinder hatten sich um ihn versammelt und riefen, er hat die Augen auf, er hat die Augen auf. Lasst ihn in Ruhe, sagte ich, stört diesen Kater nicht. Denn sie konnten natürlich nicht begreifen, dass er das nicht aus Spaß tat. Zum Glück starb er dann. Ich bin da weg gegangen, und das Bild verfolgte mich bis zum Mittag. Ich hatte ihn auf den Arm nehmen wollen, in dem Augenblick, ihn gleichsam in den Schlaf wiegen, aber das ging nicht. Ich hatte nicht den Mut dazu. Ich war in einem solchen seelischen Zustand, dass ich ihn nicht einmal hätte hochheben können. Ich wäre mitten auf der Straße zusammengebrochen und hätte mich zum Gespött der Leute gemacht. Ich wäre, über den Kater gebeugt, in Tränen ausgebrochen, die Leute auf der Straße wären stehen geblieben und hätten gesagt, die ist verrückt. Und wie hätte ich ihnen, so wie die Menschen in dieser Nachbarschaft nun einmal sind, erklären sollen, dass ich – ja, ein bisschen verrückt bin. Sowas hat nichts mit Sensibilität zu tun, das sind Neurosen. Wir leben in einem Ozean aus Souvenirs, Fotos und so weiter, und wenn das alles in Bewegung gerät, dann bist du schlecht dran. Vielleicht ist es eine Frage des Alters. Vor vielen Jahren haben mein Vater und ich auf der Fahrt nach Kap Sounion einen Jeep angefahren. Vor vielen Jahren. Der Jeep überschlug sich, und alle lagen darunter. Es waren drei junge Paare, und ich lief schnell hin, um zu sehen, in welchem Zustand diese

Menschen sich befanden. Ohne die geringste Angst. Ich versuchte nur meinen Vater davon abzuhalten, näher zu kommen, denn er war herzkrank. Glücklicherweise waren sie alle wohlauf, sie hatten sich schon aufgerichtet und machten sich daran, den kleinen Jeep wieder auf die Räder zu stellen. Ihnen war nichts Ernstliches passiert, und sie fanden das Ganze sogar ungeheuer lustig. Wenn man jung ist, kann man sich eine Menge Dinge erlauben. Das Schlimme ist, dass ich mich sehr, sehr jung fühle, von meinen Mitmenschen aber nicht so gesehen werde. Du bist ein richtiges Kind, sagen sie. Und ist das denn schlimm, wie ein richtiges Kind zu sein? Die sagen das so, als sei es ein Fehler, nicht erwachsen geworden zu sein. Wieso das ein Fehler sein soll, verstehe ich nicht. Unreife. Vielleicht. Ich weiß nicht, jedenfalls nützt dieses Privileg niemandem und mir erst recht nicht. Aber auch das weiß ich nicht. Schließlich ist es auch nicht von Bedeutung. Ich weiß nicht, was ich bin, ich weiß nicht, was ich tue. Möglicherweise weiß ich, was ich denke. Andererseits scheint es so zu sein, als hätte man nicht das Recht, so zu denken, wie es einem gefällt, als sei auch das ein Fehler. Vielleicht brauche ich einen Arzt. Offenbar bin ich irgendwo blockiert, irgendwo funktioniert die Maschine nicht ganz. Ich habe gelesen, dass die Psychoanalyse nur bis fünfundvierzig etwas bringt. Dass man erstaunliche Ergebnisse erzielen kann, bis fünfundvierzig. Ich aber bin über die Grenze hinaus. Wobei, wenn ein Mensch intelligent ist und es trotzdem will, es natürlich keine Grenze gibt. Mit Grenze meine ich nicht, hundert Jahre alt. Was kannst du an einem Hundertjährigen ändern. »Papa, wie lange leben die Schildkröten?« »Zweihundert, dreihundert Jahre.« »Und dann, Papa?« »Dann, dann – Quark mit Soße.« Bis fünfundvierzig. Dann Quark. Ich glaube nicht, dass man aus einem so zerrütteten Menschen einen neuen zusammenmontieren kann. Man darf an all diese Dinge nicht rühren. Es muss sehr schwer sein, jemanden neu zusammensetzen, ohne seine innere Welt zu erschüttern. Ich frage mich, ob es Menschen gibt, die gesund sind. Mir scheint, mehr oder weniger sind sie alle irgendwie krank. Aber was ist krank, was nicht? Was ist das Gute, was das Schlechte? Gut ist das, was uns selbst gut tut, und schlecht ist das, was uns selbst schadet. Gut und schlecht gibt es nicht. Hohe Philosophie. Das kommt daher, dass ich viele Dinge immer wieder in Frage stelle. Ich glaube daran und ich glaube wiederum nicht daran. Der halbe Verstand sagt ja, die andere Hälfte nein. Und im Grunde ist das kaum von Bedeutung, da er gespalten ist. Ich existiere mit einem halben Verstand hier und einem halben dort – so überlebe ich. Wie auch immer, es muss etwas geben, irgendein Muster. Nein, nicht ein Muster, es ist eher so etwas wie eine Sperre, die dem Menschen Einhalt gebietet. Etwas, was die Waage im Gleichgewicht hält und uns in letzter Minute rettet. Wir würden ohne das mit einer solchen Leichtigkeit töten, dass die halbe Bevölkerung tot wäre. Jähzornig wie wir sind, würden wir gleich zur Waffe greifen und einander für nichts und wieder nichts abknallen. Du siehst doch, was mit den meisten Menschen los ist. Ihre Mordwaffe ist das Auto. Da reagieren sie sich ab. An ihrem Auto und an ihrer Frau. Sie fahren Auto, als wollten sie die Menschen bis zum allerletzten ausrotten. Voller Wut. Verdrängung, freudianisch. Man sagt, das mit dem Sex, das sei bei den Griechen kompliziert. Dummes Zeug! Ich weiß nur eins: Alle diese Kerle, was machen sie da oben auf der Platia? Ja, es gibt die Platia Kyriakou, die Platia soundso, und soundso, ich meine aber nur diese eine. Und was machen die alle da? Sitzen, anmachen und sich anmachen lassen, von morgens bis abends. Ich kann es nicht begreifen, wenn ich an meinen Mann denke, dass er mit so vielen Frauen geschlafen hat. So viel Gier, warum, zum Teufel? Mir würde das zum Halse raus hängen. Ganz im Ernst, mich hätte das fürchterlich gelangweilt. Das kann nicht sein, da ist etwas nicht in Ordnung mit diesen Menschen. Sie sind krank im Kopf. Es kann doch nicht sein, dass man mit allen Frauen, die einigermaßen hübsch sind, ins Bett gehen will. Wie können manche

Menschen so leben? Und wie kann man mit jemanden zusammenleben und nicht wissen, wer er ist, glauben, dass man ihn kennt, während er sich vor einem versteckt? So vieles verschweigt. Aber verheimlicht er wirklich etwas, oder bildest du dir das nur ein? Da sitzt du mal irgendwo draußen im Freien, auf einem Stuhl, dir gegenüber eine junge Frau, und du findest den Tag schön und du würdest gerne die Hand ausstrecken und sie berühren, sie anfassen und das Übliche, was wir alle kennen. Alles nachzuvollziehen. Ich kann es verstehen, wenn es aber mich betrifft, wenn es auf meine Kosten geht, dann kann ich das nicht hinnehmen. Wenn es weh tut. Ich kann es verstehen, es ist ganz logisch, dass man sich dabei im Recht glaubt, besonders wenn man in die Jahre gekommen ist – und darüber hinaus. Wenn der andere es aber nicht verkraften kann? Wo es doch so schwer, so belastend ist? Ich wäre lieber anders, d.h. ein wirklich verständnisvoller Mensch. Denn, ich bin zwar einsichtsvoll, aber wenn ich verletzt werde, dann ist es aus. Ich bin nicht als Märtyrerin geboren. Die Menschen machen den Fehler, keine Nischen zu bewahren, in ihrem Inneren, für sich selbst. Beim Zusammenleben lässt du dich gehen, und der andere lernt dich in- und auswendig kennen. Und das ist katastrophal, du gehst dir selbst verloren. Was einen bei einem Menschen reizt, das ist das Unbekannte. Etwas, das man nie erfassen kann. Das Gefühl, dass man irgendwie auf Distanz gehalten wird. Dass es Bereiche gibt, die einem verwehrt bleiben. Insofern bin ich sowieso nicht zu retten, weil ich zu viel rede. Ich stülpe das Innere nach außen, wie ein Kleid. Gestern habe ich ohne Grund geweint. Mich überkam ein Gefühl der Verzweiflung. Ich begriff, dass man gefangen ist in einer unabänderlichen Situation. Es ist schlimm, erniedrigt zu werden, ich mag das nicht. Man kann sowas nicht hinnehmen, vorallem wenn man so aufgewachsen ist wie ich. Ich kenne Frauen, die aber auch alles schlucken. So stehen ihnen natürlich viele Wege offen. Sie sind nicht glücklich, aber auch nicht unbedingt unglücklich. Weder setzen sie sich zur Wehr, noch legen sie sich besonders ins Zeug, noch fallen ihnen die Haare aus. Sie sind weder zu Tode betrübt, noch sind ihre Nerven zu Brei zermatscht. Ihr Mann ist, wie sie es nennen, ihr Herr und Gebieter. Denn so haben sie von klein auf gelebt, in einer solchen Atmosphäre. So haben ihre Mütter gelebt. Die Schwiegermutter von Nicole hat den Mann, den sie heiratete, nicht geliebt und, überhaupt, sie hat auch vorher die Liebe nicht gekannt. Dann kamen die Kinder, sie hatte keine Zeit, darüber nachzudenken. Und was kriegt man dann zu hören? Mensch, mach dir doch nichts draus, bist du nicht die Frau Soundso? Was für eine unerschütterliche Logik. So sind sie aber, alle diese Mutterweiber. Und deren Sohn ist immer der beste. So ein Blödsinn. Ich, ich habe nie geglaubt, mein Sohn wäre der beste. Nie. Das kam mir nie in den Sinn. Auch nicht, dass er schön wäre, wenn das nicht stimmte. Oder was auch sonst immer. Ich habe ihn einfach lieb, weiter nichts. Und sollte er sich so abscheulich betragen wie, im Übrigen, du auch und jeder andere ebenso, dann würde ich ihn vermutlich nicht eine Minute in Ruhe lassen. Sondern von mir aus zu ihm gehen und mit ihm reden und ihm sagen, das geht nicht, einen Menschen derartig zu malträtieren. Ich würde das als meine Pflicht ansehen. Und alles Mögliche unternehmen, um herauszufinden wie sein Leben und das der Frau, die er geheiratet haben sollte, wieder ins Lot zu bringen wäre. Und keinen Stuss erzählen, dass mein Sohn der beste wäre. Ich habe das auch bei meiner zweiten Schwiegermutter erlebt. Genau das gleiche, die gleiche Mentalität. So sind sie alle, die eine wie die andere. Ich frage mich, ob ihnen das bewusst ist – oder ob sie versuchen, sich das einzureden. Sie sind vernarrt in ihre eigenen Kinder, sie lieben sonst niemand anderen. Niemanden in der Familie, weder die angeheirateten Männer, noch die angeheirateten Frauen. Es gibt immer nur ihre Töchter und ihre Söhne. Alle anderen sind Fremde. Feinde. Schrecklich, so zu denken. Und ganz schön egoistisch.

Meine Nerven liegen vielleicht blank, aber diese Umgebung erstickt mich. Diese Menschen, die vielen Autos um einen herum. Wenn ich in London bin, ist es eine Erholung. In Amerika habe ich mich erholt. Ich mag diese Straßen, die von Bäumen gesäumt sind, da könnte ich stundenlang spazieren gehen. Vielleicht weil ich meine Probleme weit weg zurückgelassen habe. Mit gefällt es, neue Gesichter zu sehen, neue Sachen. Mich ziehen die hübschen Vitrinen an. All das. Hier bringt mich das ewige Einerlei um. Du steigst hinauf zum Kolonaki-Platz, machst deine Einkäufe, siehst die gleichen Typen am selben Platz, den du seit Jahren kennst. Seit Jahren die gleichen Typen, wie festgeschraubt auf den gleichen Stühlen. Sie langweilen mich, ich will sie nicht, und weiß, dass alle diese Kerle nichts anderes zu tun haben, als sich jetzt über mich auszulassen, wie sie das mit jedem tun und soweiter und sofort. Und das alles ist unerträglich. Am liebsten ist mir die Anonymität. Mich irgendwo hinzusetzen und von jemanden angelächelt zu werden, Frau oder Mann. In einem Bus. Und sie oder ihn anzusprechen und dies oder jenes von ihnen zu hören. Was Unwichtiges. Sei es auch nur ein Guten Tag. Hier aber geht sowas nicht, denn, wenn du jemanden anlächelst, denkt er gleich, du willst was von ihm. Und die Frauen sehen einen dabei an, als wollte man ihnen die Tasche klauen. So ungefähr. Es ist schrecklich. Ihnen fehlt die Selbstverständlichkeit. Sie haben etwas Billiges im Blick. Sie mustern dich verstohlen, sie sehen dich schief an, sehen dich böse an. Ich mag sie nicht. Aber ich sollte nicht über derart Persönliches sprechen. Wie schaffen es die Ausländer, sich miteinander stundenlang zu unterhalten, ohne sich je über ihre eigenen Angelegenheiten auszulassen? Ist dir das nicht auch aufgefallen? Es ist doch schön, nicht über Persönliches zu sprechen. Das für dich zu behalten. Andererseits, wenn man das für sich behält, staut sich das in einem an, und dann platzt man am Ende. Jedenfalls habe ich entdeckt, dass mein Mann zwar zu mir über sich selbst nicht spricht, dafür aber am Telefon. Es ist mir unbegreiflich, worüber er da stundenlang redet. Worüber er so lange reden kann und mit so vielen Leuten. Und wenn ich ihn danach frage, vermeidet er es natürlich, etwas zu sagen. Ich glaube nicht, dass er sich vor mir versteckt. Er bringt es einfach nicht fertig, die Wahrheit zu sagen. Denn die Wahrheit bedeutet Einsamkeit, und davor hat er Angst, und es kommt etwas wie Mitleid hinzu, was ich inakzeptabel finde. Mich rasend macht. Eine Einsamkeit, die die des anderen noch schlimmer macht. Es ist zum Verzweifeln, bei Menschen meiner Umgebung solch einen Mangel an Reife feststellen zu müssen. Wie soll dieses Lied enden, wohin führt das alles? Gott im Himmel. Zusehen, wie etwas ins Wanken gerät, wie es den Bach runter geht, und nichts dagegen unternommen wird. Warum können zwei Menschen einander nicht die Wahrheit sagen? Du übrigens genauso wenig, auch du hast mir nichts gesagt, da du nie den Mund aufgemacht hast. Vielleicht ist Schweigen deine eigene Wahrheit. Offenbar langweilst du dich zu Tode. Als müsste man dir jedes Wort mit der Zange aus dem Hals ziehen. Ergebnis tiefsten Verdrusses. Möglicherweise liegt es auch am Wetter, denn das Wetter wirkt sich bei so etwas aus. Und es wird immer schlechter. Für mich jedenfalls nimmt niemand den Telefonhörer in die Hand, und wenn ich es mal tue, komme ich oft in Teufels Küche. Mag sein, dass ich unfähig bin, Beziehungen aufrecht zu erhalten. Dass ich das Spiel nicht beherrsche. Wenn es aber ein Spiel ist, dann hat es auch keinen Wert. Ich kenne keinen, der sich um mich gekümmert hätte, als ich in Schwierigkeiten steckte. Bei allem, was mir in letzter Zeit zugestoßen ist. Als wären sie alle verschwunden. Und das hat mich viel gekostet. Möglicherweise ist es meine Schuld, vielleicht habe ich mir keine große Mühe gegeben, meine Kontakte zu pflegen. Aus Überdruss. Aus Langeweile. Der Fehler ist vielleicht, dass ich mich zu sehr mit mir selbst beschäftige. Dass ich mich zu wichtig nehme. Wichtiger als es einem Fünfmilliardstel der Menschheit zusteht. Aber Sisi, die überaus intelligent, kultiviert und so begabt ist, langweilt sich ebenso.

Vor allem wenn keine Männer mit von der Partie sind. Sie wacht erst auf, wenn Männer dabei sind. Natürlich gibt es Männer, die einem überhaupt nicht zusagen, unerträgliche Langweiler sind. Ich habe einen Freund, den mag ich sehr gerne, aber ich blicke bei ihm nicht durch. Manche Dinge berühren ihn überhaupt nicht. Er sitzt da wie ein Klotz, man glaubt auf Beton zu stoßen. Vor allem, wenn man auf ein Wort wartet, auf irgendetwas Sinnvolles, und man stattdessen ein herkömmliches, banales Zeug über sich ergehen lassen muss. Wie all diese Vorstellungen, wie man sich geben muss, wie man sprechen soll, wie man seine Beine hinzustellen hat. Wie eine Frau sich ihrem Mann gegenüber verhalten soll, wie sie sich in der Gesellschaft zu benehmen hat. So etwas Ermüdendes, dass jeder Gedanke erstarrt, man ist danach völlig erledigt.

Gestern hatte ich mir vorgenommen, dich anzurufen, wir sollten zusammen essen gehen. Dann dachte ich, ich würde keine Lust haben zu reden, worauf du mir zu Recht gesagt hättest: und was dann? Aber warum frage ich dich nicht und was dann? Ich hatte keine Lust zu reden, ich hatte einfach Lust, mit dir essen zu gehen. Ganz einfach. Alles ist ganz einfach. Und ganz schwer. Auch kann man nicht auf Anhieb erzählen. Es hängt davon ab, ob du die Lust und die Laune dazu hast. Wenn ich müde bin, verliere ich den Faden. Ich finde die Worte nicht. Und sowas muss spontan kommen, sonst verliert es seinen Reiz. Es lohnt sich nicht, diese Geschichte jetzt vor dir auszubreiten. Es lohnt sich sowieso nicht, und mir ist es unbegreiflich, warum du willst, dass ich sie dir erzähle. Dich so darauf zu versteifen. Merkst du nicht, was für ein Flegel du bist. Dich so darauf zu versteifen. Du brauchst jetzt nicht einzuschnappen. Es ist, als hätte ich dich Dummkopf genannt. Und wenn ich einen Menschen Dummkopf nenne, einen Freund, eine Freundin, dann meine ich doch nicht, dass sie Dummköpfe sind. Du weißt, wie ich es meine. Du benutzt auch solche Ausdrücke. Jeder Mensch benutzt sie. Und außerdem, ich kann nichts verheimlichen. Das ist mein Fehler. Das sagen alle, mein großer Fehler. Ich kann nichts verheimlichen, das aber hätte ich lernen müssen. Nach Frankreich haben sie mich noch vor dem Krieg mitgenommen. Wie alt ich damals war? Nun, sieh mal, das kann ich doch verheimlichen. Ich habe in Frankreich als Kind gelebt und bin als Kind dort zur Schule gegangen. Danach bin ich in den Sudan gegangen. Wir bestiegen ein großes Schiff, von Marseille nach Alexandria. Von Paris sind wir weggegangen, weil die Baumwollproduktion in der Krise steckte, und mein Vater seine Geschäfte an Ort und Stelle betreiben musste. Ich habe dir schon erzählt, dass er mit Baumwolle zu tun hatte. Sie beschafften die Baumwolle, er und sein Bruder, und verfrachteten sie nach Europa. So haben wir Paris verlassen. Wir gingen in Alexandria von Bord und ich war gespannt auf die Löwen, die uns auf der Mole empfangen würden. Ich war fest davon überzeugt, dass ich sie nun sehen und hören würde, weil es in allen Büchern, die ich las, immer hieß, in Afrika wimmele es von ihnen. Bilderbücher vor allem. Einige von ihnen haben sich tief in mein Gedächtnis eingeprägt, und von Zeit zur Zeit tauchen sie grundlos auf und treiben auf der Oberfläche. Löwen und Palmen, mit diesen Zweigen, wie Flammenschwerter. Ich weiß nicht, ob mir jene Zeit damals besonders gefallen hat. Mir gefiel Alexandria nicht. Es hat mir nie gefallen, auch später nicht, als ich für eine Weile als Erwachsene dort gelebt habe. Ich hatte es gleich gespürt. Gespürt, dass ich mich in etwas hineinbegab, das mir nicht behagen würde. Das war vielleicht auf diese Enttäuschung zurückzuführen, die in mir hängen blieb. Als schuldete man mir immer noch die Löwen, mochte meine Großmutter sich auch noch so sehr um mich gekümmert haben. Ich wohnte ganz bei ihr und sie hatte mich sehr lieb. Sie hatte ein Faible für mich, obwohl es noch eine Enkelin und auch einen Enkel gab. Der ist später im Krieg gefallen, bei El Alamein, glaube ich. Sie hatte für mich eine besondere Schwäche, auch wenn sie mich manchmal gehörig tyrannisierte. Sie kaufte mir Geschenke und steckte sie gleich wieder weg. Teures Spielzeug, aber sinnlos, da es dafür bestimmt war, im Dunkel der Schränke verschlossen zu bleiben, und es mir nur sonntags erlaubt wurde, es herauszunehmen. Sie sagte, nein, das geht nicht, du wirst es kaputt machen. Es war die Mentalität der griechischen Auswanderer dritter Generation, die es in langen Jahren zu hohem Vermögen gebracht hatten. Sie sagte nein zu meinem Spielzeug, wechselte aber meine Lehrerinnen unverzüglich aus, wenn ich mich mit ihnen nicht vertrug. Ich habe mehrmals die Lehrerinnen gewechselt und ich kann mich noch schwach an eine Jüdin erinnern. Auch sie war Löwe. Großmutter, nicht die Lehrerin. Ich erfuhr es zufällig, als wir, lange nach ihrem Tod, etwas auf ihren Grabstein einmeisseln mussten. Auch sie ist hoch betagt gestorben. Sie hatte ihren Tod gewissermaßen vorgeplant und organisiert, in Klarsicht und Festigkeit. Als handelte es sich um eine Ferienreise. Sie bestimmte, was man ihr anziehen und wo und wie man sie bestatten solle. Verstehst du, sie gehörte einer festgefügten Welt an, stammt aus einer Zeit, in der der Tod nichts Außerordentliches war. Dann ließ sie Ioassaph kommen und schloss sich mit ihm in ihrem Zimmer ein, für vier Stunden. Sie sprach ihn einfach immer mit Ioassaph an. Ihm damit ihre Huld zeigend, und die beide waren große Freunde. Sie sorgte für den Unterhalt einiger seiner philanthropischen Einrichtungen. Als er wieder herauskam, sah der Patriarch wie aufgelöst aus. Er bekreuzigte sich hastig, schlug das Kreuz in die Luft hinter sich und machte sich still wie ein Dieb aus dem Staub. Zu sich gerufen hatte sie ihn nicht zur letzten Beichte, wie er zunächst annahm, sie hatte ihn, im Gegenteil, vier Stunden lang kujoniert. Vier Stunden gebraucht, um seine Einwände zu entkräften: wenn so etwas vor zweihundert oder dreihundert Jahre Usus gewesen war, warum sollte es nicht auch heute möglich sein. Verstehst du, sie war Tochter von Kaufleuten und Mutter von Kaufleuten und hatte das Feilschen im Blut. Gleich am Nachmittag erschien der junge, rotbärtige Generalvikar des Patriarchats und händigte ihr eine versiegelte Urkunde aus. Dieser blieb nicht lange. Er übergab ihr die Urkunde und ging schnell davon, beladen mit einem Beutel aus Ziegenfell, gefüllt mit zehntausend Goldpfund, Sovereigns Prägung 1900. Alles bezeugt von Onkel Aristidis. Zwei Tage später hat man sie begraben. In ihre gefalteten Hände hatte man anstelle der üblichen kleinen Auferstehungs-Ikone ihr Hochzeitstäschchen aus geflochtenen Silberfäden gelegt. In dem Täschchen lagen, neben dem offiziellen Ablass ihrer Sünden, die vierzehn Nabelschnüre der Kinder, die sie geboren hatte. Vierzehn harte, verschrumpelte Saiten, wie ausgediente Sprungfedern. Ist das nicht makaber? Sie hatte vierzehn Kinder in die Welt gesetzt, von denen sechs am Leben geblieben waren, und jetzt nahm sie dieses Zeug mit sich, das sie in einem kleinen Stück vergilbter Satin-Seide und etwas Watte aufbewahrt hatte. Als Erkennungszeichen vielleicht. Es wäre jedenfalls schön, wenn ich ihr ähnelte. Ihr Nervensystem geerbt hätte. Leider hat es nicht so sein sollen. Seit damals habe ich von ihr zweimal geträumt. Unvermutet, in einer Zeit, als ich sie längst vergessen hatte. Im ersten Traum tauchte sie in einem Alter auf, in dem ich sie noch nicht gekannt hatte, noch bevor es mich gab. Das heißt jung. Sie wartete irgendwo, sie hielt einen bunten Sonnenschirm leicht und etwas schräg über ihrer rechten Schulter. Die Sonne schien nicht, und der Ort muss die Piräus-Station der Elektrischen Bahn gewesen sein. Nicht ganz genau, aber ziemlich ähnlich, denn hoch oben waren diese riesigen Glasüberdachungen, durch die das Nachmittagslicht gefiltert einfiel. Und sie, sie schritt langsam auf den menschenleeren Bahnsteigen auf und ab und wartete, ihren aufgespannten Schirm in der Hand. Sie trug ein leichtes Kleid und Seidenstrümpfe, und der Duft auf ihrer Haut schuf in der Stille eine Aura von Frische um sie. Denn es herrschte natürlich große Stille, absolute Lautlosigkeit. Möglicherweise auch absolute Schwerelosigkeit. Es war ein Warten ohne Zeitgrenzen, aber in Gewissheit der Liebe. In dem anderen Traum machte sie mich für meine Ferienreise nach Khartum fertig. Das spielte sich in meinem Zimmer ab, und ich war zehn Jahre alt, das Sonderbare aber war, dass ich mich zweimal auf der Bühne sah, denn mir war bewusst, dass ich träumte. Und auch bewusst, dass dazwischen eine große Zeitspanne lag. Ich stand also da und beobachtete mich selbst, wie ich, widerspenstig, die Vorbereitungen über mich ergehen ließ. Ich war immer widerspenstig, wenn ich nach Khartum musste. Es war zu einem Ritual geworden, einige Wochen im Jahr bei meinen Eltern zu verbringen. Ich wurde dorthin verfrachtet, sobald das Schuljahr zu Ende war. Und dort war es schön, aber auch schlecht. Denn es gab diese langen, weißen und flachen Tage, mit denen ich nichts anzufangen wusste, und man hielt mich außerdem an einer ziemlich kurzen Leine, obwohl ich noch lange nicht in die Pubertät gekommen war. Mein Vater war der Überzeugung, ein Mädchen sollte heiraten und Kinder kriegen, das wäre seine Bestimmung und sonst nichts; das waren seine Ansichten. Sein Verhaltenskodex, der von allen zu befolgen war, außer von meiner lieben Mama. Die Mutter bewunderte er, ihr gegenüber war er unglaublich anhänglich, und sie machte mit ihm wirklich, was sie wollte. Sie übte einen seltsamen Reiz auf ihn aus, und obwohl er in seiner Jugend, wie man erzählte, schwierig und tyrannisch gewesen sein soll, hatte er das Bedürfnis, sich ihr hinzugeben, er brauchte ihre despotische Übermacht. Wenn sie beide zusammen waren, waren sie sich einander so nah, dass ich mir überflüssig vorkam. Ich weiß nicht, vielleicht erregte sie ihn unablässig, allein durch ihre Gegenwart, und er hatte für mich keine Augen. Jedenfalls, wenn sie nicht da war, und sie war oft für mehrere Tage fort und ließ uns allein, dann kamen wir beide sehr gut miteinander aus. Später sperrten sie mich bei den Nonnen ein, *Notre Dame de Sion*, für drei Jahre in Kairo. Und das hat mir geschadet, glaube ich. Nachdem Großmutter gestorben war, brachten sie mich nach Kairo, damit ich näher bei ihnen wäre. Näher ist geografisch gemeint. Das heißt einige Dutzend Kilometer entfernt. Sie sperrten mich bei den Nonnen ein, und ich durfte nur am Wochenende ausgehen. Sie hatten es so arrangiert, dass ich die Wochenenden bei Bekannten verbrachte. Es war ein mit Mama befreundetes Ehepaar, und der Mann war Vorsitzender der Griechischen Gemeinde – eine namhafte Familie. Aber ich sollte hier lieber keine Namen nennen. Sie hatten zwei Söhne, der eine ungefähr in meinem Alter, der andere noch ein Säugling, und wir saßen bei einem meiner ersten Besuche da, unvermittelt rief mich der Vater aus einem Zimmer zu sich, er wollte mir einen Film geben, den er uns vorführen wollte. Ich stand auf und ging den Film aus dem Zimmer holen, das vollgestopft war mit allem möglichen Zeug, eine Art Archiv, und kaum war ich durch die Tür getreten, packte er mich. Griff nach meinem Busen, der noch nicht ganz geformt war, schob seine andere Hand zwischen meine Schenkel und küsste mich direkt auf den Mund. In wilder, hastiger Erregung. Worauf ich beinah verrückt geworden bin. Zumal ich sehr jung war, wie alt eigentlich, dreizehn, vierzehn? Ich weiß es nicht mehr. Natürlich habe ich es sofort meiner Mutter erzählt, denn sie sah es auf meinem Gesicht geschrieben, dass etwas passiert war, das mir ungeheuer unangenehm gewesen war. Und mit einmal änderte sich die Situation vollständig. Sie ließen mich nicht mehr ausgehen, denn sie dachten, wenn ich an den Wochenenden wieder dorthin ginge, würde mich dieser Mensch nicht nur küssen, sondern mir noch was anderes antun. Dieser Vater, der obendrauf klein und dick und kahlköpfig und alt war. Seine Frau hatte ihn aus Not geheiratet, weil sie kein Geld hatte, und als sie später Witwe wurde, heiratete sie gleich einen anderen. Sie war hübsch und sehr viel jünger, fast zwei Jahrzehnte jünger als er. Sie. Und ihr Sohn, der Säugling – was für ein kurioser Zufall, nicht wahr –, der ist eines Tages hierher gezogen, wohnte im retiré gegenüber. In der Eckwohnung mit der Dachterasse, wo jetzt neue Mieter sind; er ist voriges Jahr gestorben, mit sechsunddreissig. Ist es nicht seltsam? Von Kairo nach so vielen Jahren hier mir genau vis-a-vis aufzutauchen? Der Sohn. Ich weiß nicht, ob er je erfuhr, dass wir Nachbarn waren, ich hatte ja den Namen gewechselt, zum dritten Mal. Jedenfalls zu ihnen ins Haus bin ich damals nicht mehr gegangen. Man liess mich nicht ausgehen, und es blieb gar nichts anderes übrig als pausenloses Lernen, Beten und Kirchgang. Falls du eine Ahnung von den Katholiken hast. So bin ich zwar als Kind durchaus fröhlich gewesen und auf allen meinen Fotos sehe ich glücklich aus, danach aber wurde ich melancholisch. Dieses Eingeschlossensein lastete schwer auf mir, und vielleicht habe ich dort überhaupt ein falsches Bild vom Leben bekommen. Alles war Sünde, große Sünde. Alles. Bis hin zu den Büchern, in deren Seiten sie diese dunklen Streifen klebten. Zum Beispiel in die Bücher von Dély, die harmlosesten, die du dir vorstellen kannst. Wenn die jungen Leute sich in einander verlieben und sich endlich küssen. Diese Stelle beklebten sie mit solchen Streifen. Folglich nahmen wir die Bücher heimlich in die Schlafsäle mit und hielten sie gegen das Licht auf der Suche nach diesem Kuss. Nein, nicht aus Lüsternheit. Es war eine normale, natürliche Neugier. Auch taten wir nichts. Über die anderen kann ich nichts sagen, ich jedenfalls tat nichts. Von den Nonnen weiß ich auch nicht, ob sie was taten. Es kann sein, das eine von ihnen lesbisch war. Möglich, denn eine Freundin von mir, eine Cathérine, hatte ihren Eltern erzählt, dass diese Nonne sie streichelte. Anfasste, und so weiter. Worauf ein Skandal ausbrach, aber was zwischen den beiden war, weiß ich nicht. Möglicherweise gar nichts. Aber das, wovon du eben sprachst, das habe ich mir nicht angewöhnt, nein. Jedenfalls nicht damals. Eine Betätigung aus Not, schön hast du das gesagt, aber es könnte ebenso gut eine Betätigung aus innerer Einsamkeit sein, ich habe es später ausprobiert. Sehr viel später und unter ganz anderen Umständen. Aus Überdruss. Aus Langeweile, und als es nicht einmal Gründe dafür gab. Nur, man hat keine rechte Freude daran. Man ist bloß erleichtert.

Ein kurzes Durchzucken, als spalteten sich deine Zellen in ihrer Finsternis, danach fühlst du dich völlig leer und noch dürftiger als zuvor. Zum Verzweifeln ist das. Möglicherweise aber lüge ich. Ich weiß es nicht. Möglicherweise geht es bei mir um diese merkwürdige Sache, um diese ewigen Schwierigkeiten. Denn ich habe zwar den Sex schon im zartesten Alter entdeckt, mit einem Mann aber habe ich erst sehr spät geschlafen. Selbst nach Maßstäben meiner Zeit. In Italien, mit jemanden, von dem ich nicht sicher bin, dass es mir mit ihm gefallen hat. Eigentlich nicht wirklich, und dabei war ich schon dreiundzwanzig. Dieses erste Mal, von dem man sagt, dass es einen prägt wie ein Siegel. Quatsch. Ich hatte mich mit dem Verstand dafür entschieden, und es hat keinerlei Spuren hinterlassen. Keinerlei Emotion, nicht einmal in der Erinnerung. Auch war es kein Schock wie, sagen wir mal, bei meinem Zahn. Dem ersten Zahn, der behandelt werden musste, ungefähr zur selben Zeit. Er war von Karies befallen, und ich meine nicht die Angst vor dem Bohrer oder dem Schmerz, denn es hat überhaupt nicht weh getan, und außerdem habe ich danach noch mehr Zähne behandeln lassen müssen. Ich meine dieses seltsame Gefühl, das ungefähr einen Monat anhielt. Es war der erste »Riss«. Alles war schmerzlos in Ordnung gebracht worden, aber meine Zunge geriet, immer wieder von neuem gereizt, an die selbe Stelle, tagelang. Gereizt und irritiert durch den inaktiven Fremdkörper, der sich in meinen Organismus eingekeilt hatte, eingekeilt auch in mein Ich, wie der Stachel einer Kaktusfeige, es hat ein ganzer Monat vergehen müssen, bis ich das vergaß. Ich weiß es nicht. Außerdem, das ist alles so privat. Ich weiß nicht, ob ich ein sehr sinnlicher Mensch gewesen bin. Ich muss jemanden lieben, damit es bei mir funktioniert. Und jetzt ist es so, als hätte sich der Kreis geschlossen, mit all den vielen Siegeln. Und am Ende sind mir, denke ich, aus meinem Leben nur zwei Menschen noch ein wenig präsent. Der eine, das war viele Jahre später. Der andere, vorher, in Afrika. Wir gingen abends alle zusammen aus, es war eine befreundete Familie. Eine schöne Familie. Sie freuten sich des Lebens und waren sehr freizügig. Und alle sahen schön aus, hatten sehr schöne Körper, und sie luden jeden Abend eine Menge Leute zu sich ein – jeden Abend. Und ich, damals mit siebzehn, war furchtbar schüchtern, so sehr, dass ich einmal ins Schwimmbecken fiel. Ich ging ganz befangen vor mich hin und da plumpste ich plötzlich hinein, und mir war es schrecklich peinlich, wo sie doch alle so offen und frei waren und keine Komplexe mit sich rumschleppten. Und er, ja, er gefiel mir. Zwar nicht von Anfang an. Er war schon lange hinter mir her, ich aber wollte nicht. Dann änderte sich das, und ich wollte. Kurz und gut, wir flirteten miteinander, das heißt vollkommen harmlos, und eines Abends brachte er mich zurück ins Internat – und er küsste mich. Ich war siebzehn und ich wollte ihn, und mich hat es trotzdem unglaublich gestört, die ganze Nacht biss ich aus Wut in mein Kissen, und in mir war solch ein Ekel, wenn du dir das vorstellen kannst. Ein ungeheurer Hass, obwohl ich ihn gewollt habe; so hatte man mich, in meinem Kopf, konditioniert. Wie auch immer, den Sex, den habe ich in einem Seebad entdeckt, in der Bretagne. Mama fuhr immer im August mit mir in die Bretagne, und dort an der plage gab es überall diese gestreiften Strandmarkisen wie in dem Film »Tod in Venedig«. Ich habe ein paar Fotos davon, müsste aber in einer Truhe wühlen. Dort habe ich den Sex entdeckt. Es war ein kleiner Junge, Sohn von Mamas Freunden, und wir standen einmal beide hinter den Kabinen. Ich wusste selbstverständlich auch vorher über einige Dinge Bescheid. Man schickte mich auf eine Schule, die auch eine Art *finishing school* für ältere Mädchen war. Hauptsächlich Amerikanerinnen und Engländerinnen. Warum und wieso ich auf diese Schule ging, weiß ich nicht mehr. Ich weiß nur, dass mich dort alle sehr, sehr gerne mochten. Ich war ihr Maskottchen. Ich kann mich an die dicke Köchin erinnern, sie hieß Joséphine, die, wenn sie crêpes machte, mich immer in die Küche rief und mich als erste probieren ließ. Mit ihrem vollen

Busen und den prallen, hellhäutigen Armen und ihrer strahlenden, immer fröhlichen Miene. Sie strahlte, selbst wenn sie verärgert war. Joséphine, die den Teig rührte und in die Pfanne gab, die crêpe hoch in die Luft warf, als ließe sie sie fliegen, und sie wieder in der Pfanne einfing – das war ein tolles Wunder. Joséphine, Göttin des Frohsinns, die dann die crêpes mit Marmelade bestrich und sie zusammenfaltete. Auch die Schuldirektorin mochte mich gerne. Eine Engländerin russischer Abstammung in Mamas Alter, etwas älter. Sie war ziemlich viel herumgereist. Aber wohin, das konnte ich mir damals nicht wirklich vorstellen. Auf alle Fälle nach Afrika, denn in ihrem Zimmer, oben, da standen ein paar Vogelstrauss-Eier; und sie nahm mich oft dorthin mit. Sie hatte noch mehr solche Sachen, kleine, in Vitrinen aufgestellte Gegenstände aus Glas, und ich durfte damit spielen. Einige davon waren bunt bemalt, das war eine sehr schöne Welt, alle diese seltsamen Dinge. Sie war es, die eines Tages auf der Tafel bestimmte Skizzen aufzeichnete, dass nämlich, damit man Kinder bekommt, man das und dies und jenes tun muss. Auf der Tafel mit Kreide. Und als der Unterricht zu Ende war, rannte ich Hals über Kopf nachhause und erzählte das alles, hell begeistert natürlich. Worauf Mama, außer sich, im selben Augenblick zur Schule eilte und – ich weiß nicht, aber da muss es zwischen ihr und der Direktorin hoch her gegangen sein. Als ich also bei dem kleinen Jungen hinter den Kabinen stand, sagte ich zu ihm: Lass deine Hose runter, jetzt gleich, ich will sehen wie du gemacht bist. Ich kann mich daran erinnern und auch an die Markisen und an den Strand und an den kleinen Jungen – vage. Er ließ seine Hose runter, und ich streckte meine Hand und ich fasste ihn da an.

Mein Gott, diese Geschichte. Warum musste ich mich jetzt daran erinnern. Jetzt spüre ich überhaupt keine Neugier mehr. Auf nichts. Von Begeisterung keine Spur. Mir bringt es keine Freude mehr, in der Sonne zu sitzen. Unter Menschen zu sein. Ich weiß nicht, ich habe so ein Gefühl, als würde ich mich genieren. Ich fühle mich gedemütigt.

Es ist, als wüsste alle Welt Bescheid, als wäre ich durchsichtig geworden, als blickte man in mich hinein. Und das ist unangenehm. Was wiederum Blödsinn ist, eine dumme Überempfindlichkeit. Und ich rede zuviel. Ein Einsamkeitssyndrom, nehme ich an. Neulich habe ich mit Loukas zusammen gegessen, einem Freund aus meiner Kindheit in Alexandria. Ich hatte ihn seit vier Jahren nicht mehr gesehen. Er rief mich an, wir wollten uns mal wieder treffen und wir sind dann nach Thissio in eine Taverne gegangen; Athener Folklore, mit diesen Backpapiertischdecken statt Teller. Ich habe ein paar Gläser getrunken und drei Stunden lang ununterbrochen geredet. Ich ließ ihn überhaupt nicht zu Wort kommen, bei einer solchen Redseligkeit war er völlig erledigt, er wird weitere vier Jahr brauchen, bis er mich wieder anruft. Pepi, die ebenfalls ihren Mund nicht zukriegt, behauptet unerschütterlich, dass sie mir in der Hinsicht nicht das Wasser reichen kann. Wenn er nachhause kommt, und wir beim Telefonieren sind, fängt ihr Mann zu pfeifen an. Was so viel heißt wie nun macht mal Schluss. Wenn ihm das stundenlange Telefonieren seiner beiden Frauen zu viel wird. Ich bin nämlich die ehemalige, und sie die jetzige. Er fängt an vor sich hin zu pfeifen, spöttisch, darauf gespannt, ob wir nicht einmal vor Erschöpfung aufhören werden. In Frankreich wurde ich in einen hohen Kinderstuhl gesetzt, einen von diesen mit den bunten Kugeln und der kleinen Holztafel davor. Ich wurde darauf gesetzt und sah den anderen beim Mittagessen zu. Meine Tante, die Französin war, pflegte zu sagen: Kinder soll man sehen, aber nicht hören. Das hat sich mir eingeprägt. Kinder soll man sehen, aber nicht hören. Mit anderen Worten, ich durfte überhaupt nicht sprechen. Die anderen unterhielten sich beim Essen, und ich durfte ihnen zusehen. Das war in einem Schloss, nahe von Bordeaux. Dort wohnte mein Onkel, der diese Französin geheiratet hatte. Das heißt, das Schloss gehörte ihr. Und es hatte riesengroße Zimmer mit riesengroßen Betten. Alles war riesig, bis auf mich. Betten mit *baldaquin,* diese Gestelle mit vier Pfosten und dem bemalten Himmel. Und den Vorhängen. Betten wie Epitaphios. Davon abgesehen, ich war damals spindeldürr, und da hieß es immer, du musst aufessen, sonst wird dich der Buhman holen. Sie gaben sich richtig Mühe, konnten mich aber von der Notwendigkeit zu essen nicht überzeugen. Es war eindeutig die falsche Methode. Es gab viele solche Methoden damals. Sie brachten mich nach oben zum Schlafen, und einer von ihnen zog sich ein Laken über und spielte den Buhmann. Ich weiß nicht wer, und dabei wurde immer ein Topf geschlagen. Mir war angst und bange, allein im großen Bett. Und da war auch ein großes Fenster da. Und ich hörte die großen Geräusche der großen Nacht und dieses laute Bum, Bum, und mir war angst und bange. Nicht dass ich deswegen mehr gegessen hätte. Mein Trotz war stärker. Ich weigerte mich. Und es gab auch eine Tür. Sie trennte einen langen Korridor mit hoher Decke von einer Küche, die nicht mehr in Gebrauch war. Ich bin nie durch diese Tür gegangen, und sie hat sich mir eingeprägt als eine Grenze des Grauens. Trotzdem, das Schloss gefiel mir. Wir waren dort an jedem Frühling für einige Wochen zu Besuch, und einmal hatte ich eine tolle Puppe, die ich dort vergaß. Und als ich sie vermisste und darauf kam, wo ich sie liegen gelassen hatte, war es zu spät. Sie wurde mir nie zurückgeschickt. Das waren die wichtigsten Jahre in meinem Leben. Auch sie waren, natürlich, Jahre der Einsamkeit, aber einer andersartigen Einsamkeit. Damals war mir, auch wenn ich geweint hatte, beim Aufwachen froh zu Mute. Weil ich mir keine Rechenschaft schuldig war, und über mein Glück oder mein Unglück einzig und allein die anderen zu entscheiden hatten. Jetzt ist das nicht mehr möglich. Jetzt wache ich mit verquollenen Augen auf, mit einem Gehirn, das nicht funktioniert, und einem völlig benebelten Kopf. Ich mag das nicht, wie die Zeit verrinnt. Als wäre ich in einen Brunnen geworfen worden und versuchte mühsam, hinaufzusteigen zum Licht, und schaffte es nicht. Diese Anstrengung für nichts und wieder nichts.

Auch kann ich nicht mehr in meine Kindheit zurückschlüpfen. Oder umgekehrt, auch der Wunsch danach ist schliesslich fast krankhaft geworden. Damals habe ich stets in einer feinen Umgebung gelebt, und die Dinge schienen viel größer als ihre wirklichen Dimensionen. Meine Spielsachen zum Beispiel, ich habe sie später wieder gesehen und war ziemlich enttäuscht. Ausgehen durfte ich mit Béatrice. Sie hatte langes Haar und trug einen Hut, aus *feutre*, schwungvoll gewellt. Aus diesem weichen Material, *feutre*. Ich weiß nicht, wie es auf Griechisch heißt. Sie ging mit mir spazieren, ich aber war versessen auf den Sohn des Kohlenhändlers. Ein Umgang, den die anderen freilich nicht sonderlich schätzten. Ich kann mich nicht mehr an seinen Namen erinnern, auch nicht an sein Gesicht, ich erinnere mich nur daran, dass man sich zuhause über mich lustig machte: *Elle est très amie avec le fils du bougnat. Bougnat* ist in der Umgangssprache das Wort für Kohlenhändler. Wenn ich aus dem Haus ging, stand er immer an der Straßenecke. Man zog mir einen roten Mantel an und rote Strümpfe und diese Schuhe mit den Schnallen und setzte mir eine rote Mütze auf dem Kopf. Ich kann mich genau daran erinnern, dass ich das alles anhatte – und niemals Handschuhe. Ich zog nie Handschuhe an, obwohl alle mich dazu drängten. Einsamkeitssyndrom. Aber was ist Einsamkeit? Vielleicht die Folge eines verfahrenen Lebens. Als ich jünger war, hätte ich so etwas nicht ertragen können. An manchen Tagen fühle ich mich uralt. Dieses Gewicht auf den Schultern, das einen kaum einen Schritt vor den anderen setzen lässt. Jetzt werde ich leicht müde. Und ich langweile mich. Ich kann mich auf nichts mehr freuen wie früher. Hinausgehen am frühen Morgen, und da ist der neue Tag. Dieser Himmel mit seinen Verheißungen. Und dieses Buch, und dieser Mensch. Das alles. Ich weiß nicht, ob es an diesem fortschreitenden, seelischen Zerfall liegt. Früher gab es Tage, an denen ich mich so leicht fühlte. Jetzt ist nichts mehr von Interesse für mich, und ich bin wie durchtränkt von

Einsamkeit. Sie durchdringt meinen Leib, mein Fleisch, als hätte ich leichtes Fieber. Wo ich gehe, wo ich stehe, es kommt immer der Augenblick, an dem die Krise ausbricht, und dann frage ich mich, warum und wozu, und was man davon hat. Ich glaube nicht, dass das ein Zeichen von Reife ist. Ich glaube nicht, dass es etwas mit dem Alter zu tun hat. Es ist das, was von einem verfahrenen Leben unter dem Strich herauskommt. Ich bin einfach unglücklich. Vielleicht grundlos. Und so kann ich das Schöne nirgends erkennen. Manchmal sehe ich es vielleicht, aber ganz flüchtig, als wäre es nur ein Abbild. Und ausserdem wünschte ich mir, dass die Menschen etwas zugänglicher wären, sie sind es nämlich nicht. Sie sind alle furchtbar beschäftigt, haben ihre Familien, ihre Schwierigkeiten, und niemand hat Zeit. Und ich, ich habe wohl in diesen Jahren viel Zeit vergeudet. Früher las ich gerne. Heute lese ich nicht mehr. Besonders seit ich mich bis ins tiefste Innere so gestört fühle. Ich kann mich nicht auf ein Buch konzentrieren. Früher las ich stundenlang. Ich las und fühlte mich ganz wohl in meiner Haut, so behaglich im Bett. Heute fühle ich mich nie und nirgends wohl. Das ist, was aus einem verfahrenen Leben unter dem Strich bleibt. Doch, denke ich, es könnte einem durchaus noch schlechter gehen. Wenn man eine schlimme Krankheit hätte, oder den Kindern etwas zugestoßen wäre – *à la manière grecque*, sozusagen, d.h. dass man große Katastrophen hätte erleben müssen. Im Gefängnis stecken oder das Augenlicht verlieren und derlei mehr. Ich weiß nicht, aber es ist mir unbegreiflich, warum mir so zumute ist wie jetzt. Als wäre in mir, hier drinnen, ein wildes Tier, und ich muss immer daran denken, was ich alles nur geträumt und mir gewünscht habe, und nun ist es damit aus. Aber es ist falsch so zu denken, wie ich denke. In vieler Hinsicht falsch. Und ganz egoistisch. Vielleicht sollte man sich mit sich selbst versöhnen, sich selbst akzeptieren. Vielleicht. Aber wie soll das gehen, etwas akzeptieren, das einen in Stücke reißt. Ich darf hier aber nicht verallgemeinern, denn es liegt vielleicht nur an meiner eigenen Empfindung, weil in meinem Leben etwas schief läuft. Wäre ich zufrieden, ginge es vielleicht. Dabei ist mir klar, dass es ein Leichtes wäre, zufrieden zu sein. Aber wenn man sich andererseits überlegt, dass alles, was man je gewollt hat, nicht mehr zu erreichen sein wird, dann... dann. Du sagst dir, ich bin jung, ich habe Zeit. Morgen übermorgen, morgen übermorgen, die ganze Zeit liegt vor dir. Und dann kommst du an einen Punkt, an dem du feststellst, du hast keine Zeit mehr. Das ist, was einen wahnsinnig macht. Und vielleicht ist das der Grund, warum ich so lebe. Wie in einem Traum. Nein, jetzt ist es zum Alptraum geworden. Als ich klein war, hatte ich so einen Kasten, man hielt sein Auge an ein Loch und sah, wie die Bilder lebendig wurden. Zu Weihnachten bekam ich eine Menge Geschenke. Ich stellte meine Schuhe vor den Kamin und sobald ich eingeschlafen war, stopfte man sie mit allerlei Sachen voll. Ich wusste schon, dass es den Ajios Vassilis nicht gibt, aber das tat meiner Faszination keinen Abbruch. Man legte Geschenke in meine Schuhe – und unter meinen Baum. Man stellte zu Weihnachten immer einen Baum für mich auf, der bis zum Himmel reichte. Das heißt bis zur Zimmerdecke. Und man schmückte ihn mit tausend schönen Dingen. Nicht aus Papier oder Plastik, wie heute. Damals war alles aus echtem Porzellan. An seinen Zweigen hingen Ballerinen aus Porzellan und kleine, von Schwänen gezogene Boote. Dieser Baumschmuck muss heute ziemlich kostbar sein, denn so etwas wird nicht mehr hergestellt. Leider sind wir oft umgezogen, auch sind wir viel auf Reisen gewesen, und ich habe nichts davon aufgehoben. Ballerinen wie die echten, mit *Tutu*-Röckchen, aus gelben Tüll. Ein Kanariengelb, das im Dunkel leuchtete. In meinem Zimmer gab es Zentralheizung, aber auch einen Kamin, den man im tiefen Winter anzündete. Ich schlüpfte unter die Bettdecke, die Flammen flackerten die ganze Nacht, und an den Wänden wurde die Tapete lebendig. Eine Tapete mit vielen Motiven. Aus *toile-du-jouy*, wie in alten Zeiten. Bilder aus Lafontaine's Fabeln.

Da war auch die Hexe, mit ihrem hohen, schmalen Hut, die kam auf ihrem Besen angeflogen. Und da war auch die andere, die Fee mit all den kleinen Kindern, sie alle waren in meinem Zimmer und liefen im Schein der Flammen hin und her. Das war ein verrückter Tanz, und ich zog das Laken hoch bis an die Augen und sah in die Nacht hinein und hatte Angst. Das ist wie ein Märchen. Deshalb sage ich, ich bin nicht erwachsen geworden und hänge immer noch an dieser Vergangenheit. An dem einzig Schönen, das ich besitze. Damals schlief ich nachts, obwohl ich so verängstigt war. Und am Morgen wischte ich über die beschlagenen Fensterscheiben, um sehen zu können, was draußen los war. Immer war alles verschneit – gewöhnlich. Danach ging Béatrice mit mir spazieren. Zum Park *La Muette*. Zum *Bois de Boulogne*. Ich habe noch ein Foto von uns beiden. Ich sitze auf ihrem Schoß, im Sonnenschein, und habe eine Ponyfrisur. Man verkaufte damals diese *cerceaux*. Ein großer Reifen aus Holz und ein Stock und man schlug mit dem Stock auf den Reifen, und der sauste davon, und man rannte hinter ihm her. Was das für einen Sinn hatte, weiß ich nicht, aber es war bei allen sehr beliebt. Ich besaß auch ein Paar Rollschuhe. Es gab dort ganze Alleen nur für Kinder, und alle hatten Rollschuhe. Als ich also später die Zwillinge bekam, und sie ein gewisses Alter erreicht hatten, erzählte ich ihnen eines Tages, dass ich sehr gut Rollschuh laufen kann. Wir hatten für den Sommer ein Haus in Glyfada gemietet. Und ich setzte sie auf ein Mäuerchen, holte die Rollschuhe und zeigte sie ihnen. Dann zog ich sie an, nahm einen großen Anlauf und – knallte auf den Boden. Denn ich hatte es natürlich seit Jahren nicht mehr probiert. Ich hatte mich beinah umgebracht. Meine Stirn war aufgeschlagen, und die beiden waren hell begeistert. Sie waren so klein, die beiden. Ich zog ihnen diese Hosen aus Samt an, die mit den gekreuzten Trägern. Sie waren ganz begeistert und klatschten in die Hände, bravo Mama, bravo Mama. Und mir tat alles weh, und ich war wie halbtot nach diesem Sturz, dem ich für zwanzig Tage blau-lila umrandete Augen zu verdanken hatte. Denn wenn man sich die Stirn aufschlägt, zieht dieses Blau-Lila weiter nach unten, und ich sah aus wie eine Tote im Leichentuch, zwanzig Tage lang. Ich schaute in den Spiegel und kriegte einen Schrecken. Erschrak jedes mal vor der Farbe meines geschundenen Fleisches. Vor allem, als dieses Violett sich von der Augenpartie über die Nase auszubreiten begann. Als ob sich der Tod langsam über mein Gesicht legte und mit dem Tode ränge. Ist das nicht eine verrückte Idee? Der Tod ringt, mit wem? Sich selbst? Natürlich fürchtet man den Tod mit fünfundzwanzig anders als jetzt. Jetzt fürchte ich mich vielleicht überhaupt nicht mehr vor ihm. Nicht, dass ich besonders tapfer geworden wäre, aber er ist immer da. Du gewöhnst dich daran, und das ist das Schlimmste. Wie mit den Blitzen beim Gewitter, an die ich mich auch gewöhnt habe. Weder läuft es mir dabei kalt über den Rücken, noch kriege ich eine Gänsehaut an den Schenkeln. Es kann natürlich sein, dass jene Angst nichts zu tun hatte mit dieser Verbindung von Lila und Tod. Ich wollte nicht in den Spiegel schauen, aber das liess sich nicht vermeiden. Und eines Morgens stellte ich beiläufig fest, wie sehr ich meiner Mutter ähnlich sah. Diese Ähnlichkeit, die ganz kurz aufleuchtete, nur einen Augenblick lang, und die mir vorher nie aufgefallen war, und die ich auch nachher nie wieder bemerkt habe, kam mir damals wie ein böses Omen vor, ich wusste nicht warum. Denn meine Mutter und ich sind völlig verschiedene Typen. Ein Omen, das sich allerdings noch nicht erfüllt hat und im Grunde genommen einfach mit meinen Kindheitstraumata zusammenhängen mag. Im Gegensatz zu mir hatte sie ein hartes Wesen. Sie ist noch heute hart, trotz ihrer siebzig und so und so viel Jahre. Als ich klein war, erlaubte sie mir oder, je nach dem, forderte mich auf, sie zu küssen, immer nur dann, wenn sie es selbst wollte. Schließlich widerte mich diese Zwangsleistung an, und ich wollte sie nicht mehr berühren. Es störte mich, dass sie mich zwang, sie zu küssen, ich mochte ihre Haut nicht, ich mochte nicht, dass sie mich streichelte, ich wollte die Arme vorstrecken und sie wegstoßen. Später, in den letzten Jahren, als ich Probleme hatte, habe ich sie ein paar mal umarmt, aber ich habe mich meiner Schwäche geschämt. Ich schämte mich, weil ich es tat und dabei im Grunde wusste, sie würde nie wirklich meinen Kummer verstehen, und dass das alles irgendwie nur oberflächlich war. Und auch wusste ich, dass sie mir gerade in einem solchen Moment sagen würde, ich, die ich dich so lieb habe und so vieles für dich getan und mich für die Familie aufgeopfert habe. Immer das gleiche Lied, sie habe sich aufgeopfert. Ich weiß nicht, wie sie sich aufgeopfert haben soll, denn ich hing schließlich in der Luft. Ich weiß nicht, vielleicht irre ich mich, aber ihre Küsse hatten nie etwas Zärtliches. Ich spürte immer etwas Kaltes bei dieser Frau. Wir haben uns nun schon seit neun Monaten nicht gesehen, denn wir geraten oft in Streit und dann brechen wir unsere Beziehung für längere Zeit ab, und dann gibt es Augenblicke, wo ich sie vermisse. Ich weiß, dass sie nie den ersten Schritt machen wird, und auch ich werde natürlich nicht zu ihr gehen. Und ich weiß auch, dass, wenn ich doch hingehe, wir uns wieder in die Haare kriegen werden, und die eine von der anderen wieder nichts verstehen wird, und dabei denke ich, dass sie eines Tages eine Greisin sein wird. Was soll's. Sie hat mich nie akzeptiert und sie beharrt darauf, mich weiterhin nicht zu akzeptieren. Immer bin ich schuld; und immer sagt sie zu meiner Tochter, wenn sie irgend etwas falsch macht, du bist genau wie deine Mutter. Das heißt, was sie für falsch hält. Und auch noch diese Angewohnheit, der ganzen Welt von mir zu erzählen, ich hätte dies getan, ich hätte jenes getan, das hat mich schon als Kind unglaublich gestört. Sie hat diese Manie, über die anderen zu reden. Sie verdreht dabei vollständig die Wahrheit, redet von einem ganzen Vermögen, das ich verschleudert hätte, wo ich doch nie etwas verschleudert habe. Und das, wegen ein paar Aktien, die ich besaß, das Stück zu achtzig Drachmen, von denen ich tausend verkauft habe, um schließlich achtzigtausend zu bekommen. Sieben Millionen hast du aus dem Fenster geworfen, kriege ich zu hören, weil die Aktien in andere Hände, an eine andere Gesellschaft übergegangen und eines Tages gestiegen sind. Solche Sachen. Dass ich so viel verschleudert haben soll, was eine Lüge ist, und dann, dass ich die Vorhänge zehnmal gewechselt haben soll, wobei ich sie nur zweimal gewechselt habe. Oder besser gesagt, ich hatte die ersten aufgehängt, und da sie mir nicht gefielen, hängte ich gleich die zweiten auf. Lappalien eben, und schließlich und endlich hatte ich die Mittel dazu, das war mein Haus, das war mein Geld, und überhaupt. Oder, dass ich mein Parkett fünfmal ausgewechselt hätte, was ebenso eine Lüge ist. Denn dieses Parkett war einfach mangelhaft, mit einem miserablen Lack, und ich verlangte, dass man es wieder abzog und neu versiegelte. Wo sie geht und steht, erzählt sie so etwas. Andauernd, was ich getan habe, und was jedes Mal falsch war. Und das stört mich, es stört mich. Ich frage mich, warum das so ist. Vielleicht hat sie mich nicht gewollt, von Anfang an mich nicht gemocht, schon als sie mich bekommen hat. Vielleicht hätte sie lieber einen Jungen gehabt. Sie sagte oft, »du bist schön, ich bin nie schön gewesen«. Das kann ich schon verstehen, aber sie, sie war intelligent. Sie ist nicht schön im üblichen Sinne, sie hatte aber ein besonderes Flair, und da sie immer gut angezogen und damals natürlich jünger war, fiel sie sofort auf, sobald sie einen Raum betrat. Du konntest sie nicht übersehen. Aber schön, nein, das war sie nicht. Sie hatte ein eher kantiges Gesicht, mit diesen wie gemeißelten, scharfen Zügen, was ihren Reiz und ihre Kraft ausmachte. Auch mit ihren drahtigen Beinen. Und jetzt ist sie alt. Nicht einmal ein Schatten ihres Körpers von damals. Jedenfalls bleibt sie weiterhin hart. Es kann natürlich sein, dass sie sich einfach wehrt. Dass sie sich seit eh und je gewehrt hat, dass ihre Härte eine heimliche Verzweiflung war. Vielleicht bilde ich mir das alles nur ein, ich weiß es nicht. Es tut mir ab und zu weh, sie dort, auf jenem Porträt aus ihrer Blütezeit, hängen zu sehen. Es ist im Jahre '28 oder '29 gefertigt worden, in Italien, und der, der es gemacht hat, war ein sehr guter Maler. Ich glaube, da steht auch das Datum drauf. Gemalt zur gleichen Zeit wie eines von mir, mit meiner ersten Bulldogge auf dem Schoß. Ihr Porträt ist auf die Reise gegangen, aber mein zweiter Mann hatte es falsch eingepackt, die Vorderseite nach innen, statt nach außen, und durch einen Irrtum des Speditionsunternehmens landete es in Zürich und kam dann in Stücken zurück. Ich ließ es restaurieren. Das war vor zehn Jahren. Vor fünfzehn. Ich erkundigte mich nach einem *restaurateur*, und man nannte mir jemanden, der mit Ikonen zu tun hatte, einen sehr bekannten. Nur, der hatte von nichts eine Ahnung, außer von Ikonen, und da ich damals sehr beschäftigt war und immer wieder außer Landes, habe ich es ihm ganz überlassen, und als ich wiederkam, fand ich es ruiniert vor. Denn der Hintergrund war satinweiß gewesen, und er gab ihm einen Elfenbein-Ton. Auch den Pelz meiner Mutter hatte er ruiniert. Er hatte das Fell verändert, am Ende etwas Glattes daraus gemacht. Nur das Gesicht blieb unbeschadet, aber dieses Weiß, das im Hintergrund leuchtete, das war weg. Und es tut mir wirklich weh, sie sich so wehren zu sehen, selbst auf diesem Gemälde. Vielleicht habe ich deshalb diesen Schrecken verspürt. Ich weiß nicht. Die *restauration* hat jedenfalls die Fluggesellschaft bezahlt, die es falsch befördert hatte. Aber was ändert das? Oft denke ich an sie, wie sie in ihrer Jugend wohl war. Ich mochte ihre Art, sich zu kleiden, und gewöhnlich war sie angenehm zu den Anderen und konnte sich über Vieles unterhalten – und so weiter. Aber sie sagte immer, meine Tochter ist hübsch; ich bin es nicht. Das war eine Art Kokettieren, aber mit dem Hauch einer leisen Klage, die sie allerdings nicht so ernst zu nehmen schien. Was dadurch noch wirkungsvoller war. Sie sagte aber noch mehr: meine Tochter, die so vieles kann, und es nie zu etwas gebracht hat. Das war ihr Kummer, dass ich es nie zu etwas gebracht und nie so geheiratet habe, wie sie selbst es sich gewünscht hätte. Und sie hatte recht, auch wenn ich nicht damit einverstanden bin. Denn ich habe wirklich nichts zustande gebracht, noch nicht einmal so geheiratet, wie ich selbst es gewollt hätte, und das bei drei Ehen. Wohl aus Protest, nehme ich an, gegen ein autoritär bestimmtes Leben, mag es auch lächerlich klingen, jetzt wo ich es sage. Es kann freilich auch sein, dass ich so geboren bin. Dass ich etwas im Blut habe, etwas Bäuerliches, nein nichts Bäuerliches, vielleicht etwas anderes, von einem fernen Vorfahren, an dem man sich nicht erinnern durfte. Irgend eine Familienschande. Wie bei einer Hündin, die ich später hatte, die allen ihren Urkunden zum Trotz, echten Urkunden, schließlich nicht von der angegebenen Rasse war. Und warum nicht, das bleibt, jedenfalls für mich, ein Rätsel. Vielleicht wegen einer Laune der Natur. Alle diese Vielleicht. Schließlich und endlich sind wir doch alle ein Rätsel, oder nicht? Und jeder hat eine Meinung von sich selbst und von den Anderen, einer findet jemanden charmant, sympathisch, ein anderer findet diesen jemanden widerlich, verlogen und so weiter, ein dritter findet ihn ich weiß nicht wie, holt sich die Meinung noch eines vierten, und am Ende wird ein ganzer Salat daraus. Es sei denn, du bist ganz ohne Tadel und hast nie einen Fehler begangen, weder beim Heiraten noch bei welcher Tat auch immer, und alles ist toll gelaufen. Bei mir jedenfalls ist nichts toll gelaufen, und ich weiß nicht, was für einen Ruf ich in meiner Umgebung habe, mich interessiert es ohnehin nicht. Das einzige, was mich interessiert, ist, dass ich seit einer gewissen Zeit dieses Gefühl von Einsamkeit habe, während ich früher nie einsam war. Es waren immer Leute um mich, und ich sprach unentwegt – aber zu den anderen, nicht wie jetzt. Auch das vielleicht eine Dummheit, aber es war mir dabei nicht so schwermütig zumute. Außerdem, damals reiste ich gerne. Besonders wenn ich jemanden am anderen Ende der Welt aufsuchen musste. Ich war begeistert, wenn man mir sagte, ich sollte in ein Flugzeug oder in ein Auto steigen, oder in was auch immer einen irgendwohin beförderte. Und ich konnte stundenlang am Steuer sitzen. Das fand ich ganz toll, ich fuhr zehn, zwölf Stunden. Nahm das Auto und fuhr ins Blaue, nach Kavala z.B., ich machte für zwanzig Minuten eine Pause zum Kaffee trinken, und weiter ging es. Neun, zehn Stunden. Ich mochte das sehr. Jetzt kann ich es nicht mehr, es macht mich müde. Nicht körperlich, mich macht es müde von innen her. Oder besser gesagt, es langweilt mich. Damals mochte ich auch Züge. Die Schiffe nicht. Ich fand sie zu langsam und dieses Meer um einen herum so viele Tage, das setzte mir zu. Ich frage mich, ob dieses Herumrasen nichts anderes war als der Versuch, vor mir selbst zu fliehen. Und deshalb liebte ich die Schiffe nicht. Weil sie so langsam sind, man holt sich selbst ein und kann sich natürlich nicht retten, ins Meer springen. Denn dort ertrinkt man. Und so sitzt man dann mit sich *tête à tête* und keineswegs unter günstigen Bedingungen. Ein seltsamer Kreis. In Khartum hatte ich eine französische Lehrerin, genauer gesagt eine aus der Levante. Das war, als ich zum zweiten Mal dorthin kam. Ich sagte mal zu ihr, ich weiß, dass ich allein bleiben werde, ich fühle es. Und sie schrie los. Du bist ja verrückt, du bist erst sechzehn, wie kannst du so etwas denken. Ich habe keine Ahnung, warum ich so dachte. Und am Ende bin ich tatsächlich allein geblieben. Und es kann sein, dass alle Menschen allein sind, aber ich bin es noch viel mehr. Man sagt mir, du hast deine Kinder, was willst du mehr. Es ist schön, Kinder zu haben, aber meine Kinder werden wegziehen. Sie haben ihr eigenes Leben, warum sollen sie sich mit mir beschäftigen. Auch bin ich nicht die Frau, die man zu sich ins Haus holt, in ein Zimmer steckt, und die wie eine Maus herauskommt, wenn man gerade keine Gäste hat. Auch würde ich nicht gerne in eine Lage geraten wie Egli. Niemand hat ihr geholfen in den Jahren, als es darauf ankam. Sie hat sich selber zu helfen versucht, war mutig genug. Und alles geschah in einer unsagbaren Einsamkeit. Ich denke in letzter Zeit oft an sie. Sie haben sich ihr gegenüber undankbar verhalten, nicht undankbar, das ist falsch. Da kam ihr Sohn zu ihr, saß meistens teilnahmslos am Tisch und schnarchte vor sich hin, er hörte ihr nicht zu und sprach grob zu ihr. Und auch Artemis, die sonst so sensibel und intelligent ist, sagte oft zu mir, ich kann sie nicht ertragen, kann sie nicht ertragen. Selbst Maurice, der Artemis zu ihr begleitete, ich meine den Freund von Artemis, war der gleichen Meinung: tja, Egli, die spinnt, hieß es. Egli, die sich für ihre Kinder umbrachte. Wir gingen zusammen aus, und sie redete ununterbrochen von ihnen. Sie wohnte natürlich in einer hellen Terassen-Wohnung, einem *retiré* in der obersten Etage eines Appartementhauses, obwohl sie ein wunderschönes altes Anwesen in der noblen Herodotou-Strasse besessen, es dann aber notgedrungen verkauft hatte. Genau gesagt, hatte sie es gegen eine Reihe von Büros, die dann an der Stelle gebaut wurden, eingetauscht. Und die Mieteinnahmen schickte sie ihren Kindern nach Europa. Die aber wie immer Tja, die Mutter sagten und dies und das, und es gab auch noch die Villa in Mangufana, und sie machten ihr das Leben zur Hölle. Ich besitze ein Bild, das sie gemalt hat, alptraumhaft, sie malte immer solche Sachen. So unheimlich war ihre Welt, so unruhig war sie selbst, und dieses Bild hängt bei mir, rechts, wenn man hereinkommt, im Korridor, ein Gemälde, tiefblau fast schwarz. Zwei Köpfe, bis zu den Schultern, die sich umfangen und irgendwie wie Embryonen aussehen. Artemis brachte es mir, später als sie kurz aus dem Ausland kam, um das jährliche Totenamt für sie halten zu lassen. Sommerliche Schuldgefühle eben. Jedenfalls, nach dem Tod von Egli stand auch die Villa in Mangufana leer, und Artemis hatte mich aus Genf angerufen, wie das verdammte Stück vermietet werden könnte. So habe ich das Ganze übernommen, und du kannst dir vorstellen, was daraus wurde, sowas konnte nur mir passieren. Nur mir, sonst keinem Menschen. Ich habe Anzeigen aufgegeben, tat dies, tat jenes, aber niemand wollte sie haben, diese Villa, wegen ihres eigenartigen Zuschnitts. Egli war eben eine Künstlerin und lebte *à la bohème*, sie war dies und sie war jenes, und das Haus hatte alles, nur keine Schlafzimmer. Es hatte ein Atelier, hatte eine Garage, ein Becken zur Bewässerung des Gartens, nur Schlafzimmer hatte es keine. Viele Leute kamen zur Besichtigung, sagten danke schön, ohne Schlafzimmer, das ist nichts für uns. Und wen fand ich schließlich? Einen, der einen Zoo besaß. Er hielt sich Löwen und verschiedene andere Tiere, in einem Haus mit Garten, draußen in Ano-Patissia. Er nahm mit mir Kontakt auf, und da habe ich mich an ihn erinnert, das heißt wir stellten aus der Ferne fest, dass wir von einander wussten. Ich hatte seinen Bruder gekannt, der war mal Direktor bei der TAE. Die nachher zu Olympic Airways wurde. Er hatte auch Schlangen, und ich weiß nicht was sonst noch, also rufe ich in Genf die Artemis an. Hör zu, sage ich, ich habe es in die Zeitungen gesetzt, es haben mich eine Menge Leute angerufen, sind hingegangen und haben es besichtigt, der einzige, dem die Villa zusagt, ist dieser. Und Artemis antwortet, aus Genf natürlich, aus der *civilisation* und so, sie antwortet mir, Marie, alles was recht ist, aber niemand mit Löwen im Haus meiner Mutter. Sie sagt, wie soll so etwas gehen, das geht nicht. Aber, sage ich – doch dann dachte ich, nur mir kann so etwas passieren, einen Mieter zu finden, der wilde Tiere hält. Wie auch immer, ich wollte hingehen und ihn treffen. Er lebte in Patissia in einer Villa, er besaß auch die Genehmigung zur Haltung der Tiere und beharrte darauf – was ginge das denn die Leute an. Egli jedenfalls hätte die Vorstellung, dass in ihren Garten Löwen einziehen, köstlich gefunden.

Sie war so unberechenbar und so voller Leben. Und jetzt ist Egli nicht mehr. Ich denke oft an sie und der Gedanke, dass alles zu Ende geht, macht mich wahnsinnig. Ich weiß nicht. Dieser Gedanke, dass auch ich einmal nicht da sein werde. Alt werden, Großmutter werden und all das Übliche interessiert mich nicht. Es interessiert mich nicht. Was kann das schon für ein Trost sein. Da wird der Verfall eingesetzt haben, ich werde nicht mehr gesund sein und, wenn ich die Dinge schon heute so betrachte, wie werde ich sie dann später erst sehen? Vorgestern traf ich Frau Schumann unterwegs und schlug ihr vor, zusammen ins Kino zu gehen. Ich tat das aus Mitgefühl. Sie ist alt und lebt allein. Und sie trinkt, natürlich. Vielleicht tat ich es aber auch aus Selbstmitleid, vielleicht habe ich mich in ihre Lage versetzt. Sie lachte mich an, haha, und antwortete nicht. Da wurde mir klar, dass wir nicht ins Kino gehen würden. Egli stammt aus Deutschland, und sie ist Deutsche geblieben, obwohl sie hier geboren ist. Mit deutsch meine ich hart. Wie meine Mutter, doch meine Mutter ist Südländerin. Jedenfalls glaube ich nicht, dass solche Dinge etwas mit nationalen Eigenschaften zu tun haben. Da geht es einfach um das Durchhaltevermögen. Achtzig Jahre alt sein und einen anlachen können, haha, wie Frau Schumann. Sie hat ihren Sohn, der lebt jetzt in Algier, und sie lebt allein. Auch sie hatte drei Ehen hinter sich und einige Liebhaber zwischendurch. Darin war sie ihrer Zeit voraus. Aber, du siehst, man muss dafür zahlen. Wenn man mit der Konvention bricht, wenn man die eingefahrenen Gleise *partout* meiden will, wenn man das einfach nicht ertragen kann, ja, wenn es einen sogar kränkt. Irgend eines Tages rächt es sich, wenn man sich immer weigert, sich zu fügen. Und wenn man sich einmal geweigert hat, wird man das immer, bis ans Ende tun. Es gibt kein Zurück zur Geborgenheit der Familie. Und ausserdem, welcher Familie? Das war einmal, als die Familie noch funktionierte. Es gab Großväter, Onkel, Tanten, Enkelkinder, und das hatte für alle einen Sinn. Heute gibt es kein Zuhause mehr, es gibt die Familie nicht, kein Haus, nur Wohnungen. Und alles ist kleiner geworden, hat an Höhe verloren, drückt einen nieder. Und alles, alles ist teuer. Sie stecken die alten Leute in diese schrecklichen Anstalten, Seniorenheime, die sich erdreisten, sich »Glückliches Alter« zu nennen. Ist denn das möglich, einfach so ausradiert zu werden? Das Anwesen von Anarjyros Moudros auf der

Insel Chios, heißt es, war so groß wie ein Hotel. Und dennoch hat er es vorgezogen, es zu verlassen. Am Ende. Während ich schon immer fortgegangen bin, von Anfang an. Mit sechzig ließ er alles zurück, Besitz und Hausgesinde, und zog auf den Heiligen Berg Athos, um ein Mönchsleben zu führen. Um seine Seele zu retten – er hatte die Insel mit außerehelichen Kindern bevölkert, deswegen. Wenn schon, denn schon. Vielleicht sind es seine Gene, die ich geerbt habe, aber irgendwie falsch programmiert. Vielleicht vertrage ich deshalb die Einsamkeit nicht. Sonst bin ich stets fortgegangen, verließ das, was ich liebte, sogar mir liebe Menschen, und habe nie innegehalten und mich mit mir selbst konfrontiert. Selbst die Männer, die ich liebte, habe ich nicht lange ertragen können. Am wenigsten P. Der war damals verrückt, nicht nur nach mir – nach allem. Ein überschwänglicher Mensch, explosiv wie ein Erdbeben. Jedes Mal, wenn wir uns trafen, ging es hoch her, es war wie ein Fest – ungefähr eine halbe Stunde lang. Dann wurde ich allmählich nervös, denn er fing an, mir mit seinen Händen durch das Haar zu fahren, und machte sich an meinen Kleidern zu schaffen, und das störte mich. Damals war ich sehr adrett, und er sagte zu mir, musst du denn diese Frisur tragen, man möchte einem doch mal durchs Haar fahren, das ist normal, es ist nichts dabei. Jetzt würde es mir natürlich nichts ausmachen, aber in den 50er Jahren, da türmte man die mit Haarlack besprühten Haare hoch auf, und er machte das kaputt, und der Gedanke, unordentlich auszusehen, war mir sehr zuwider. Was für ein Blödsinn. Hinter das Geheimnis des Haars bin ich später gekommen, als ich es abschneiden ließ. Und P. war wie ein Wirbelwind. Pausenlos musste etwas unternommen werden, und das rasant und in Hochstimmung, und er riss einen wieder und wieder mit. Auf diese Weise ging das schon morgens, und es ging den ganzen Tag so weiter, bis wir am Ende fix und fertig waren. Viele Stunden lang das Ganze und an so vielen Orten, und da waren auch so viele Bekannte dort, wo er lebte, dass ich mich morgens beim Aufwachen wie erschossen fühlte. Ich war am Ende meiner Kräfte, jeden Tag ging das so, in diesem Rhythmus, schrecklich, ich konnte nur an eines denken, wann diese Tortur aufhören würde. Wir gingen unentwegt essen, tranken viel, redeten viel, rasten viel herum und zwischendurch trafen wir immer irgend jemanden, der uns irgendwohin mit hinnahm. Denn P. konnte niemandem nein sagen und war gerne unter Leuten. Stunde um Stunde waren wir irgendwo anders, rund um die Uhr. Damals aß ich übrigens wahnsinnig gerne Schokolade, die mag ich heute noch wahnsinnig gerne, aber da war sie mir auf die Leber geschlagen, und mir wurde immer wieder schlecht, und ich musste trotz Übelkeit und Schmerzen mitmachen. Jetzt lache ich natürlich darüber, der Arzt hat mir inzwischen die Schokolade verboten, damals aber konnte ich nur fluchen, verdammt nochmal, wann konnte ich endlich irgendwohin flüchten und zur Ruhe kommen. Und dann ging ich. Ich nahm den Zug und fuhr weg, um diese Geschichte, diesen Menschen loszuwerden. Ich kam erleichtert nachhause, doch kaum hatte ich den Koffer aufgemacht, tauchte Iris auf mit einem Telegramm in der Hand, in dem stand: schick sie zurück. Iris war unsere Freundin, meine Freundin und Freundin von P., und sie war unser privates Postamt. Iris und ihre fantastisch blauen Augen und die fantastischen Stunden, die wir zu dritt verbracht haben. Denn sie hatte etwas Besonderes, alles Schöne in dieser Welt hinterließ einen Abglanz in ihren Augen. Ich blieb also einige Tage da, bis ich wieder zu mir fand und die Lust verspürte, wieder loszuziehen. Und dann stieg ich wieder in ein Flugzeug oder in eine Bahn, wieder mal bis ans andere Ende der Welt, wieder mal voller Begeisterung. Alles wieder von vorne. Das ging anderthalb Jahre so. Es gab keine Rettung, und schließlich nahm ich mir dort, wo P. wohnte, eine Unterkunft, um wenigstens die Fahrkosten und die Strapazen des Hin und Hers zu sparen. Ich habe mir diese Unterkunft allein ausgesucht, er sollte nichts davon wissen, fest davon überzeugt, dass ich für mich eine Wohnung zur Miete nahm, ich war aber der Landessprache nicht mächtig, und plötzlich stand ich da als Mitbewohnerin der Eigentümerin. Welche nämlich, kaum war ich eingezogen und meine Sachen einräumte, aus einem hinteren Zimmer auftauchte, worauf ich versuchte, ihr zu bedeuten, dass sie hier nichts zu suchen hätte. Und sie sagte, ich wohne hier. Sie zeigte mir ihre Schreibmaschine und diverse Papiere, aber was darauf geschrieben war, habe ich nie erfahren. Jedenfalls verbrachte sie ganze Stunden beim Schreiben und kam kaum aus ihrem Loch heraus, nur um zu essen. Dann haben wir uns ein wenig angefreundet, und sie erzählte mir von ihrer Jugend, und dass sie einige Liebhaber gehabt habe und dass ihr Haar damals rotblond gewesen sei. Sie war dick und hässlich, aber sympathisch. Sehr sympathisch und sie hatte die Angewohnheit, überall Zettel für mich mit Nadeln anzuheften. Sozusagen in der Luft, an Lampen und Schirmen, sie legte sie komischerweise nie auf den Tisch. Zettel auf denen stand, bitte kein Radio anstellen nach so und so viel Uhr, vor so und so viel und nach so und so viel Uhr kein Wasser in die Badewanne einlassen, ab dann und dann ist Ruhepause, das Brot liegt dort, oder der Herr von gegenüber hat gefragt, wer Sie sind. Vielleicht versuchte sie, mich an den Mann zu bringen, oder sie versetzte sich vielleicht selbst in ihr früheres Leben. Ich fand das amüsant und habe alle diese Zettel, bis vor kurzem noch, aufgehoben. Sie hatte eine schöne große Schrift, wie in alten Zeiten. Wohl wie man früher schreiben lernte, denn meine Mutter schreibt genau so. Majuskeln mit Schwänzen und Schnörkeln, verglichen damit hat unsere heutige Schrift etwas Hastiges, Unregelmäßiges. Die Frau Savigny, wie ich sie in Erinnerung habe. Sie ging aus dem Haus bei der Kälte, und oft war sie nicht mehr zu sehen. Ich fragte sie danach – ich hatte mir ein Lehrbuch besorgt, um mich mit ihr zu verständigen, auch konnte sie etwas Englisch –, und sie sagte, sie gehe lange im Wald spazieren. Ein anderes Mal unterhielten wir uns über Spanien. Ich erzählte, dass ich in Spanien gewesen sei, und sie fragte mich, ob ich bei einer Corrida war, ich sagte ja, und dass mir das sehr, sehr gut gefallen habe. Und da sagte sie, ich solle ihr Haus verlassen. Wenn Sie bei einer Corrida waren, dann will ich Sie hier nicht mehr sehen. Sie haben mit angesehen, wie man diese Stiere tötet, das finde ich abscheulich. Sie war in Wut geraten, gehen Sie, gehen Sie, sagte sie, und ihre Augen funkelten, ich will Sie nicht mehr sehen. Daraufhin sagte ich, es sei zwar schön gewesen, mir hätten aber die armen Tiere leid getan, und das hat sie, glaube ich, besänftigt. Sie erinnerte mich ein wenig an Egli – im Nachhinein –, jedenfalls konnte ich ihr kaum etwas übel nehmen. Ich fand ihre Schrulligkeit nur lustig, jetzt aber denke ich, ich weiß, was dahinter steckte. Wie ich es auch von Egli weiß. Ich habe vor ein paar Tagen von Egli geträumt – obwohl ich in letzter Zeit keine Träume habe. Wir stampften Trauben in Messojia, wir beide. Wir standen unter freiem Himmel in der Kelter, allen Blicken ausgesetzt, und sie hatte ihr Kleid bis zur Taille hochgerafft und war darunter nackt. Ich möchte braun werden, sagte sie, ich muss ein bisschen braun werden, guck, meine Haut ist ganz blass. Sie stellte ihre alte Scheide zur Schau, und da ich wusste, dass man uns sehen konnte, versuchte ich ihr klar zu machen, dass man ohne Sonne nicht bräunen kann. Die Sonne schien nicht. Es gab nur einen lichten, durchscheinenden Schatten wie in den Olivenhainen zur Sommerzeit, aber Egli wollte nicht hören. Sie tauchte ihre Beine in die zermantschten Trauben, bei einem hoffnungslosen Auf-der-Stelle-Treten, ihre schlaffen, blassen Schenkel wabbelten, und immerzu sagte sie in schamloser Verzweiflung: ich muss ein bisschen braun werden. Einer der Träume, die dich tagelang verfolgen. Sie war so voller Leben und hatte noch so viel vor, und oft wollte sie mit mir über die Liebe sprechen. Dieser Arzt da, Maraki, sagte sie, der hat sich in mich verknallt. Hat sich an mich rangemacht. Egli hatte damals einige Jährchen auf dem Buckel, war an die siebzig. Und sie war immer in Fahrt, weißt du, konnte ihre Ruhelosigkeit nicht bezwingen. Das konnte sie nicht. Ihre Lebensgier war maßlos, sie konnte sie nie befriedigen. Sie war immer unterwegs, rastlos, Tag und Nacht, hielt nie inne. Sie rauchte und trank wie besessen, aß kaum etwas, trieb sich ständig herum und malte diese alptraumhaften Sachen. Und fragte mich immer, ob sie mir gefielen. Und dieser kleine Irrwisch nahm eines Tages ihre Werke unter den Arm und machte sich auf nach Amerika, um sie irgendwo auszustellen. Dort packte sie sie alle zusammen und brauste allein mit der Untergrundbahn los, mal hierhin, mal dorthin, und schließlich wurden die Bilder irgendwo aufgehängt, die Ausstellung fand statt. Sie fuhr oft nach Kifissia, zu ihrer Mutter, die völlig tatterig war, setzte sich vor sie hin und sang ihr dieses *Chiffon, chiffon, la petite Marie* vor, die Hände vor den Augen einmal hin– einmal herdrehend, wie man es bei kleinen Kindern tut. Ihrer Mutter, die mit neunzig so war, wie es im Kinsey–Report steht. Dass nämlich, wenn sie ein gewisses Alter überschritten haben, die Frauen noch tüdeliger werden als die Männer. Mutter, fragte sie, und zeigte auf Manos, wie alt ist dieser Herr? Damals ging Manos auf die fünfundvierzig zu. Wie alt ist dieser Herr hier? Siebenundzwanzig. Und, gefällt er dir? Und die Mutter benutzte einen Ausdruck, ich weiß nicht mehr genau, sie sagte so etwas wie »schmeckt«. Nein, nicht schmeckt, etwas anderes. Es war so witzig mit dieser alten Dame. Ich fragte sie manchmal auch etwas. Warum setzt man Ihnen diesen Hut auf? Man setzte ihr manchmal einen altmodischen Hut auf. Weil sie sich über mich lustig machen wollen, meine Liebe. Sicher, sie war senil, aber ab und zu hatte sie ihre klaren Momente. Um sich über mich lustig zu machen, oder was glaubst du, weshalb sonst setzen sie mir diesen Hut auf. Dann schwebte sie wieder davon und fing wieder von vorne an: Egli, wie viel Löffel Zucker tust du zu den Orangen, bei der Konfitüre? Und blieb bei dem Thema, stundenlang. Aber wie war das mit Manos. Ja, er wäre voll im Saft. So sagte sie. Ich sage dir saftig,

Egli, saftig. Meistens saßen wir auf der großen Veranda und sahen auf den Pendeli-Berg, wir drei. Wir vier. Egli, ihre Mutter, Manos und ich.

Egli war siebzig Jahre alt, vielleicht etwas jünger, vielleicht achtundsechzig, man merkte es ihr jedenfalls nicht an, und sie war gerne mit mir zusammen, wegen Artemis, mit der ich befreundet war. Gestorben ist sie eines Tages ganz allein. Aus Versehen. Sie hatte eine Engländerin bei sich angestellt, um jemanden bei sich im Haus zu haben, und so aufgeregt und hektisch wie sie war, bekam sie einmal furchtbare Schmerzen, und die Engländerin dachte, es wäre der Magen, sie muss irgendwo gelesen haben, dass es Neurotikern auf den Magen schlägt, dabei war es das Herz, und sie hat ihr irgend etwas verabreicht, und sie starb. Abgemurkst wie eine Maus. Besser so, denn für einen so unternehmungslustigen Menschen wäre es schlimm gewesen, im Alter anders leben zu müssen als gewohnt. Ich hatte sie sehr lieb, aber zu ihrer Beerdigung bin ich nicht gegangen. Ich weiß, das war nicht richtig, aber ich wollte sie in mir so behalten, wie sie im Leben war, auch habe ich mich geweigert, mich dorthin zu begeben, wo sie liegt, wollte es nicht einmal erfahren. Ich wollte jenes Hallo Maraki, was machen wir heute? für immer in mir behalten. Das sagte sie so, wenn sie anrief, und wenn ich daran denke, werde ich traurig. Vielleicht, weil mir auch das bewusst geworden ist. Dass es im Grunde meine eigene Panik gewesen ist, die mich davon abgehalten hat, hinzugehen, und es sind ziemlich viele Jahre vergangen seitdem. Sechs. Jetzt aber möchte ich nichts mehr sagen. Ich bin müde, und wenn ich müde bin, sperrt sich mein Hirn, und mein Griechisch funktioniert nicht mehr. Weil ich nachts nicht geschlafen habe, weil ich – viele Weil, und es mag vielleicht lachhaft und albern klingen, aber wenn ich so blockiert bin, greife ich nach fremden Ausdrücken. Das lässt sich natürlich erklären. Das Denken hört dann für einen Augenblick auf, und wenn jemand wie ich mehrere Sprachen spricht, fällt es einem manchmal leichter, einen Ausdruck in einer anderen Sprache zu finden, als in der eigenen. Aber du kannst dir vorstellen, wie man sich dabei fühlt. Als sähe man sich dreimal im selben Spiegel. Wie in diesem Gedicht »Wounded Breakfast«. Ich weiß nicht, ob es an mir liegt und an meinem Leben, das so ist wie es ist, aber manchmal denke ich darüber nach, was alles falsch war. Falsche Menschen, falsche Leute, falsche Wörter – und all das ist mir bewusst geworden im falschen Alter. Nämlich in fortgeschrittenem. Mir wäre lieber, ich beherrschte dreihundert Wörter, und die würden mir genügen, und ich würde damit im Leben auskommen. Bräuchte keine anderen. Denn, was ist letzten Endes die Sprache? Eine Tyrannei, keine Erlösung, mag man sagen, was man will, eine ewige Qual. Wie das Meer, das man sogar zum Symbol erhoben hat. Es schlägt, von seinen Ufern begrenzt, und kann nicht über sie hinaus, denn dann würde es die Welt überfluten und wäre nicht mehr. Es schlägt und dann lässt es ab, und wir glauben, das ist die Ruhe, Meeresstille. Und es ist doch tiefste Verzweiflung. Denn es kann nur innerhalb der Konturen seiner Ufer existieren, was genauso eine Sklaverei ist. Aber ich muss jetzt gehen. Ich habe kein Interesse mehr. Seit heute Morgen interessiert mich nichts. Ich fühle mich so, als hätte man mich ganz ausgehöhlt. Und ich sagte dir schon, ich mache dabei keine Abstriche und ich sagte dir auch, das weiß ich noch, summa summarum null, und so weiter. Außerdem fühle ich mich auch so, als wäre ich in die Falle meiner eigenen Geschwätzigkeit gelaufen. Als hättest du mich in die Falle gelockt. Nicht dass du mich dazu gezwungen hättest, denn ich rede immer ohne Punkt und Komma, aber du hast eine so beruhigende Art. Besonders, wenn du gerade mit deiner Mutter telefoniert hast. Das hat mir sehr gut gefallen, aber ich kann nicht recht glauben, dass du so bist, ich glaube nicht, dass du beruhigend bist. Ich weiß es nicht. Etwas hält nicht Schritt in dir, ich kann nicht sagen was. Nimm es dir nicht zu Herzen, denn ich bin ein instinktiver

Mensch, und mein Instinkt macht häufig Fehler. Sogar große Fehler. Jedenfalls, du hast diese Art. Wieso eigentlich? Und das alles hier, was wirst du damit anfangen? Ich glaube nicht, dass es dir zu irgend etwas nützlich sein kann. Und ich möchte jetzt gehen. Wo habe ich das Band gelassen? Ich habe es mir gestern wieder angehört, und meine Stimme ist sehr, sehr schön. Als kokettierte ich am Ende mit meinem Unglück. Als wäre das das Einzige, was mich interessieren würde. Sie ist wirklich schön, meine Stimme, aber dieses Wiederholen, das »sehr, sehr – sehr« und das »vielleicht« und das »ich weiß nicht«, das wirkt auf die Dauer ermüdend, und mich stört es, wenn ich merke, was für eine Unsicherheit in mir steckt. Und, da ist auch noch dieses »er hatte mich so lieb«, über jeden Menschen. Ich weiß es nicht. Ich sollte vielleicht mein Denken besser organisieren und all das hier niederschreiben. Aber beim Vorlesen klingt alles wiederum etwas gekünstelt, und da ist auch dieses Geräusch beim Umblättern. Ich werde jetzt schlafen gehen. Vom Stuhl ins Bett, wie es im Lied heißt. Es ist eine kleine französische *chanson*: *De la chaise au fauteuil et du fauteuil au lit.* Tausende von Stühlen und tausende von Betten von einem Ende meines Lebens bis zum anderen. Jetzt werde ich in ein langes Schweigen fallen. Ich werde ein Valium nehmen und schlafen, ohne immer wieder aufzuwachen – bis morgen früh. Früher schreckte ich bei jedem Geräusch hoch. Jetzt höre ich nichts. Das Valium bringt dir natürlich nicht das Vergessen, du fällst nur in einen etwas starren Schlaf. Als nähme er dir vorübergehend die Erinnerung. Aber die Erinnerung lässt sich nicht wegnehmen. Die Erinnerung ist.

Aus dem Griechischen übersetzt von Danae Coulmas

SCHNEPFENGEFIEDER

»Dir gehen also wesentliche Dinge ab, ja?«, sagte Jannis.

Rania antwortete nicht.

»Und als Beispiel kommst du mir mit Klamotten«, fuhr er fort.

Wieder antwortete Rania nicht.

»Oder sagen wir auch mit Klamotten«, sagte Jannis.

Rania zählte schweigend die falschen Perlen, die vor ihr lagen. Drei Minuten zuvor hatten sie sich mit einem ebenso falschen Ton über den Steinfußboden ergossen.

»Schau mich an, wenn ich mit dir rede, nicht auf den Tisch«, sagte Jannis.

»Red' weiter«, sagte Rania.

An ihrem Hals spürte sie noch immer den Einschnitt von dem Faden.

»Wann immer ich dir was gekauft habe«, sagte Jannis. »Hast du es etwa nicht nach dreimal Tragen zuhause angezogen und den Kleinen damit gefüttert?«

»Ach, scher dich zum Teufel, du Scheusal«, brach es aus Rania heraus. Sie stand nervös auf, bückte sich unter das Sofa und hob die Perle auf, die ihr fehlte.

»Warum redest du so, Menschenskind?«, sagte Jannis.

»Scheusal«, sagte Rania. »Hast du mir jemals was gekauft? Jemals?«

Auf dem Sofa lag ein Wollpullover von ihr. Sie schnappte ihn und schwenkte ihn vor ihm hin und her.
»Also den hast du mir gekauft, aber zweieinhalbtausend Drachmen waren von mir.«
»Wie bitte?«, fragte Jannis.
»Wie viel hab' ich dazugegeben, es waren doch zweieinhalbtausend oder?«
»Na und?«, sagte Jannis.
»Schönes Geschenk!«, sagte Rania. Sie warf den Pullover auf das Sofa und setzte sich wieder.
»Okay«, sagte Jannis. »Und was das andere betrifft, das du angeblich gegeben hast. Es ist mir jetzt eingefallen.«
»Ach ja?«, sagte Rania.
»Was die fünftausend angeht, die du angeblich für die Kinder ausgegeben hast«, sagte Jannis. »Der Fünftausender war von meiner Mutter, und ich habe ihn dir gegeben, damit du den Kindern was kaufst. Und du hast mir gesagt, was soll ich denn damit kaufen. Und nix da, dein Vater hatte dir den Fünftausender gegeben.«
»Meine Schwester hatte ihn mir gegeben«, sagte Rania.
»Meinetwegen auch deine Schwester«, sagte Jannis.
»Nicht ich hatte den Schein«, sagte Rania, »du hattest ihn.«
»Du irrst dich gewaltig«, sagte Jannis. »Ich habe ihn dir gegeben und sag noch dazu, da, nimm ihn, und kauf was für die Kinder. Und du sagst mir, was soll ich groß kaufen mit 5.000 Drachmen. Und ich sag dir noch, ich besorg den Rest, falls nötig. Also bitte!«
»Auf dieser Ebene können wir nicht diskutieren«, sagte Rania.
»Lenk nicht ab«, sagte Jannis.
»Auf dieser Ebene geht's nicht«, sagte Rania.
»Lass mich erst mal ausreden, Mensch. Erstmal zu Ende ...«, sagte Jannis zornig.
»Du hast mir also den Fünftausender gegeben?«, höhnte Rania.

»Ja allerdings, ich hab' ihn dir gegeben«, sagte Jannis. »Und du sagst mir noch, was soll ich damit kaufen. Und ich sag dir, das hat mir meine Mutter gegeben, damit du den Kindern kaufst, was sie brauchen. Und wenn sie noch weitere Wünsche haben, würde ich noch was drauflegen.«

»Komm zum Schluss«, sagte Rania, »komm zum Schluss.«

»Na ja, weil du zu Maria gelaufen bist und erzählt hast, du hättest den Fünftausender deiner Schwester ausgegeben«, sagte Jannis.

»Komm zum Schluss, ja«, wiederholte Rania.

»Das fiel mir gerade ein«, sagte Jannis.

»Ach ja?«, sagte Rania.

»Also was du auch immer bekommst. Gute Klamotten, die werden zwei, dreimal angezogen, und dann fütterst du Dimitris damit.«

»Dann füttere ich Dimitris«, sagte Rania.

»Und ich hab's dir schon so oft gesagt«, sagte Jannis. »So oft.«

»Ach, scher dich zum Teufel«, sagte Rania. »Auf nimmer Wiedersehen.«

»Warum redest du so, Mensch Rania?«, sagte Jannis.

»Scheusal«, sagte Rania, »Oberscheusal.«

»Sag mal, was ganz anderes. So vor 20 Tagen.«

»Ja?«, sagte Rania.

»Vor einem Monat«, sagte Jannis.

»Ja?«, sagte Rania.

»Na ja, wie lang es auch immer her ist«, sagte Jannis.

»Ja?«, sagte Rania.

»Du sagst mir eines Abends, lass uns ins Kino gehen. Du wolltest dir Dings anschauen. Welchen Film wolltest du dir noch mal anschauen?«

»Ja?«, sagte Rania.

»Und ich sag dir, heute hab' ich im Geschäft zu tun.«

»Ja, ja«, sagte Rania.

»Wir gehen ein anderes Mal«, sagte Jannis. »Und ich sage dir danach, ich glaube, es war zwei Tage später. Ich sage dir, lass uns ins Kino gehen, und du sagst mir, ich hab' keine Lust. Und dann beklagst du dich noch.«
»He du«, sagte Rania zornig. »Sei bitte genau, okay? Bitte ganz präzise.«
»Ich bin präzise«, sagte Jannis.
»Du bist präzise? Und was hab' ich dir anschließend gesagt? Ich notier mir nämlich alles, mit Datum.«
»Na bitte«, sagte Jannis.
»Okay?«, schrie Rania.
»Na, was hast du mir denn gesagt? Sag's doch.«
»Scheiß der Hund drauf, das hab' ich dir gesagt«, sagte Rania. »Ich hab' dir gesagt, es spielt der und der Film, und du sagst mir, es sei zu weit nach Kypseli, wo auch immer.«
»Ich hab' dir gesagt, dass er nur in einem Kino gespielt wird.«
»Ja, in einem Kino«, sagte Rania.
»Genau«, sagte Jannis.
»So weit weg, hast du mir gesagt.«
»Ich hab' dir gesagt, dass ich nicht weiß, wo das Kino liegt«, sagte Jannis.
»Na und?«, sagte Rania.
»Und dann sag ich dir nach zwei Tagen, glaub ich.«
»Was zum Teufel?«, sagte Rania.
»Ich sag dir, lass uns ins Kino gehen, und du antwortest mir, als ich es dir vorschlug, da wolltest du nicht.«
»Scher dich zum Teufel«, sagte Rania wieder.
»Moment mal, Rania«, sagte Jannis. »Ist das etwa gelogen?«
»Nee«, sagte Rania. »Aber das war nicht nach zwei Tagen.«
»Nach wie vielen denn?«, sagte Jannis.
»Viel früher.«

»Das war viel früher?«, sagte Jannis.

»Oh ja«, sagte Rania. »Red' weiter.«

»Das war also viel früher. Na bitte sehr, dann war es eben viel früher. Hab' ich's dir etwa nicht vorgeschlagen und du hast gesagt, ich hab' jetzt keine Lust?«

»Ja. Komm zum Schluss«, sagte Rania.

»Nicht, dass du mir nachher wieder kommst, dir fehle dein Kino oder was weiß ich sonst noch«, sagte Jannis.

»Komm zum Schluss«, sagte Rania.

»Und du läufst rum«, sagte Jannis, »und erzählst, dass notwendige Dinge im Haus fehlten. Was sind das bloß für notwendige Dinge, die dir fehlen?«

»Weiter«, sagte Rania.

»Dein Fernseher?«, sagte Jannis. »Deine Waschmaschine? Deine Küche? Dein Eisschrank?«

»Komm zum Schluss«, sagte Rania. »Bitte.«

»Menschenskind, was geht dir denn ab? Hast du das nicht so zu dem Typ gesagt?«

»Einen Scheiß hab' ich«, sagte Rania. »Komm zum Schluss.«

»Hast du mir nicht gesagt, du hättest es ihm gesagt?«

»Ich kann sagen, was ich will. Bist du endlich fertig? Ich werd' hier keine Rechenschaft ablegen.«

»Darum geht es nicht«, sagte Jannis. »Aber bleib bitte bei der Wahrheit.«

»Darüber wird das Gericht befinden«, sagte Rania. »Komm zum Schluss.«

»Ich soll zum Schluss kommen. Aber du kannst mir nicht sagen, was dir abgeht?«

»Kann ich dir nicht sagen. Komm zum Schluss.«

»Also fehlt dir nichts«, sagte Jannis.

»Wenn du's nicht siehst, kann mir ja nichts fehlen.«

»Na, dann sag mir doch, was dir fehlt«, sagte Jannis.
»Wenn du's doch nicht siehst«, sagte Rania.
»Dass du kein Wohnzimmer hast wie die anderen?«, sagte Jannis. »Ist das, was dir abgeht?«
»Insgesamt«, sagte Rania.
»Was heißt insgesamt?«, sagte Jannis. »Was ist denn insgesamt?«
»Komm zum Schluss, hab' ich dir gesagt«, sagte Rania.
»Menschenskind, was bedeutet insgesamt?«, sagte Jannis.
»Ich bitt' dich, komm zum Schluss«, sagte Rania. »Mir fehlen notwendige Dinge. Dir fehlen sie nicht.«
»Und ich frage dich. Was sind diese notwendigen Dinge, die dir fehlen? Kannst du nicht antworten?«
»Scheiß der Hund drauf«, sagte Rania. »Komm zum Schluss. Nichts fehlt mir.«
»Nichts fehlt dir?«, sagte Jannis.
»Komm zum Schluss«, wiederholte Rania. »Sag, was du zu sagen hast.«
»Das Einzige, was dir abgeht, meiner Meinung nach.«
»Ja?«, sagte Rania.
»Nach allem, was du da so daherredest«, sagte Jannis.
»Ja?«
»Dass du nicht so schöne Möbel hast wie die anderen. Ich hatte eben eine bestimmte Summe – und die haben wir ausgegeben.«
»Weiter«, sagte Rania.
»Dann«, sagte Jannis. »Also, was du da redest. du sagst mir, wenn ich dir - was ich dir schon das letzte Mal gesagt habe, als du zu schreien anfingst. Wenn ich von der Arbeit heimkomme - von den Überstunden. Wenn ich nach Hause komme, und du mich zum Teufel schickst. Und mir sagst, zu dieser Stunde und ich schlafe und ich dies und ich das. Und hau ab, verlass das Haus. lass mich in Ruhe, ich will dich nicht sehen. Und wie kommt es, dass du dich dann

über meine Abwesenheit beklagst. Wenn du selbst mir ständig um die Ohren knallst, mach, dass du wegkommst, mach, dass du wegkommst.«
»He du«, sagte Rania. »Reg' mich bloß nicht auf. Geh und erzähl das deinen Anwalt und leck mich.«
»Ich rede über deine Sachen«, sagte Jannis. »Du erzählst mir, du hättest ihm diese Dinge gesagt.«
»Ich kann sagen, was ich will, und auch du kannst machen, was du für richtig hältst.«
»Also hör mal zu«, sagte Jannis. »Ob ich zum Anwalt gehe und ob ich ihm was erzähle, das ist meine Sache.«
»Na und, ich scheiß drauf«, sagte Rania.
»Ich hab' dir gesagt, dass ich die Scheidung nicht will«, sagte Jannis.
»Ja?«, sagte Rania. »Warum willst du dich denn nicht scheiden lassen, wo ich doch nichts tauge?«
»Ach so?«, sagte Jannis.
»Ja, so«, sagte Rania. »Wo ich doch nichts tauge im Haushalt - und insgesamt.«
»Weil ich an meine Kinder denke«, sagte Jannis.
»Du denkst an deine Kinder?«, sagte Rania.
»Ja.«
»Du denkst an deine Kinder?«, sagte Rania.
»Ich denke an meine Kinder«, sagte Jannis. »Und ich will sie nicht unglücklich machen.«
»Denn jetzt sind sie glücklich, was?«, sagte Rania. »Lass gut sein.«
»Was ich mache, mach ich für meine Kinder«, sagte Jannis. »Ich halte aus wegen meiner Kinder.«
»Du hältst aus wegen deiner Kinder?«, sagte Rania.
»Ja«, sagte Jannis. »Denn jeder andere wäre längst davongelaufen bei dem, was du anstellst.«
»Stimmt«, sagte Rania.

»Hätte keine Geduld mehr mit dir.«
»Stimmt genau.«
»Also?«, sagte Jannis.
»Komm zum Schluss«, sagte Rania. »Komm zum Schluss.«
»Und du erzählst mir nachher«, sagte Jannis, »du erzählst mir, ich sei nach Preveza gefahren, eine Woche - und du meckerst, weil ich zur Jagd gefahren bin.«
»Komm zum Schluss«, sagte Rania. »Sag, worauf willst du hinaus?«
»Was ich dir sage«, sagte Jannis.
»Ja«, sagte Rania.
»Du meckerst über die Jagd.«
»Ja.«
»Und du, vor Preveza, bist du da nicht 14 Tage nach Sparta gefahren?«
»Ja, in der Tat.«
»Und jetzt wieder zu Weihnachten«, sagte Jannis. »Bist du da nicht wieder über 10 Tage weggefahren?«
»Ja«, sagte Rania.
»Aber ich hab' nicht das Recht, eine Woche wegzufahren.«
»Interessiert mich nicht«, sagte Rania. »Geh mir vom Hals. Du bist nicht nur eine Woche weggefahren.«
»Wie lange denn?«, sagte Jannis.
»Scheiß der Hund drauf«, sagte Rania. »Geh mir vom Hals.«
»Bin ich nicht am Samstag losgefahren und am übernächsten Montag wiedergekommen?«
»Interessiert mich nicht«, sagte Rania.
»Nun?«, sagte Jannis.
»Interessiert mich nicht.«
»Bin ich nicht samstags losgefahren und montags wiedergekommen?«
»Meinetwegen«, sagte Rania. »Geh mir vom Hals.«
»Deinetwegen«, sagte Jannis.
»Lass mich in Ruhe«, sagte Rania.

»Und als ich losgefahren bin, war alles eingekauft«, sagte Jannis. »Alles war im Hause.«

»Ach, lass mich in Ruhe«, sagte Rania.

»Und ich hab' dir noch 15.000 dagelassen für alle Fälle.«

»Für alle Fälle«, sagte Rania.

»Allerdings«, sagte Jannis. »Obwohl ich alles für dich eingekauft hatte, Fleisch und alles.«

»Ach ja«, sagte Rania.

»Vom Kaufmann, vom Gemüsehändler und vom Supermarkt.«

»Ah ja.«

»Ich hab' dir noch 15.000 dagelassen, für alle Fälle.«

»Hast du mir dagelassen«, sagte Rania.

»Hab' ich dir dagelassen«, sagte Jannis. »Während du losgezogen bist nach Sparta und hü und hott, und meine sämtliche Wäsche ungewaschen zurückgelassen hast.«

»Ungewaschen«, sagte Rania.

»Und ich muss zu meiner Mutter gehen, um sie waschen zu lassen.«

»Ich hab' sie dir ungewaschen zurückgelassen?«, wiederholte Rania.

»Ist das denn gelogen?«, sagte Jannis.

»Ich hab' keine Wäsche aufgesetzt?«, sagte Rania.

»Wann?«, sagte Jannis.

»Wie wann?«

»Wann hast du die Wäsche aufgesetzt?«

»Ah ja, wann?«, sagte Rania.

»Genau, wann, sag's mir. Wann hast du die Wäsche aufgesetzt?«

»Vor meiner Abreise«, sagte Rania. »Und hab' dir was dagelassen.«

»Im letzten Moment«, sagte Jannis.

»In welchem letzten Moment?«, sagte Rania.

»Und was war um zwölf Uhr nachts, als ich dir sagte, die ganze Wäsche da ist ungewaschen? Als ich dir sagte, dass sie stinken wird?«

»Stinken wird«, sagte Rania, »eine Waschmaschinenladung.«

»Und die Hälfte hing draußen auf der Leine.«
»Ja«, sagte Rania.
»So war es«, sagte Jannis. »Du hattest sie im Regen hängen lassen. Die Hälfte lag auf Dimitris Wiege, auf Chryssas Bett. Und die volle Maschine war am Laufen.«
»Interessiert mich nicht«, sagte Rania.
»Bin ich die Hausfrau, um all diese Sachen zu richten? Wo du doch wusstest, dass du nach Sparta fährst.«
»Interessiert mich nicht«, sagte Rania.
»Interessiert dich nicht?«, sagte Jannis.
»Nein, interessiert mich nicht«, sagte Rania.
»Das weiß ich«, sagte Jannis.
»Soviel, wie du dich für mich interessierst«, sagte Rania.
»Mich interessiert das allerdings sehr«, sagte Jannis. »Es geht schließlich um mein Heim.«
»Mich nicht«, sagte Rania. »Komm zum Schluss.«
»Und da du wusstest, dass du wegfuhrst, hättest du alles erledigen müssen. So wie ich das mache.«
»Komm zum Schluss«, sagte Rania.
»Ich hab' für dich eingekauft«, sagte Jannis.
»Ja«, sagte Rania.
»Beim Kaufmann, beim Gemüsehändler, überall.«
»Ja«, sagte Rania.
»Ich hab' dir noch 15.000 dagelassen, für den Notfall.«
»Ja«, sagte Rania.
»Und bin eine Woche weggefahren«, sagte Jannis. »Und du beklagst dich, dass ich für eine Woche nach Preveza gefahren bin.«
»Komm zum Schluss«, sagte Rania.
»Du gehst überhaupt nicht auf mich ein«, sagte Jannis.
»Was zum Teufel wiederholst du das wieder und wieder?«, sagte Rania.
»Und dann noch«, sagte Jannis.

»Um es breitzutreten?«
»Und dann noch. Wenn ich dir sage, dass wir nur mit Mühe über die Runden kommen. Dass ich Überstunden mache, und du rummeckerst.«
»Ich meckere rum?«, sagte Rania.
»Einen Riesenspektakel veranstaltest du«, sagte Jannis. »Warum kommst du so spät, wenn ich schon schlafe, und dies und jenes.«
»Ich mach ein Riesenspektakel?«, sagte Rania.
»Einen Riesenspektakel. Und ich Depp, ich stehe morgens um sechs auf und schufte bis nachts um zehn.«
»Bis nachts um zehn«, sagte Rania.
»Ohne zu schlafen«, sagte Jannis.
»Ah ja«, sagte Rania.
»Während du um elf aufwachst.«
»Um elf wach ich auf?«, sagte Rania.
»Und um eins legst du dich wieder hin.«
»Scheißkerl.«
»Ach nein?«, sagte Jannis. »Um wieviel Uhr wachst du denn auf?«
»Um elf«, sagte Rania.
»Du sagst es ja selber. So oft ich hergekommen bin. Wenn ich von der Arbeit reingeschaut habe. Warst du da nicht am schlafen?«
»Scheißkerl«, sagte Rania.
»Wenn ich mal kurz einkaufen gehe und herkomme«, sagte Jannis, »finde ich dich dann etwa nicht im Bett vor?«
»Hornochse«, sagte Rania.
»Scheißkerl, Hornochse«, sagte Jannis.
»Dein Sohn geht um acht in die Schule.«
»Ja«, sagte Jannis.
»Wer steht wohl vorher auf?«
»Und dann legst du dich wieder hin«, sagte Jannis. »Ich weiß wohl nicht, was du treibst?«

»Einen Scheiß leg ich mich wieder hin«, sagte Rania.
»Und wenn auch«, sagte Jannis.
»Scheißkerl.«
»Und wenn auch«, sagte Jannis. »Meinetwegen stehst du um acht auf.«
»Zum Teufel«, sagte Rania, »um halb acht steh ich auf.«
»Halb acht, schön«, sagte Jannis. »Und was ist mit mir, sechs Uhr aufstehen und schuften bis abends?«
»Interessiert mich nicht«, sagte Rania.
»Interessiert dich nicht.«
»Das ist deine Angelegenheit.«
»Ach, das ist meine Angelegenheit«, sagte Jannis.
»Ja«, sagte Rania.
»Und was war neulich mit Antonis?«
»Wie, mit Antonis?«, sagte Rania.
»Mit dem Anwalt«, sagte Jannis.
»Ja«, sagte Rania.
»Was hat er dir gesagt?«
»Was hat er mir denn gesagt?«
»Besser gesagt, was hat er uns gesagt?«, sagte Jannis.
»Was hat er uns denn gesagt?«, sagte Rania.
»Hat er uns nicht gesagt, dass wir uns vertragen sollen?«, sagte Jannis.
»Na und«, sagte Rania.
»Na also«, sagte Jannis.
»Du hast angefangen«, sagte Rania.
»Wie, ich habe angefangen?«
»Du regst mich auf«, sagte Rania. »Was hat er dich gefragt, was hat er dich gefragt? Hab' ich's dir nicht gesagt?«
»Ja, hast du.«
»Also, was willst du noch?«, sagte Rania.
»Du hast es mir gesagt, stimmt«, sagte Jannis.
»Und was willst du jetzt noch?«

»Menschenskind«, sagte Jannis. »Ich hab' dich gebeten, dass wir über gewisse Dinge mal reden.«

»Einen Psychokrieg hast du gestern gegen mich veranstaltet«, sagte Rania.

»Wann gestern?«

»Bei meinem Schwager«, sagte Rania.

»Bei deinem Schwager?«, sagte Jannis.

»Was du erzählst, ist völlig haltlos. Und wenn du zu Varouchakis läufst, ich für meinen Teil geh nicht mehr zu Antonis. Hast du das gesagt oder nicht?«

»Menschenskind, ich«, sagte Jannis.

»Ja oder nein?«, sagte Rania.

»Einen Haufen Schwachsinn erzählst du«, sagte Jannis.

»Schwachsinn?«, sagte Rania.

»Genau das«, sagte Jannis. »Ich hab' dir gesagt, lass uns hingehen.«

»Lass uns vor Gericht gehen, um eine Lösung zu finden«, sagte Rania.

»Menschenskind«, sagte Jannis. »Ich hab' dir gesagt, dass das, was du sagst, stimmen muss. Und du erzählst mir, ich hätte das und das gesagt. Und ich sag dir drauf: Komm her, lass und das besprechen.«

»Lass uns das besprechen«, sagte Rania.

»Und du erzählst mir, was du dem Typ gesagt hast.«

»Na schön«, sagte Rania. »Und warum erzählst du mir das jetzt?«

»Um es zu besprechen, Menschenskind.«

»Um es zu besprechen, und was dann?«

»Hat dir neulich nicht der Typ gesagt, dass wir uns vertragen sollen?«

»Ja«, sagte Rania.

»Und ich sag dir«, sagte Jannis.

»Ja«, sagte Rania.

»Gestern will ich ins Bad steigen, und kein Handtuch ist da.«

»Du wusstest, dass es kein Handtuch gibt.«

»Ich wusste, dass es kein Handtuch gibt?«

»Und wolltest eine Szene machen«, sagte Rania.
»Moment mal, Rania.«
»Es regnete seit drei Tagen«, sagte Rania.
»Moment mal, Rania.«
»Moment mal, Rania?«
»Und wenn es regnet«, sagte Jannis. »Kommen die denn klitschnass aus der Maschine? Konntest du nicht zwei Handtücher auf die Heizung legen zum Trocknen?«
»Auf die Heizung legen«, sagte Rania.
»Ja«, sagte Jannis. »Wenn du doch weißt, dass kein Handtuch da ist zum Baden.«
»Ja, ist keins da«, sagte Rania.
»Und du sagst mir, es gibt keine Handtücher, kauf welche.«
»Ja, geh und kauf welche«, sagte Rania, »damit wir welche haben für alle Fälle.«
»Für welche Fälle?«, sagte Jannis.
»Fünf Handtücher«, sagte Rania.
»Acht Handtücher«, sagte Jannis. »Dahinten im Wäschekorb. Zusammen mit schmutziger Wäsche.«
»Meinetwegen achtzehn«, sagte Rania.
»Habe ich sie nicht vor deiner Nase gezählt?«, sagte Jannis.
»Hast du«, sagte Rania.
»Willst du das in Abrede stellen?«, sagte Jannis. »Habe ich sie nicht hier vor deiner Nase rausgeholt und gezählt?«
»Zum Teufel«, sagte Rania.
»Hab' ich sie nicht vor deiner Nase rausgeholt, Menschenskind?«
»Und wenn es acht waren«, sagte Rania. »Achtzehn müssten es sein.«
»Achtzehn«, sagte Jannis.
»Sie sind noch von unserer Hochzeit«, sagte Rania.
»58 sollten wir haben, Mensch Rania.«
»Im Wäschekorb«, sagte Rania.

»58 sollten wir haben.«
»Frag mal Aleka, wieviel Handtücher die hat«, sagte Rania.
»Es interessiert mich nicht, wieviel Handtücher Aleka hat«, sagte Jannis.
»Natürlich nicht«, sagte Rania.
»Alekas Mann verdient 300.000 im Monat.«
»Da hast du recht«, sagte Rania.
»Ich verdiene 130«, sagte Jannis.
»Ja«, sagte Rania.
»Meinetwegen kann Aleka 200 Handtücher haben. Ich zähl das nicht nach.«
»Also, was willst du jetzt?«, sagte Rania.
»Mit dir diskutieren«, sagte Jannis.
»Diskutieren, worüber?«
»Das wird sich finden«, sagte Jannis.
»Unsere Charaktere passen nicht zusammen, ja oder nein?«
»Meiner doch«, sagte Jannis.
»Soll unser Leben so weitergehen mit Streit und wieder Streit?«
»Was mich betrifft«, sagte Jannis. »Also ich.«
»Und wenn es meiner ist, der nicht zusammenpasst?«, sagte Rania.
»Ja«, sagte Jannis.
»Ist unser Leben schön?«
»Hast du kapiert, was ich dir gerade gesagt habe?«
»Ich frage dich«, sagte Rania. »Können wir ein solches Leben weiterführen?«
»Das wird sich finden«, sagte Jannis.
»Und die Kinder, was ist mit denen?«
»Wir haben keine Klamotten zum Anziehen, und du hast vier Waschmaschinenladungen im Wäschekorb, oder nicht?«
»Mensch, du, ich frag dich was«, sagte Rania.
»Ungewaschen«, sagte Jannis.

»Ich frage dich«, sagte Rania. »Unsere Charaktere passen nicht zusammen, ja oder nein?«
»Du passt nicht zusammen, Menschenskind.«
»Schön, ich passe nicht zusammen. Streiten wir uns?«
»Du passt nicht zusammen«, sagte Jannis.
»Ich passe nicht zusammen«, sagte Rania. »Okay.«
»Du«, sagte Jannis.
»Streiten wir uns nicht seit sieben Jahren?«, sagte Rania. »Streiten wir uns nicht von morgens bis abends?«
»Du streitest«, sagte Jannis. »Du streitest sogar vor den Kindern.«
»Na schön, ich eben«, sagte Rania.
»Wie oft fängst du an zu schreien und machst herum und bringst es dazu, dass wir uns vor Chryssa streiten.«
»Vor Chryssa«, sagte Rania.
»Du schreist rum, und ich sag dir, sei still, nicht vor dem Kind.«
»Ja, ich bin schuld«, sagte Rania. »Ich.«
»Und du immer feste los, vor dem Kind«, sagte Jannis.
»Ah ja«, sagte Rania.
»Du schreist rum, und ich sag dir, lass jetzt, erzähl mir nachher, was du willst.«
»Was ist los, du Schwachkopf? Du regst mich auf«, sagte Rania.
»Vor dem Kind, vor Chryssa«, sagte Jannis, »noch vorgestern.«
»Was denn, du Scheißkerl«, sagte Rania.
»Neulich, im Bett, wieder vor Chryssa.«
»Mensch du«, sagte Rania. »Provozierst du mich etwa nicht und ruinierst meine Nerven?«
»Ich provozier dich«, sagte Jannis.
»Hast du mich nicht reif für die Nervenklinik gemacht?«, sagte Rania.
»Wenn ich dir sage, bring mir bitte ein Handtuch, damit ich baden kann?«, sagte Jannis.
»Kannst du mir das, bitte sehr, mal sagen?«, sagte Rania.

»Und du sagst mir, du hast kein Handtuch.«

»Wie bitte?«, sagte Rania.

»Ja, Mensch Rania«, sagte Jannis.

»Ach ja«, sagte Rania.

»Ich sag dir, ich find kein Handtuch. Nachdem ich im Schrank gesucht und nichts gefunden habe.«

»Du Korinthenkacker«, sagte Rania. »Ich frag dich was.«

»Und du bringst mir dann«, sagte Jannis.

»Ich frag dich was, Mensch«, sagte Rania.

»Und du bringst mir dann dieses gepünkelte Deckchen an, mit dem du Dimitris zugedeckt hast, als er klein war.«

»Das gepünkelte Deckchen, was?«, sagte Rania.

»Also?«, sagte Jannis.

»Ach, scher dich doch zum Teufel mitsamt deinen gepünkelten Deckchen«, sagte Rania.

»Wie war es denn sonst, Rania?«, sagte Jannis.

»Verflucht nochmal«, sagte Rania, »das war ein Deckchen?«

»Was denn sonst?«, sagte Jannis.

»Was denn sonst, wie?«, sagte Rania.

»Das Deckchen, mit dem du Dimitris zugedeckt hast.«

»Ah ja«, sagte Rania.

»Und als ich neulich Melpo traf«, sagte Jannis.

»Ja?«, sagte Rania.

»Weißt du, was sie mir da gesagt hat?«

»Was hat sie dir gesagt?«

»Ich werd' dir sagen, was sie mir gesagt hat.«

»Spuck's aus«, sagte Rania.

»Als ich ihr erzählt habe, dass du die Scheidung willst.«

»Was hat sie dir da gesagt?«

»Da sagt mir das Mädel«, sagte Jannis.

»Das Mädel«, sagte Rania.

»Da sagt sie mir, was kann sie sich denn mehr als dich wünschen«, sagte Jannis.
»Die Schwägerin«, sagte Rania.
»Sie sagt mir, nach allem, was ich so sehe«, sagte Jannis.
»Mit ihren blauen Äuglein«, sagte Rania.
»Sie sagt, nach allem, was ich so sehe, bist du perfekt«, sagte Jannis.
»Perfekt«, sagte Rania.
»Besonders in letzter Zeit.«
»Die Schwägerin.«
»Sie sagt, was ist denn mit dir los, dass sie sich scheiden lassen will«, sagte Jannis.
»Hat sie dir gesagt.«
»Ich sag ihr, ich weiß nicht, Schwägerin, frag sie am besten selber.«
»Das Mitgefühl hat sie wohl gepackt, was?«, sagte Rania.
»Besprich das mal mit ihr, sage ich, damit du mal siehst.«
»Es sind nicht alle wie Menelaos. Bestell ihr 'nen schönen Gruß von mir.«
»Bestell du's ihr doch«, sagte Jannis.
»Okay«, sagte Rania. »Und dann soll sie mal 24 Stunden mein Leben führen.«
»Du hast ja nichts anzuziehen«, sagte Jannis.
»Ja, hab' ich auch nicht«, sagte Rania.
»Neulich hab' ich selber zwei Säcke voll zum Roten Kreuz gebracht.«
»Waren das etwa Kleider?«, sagte Rania.
»Ah so, das waren keine Kleider?«, sagte Jannis.
»Das waren Lumpen aus der Nachbarschaft«, sagte Rania.
»Unsere Sachen waren Lumpen?«, sagte Jannis.
»Unsere?«, sagte Rania.
»Ja, unsere«, sagte Jannis.
»Un-se-re?«, brüllte Rania.
»Und dann«, sagte Jannis, »noch was.«

»Ja?«, sagte Rania.

»Mein weißer Kittel, der aus Frottee. Einen Putzlappen hast du draus gemacht.«

»Dein weißer Kittel?«, sagte Rania.

»Und ein Rock von Chryssa, auch ein Putzlappen.«

»Rock?«, sagte Rania.

»Ja, ein Rock von Chryssa, so Richtung rosa, Richtung cremefarben.«

»So Richtung rosa, Richtung cremefarben«, sagte Rania.

»Ja«, sagte Jannis. »Mein Kittel ein Putzlappen, zwei Säcke Klamotten zum Roten Kreuz.«

»Waren alles Putzlappen«, sagte Rania.

»Ah, Putzlappen«, sagte Jannis.

»Ja«, sagte Rania.

»Für mich war mein Kittel kein Putzlappen«, sagte Jannis.

»Mensch, hast du den jemals getragen. Hast du ihn getragen?«

»Wann hätte ich ihn tragen sollen? Im Winter?«

»Hast du ihn getragen?«, sagte Rania.

»Den trägt man in der Übergangszeit.«

»Ach, scher dich zum Teufel, du Arsch«, sagte Rania. »Du regst mich auf.«

»In der Übergangszeit trägt man den«, sagte Jannis.

»Du, ich frag dich, was werden wird. Ich frage dich.«

»Also ich«, sagte Jannis.

»Was wird aus dieser Misere? Ich frage dich.«

»Ich muss dich fragen, was wird.«

»Scheißkerl«, sagte Rania.

»Also ich«, sagte Jannis.

»Wir müssen vor Gericht, sag ich dir. Da wird sich zeigen, was Recht und Unrecht ist.«

»Hat Antonis dir das gesagt?«

»Begreifst du das?«, sagte Rania.

»Ich will, dass wir nirgendwo hingehen«, sagte Jannis.
»Ich will aber«, sagte Rania.
»Ich will mich nicht scheiden lassen.«
»Du willst nicht?«, sagte Rania.
»Nein«, sagte Jannis.
»Ich will aber, Menschenskind.«
»Das glaubst du«, sagte Jannis.
»Mag sein«, sagte Rania. »Was ist mit dir?«
»Ich denke an meine Kinder, und ich will nicht«, sagte Jannis.
»Auch ich denke an meine Kinder«, sagte Rania.
»Lieber nehm' ich in Kauf, dass mein Leben die Hölle ist.«
»Die Hölle, was?«, sagte Rania.
»Ja«, sagte Jannis, »schon seit vielen Jahren.«
»Sag bloß«, sagte Rania.
»Meine Kinder können schließlich nichts dafür«, sagte Jannis.
»Du wirst mir am Ende noch zum Helden«, sagte Rania.
»Auch nach deiner Meinung können die Kinder doch nichts dafür, glaub ich«, sagte Jannis.
»Sie können nichts dafür«, sagte Rania. »Du kannst etwas dafür.«
»Natürlich können sie nichts dafür«, sagte Jannis.
»Du hast mein Leben ruiniert«, sagte Rania.
»Am Ende haben es die Kinder auszubaden.«
»Ah ja«, sagte Rania. »Denn jetzt haben sie nichts auszubaden.«
»Wir sehen doch, dass es am Ende die Kinder ausbaden.«
»Na klar, bei einem Esel wie dir«, sagte Rania. »Wer sonst sollte es ausbaden?«
»Ja«, sagte Jannis, »ich bin ein Esel. Hab' ich doch gesagt. Obwohl ich leide. Obwohl mein Leben eine Hölle ist.«
»Eine Hölle«, sagte Rania.
»Ja«, sagte Jannis. »Und trotzdem will ich die Scheidung nicht. Um nicht das Leben meiner Kinder zu ruinieren. Genau aus diesem Grund.«

»Ah ja«, sagte Rania.

»Was glaubst du wohl, warum ich all diese Jahre ausgehalten habe. Auch wenn du gesagt hast, ich hau ab, und aufgebrochen bist und ich dich aufgehalten habe. Und ich dieses und jenes gemacht habe. Warum wohl?«

»Warum?«, sagte Rania.

»Und ich hör dir sogar noch zu, als wir aufbrechen wollten. Als ich losgehen wollte, Patronen zu kaufen, um sie Andreas zu geben, damit er sie weitergibt an Marinos. Das Schnepfengefieder.«

»Ah ja«, sagte Rania.

»Und du sagst zu Antonis: Ich habe ihm gesagt, dass wir noch mehrere Anläufe versuchen sollten, aber er wollte nicht.«

»Was?«, sagte Rania.

»Du hast Antonis gesagt, du hättest eine Menge Anläufe unternommen in all diesen Jahren. Und ich hätte überhaupt nichts versucht«, sagte Jannis.

»Du Scheißkerl«, sagte Rania.

»Ich hab' also überhaupt nichts versucht, wie?«

»Du Scheißkerl«, sagte Rania. »Ich frage dich, was willst du von mir?«

»Was willst du von mir?«, sagte Jannis.

»Dass wir uns trennen, will ich, kapierst du das?«

»Wobei Antonis dir neulich was ganz anderes gesagt hat. Oder besser, uns was anderes gesagt hat.«

»Ah ja«, sagte Rania.

»Aber du hältst dich nicht dran.«

»Ah ja«, sagte Rania.

»Du«, sagte Jannis. »Die ganze Zeit unternimmst du nichts, damit wir uns vertragen. Du pflegst die Feindschaft.«

»Ich«, sagte Rania.

»Das machst du. Von morgens bis abends.«

»Mensch, was für ein Sturkopf. Wie der die Dinge verdreht.«

»Wieso verdrehe ich die Dinge, Rania?«

»Du Scheißkerl«, sagte Rania. »Ich müsste das sagen, nicht du.«

»Du?«, sagte Jannis.

»Mein Leben ist an deiner Seite zur Hölle geworden. Frag, wen du willst.«

»Wen sollte ich fragen?«, sagte Jannis. »Ich hab' dir das gesagt.«

»Den Lalakos, die Nitsa, die Lukia«, sagte Rania.

»Du«, sagte Jannis. »Du bist rumgelaufen und hast mich überall angeschwärzt.«

»Ich«, sagte Rania. »Versuch bloß nicht.«

»Daraus«, sagte Jannis. »Daraus haben die Leute ihr Schlüsse gezogen.«

»Ah, deswegen«, sagte Rania.

»Wenn überhaupt«, sagte Jannis.

»Sie sehen es nicht in der Praxis«, sagte Rania.

»Allen Leuten«, sagte Jannis.

»Sie sehen es nicht.«

»Was sollten sie denn sehen?«, sagte Jannis. »Sag mir, was?«

»Scheiß der Hund drauf«, sagte Rania. »Das.«

»Sicher«, sagte Jannis.

»Sie sehen nicht, wie du ausschwärmst und abhaust und mich allein mit zwei Kindern zurücklässt.«

»Ich schwärme aus und haue ab«, sagte Jannis.

»Ja«, sagte Rania.

»Andreas haut nicht ab. Marinos haut nicht ab.«

»Interessiert mich nicht, was die anderen machen.«

»Sie gehen nicht zweimal im Monat auf die Jagd?«

»Aber die sind okay«, sagte Rania. »Ihren Familien gegenüber okay. Kapiert?«

»Wieso sind die eigentlich okay«, sagte Jannis, »und ich nicht?«

»Wieso?«, sagte Rania.

»Ja«, sagte Jannis. »Denn sooft ich zur Jagd gegangen bin, bin ich mit ihnen gegangen.«
»Mensch du«, sagte Rania.
»Wie kommt es, dass die ihre Frauen allein lassen, und nur merken, dass ich dich allein lasse?«
»Mensch, zieh los, hau ab«, sagte Rania.
»Wenn man überhaupt von allein lassen sprechen kann.«
»Zieh los, hau ab und lass dich nicht mehr blicken«, sagte Rania. »Scheißkerl.«
»Ich hab' dir gesagt, lass uns miteinander reden«, sagte Jannis.
»Ich werd' morgen ausziehen«, sagte Rania. »Ich geh zum Staatsanwalt.«
»Bitte sehr«, sagte Jannis.
»Und du kannst machen, was der Herrgott dir eingibt«, sagte Rania. »Oder der Teufel.«
»Ich hab' dir gesagt, lass uns reden«, sagte Jannis.
»Hast du gehört, was ich dir gesagt habe?«
»Lass uns bestimmte Dinge besprechen.«
»Hast du auch gehört, was ich dir gesagt habe?«
»Hab' ich dir das nicht gesagt?«
»Morgen hau ich ab«, sagte Rania. »Ich schnapp die Kinder und hau ab. Ich geh zum Staatsanwalt.«
»Na bitte«, sagte Jannis. »Okay.«
»Brat in der Hölle«, sagte Rania. »Scheißkerl.«
»Okay«, sagte Jannis.
»Deine eigene Mutter sagt, dass du Scheiße im Kopf hast. Deine eigene Mutter sagt das, nicht ich.«
»Ich beschimpfe dich nicht«, sagte Jannis.
»Kapiert?«, sagte Rania.
»Ach, so ist das?«, sagte Jannis.
»Du beschimpfst mich nicht?«, sagte Rania.

»Ich rede anständig mit dir«, sagte Jannis.
»Du beschimpfst mich nicht?«
»Nenn mir«, sagte Jannis, »nenn mir ein einziges Mal, wo ich dich beschimpft habe.«
»Ruinierst du mir nicht jeden Tag die Nerven?«, sagte Rania.
»Wenn du jede Diskussion Nervenruinieren nennst«, sagte Jannis.
»Jede Diskussion«, sagte Rania.
»Dann soll ich wohl gar nicht mehr reden, wenn ich nach Hause komme.«
»Jede Diskussion.«
»Dann soll ich den Stummen spielen«, sagte Jannis.
»Ja, den Stummen«, sagte Rania.
»Denn jedes Mal«, sagte Jannis, »jedes Mal, wenn ich dir sage, lass uns das besprechen. Jedes Mal fängst du mit der Schimpferei an. Beim ersten Wort, das ich ausspreche, legst du los: zum Teufel dieses und zum Teufel jenes.«
»Zu Recht«, sagte Rania.
»Was soll das heißen?«, sagte Jannis.
»Scheißkerl«, sagte Rania.
»Ich führe also einen Psychokrieg gegen dich«, sagte Jannis.
»Warum, Mensch«, sagte Rania. »Warum hast du Angst vor dem Gericht?«
»Ich habe keine Angst«, sagte Jannis. »Überhaupt keine Angst.«
»Dann lass uns doch vor Gericht gehen«, sagte Rania.
»Ich nicht«, sagte Jannis. »Du willst das.«
»Warum du nicht?«, sagte Rania. »Wo dein Leben doch die Hölle ist. Sagst du doch oder?«
»Du willst das«, sagte Jannis.
»Ja«, sagte Rania.
»Ich bleibe, harre aus und leide«, sagte Jannis. »Für meine Kinder.«
»Du harrst aus und leidest.«

»Ja«, sagte Jannis. »Für meine Kinder.«
»Scheiß der Hund drauf«, sagte Rania. »Du wärst einer von denen, die leiden.«
»In der Tat.«
»Ausgerechnet du«, sagte Rania.
»Allerdings«, sagte Jannis.
»Bleibst da und leidest.«
»Ja«, sagte Jannis.
»Du, du gehst dir doch selbst über alles. Niemand anderes. Weder Kinder noch Rinder.«
»Das ist dein Urteil«, sagte Jannis.
»Mein Urteil?«
»Und ich sehe nicht, dass du jemals ein richtiges Urteil gefällt hättest.«
»Pass bloß auf, du Wicht«, sagte Rania.
»Kein einziges«, sagte Jannis.
»Pass bloß auf, sonst wirst du's noch bereuen.«
»Was werd ich bereuen?«, sagte Jannis.
»Gar nichts«, sagte Rania. »Das Leben wird's zeigen.«
»Wird's zeigen«, sagte Jannis.
»Ob du eine Frau findest, mit der du zurechtkommst«, sagte Rania.
»Macht nichts«, sagte Jannis.
»Macht nichts?«, sagte Rania.
»Ob ich eine Frau finde«, sagte Jannis.
»Macht nichts?«, sagte Rania.
»Was ich tun und lassen werde.
»Ja«, sagte Rania.
»Wenn du abhaust«, sagte Jannis, »dann ist es allein meine Angelegenheit.«
»Ja, deine«, sagte Rania.
»Und nicht deine«, sagte Jannis.
»Ja«, sagte Rania.

»Ich werd' mich in erster Linie um meine Kinder kümmern.«
»Du wirst dich um deine Kinder kümmern«, sagte Rania.
»Und dann werd' ich sehen«, sagte Jannis.
»Einen Scheiß wirst du dich kümmern«, sagte Rania.
»Und danach werd' ich mich darum kümmern, eine Frau zu finden.«
»Du wirst dich um Deine Kinder kümmern.«
»Ja, ich«, sagte Jannis. »Um meine Kinder.«
»Denkst du überhaupt jemals an sie?«, sagte Rania.
»Jede Minute denke ich an sie«, sagte Jannis.
»Bist du jemals mit ihnen zum Spielplatz gegangen?«
»Wann bitte sehr?«, sagte Jannis. »Wo ich bis Mitternacht arbeite.«
»Jede Minute«, sagte Rania.
»Nein, aber du«, sagte Jannis.
»Sonntage hast du wohl nicht?«, sagte Rania. »Urlaub wohl auch nicht?«
»Ich bin nie mit ihnen ausgegangen, wie?«, sagte Jannis.
»Du nutzt jede Minute, um ins Kaffenio zu gehen, um auf die Jagd zu gehen. Um zu deiner Mutter zu gehen. Dann geh doch.«
»Ins Kaffenio?«, sagte Jannis.
»Ja«, sagte Rania.
»Du weißt, dass ich ins Kaffenio gehe?«, sagte Jannis.
»Du gehst nicht ins Kaffenio?«, sagte Rania. »Dann werd' ich gehen, du Arschloch. Heute Abend werd' ich gehen und alle Gäste fragen.«
»Meinetwegen kannst du 100 Gäste fragen«, sagte Jannis.
»Ja, 100 werd' ich fragen und nochmal 100.«
»Sooft ich da reingeschaut habe«, sagte Jannis.
»Also hast du reingeschaut«, sagte Rania.
»Länger als eine halbe Stunde bin ich nie geblieben.«
»Diese halbe Stunde«, sagte Rania.
»Ist dir das klar?«, sagte Jannis.
»Diese halbe Stunde solltest du nach Hause kommen.«

»Also, im Kaffenio, mehr als fünf Leute kennen mich da gar nicht.«
»Hast du gehört, was ich dir sage?«, sagte Rania.
»Ist dir das klar?«, sagte Jannis. »Außer Ilias und Tolis, die beide alte Kumpel von mir sind, kennt mich da niemand.«
»Du solltest herkommen«, sagte Rania.
»Ist dir die Sache klar?«
»Diese halbe Stunde«, sagte Rania, »und die Sonntage, solltest du hierbleiben.«
»Ich habe Freunde«, sagte Jannis, »und ich will mal 'ne halbe Stunde reinschauen und sie sehen.«
»Du hast Freunde«, sagte Rania.
»Ja, und ab und an mal will ich sie sehen. Wieso auch nicht?«
»Wieso auch nicht?«, sagte Rania.
»Und das stört dich?«, sagte Jannis.
»Ja, das stört mich.«
»Ah so«, sagte Jannis.
»Du sollst dich um deine Familie kümmern.«
»Ich soll von morgens bis abends schuften und niemanden sehen«, sagte Jannis.
»Und niemanden sehen«, sagte Rania.
»Ich soll sofort heimkommen.«
»Du sollst von morgens bis abends schuften«, sagte Rania.
»Soll ich schuften.«
»Sollst du«, sagte Rania.
»Na gut«, sagte Jannis. »Du hast mir ja gesagt, dass es dir schnuppe ist. Ich kann ins Gras beißen.«
»Ist mir schnuppe«, sagte Rania. »Du kannst meinetwegen ins Gras beißen.«
»Ah ja«, sagte Jannis.
»Du hast schließlich Kinder, du hast Familie. Im übrigen ist es mir schnuppe.«

»Auch wie ich arbeite, wie ich schlafe.«
»Ja«, sagte Rania. »Total schnuppe.«
»Du«, sagte Jannis. »Halt du nur immer dein Ende fest.«
»Um mein Ende geht es nicht«, sagte Rania. »Du hast Verpflichtungen.«
»Auch du bis verpflichtet, gewisse Dinge zu tun.«
»Bin ich«, sagte Rania.
»Ich, ich mache das, was getan werden muss«, sagte Jannis. »Ich schufte von morgens bis abends.«
»Und was hast du uns denn zu bieten, du Wicht?«, sagte Rania.
»Ich tu, was ich kann«, sagte Jannis.
»Wo du doch von morgens bis abends arbeitest.«
»Ich tu, was in meinen finanziellen Kräften steht«, sagte Jannis.
»Deine finanziellen Kräfte, Mensch«, sagte Rania, »und wie viel hast du in Arta ausgegeben? Für die Fähren?«
»In Arta«, sagte Jannis. »Wie viel ich da ausgegeben habe.«
»Ja«, sagte Rania. »Wie viel?«
»5.000«, sagte Jannis. »Weiter.«
»5.000, wie?«
»Wir waren zu viert«, sagte Jannis.
»Und wenn's ein Tausender war«, sagte Rania. »Braucht den etwa nicht deine Familie?«
»Also was?«, sagte Jannis.
»Anstatt es für Enten auf den Kopf zu hauen«, sagte Rania, »und für Schnepfen. Brauchen wir es etwa nicht?«
»Sag mal«, sagte Jannis.
»Brauchen wir es etwa nicht?«, sagte Rania.
»Wenn du Fleisch kaufen würdest. Sagen wir drei Kilo Fleisch.«
»Drei Kilo?«, sagte Rania. »Brauch ich nicht.«
»Was würdest du dann zahlen?«
»Was soll das denn heißen?«, sagte Rania.

»Wenn ich dir nicht die Enten mitgebracht hätte«, sagte Jannis.

»Mensch, scher dich zum Teufel«, sagte Rania. »Kommst mir hier mit Argumenten.«

»Hättest nichts gezahlt, wenn du Fleisch gekauft hättest?«, sagte Jannis.

»Hätten wir mal Fleisch gekauft«, sagte Rania.

»Ist das nicht dasselbe?«, sagte Jannis.

»Nein, ist es nicht«, sagte Rania.

»Also«, sagte Jannis, »stört es dich, dass ich nicht zu Hause war.«

»Ja, es stört mich.«

»Und nicht, dass ich Geld ausgegeben habe«, sagte Jannis. »Denn mit dem Geld hättest du auch Fleisch kaufen können.«

»Es stört mich«, sagte Rania. »Und es waren nicht nur 5.000 Drachmen.«

»Soviel waren es.«

»Was weiß ich«, sagte Rania. »Weiter.«

»20.000 haben wir ausgegeben«, sagte Jannis, »für alle zusammen.«

»Allein schon für die Fähre«, sagte Rania.

»1.100 Drachmen«, sagte Jannis.

»Und das Auto? Und das Boot?«, sagte Rania.

»1.100. Für Hin- und Rückfahrt.«

»Mit Boot und Auto?«

»Ja«, sagte Jannis.

»Das Motorboot?«, sagte Rania. »Das Hotel?«

»Hab' ich dir gesagt.«

»Das Essen?«

»Ja«, sagte Jannis.

»Die Patronen?«

»Fünf«, sagte Jannis. »Fünf alles in allem.«

»Fünf Patronen?«, sagte Rania.

»Genauso viele wie ich Vögel mitgebracht habe«, sagte Jannis.

»Ach, scher dich zum Teufel«, sagte Rania.

»Und ich sag dir«, sagte Jannis. »Wenn du Fleisch gekauft hättest, hättest du mehr bezahlt. Für das Fleisch, das ich mitgebracht habe.«

»Ach, scher dich zum Teufel«, sagte Rania.

»So solltest du das mal sehen«, sagte Jannis.

»Du machst mich krank«, sagte Rania.

»Ah ja«, sagte Jannis.

»Ja doch«, sagte Rania. »Egoist.«

»Okay«, sagte Jannis. »Ich blicke eben durch. Ich weiß Bescheid.«

»Pass bloß auf«, sagte Rania. »Pass bloß gut auf.«

»Während du«, sagte Jannis.

»Ich geh zu deiner Mutter und steck ihr die Bude an«, sagte Rania.

»Du«, sagte Jannis.

»Dann wollen wir mal sehen, was für einen Bau sie hochzieht.«

»Wieso?«, sagte Jannis.

»Ich hasse euch«, sagte Rania.

»Stört es dich, dass sie nach vielen Jahre Schufterei ihre Abfindung bekommen haben und für uns aufgestockt haben, damit wir das ausbauen können?«

»Ich hasse euch alle«, sagte Rania.

»Wieso?«, sagte Jannis.

»Arschlöcher seid ihr alle.«

»Arschlöcher sind wir«, sagte Jannis.

»Konservative Arschlöcher, allesamt«, sagte Rania. »Ihr habt die Familie ruiniert.«

»Konservative Arschlöcher.«

»Ja«, sagte Rania.

»Wir haben die Familie ruiniert.«

»Ihr«, sagte Rania.

»Siehst du denn nicht, dass du unsere Familie ruiniert hast, du ganz allein.«

»Ich hab' sie ruiniert«, sagte Rania.
»Das ist eine Tatsache. Siehst du das nicht?«, sagte Jannis.
»Mensch du, ich habe Zeugen«, sagte Rania. »In deiner eigenen Sippe.«
»Welche Zeugen?«, sagte Jannis.
»Deine ganze Sippe«, sagte Rania.
»Meine Sippe«, sagte Jannis.
»Spiridoula, Lili, Anarjyros.«
»Na und«, sagte Jannis.
»So viele habe ich«, sagte Rania.
»Dann bring sie her, damit wir sie sehen«, sagte Jannis. »Damit wir sehen, was diese Leute zu sagen haben.«
»Hol du sie doch«, sagte Rania. »Wieso ich?«
»Es sind deine Zeugen. Sagst du doch.«
»Ja«, sagte Rania. »In der Tat meine.«
»Dann bring sie her, damit wir sie sehen«, sagte Jannis. »Damit wir sehen, was sie sagen.«
»Zieh du doch los und frag, was sie wissen und so«, sagte Rania.
»Bring sie her, damit wir sie sehen.«
»Deine ganze Sippe beschuldigt dich«, sagte Rania. »Ist das klar?«
»Ah ja«, sagte Jannis.
»Nicht nur ich«, sagte Rania.
»Na dann bring sie doch her, damit wird sehen, was sie zu sagen haben. Deine Zeugen.«
»Ich hab's dir gesagt«, sagte Rania.
»Du hast's mir gesagt«, sagte Jannis, »indem du mir irgendwas erzählst. Auch ich kann dir was erzählen.«
»Was erzählst du mir denn?«, sagte Rania.
»Dass deine Mutter dir Vorwürfe macht, deine Schwester und dein Vater. Alle.«
»Ah ja«, sagte Rania.
»Ja«, sagte Jannis. »Ist das etwa gelogen? Oder neulich hier. Als mir

Beba sagte, was sind das für Zustände. Schämt sie sich nicht? Ihr Heim so vor die Hunde gehen zu lassen! Bebas eigene Worte. Hier drin.«

»Warum sollte sie's dir auch nicht sagen«, sagte Rania.

»Als du im Club warst«, sagte Jannis.

»Mensch, scher dich zum Teufel«, sagte Rania.

»Warum soll ich mich denn zum Teufel scheren?«, sagte Jannis.

»Weil meine Schwester das gesagt haben soll.«

»Schreib ihr einen Brief und frag sie«, sagte Jannis.

»Schwachkopf«, sagte Rania.

»Schreib ihr einen Brief.«

»Scheusal«, sagte Rania.

»Schön wär's, du würdest ihr auch nur ein bisschen gleichen«, sagte Jannis. »Deiner Schwester.«

»Ah ja«, sagte Rania.

»Nur ein bisschen. Sie sagt mir, was ist das für'n Quatsch. Kümmert sich nicht um ihre Wohnung, um ihre Kinder, um ihren Mann. Und läuft ständig herum. Lässt sie im Riss. Hier stand Beba. Hier.«

»Eine schöne Schlampe ist die mir«, sagte Rania.

»Deine Tante war auch dabei«, sagte Jannis. »Da saß die eine und dort die andere. Und ich hier. Als sie das sagten.«

»Scheusal«, sagte Rania. »Los, zieh Leine und verschwinde aus meinen Augen. Zieh Leine.«

»Das hörst du wohl nicht gern«, sagte Jannis.

»Hau ab hier, du Scheusal«, sagte Rania. »Du machst mich krank.«

»Hab' ich's dir nicht gesagt«, sagte Jannis. »Hab' ich's dir bisher nicht gesagt.«

»Sturkopf«, sagte Rania.

»Ich wollte dir keinen Kummer machen. Wollte nicht, dass du merkst, dass auch deine Familie das so sieht.«

»Soll'n sie meinetwegen«, sagte Rania.

»Ach, sollen sie«, sagte Jannis.

»Zieh los und verschwinde. Ich will mein Leben neu bestimmen.«
»Es ist meine Wohnung«, sagte Jannis.
»Es ist deine Wohnung?«, sagte Rania.
»Allerdings«, sagte Jannis. »Wieso sollte ich abhauen? Ich gehe nicht.«
»Du gehst nicht«, sagte Rania.
»Ich hab' Familie, ich hab' Kinder. Und ich kümmere mich um sie.«
»Scheiß der Hund drauf«, sagte Rania.
»Wie könnte ich sie verlassen«, sagte Jannis.
»Du siehst sie ja, deine Kinder. Ein schöner Anblick, deine Kinder in diesem Zustand?«
»Ich danke«, sagte Jannis.
»Ist dieses Leben denn schön?«
»Natürlich nicht«, sagte Jannis, »natürlich nicht. Wenn du vor den Kindern rumerzählst, was du so erzählst. Und unfähig bist zu diskutieren.«
»Ah ja«, sagte Rania.
»Und wenn du am Meckern bist«, sagte Jannis, »und alle Welt uns zuhört.«
»Ah ja«, sagte Rania. »Ich meckere. Und du?«
»Ich, ich diskutiere«, sagte Jannis, »ganz manierlich.«
»Ah ja«, sagte Rania. »Ganz manierlich.«
»Ja«, sagte Jannis. »Ich beschimpfe dich nicht. Schick dich nicht zum Teufel.«
»Weil ich nicht deine Nerven ruiniert habe.«
»So wird es sein«, sagte Jannis.
»Zieh los und hau ab«, sagte Rania. »Mach dich an deine Arbeit.«
»Ja«, sagte Jannis. »Ich werde abhauen.«
»Scheusal«, sagte Rania.
»Ich werde abhauen«, sagte Jannis. »Seit Jahren sagst du mir das.« Zieh los und hau ab. Zieh los und hau ab. Kaum dass ich nach Hause komm.«

»Ja«, sagte Rania, »abhauen sollst du, damit ich dich nicht mehr sehe.«
»Ja«, sagte Jannis.
»Denn indem du hier rumsitzt, schadest du mir.«
»Ja«, sagte Jannis. »Aber beim Rechtsanwalt hast du gesagt, dass dir meine Präsenz fehle.«
»So'n Scheiß«, sagte Rania.
»Wie sollte sie dir nicht fehlen, wenn du mich zum Teufel schickst.«
»Ich hab' dich ständig gebeten zu bleiben«, sagte Rania. »Ein-, zwei-, dreimal hab' ich dich gebeten.«
»Hast du mich gebeten«, sagte Jannis.
»Seitdem«, sagte Rania.
»Du sagst mir, bleib doch zuhause. Und ich sag dir, wie soll ich zuhause bleiben. Wo ich doch arbeiten muss.«
»Scheusal«, sagte Rania. »Ich schnapp mir ein Messer und stech' dich ab.«
»Schon wieder«, sagte Jannis, »willst du mich abstechen.«
»Ich begeh einen Mord, du Wicht.«
»Schön«, sagte Jannis.
»Zieh los und hau ab«, sagte Rania
»Okay«, sagte Jannis. »Ich diskutier nicht rum.«
»Du Bestie«, sagte Rania. »Schwarzes Blut wirst du spucken. Für all die Gemeinheiten.«
»Okay«, sagte Jannis.
»Du wirst es noch sehen in deinem weiteren Leben.«
»Ich sag dazu nichts«, sagte Jannis.
»Du sagst nichts«, sagte Rania.
»Was soll ich denn machen«, sagte Jannis. »Du sagst mir, ich soll's Maul halten. Und ich halt's Maul. Was ich auch immer sage, ich gehe dir auf die Nerven.«
»Hast du's nicht selbst gesagt?«, sagte Rania.
»Dir«, sagte Jannis.

»Du selbst hast doch gesagt, wenn ich jemandem die Nerven ruinieren will, dann schaff ich's auch. Hast du's gesagt?«

»Ja, weil du mich tot redest.«

»Hast du nicht Popis Nerven ruiniert?«

»Lass das«, sagte Jannis.

»Und ist sie nicht auf und davon?«, sagte Rania.

»Zwölf Jahre alte Kindsköpfe waren wir«, sagte Jannis.

»So bist du nun mal«, sagte Rania.

»Du«, sagte Jannis, »du sagst mir, ich wollte deine Nerven ruinieren. Und ich sage dir, wenn ich das gewollt hätte, hätte ich sie dir ruiniert.«

»Das hast du längst getan«, sagte Rania.

»Das hab' ich dir gesagt.«

»Das hast du getan«, sagte Rania. »Das hast du mir angetan.«

»Ah ja«, sagte Jannis.

»Das hast du mir angetan, Menschenskind«, sagte Rania.

»Ach, lass doch, Rania«, sagte Jannis.

»Lass doch?«, sagte Rania. »Lass doch?«

»Denn als du auf und davon gehen wolltest«, sagte Jannis. »Und hü und hott. Ich hätte dich gehen lassen, wenn ich deine Nerven hätte ruinieren wollen, um mein Heim zu zerstören.«

»Ah ja«, sagte Rania.

»Aber genau das will ich nicht. Niemals.«

»Du willst es nicht«, sagte Rania.

»Nein«, sagte Jannis.

»Na sicher«, sagte Rania, »blöd bist du nicht.«

»Bis zum letzten Moment«, sagte Jannis. »Noch vorgestern hab' ich dich gebeten, dass wir unser Leben wieder in Ordnung bringen.«

»Wärst ja auch schön blöd«, sagte Rania.

»Ich kann nicht, ich will dich nicht«, sagte Jannis. »Das war deine Antwort.«

»Unser Leben wieder in Ordnung bringen?«, sagte Rania.

»Ja«, sagte Jannis. »Und ich kann nicht, und wenn ich dich jetzt kennen lernte, vielleicht. Vielleicht würden wir glücklich.«

»Was habe ich dir gesagt, du Schwachkopf?«, sagte Rania.

»Aber es ist zuviel Zeit vergangen, und ich kann dich nicht mehr lieben. Und ich kann nicht dies. Und ich kann nicht jenes.«

»Mensch, du Schwachkopf«, sagte Rania. »Was erzählst du da? Was soll ich dir gesagt haben?«

»Sag du mir, was du gesagt hast.«

»Du Wichser.«

»Sag du's doch«, sagte Jannis.

»Du verdrehst alles.«

»Sag du doch, wie du's gesagt hast.«

»Du Schwein«, sagte Rania.

»Wenn ich es verdrehe«, sagte Jannis. »Sag du doch, wie du's gesagt hast.«

»Scheusal«, sagte Rania.

»Sag's mir, Mädchen«, sagte Jannis.

»Zum Teufel«, sagte Rania.

»Sag's mir doch.«

»Ich bin's leid«, sagte Rania. »Du versuchst mich zu ruinieren.«

»Ich versuche nicht, dich zu ruinieren.«

»Du hast mein Leben ruiniert«, sagte Rania.

»Ich bemüh mich bis zur letzten Minute«, sagte Jannis.

»Einen Scheiß machst du«, sagte Rania.

»Ich versuch, dir einzutrichtern, dass du dein Heim nicht ruinieren sollst.«

»Auf diese Weise«, sagte Rania, »auf diese Weise willst du mich dazu kriegen, dein Spielchen zu spielen.«

»Nein«, sagte Jannis. »Ich sag dir doch, lass uns darüber reden.«

»Auf diese Weise«, sagte Rania.

»Aber ich sag dir doch«, sagte Jannis.

»Mensch, gib doch zu«, sagte Rania. »Gib doch zu, dass du mich ungerecht behandelt hast.«

»Schrei nicht rum«, sagte Jannis.

»Ist es mir etwa gut gegangen in deinen Händen?«, sagte Rania.

»Zunächst mal, schrei nicht rum, die Leute hören uns.«

»Interessiert mich nicht«, sagte Rania.

»Interessiert dich gar nicht«, sagte Jannis. »Gar nichts interessiert dich.«

»Hörst du's?«, sagte Rania. »Nicht die Bohne.«

»Weder die Kinder, noch das Heim«, sagte Jannis.

»Ja«, sagte Rania. »Deswegen hock ich auch seit sieben Jahren hier und leide.«

»Du leidest«, sagte Jannis.

»Seit sieben Jahren. Weil mich das Heim nicht interessiert.«

»Hör auf«, sagte Jannis.

»Wär ich nicht vom ersten Tag an auf und davon gegangen?«, sagte Rania.

»Wie viele Male warst du drauf und dran, und ich hab' dich zurückgehalten«, sagte Jannis.

»Du hast mich zurückgehalten.«

»Ja, ich«, sagte Jannis.

»Nachdem du mich in eine solche Lage gebracht hast.«

»Ich hab' dich dahin gebracht.«

»Ja«, sagte Rania.

»Wenn ich dich dahin hätte bringen wollen, hätte ich dich doch laufen lassen«, sagte Jannis.

»Hättest du mich mal laufen lassen«, sagte Rania.

»Aber du hast ja gesehen, jedesmal.«

»Du warst ja nicht blöd«, sagte Rania. »Wo hättest du eine Dümmere gefunden als mich.«

»Okay«, sagte Jannis.
»Eine noch Dümmere findest du nicht. Ausgeschlossen.«
»Wenn du das sagst«, sagte Jannis.
»Da kannst du lange suchen«, sagte Rania.
»Du willst, dass ich dich gehen lasse«, sagte Jannis.
»Du sollst abhauen«, sagte Rania.
»Na schön«, sagte Jannis. »Und das Mädchen willst du behalten.«
»Ja«, sagte Rania.
»Du willst die Chryssa«, sagte Jannis. »Aber da gibt es vieles zu klären.«
»Scheusal«, sagte Rania.
»Zunächst«, sagte Jannis, »kannst du die Chryssa überhaupt ernähren?«
»Kann ich.«
»Wie bitte?«
»Kann ich.«
»Wie denn?«
»Ich werde arbeiten«, sagte Rania.
»Du wirst arbeiten«, sagte Jannis.
»Ja«, sagte Rania.
»Aber eine Wohnung für dich hast du nicht«, sagte Jannis. »Ad eins.«
»Und du, was stört dich das?«, sagte Rania.
»Was mich das stört«, sagte Jannis. »Es ist mein Kind.«
»Na schön«, sagte Rania. »Ich werd' schon was finden. Ich werd' einen Job finden.«
»Wo wirst du den finden«, sagte Jannis.
»Wo ihn alle Leute finden«, sagte Rania. »Meine Geschwister werden mir helfen.«
»Nehmen wir mal an«, sagte Jannis.
»Ich werd' in der Gegend bleiben«, sagte Rania. »Einen Sonntag wird Chryssa den Dimitris besuchen. Am nächsten Sonntag kommt Dimitris zu uns.«

»Du wirst in der Gegend bleiben«, sagte Jannis.
»Ja«, sagte Rania.
»Wo hier in der Gegend?«
»Ich werd' nach einem Häuschen in der Nähe suchen«, sagte Rania.
»Und ich werd' da wohnen, Menschenskind.«
»Und wovon leben?«, sagte Jannis.
»Ich werde arbeiten«, sagte Rania.
»Und die Chryssa?«
»Chryssa wird in die Schule gehen.«
»Das Kind wird allein zur Schule und nach Hause gehen.«
»Nicht allein«, sagte Rania.
»Menschenskind«, sagte Jannis.
»Ich werd' sie abholen«, sagte Rania.
»Um wie viel Uhr wirst du Feierabend haben bei diesem Job?«, sagte Jannis.
»Ich weiß nicht, wann ich Feierabend habe. Hängt vom Job ab«, sagte Rania.
»Schön«, sagte Jannis. »Du kannst aber weder früher aufhören noch nach neun zur Arbeit gehen.«
»Nein«, sagte Rania.
»Und Feierabend vor halb eins, wenn Chryssa aus der Schule kommt. Ausgeschlossen.«
»Dann ist es eben ausgeschlossen. Was willst du?«
»Das ist ausgeschlossen«, sagte Jannis. »Ausgeschlossen.«
»Ja«, sagte Rania.
»Und wie wird das Kind zur Schule gehen«, sagte Jannis. »Und wie nach Hause?«
»Morgens werd' ich sie hinbringen«, sagte Rania. »Ich werd' es einrichten, dass ich gleichzeitig mit Chryssa das Haus verlasse.«
»Jawohl«, sagte Jannis.
»Ich werd' sie abholen«, sagte Rania.

»Ich verstehe nicht«, sagte Jannis.

»Menschenskind«, sagte Rania. »Ich werd' einen Job finden, der auf mich zugeschnitten ist. Ich werde bis um ein Uhr mittags arbeiten.«

»Und von diesem Job wirst du leben«, sagte Jannis.

»Werd' ich«, sagte Rania. »Außerdem wird mein Bruder in der Nähe sein.«

»Hör mal gut zu«, sagte Jannis. »Mit vielleicht und so weiter läuft das nicht.«

»Ich werd' das machen«, sagte Rania.

»Weder ist das eine abgemachte Sache«, sagte Jannis.

»Ich werd' meinem Bruder schreiben«, sagte Rania.

»Noch kann ich beruhigt sein und sagen, okay, ich geb' dir das Kind.«

»Kannst du nicht«, sagte Rania.

»Und übermorgen geht's dem Kind dann schlecht.«

»Warum soll's ihm denn schlecht gehen?«, sagte Rania.

»Darum«, sagte Jannis.

»Wenn du siehst, dass es ihm schlecht geht, nimmst du's mir wieder weg.«

»Was weiß ich«, sagte Jannis. »Dann ist da noch was.«

»Ja?«, sagte Rania.

»Wenn du sagst, du willst dich scheiden lassen«, sagte Jannis, »bist du bereit zu unterschreiben, dass es zu deinen Lasten geht?«

»Warum zu meinen Lasten?«, sagte Rania.

»Natürlich«, sagte Jannis, »du willst die Scheidung, ich nicht.«

»Ah so«, sagte Rania.

»Wie denn sonst, Mensch Rania«, sagte Jannis.

»Das heißt«, sagte Rania, »du willst Scherereien«.

»Keine Scherereien«, sagte Jannis.

»Ich will, dass wir als Freunde auseinandergehen«, sagte Rania.

»Keine Scherereien.«

»Und im Einvernehmen«, sagte Rania.

»Ja, aber ich«, sagte Jannis.

»Warum denn zu meinen Lasten«, sagte Rania. »Ich bin doch kein Flittchen.«

»Nein«, sagte Jannis. »Ich hab' dich nicht Flittchen genannt. Aber mir kommt es darauf an, was in den Papieren steht.«

»Ja und, wie soll das gehen?«, sagte Rania.

»Da wird einfach stehen, dass du nicht bei mir bleiben willst. Dass du weggehen willst. Oder so.«

»Ich will ja weggehen«, sagte Rania.

»Eben.«

»Wir sind uns nicht einig, Menschenskind.«

»Nein, nicht wir sind uns nicht einig. Du bist nicht einig.«

»Ich bin nicht einig«, sagte Rania. »Okay. Du willst also Scherereien.«

»Ich will keine Scherereien.«

»Du willst, dass die Dinge bei Gericht landen. Dass wir in die Fänge der Rechtsanwälte geraten.«

»Ich will keine Scherereien«, sagte Jannis.

»Okay«, sagte Rania.

»Sind das denn Scherereien, was ich dir sage?«

»Du stellst es so dar«, sagte Rania. »Aber ich kann nicht mit dir zusammenleben, denn du bist kein Mensch.«

»Ich«, sagte Jannis.

»Du willst bei mir bleiben, weil ich im Moment dein Opfer bin. Du lebst dich aus auf meine Kosten.«

»Ich leb mich aus auf deine Kosten«, sagte Jannis.

»Ja«, sagte Rania. »Gibst du das nicht zu?«

»Was hast du denn für mich getan?«, sagte Jannis.

»Gibst du das etwa nicht zu?«, sagte Rania.

»Sag mir, was du für mich getan hast«, sagte Jannis.

»Was hätte ich denn tun sollen?«, sagte Rania.

»Ganz allgemein«, sagte Jannis. »Wo bist du mein Opfer?«

»Was soll ich denn sonst noch machen?«

»Wie oft bist du morgens aufgestanden, um mir Kaffee zu machen«, sagte Jannis.

»Vergiss die Morgen. An keinem.«

»Ich frag dich«, sagte Jannis.

»An keinem«, sagte Rania.

»An keinem«, sagte Jannis. »An keinem einzigen Morgen.«

»Schrei nicht so rum«, sagte Rania.

»Ich schrei nicht«, sagte Jannis. »An keinem.«

»Und ich hab's auch nicht vor«, sagte Rania.

»Moment mal«, sagte Jannis. »Es ist nicht nur das.«

»Ich höre«, sagte Rania.

»Hinzukommt«, sagte Jannis, »die Wäsche. Bin ich nichts ständig hinter dir her, damit du sie wäscht?«

»Du bist ständig hinter mir her«, sagte Rania. »Das stimmt.«

»Damit du sie wäscht und pflegst.«

»Schämst du dich nicht«, sagte Rania.

»Ist es etwa gelogen, dass du meine Hose mit buntem Faden genäht hast? Eine schwarze Hose.«

»Nur einmal«, sagte Rania. »Denn ...«

»Nicht nur einmal«, sagte Jannis. »Viele Male. Und noch öfter lässt du sie ungeflickt.«

»Okay«, sagte Rania.

»Dann«, sagte Jannis.

»Ah, dann«, sagte Rania.

»Wieso, ist es denn gelogen?«, sagte Jannis.

»Nein, keineswegs«, sagte Rania. »Weiter.«

»Abends«, sagte Jannis. »Wie oft finde ich ein Essen vor, wenn ich nach Hause komme?«

»Hab' ich nicht gezählt«, sagte Rania.

»Meistens find ich nichts vor«, sagte Jannis.

»Okay«, sagte Rania.

»Nix okay. Ist es so oder nicht?«

»Na schön«, sagte Rania. »So ist es.«

»Bravo«, sagte Jannis.

»Weiter«, sagte Rania.

»Erzähl mir nicht, dass es so ist, und nachher ist es wieder nicht so.«

»Also hast du was an mir auszusetzen«, sagte Rania.

»Moment mal, Menschenskind«, sagte Jannis.

»Du hast was auszusetzen.«

»Warte, Mensch«, sagte Jannis, »warte, bis ich fertig bin.«

»Komm zum Schluss«, sagte Rania.

»Dann«, sagte Jannis. »Wie steht es mit der Liebe? Wie lange ist es her?«

»Liebe«, sagte Rania.

»Du machst für einen Arme und Beine breit«, sagte Jannis.

»Ha.«

»Als ob man zur schlimmsten Nutte ginge.«

»Nett«, sagte Rania.

»Ad eins«, sagte Jannis. »Ad zwei: Bis vor kurzem haben wir uns noch geliebt, ich weiß nicht, wie selten.«

»Ja«, sagte Rania.

»Dir passte dieses nicht, dir passte jenes nicht. Und hü und hott.«

»Ah ja«, sagte Rania.

»Bis du es ganz aufgegeben hast.«

»Ja«, sagte Rania.

»Bis du einem gesagt hast, ich hab' keinen Bock auf dich, was willst du?«, sagte Jannis.

»Okay«, sagte Rania.

»Ungefähr so hast du's doch gesagt?«

»Ja«, sagte Rania.

»Also«, sagte Jannis. »Wir haben uns schon so lange nicht mehr geliebt.«

»Geliebt«, sagte Rania. »Weiter«.
»Also«, sagte Jannis.
»Also.«
»Dann«, sagte Jannis. »Eins hättest du dir gut einprägen müssen. Eine Sache hättest du zu schätzen wissen müssen, was du aber nicht getan hast.«
»Weiter«, sagte Rania.
»Was du nicht getan hast«, sagte Jannis.« Damals, als wir in Vyronas wohnten.«
»Ah ja«, sagte Rania.
»Da hattest du ein Verhältnis mit diesem Wichser von gegenüber.«
»Ich hatte kein Verhältnis mit ihm«, sagte Rania.
»Was hattest du denn mit ihm?«, sagte Jannis.
»Ich bin nicht mit ihm gegangen«, sagte Rania.
»Ich weiß nicht, ob er dich gebumst hat oder nicht«, sagte Jannis.
»Du weißt es nicht, aber ich weiß es«, sagte Rania.
»Ich will nicht darauf hinaus«, sagte Jannis.
»Ich hatte kein Verhältnis mit ihm«, sagte Rania.
»Ich weiß nicht, ob er dich gebumst hat oder nicht«, sagte Jannis. »Ich will nicht darauf hinaus.«
»Ah ja«, sagte Rania.
»Also«, sagte Jannis. »Du bist mit ihm ausgegangen. Er hat dich umarmt. Er hat dich dings. Wie auch immer, ich will nicht darauf hinaus.«
»Er hat mich umarmt?«, sagte Rania.
»Hast du das nicht selbst gesagt? Hast du mir das nicht selber gesagt, Menschenskind? Er hat mich nur geküsst und was weiß ich?«
»Er hat mich geküsst?«, sagte Rania.
»Hast du mir das damals nicht so gesagt?«
»Mensch, pass bloß auf«, sagte Rania.
»Und nachher hast du geheult«, sagte Jannis.

»Ich hab' geheult?«, sagte Rania. »Pass auf, dass ich nicht was über deine Mutter erzähle.«

»Was hat meine Mutter damit zu tun«, sagte Jannis. »Wir beide reden miteinander.«

»Weiter«, sagte Rania.

»Wir beide reden jetzt. Über uns. Wir reden nicht über meine Mutter.«

»Red' weiter«, sagte Rania.

»Also«, sagte Jannis.

»Dass ich dich nicht betrogen habe«, sagte Rania. »Das habe ich bei meinen Kindern geschworen.«

»Das sind zwei verschiedene Sachen«, sagte Jannis.

»Wieso zwei verschiedene Sachen?«

»Ich kann das nicht wissen, was war«, sagte Jannis.

»Kannst du nicht«, sagte Rania.

»Was tatsächlich war, Menschenskind. Von Bedeutung ist, dass du mit ihm ausgegangen bist. Ich weiß nicht, wie oft, jedenfalls viele Male.«

»Viele«, sagte Rania.

»Du bist nicht oft ausgegangen?«, sagte Jannis. »Wie oft denn?«

»Jetzt schon oft«, sagte Rania.

»Wie oft denn, Menschenskind?«, sagte Jannis.

»Zunächst, ich bin nicht mit ihm ausgegangen«, sagte Rania. »Ich hatte kein Rendezvous.«

»Du bist nicht ausgegangen«, sagte Jannis.

»Bis zur Kinderklinik hat er mich gebracht, als Chryssa krank war. Und ein anderes Mal hat er mich von der Klinik nach Hause gebracht.«

»Und dass er dir was gekauft hat?«, sagte Jannis. »Wie kam das?«

»Er gab mir Geld«, sagte Rania.

»Ha.«

»Ja«, sagte Rania.

»Ach so«, sagte Jannis. »Er hat dich einmal gesehen und dich zur Kinderklinik gefahren. Mit der Chryssa. Und er hat dir Geld gegeben.«

»Ja«, sagte Rania.

»Gibt es noch mehr von solchen Schwachköpfen«, sagte Jannis. »Die so was machen?«

»Er war so einer«, sagte Rania.

»Die dich zur Kinderklinik bringen«, sagte Jannis. »Von zu Hause zur Kinderklinik und dir noch Geld geben?«

»Ja«, sagte Rania. »Er war offensichtlich so einer.«

»Denn ich«, sagte Jannis.

»Denn er glaubte, dass ich mit ihm gehen würde«, sagte Rania.

»Denn ich kenne keinen«, sagte Jannis, »der Tausender verteilt. Der dich zur Kinderklinik bringt und dich obendrein noch bezahlt.«

»Er glaubte, dass ich mit ihm gehen würde«, sagte Rania. »Bin ich aber nicht.«

»Also«, sagte Jannis, »davon mal abgesehen. Mal abgesehen davon, was du gemacht hast. Denn das kann ich nicht wissen.«

»Weiter«, sagte Rania.

»Du hast geheult, hast rumgemacht«, sagte Jannis. »Ich hab' dir verziehen, hab' dich umarmt.«

»Ich habe geheult?«, sagte Rania. »Wegen dieser Sache?«

»Hast du etwa nicht geheult?«, sagte Jannis.

»Das hätte ich dir hier erzählt«, sagte Rania.

»Hier?«, sagte Jannis.

»Als wir umzogen«, sagte Rania.

»Falsch«, sagte Jannis. »Das hast du mir in Vyronas gesagt.«

»Und ich habe geheult«, sagte Rania.

»Ja«, sagte Jannis.

»Warum hab' ich geheult?«, sagte Rania.

»Ich weiß nicht warum«, sagte Jannis.

»Damit du mir verzeihst«, sagte Rania.

»Ich weiß nicht, warum du geheult hast, Menschenskind«, sagte Jannis. »Du musst das wissen.«

»Komm zum Schluss«, sagte Rania. »Sag, worauf du hinaus willst.«
»Du weißt, warum du geheult hast.«
»Und du hast mir verziehen, wie? Das heißt, dass du ein Gehörnter bist.«
»Ich weiß nicht, was ich bin«, sagte Jannis. »Das weißt du.«
»Du bist's nicht, das weiß ich«, sagte Rania.
»Das weißt du«, sagte Jannis.
»Da du nicht weißt, was ich gemacht habe«, sagte Rania, »heißt das«.
»Natürlich weiß ich's nicht«, sagte Jannis.
»Heißt das, dass du ein Gehörnter bist.«
»Kann ich das wissen?«, sagte Jannis.
»Nein«, sagte Rania. »Da du einen Verdacht hast, bist du's also.«
»Ich sag dir, das weißt du.«
»Nein«, sagte Rania. »Weiter.«
»Also«, sagte Jannis.
»Sprich«, sagte Rania.
»Ein anderes Beispiel. Die Kinder.«
»Die Kinder«, sagte Rania.
»Kümmerst du dich um sie?«, sagte Jannis. »Ziehst du sie an? Bringst du sie ins Bett?«
»Ich bring sie nicht ins Bett?«, sagte Rania.
»Ich zumindest«, sagte Jannis. »Ich sehe Dimitris ständig in den Kleidern schlafen, die er morgens angezogen hat.«
»Ah ja«, sagte Rania.
»Ist es so oder nicht?«
»Ständig, wie?«, sagte Rania.
»Sowohl gestern als auch vorgestern«, sagte Jannis. »Meistens.«
»Was willst du damit sagen?«, sagte Rania.
»Schläft ein Kind in seinen Kleidern?«, sagte Jannis. »Geht es in dem Aufzug ins Bett, den es tagsüber anhatte?«
»Meistens«, sagte Rania.

»Also«, sagte Jannis. »Gestern hatte der Kleine in die Windeln geschissen. Ich sag dir, steh auf, zieh ihm frische Windeln an. Du hattest keine Lust.«

»Ich hatte keine Lust.«

»Du hattest keine Lust«, sagte Jannis.

»Weiter«, sagte Rania.

»Du hattest keine Lust und hast die Windeln nicht gewechselt.«

»Ja«, sagte Rania.

»Sein Hintern wird rot, entzündet sich, dir ist das schnuppe. Und wenn er was anstellt, ist der Teufel los. Von morgens bis abends meckerst du an ihm rum.«

»Von morgens bis abends«, sagte Rania.

»Ist das gelogen oder was?«

»Red' weiter, Menschenskind«, sagte Rania. »Weiter.«

»Ich frage«, sagte Jannis, »ist es wahr?«

»Wahr«, sagte Rania. »Red' weiter.«

»Also«, sagte Jannis. »Du beschimpfst das Kind von morgens bis abends. Verfluchst die Stunde, da du ihn auf die Welt gebracht hast.«

»Ah ja«, sagte Rania.

»Sowohl Dimitris wie die Chryssa.«

»Weiter«, sagte Rania.

»Du schlägst sie für nichts und wieder nichts.«

»Ich schlage sie«, sagte Rania.

»Stellst du das in Abrede?«, sagte Jannis.

»Dimitris hab' ich schon oft geschlagen«, sagte Rania.

»Ist es gelogen, dass du Chryssa neulich die Hand verstaucht hast?«

»Ja«, sagte Rania.

»Und dass dem Kind eine Woche lang die Hand weh tat?«

»Ja«, sagte Rania.

»Es ist nicht gelogen«, sagte Jannis. »Also.«

»Weiter«, sagte Rania.

»Was soll ich dazu sagen«, sagte Jannis.

»Also bin ich keine vernünftige Frau«, sagte Rania. »Und wie kommt es, dass du mich behalten willst?«

»Obwohl es so ist«, sagte Jannis. »Hab' ich dich nicht rausgeschmissen.«

»Nein«, sagte Rania.

»Du willst abhauen«, sagte Jannis. »Ist doch so?«

»Ja«, sagte Rania.

»Also?«, sagte Jannis.

»Okay«, sagte Rania. »Bist du fertig?«

»Sozusagen«, sagte Jannis.

»Okay.«

»Wie siehst du's denn«, sagte Jannis.

»Es bleibt nur die Scheidung übrig. Deine Verpflichtungen kennst du ja.«

»Menschenskind, ja«, sagte Jannis.

»Ich will meinerseits nicht anfangen aufzuzählen, was dich betrifft«, sagte Rania. »Haben wir ja oft genug besprochen.«

»Du«, sagte Jannis.

»Sehr oft.«

»Du.«

»Wenn ich das alles aufzeichne«, sagte Rania.

»Du«, sagte Jannis. »Hör mal. Was du erzählst, ist völlig unbegründet.«

»Unbegründet«, sagte Rania. »Das heißt, du willst, dass wir vorm Gericht landen.«

»Zweitens«, sagte Jannis.

»Du willst, dass wir vors Gericht landen.«

»Zweitens.«

»Und da werden wir auch landen«, sagte Rania. »Ich werde einen Anwalt einschalten und dann woll'n wir mal sehen, wer von uns beiden.«

»Ich habe nicht gesagt, dass wir vor Gericht gehen sollen«, sagte Jannis. »Zunächst.«

»Die Diskussion ist beendet«, sagte Rania.
»Zunächst«, sagte Jannis.
»Red' doch.«
»Zunächst, du läufst doch zu allen Leuten«, sagte Jannis, »wo du grade bist.«
»Wo ich grade bin«, sagte Rania.
»Und beschuldigst mich«, sagte Jannis.
»Ah ja«, sagte Rania.
»Hab' ich dich jemals bei irgendjemand beschuldigt?«
»Interessiert mich nicht«, sagte Rania.
»Interessiert dich nicht.«
»Nein«, sagte Rania.
»Interessiert dich wohl«, sagte Jannis. »Aber es ist einfach nicht meine Art, dich zu beschuldigen. Ist nicht meine Art.«
»Ah ja«, sagte Rania.
»Also«, sagte Jannis. »Da du die Scheidung anstrebst. Möglicherweise will ich aus diesem oder jenem Grund nach drei, vier Jahren wieder heiraten.«
»Klar«, sagte Rania.
»Und wieso«, sagte Jannis. »Wieso soll sich aus der Scheidung ergeben, dass ich mit meiner Frau nicht zurechtkam?«
»Ist doch nicht schlimm«, sagte Rania.
»Und nicht, dass jene nicht bei mir bleiben wollte.«
»So ist es ja auch nicht«, sagte Rania.
»Wie, so ist es nicht?«
»Unsere Charaktere passen nicht zusammen«, sagte Rania. »Das ist was anderes.«
»Nein, nix anderes«, sagte Jannis.
»Mit mir kamst du nicht zurecht, mit einer anderen Frau magst du dich ja verstehen. Das hat keine Bedeutung.«
»Du verstehst dich nicht mit mir«, sagte Jannis.

»Wir verstehen uns nicht«, sagte Rania.

»Du willst die Scheidung.«

»Du verstehst dich auch nicht mit mir«, sagte Rania. »Warum sagst du, dass ich nicht in Ordnung sei.«

»Du willst die Scheidung«, sagte Jannis.

»Ich hab' dir nie Kaffee gemacht, ich kümmere mich nicht um dich, ich kümmere mich nicht um meine Kinder. Folglich bin ich keine gute Ehefrau.«

»Ist das denn gelogen?«, sagte Jannis.

»Nein«, sagte Rania. »Ist nicht gelogen. Folglich bin ich für dich keine gute Ehefrau.«

»Ja«, sagte Jannis.

»Also, wie hältst du an mir fest?«, sagte Rania.

»Hab' ich dir ja gesagt«, sagte Jannis. »Meinetwegen auch unter diesen Umständen.«

»Ach ja?«, sagte Rania.

»Ich hab' nicht gesagt, dass wir uns scheiden lassen sollen«, sagte Jannis. »Du willst die Scheidung.«

»Na schön«, sagte Rania. »Die Geschichte ist zu Ende.«

»So ist es«, sagte Jannis.

»Und beim Anwalt warst du, um was zu machen?«, sagte Rania. »Ich frage nur so.«

»Ich hab' mit ihm über diese Dinge gesprochen.«

»Über diese Dinge«, sagte Rania.

»Ja«, sagte Jannis.

»Und was hat er dir gesagt?«, sagte Rania.

»Frag sie«, sagte Jannis. »Er sagte mir, frag sie, was sie genau will.«

»Was soll das heißen«, sagte Rania. »Was heißt, was ich genau will?«

»So hat er gesagt.«

»Warum schaltet er mich da ein«, sagte Rania. »Begreif ich nicht.«

»Wieso begreifst du nicht?«, sagte Jannis.

»Die Scheidung«, sagte Rania, »wenn zwei nicht miteinander auskommen, erfolgt im gegenseitigen Einvernehmen.«
»In der Tat, Menschenskind«, sagte Jannis.
»Ist es nicht so?«, sagte Rania.
»Im gegenseitigen Einvernehmen.«
»Und mich, warum zieht er mich da hinein?«, sagte Rania.
»Er zieht dich nicht hinein«, sagte Jannis.
»Warum sollst du mich fragen, was ich will?«, sagte Rania.
»Weil sie auch zu Lasten einer Seite ergehen kann«, sagte Jannis. »Selbst, wenn sie im gegenseitigen Einvernehmen erfolgt.«
»Na schön«, sagte Rania.
»Kapierst du das denn nicht?«
»So?«, sagte Rania. »Ich werde auch meinen Anwalt fragen.«
»Er wird dir sagen, wenn du sagst, ich komm mit dir nicht zurecht, und ich will abhauen, und ich sage, okay, wenn du unbedingt willst. Das bedeutet im gegenseitigen Einvernehmen. Aber es bedeutet auch zu deinen Lasten. Da du abhauen willst.«
»Na schön«, sagte Rania.
»Kapierst du das?«, sagte Jannis.
»Bist du fertig?«, sagte Rania. »Ich werd' meinen eigenen Anwalt fragen. Und wir werden sehen, was die beiden Anwälte zu sagen haben.«
»Du wirst jedenfalls verlieren«, sagte Jannis, »wenn du vor Gericht landest.«
»Okay«, sagte Rania. »Ich werd' verlieren.«
»Da kannst du sicher sein«, sagte Jannis.
»Ich bin sicher«, sagte Rania. »Das geht in Ordnung. Ich bin sehr sicher. Sehr.«
»Na schön«, sagte Jannis.
»Du willst ja, dass wir als Feinde auseinandergehen«, sagte Rania.
»Du hast seit anderthalb Monaten nicht mehr mit mir geschlafen«, sagte Jannis. »Kaum will man dich berühren, trittst du um dich.«

»Mein Recht«, sagte Rania.
»Kaum will man dings«, sagte Jannis, »schon hast du keine Lust.«
»Ja, Menschenskind«, sagte Rania. »Ich will dich nicht. Ich lieb dich nicht. Würde dir das denn Spaß machen oder wie?«
»Ich hab' keine Lust auf dich, ich lieb dich nicht«, sagte Jannis. »Geh und such dir eine Geliebte. Du bist ja nicht fähig, eine Geliebte zu finden.«
»Ja«, sagte Rania. »Ich schick dich weg und du bleibst. Also bist du unfähig.«
»Ah ja«, sagte Jannis.
»Und ich hab' dir gesagt«, sagte Rania. »Wenn du vors Gericht gehen willst, dann gehen wir halt.«
»Schau mal«, sagte Jannis. »Wenn du.«
»Das ist aus und vorbei«, sagte Rania. »Schluss.«
»Du willst mich soweit bringen«, sagte Jannis.
»Für mich ist das vorbei«, sagte Rania.
»Soweit bringen, dass ich eine Geliebte nehme«, sagte Jannis. »Um mich loszusein.«
»So eine bin ich nicht«, sagte Rania. »Ich bin nicht wie du.«
»Da hast du dich getäuscht«, sagte Jannis. »Ich nehme nicht einfach eine Geliebte.«
»Ich bin nicht so wie du«, sagte Rania. »Okay? Ich bin nicht so wie du, um so was zu machen. Kein bisschen so wie du.«
»Wir sind uns wirklich nicht ähnlich«, sagte Jannis. »Das fehlte noch.«
»Ich täusche mich nicht«, sagte Rania.
»Zweifellos bist du mir nicht ähnlich.«
»Gott sei Dank«, sagte Rania.
»Und was den Kaffee angeht, wie du sagst«, sagte Jannis. »Ich bin einige Male aufgestanden und hab' dir Kaffee gemacht. Wie oft bist du aufgestanden? Nicht ein einziges Mal.«
»Okay«, sagte Rania.

»Was übrigens deine Aufgabe ist«, sagte Jannis.
»Wirklich?«, sagte Rania.
»Du bist nie aufgestanden, um mir Kaffee zu machen.«
»Die Geschichte ist vorbei«, sagte Rania. »Ich geh zum Anwalt. Ich werd' einen eigenen nehmen.«
»Du wirst verlieren«, sagte Jannis. »Du.«
»Ich werd' einen eigenen nehmen«, sagte Rania.
»Du«, sagte Jannis.
»Wir werden schon sehen, wer einen kriegt«, sagte Rania.
»Du kriegst keines der Kinder«, sagte Jannis.
»Okay«, sagte Rania. »Ich werd' drum kämpfen.«
»Kannst du nicht«, sagte Jannis. »Du kannst mir gar nichts anhaben.«
»Das«, sagte Rania, »werden wir sehen. Ich werde jedenfalls nicht aufgeben.«
»Gar nichts.«
»Okay«, sagte Ranja. »Ich werd' unterliegen. Wenn du's so willst.«
»Du läufst hier rum, du läufst dort rum«, sagte Jannis. »Dir steht der Club näher als dein Heim.«
»Mein Heim«, sagte Rania. »Welches Heim?«
»Na klar«, sagte Jannis. »Ist es denn gelogen?«
»Nimm du den Club nicht in deinen Mund«, sagte Rania. »Sonst schnapp ich ein Messer und verpass dir eine.«
»Weil ich den Club in den Mund genommen habe«, sagte Jannis.
»Du sollst deine Gosche waschen, bevor du von dem Club sprichst.«
»Ja«, sagte Jannis. »Durch den bist du geworden, wie du bist.«
»Durch den«, sagte Rania.
»Sicher«, sagte Jannis.
»Seit sieben Jahren der Club«, sagte Rania.
»Genau«, sagte Jannis.
»Die ich unglücklich bin mit dir.«
»Seit du dich da eingelassen hast«, sagte Jannis.

»Aber du«, sagte Rania.
»Du warst unglücklich mit mir«, sagte Jannis.
»Ja«, sagte Rania. »Wie oft hab' ich geweint.«
»Weil du dich da eingelassen hast«, sagte Jannis.
»Ah ja«, sagte Rania.
»Mit dem Club und der Partei im Hintergrund«, sagte Jannis.
»Ah ja«, sagte Rania.
»Seitdem geht's dir mies.«
»Seitdem geht's mir mies.«
»Ja«, sagte Jannis.
»Vorher ging's uns prächtig oder wie?«, sagte Rania.
»Hör, was ich dir sage«, sagte Jannis.
»Uns ging's prächtig.«
»Hör, was ich dir sage«, sagte Jannis.
»Mensch du«, sagte Rania. »Vorher ging's uns prächtig, wie?«
»Uns ging's einigermaßen«, sagte Jannis. »Wir waren nicht reich. Wir waren keine Reeder.«
»Die Geschichte ist aus«, sagte Rania. »Lass gut sein. Vorbei.«
»Ah so«, sagte Jannis.
»Ich hab' Zeugen«, sagte Rania. »Und zwar viele. Deine ganze Sippe.«
»Die hast du als Zeugen.«
»Alle«, sagte Rania. »Sowohl Kassia wie deine Tante und Natassa.«
»Jetzt, wo du weg warst«, sagte Jannis, »hab' ich sie hergebracht, und sie haben gesehen, wie die Wohnung aussah. In welchem Zustand du sie hinterlassen hast.«
»Du hast sie hergebracht?«, sagte Rania.
»Ja. In welchem Zustand du sie hinterlassen hast.«
»Wen hast du hergebracht?«, sagte Rania.
»Die Hälfte der Wäsche draußen auf der Leine«, sagte Jannis. »Die Hälfte auf dem Fußboden, die andere Hälfte in der Waschmaschine. Die andere Hälfte im Wäschekorb, die andere hierhin und dorthin gefeuert.«

»Na schön«, sagte Rania.

»Ah so«, sagte Jannis.

»Komm zum Schluss«, sagte Rania.

»Nicht gerade der Anblick eines Heims.«

»Komm zum Schluss.«

»Nicht gerade ein Anblick«, sagte Jannis.

»Na schön, komm zum Schluss«, sagte Rania.

»Um deine Kinder kümmerst du dich nicht, man redet auf dich ein, dir ist es wurscht.«

»Ja«, sagte Rania.

»Den ganzen Tag laufen sie barfuß herum«, sagte Jannis. »Den ganzen Tag die Kinder barfuß auf dem Steinfußboden.«

»Pass auf, dass du nicht was an den Kopf kriegst«, sagte Rania.

»Wieso, ist das gelogen?«, sagte Jannis.

»Zum Teufel«, sagte Rania. »Wo laufen sie barfuß herum.«

»Den ganzen Tag«, sagte Jannis. »Den ganzen Tag laufen sie ohne Strümpfe herum. Haben sie vielleicht Schuhe an?«

»Ja, haben sie«, sagte Rania.

»Haben sie«, sagte Jannis.

»Ja«, sagte Rania. »Nimm einen Apparat und fotografier sie.«

»Du behauptest, dass sie Schuhe tragen.«

»Ja«, sagte Rania.

»Und du schämst dich nicht, so was zu sagen«, sagte Jannis.

»Du schämst dich nicht«, sagte Rania.

»Ich tu nichts anderes als hinter ihnen herzurufen, dass sie nicht barfuß rumlaufen sollen. Auf dem Steinfußboden.«

»Geh mir vom Hals«, sagte Rania.

»Ich bin dir wohl zu nahe gerückt«, sagte Jannis.

»Oh ja«, sagte Rania.

»Klar«, sagte Jannis, »bei dem, was du anstellst.«

»Na warte, mein Lieber«, sagte Rania.

»Bei dem, was du sagst«, sagte Jannis.

»Es ist Schluss«, sagte Rania. »Wir gehen eh vors Gericht. Die Geschichte ist aus.«

»Ja«, sagte Jannis. »Wenn du das so spielst.«

»So spiel ich das«, sagte Rania.

»Wenn du das so willst und so spielst.«

»Ja«, sagte Rania. »So will ich das.«

»Aber die Geschichte ist noch nicht aus.«

»Ha«, sagte Rania.

»Du wirst noch vieles in Ordnung bringen müssen.«

»Du willst das so. Ich nicht.«

»Vieles«, sagte Jannis. »Auch in Bezug auf deine ehelichen Pflichten.«

»Ha«, sagte Rania.

»Nix ha«, sagte Jannis. »Heute Abend schlafen wir zusammen.«

»Ach ja?«, sagte Rania.

»Das gehört zu deinen ehelichen Pflichten«, sagte Jannis.

»Bestimmt«, sagte Rania.

»Etwa nicht?«, sagte Jannis.

»Nein«, sagte Rania, »nicht.«

»Wieso nicht?«

»Ich will nicht, Menschenskind«, sagte Rania. »Ich mag nicht. Mit Gewalt?«

»Nein«, sagte Jannis. »Nicht mit Gewalt. Ich weiß nicht, wie du das nennst, mit Gewalt oder nicht. Aber es ist deine Pflicht.«

»Mit einer Bestie schlaf ich nicht«, sagte Rania. »Du bist eine Bestie, kein Mensch.«

»Bestie«, sagte Jannis. »Du bist imstande und bezeichnest den lieben Gott als Bestie.«

»Ich hab' einen Zeugen«, sagte Rania. »Deinen eigenen Vater.«

»Dass ich eine Bestie bin?«

»Und deine eigene Mutter. Als Zeuge.«

»Zeuge wozu?«, sagte Jannis.

»Deine eigenen Eltern habe ich als Zeugen.«

»Wozu?«, sagte Jannis.

»Ganz konkret«, sagte Rania.

»Ja, konkret«, sagte Jannis.

»Wie oft bin ich zu ihnen gegangen und hab' ihnen gesagt, dass du weg bist, auf der Jagd. Und dein Vater sagt: Das kann doch nicht wahr sein.«

»Wo liegt das Problem?«, sagte Jannis.

»Wo das Problem liegt?«, sagte Rania.

»Ja«, sagte Jannis.

»Dass du Pflichten hast«, sagte Rania.

»Ich schufte 24 Stunden am Tag«, sagte Jannis. »So viel schufte ich.«

»30 solltest du arbeiten«, sagte Rania.

»Ja«, sagte Jannis. »Und ich hab' nicht das Recht, einen Sonntag mal auf die Jagd zu gehen.«

»Nein«, sagte Rania, »hast du nicht.«

»Ich hab' kein Recht.«

»Nein«, sagte Rania. »Du sollst deine häuslichen Pflichten erledigen.«

»Wenn ich bis zwölf Uhr nachts arbeite.«

»Ich weiß nicht, ob du bis um zwölf arbeitest«, sagte Rania.

»Ich habe kein Recht«, sagte Jannis.

»Denn sooft ich am Geschäft vorbeigekommen bin, war es geschlossen.«

»Das Geschäft geschlossen«, sagte Jannis.

»Und was ist bis um zwei, wenn du nach Hause kommst«, sagte Rania, »bis um drei wie vorgestern?«

»Das Geschäft geschlossen«, sagte Jannis.

»Warst du im Geschäft?«, sagte Rania. »Du Arschloch.«

»Nein, ich war in der Taverne«, sagte Jannis.

»Bis um drei Uhr in der Früh«, sagte Rania.

»Ich bin nicht um drei gekommen«, sagte Jannis. »Um zehn nach zwei.«
»Das weiß ich nicht«, sagte Rania. »Du weißt das.«
»Zehn nach zwei«, sagte Jannis. »Ad eins.«
»Ach ja«, sagte Rania.
»Ist das klar?«, sagte Jannis. »Ich war in der Taverne und hab' gesoffen.«
»Das sagst du«, sagte Rania.
»Weil du mich in die Lage gebracht hast.«
»Ach ja«, sagte Rania.
»Dass ich nur noch Wein saufe von morgens bis abends.«
»Werd' nicht ironisch«, sagte Rania.
»Und wo ich steh und lieg.«
»Okay, Mensch«, sagte Rania. »Wir gehen vors Gericht. Was willst du noch?«
»Okay«, sagte Jannis. »Wir gehen vors Gericht.«
»Das Gericht wird schon rausfinden, wer Recht hat. Wer den anderen ungerecht behandelt.«
»Okay«, sagte Jannis. »Lass uns vors Gericht gehen. Aber bevor du vors Gericht trittst, musst du deine ehelichen Pflichten erledigen.«
»Sag bloß«, sagte Rania.
»Ist das klar?«
»Ah ja.«
»Heut Abend schlafen wir zusammen«, sagte Jannis.
»Haha«, sagte Rania.
»Was lachst du?«
»Bereits eingeplant, wie?«, sagte Rania.
»Was lachst du, Menschenskind?«, sagte Jannis.
»Mensch«, sagte Rania. »Du bist ja sexuell total ausgehungert.«
»Na klar«, sagte Jannis. »Wenn ich seit zwei Monaten nicht mehr mit jemandem geschlafen habe. Klar bin ich da sexuell ausgehungert.«

»Du bist wohl im Notstand.«
»Wenn ich alle zwei Monaten mit jemandem schlafe«, sagte Jannis.
»Richtig aufgegeilt«, sagte Rania.
»Okay«, sagte Jannis. »Nicht dass du mir heut Abend wieder rumredest.«
»Die Geschichte ist aus«, sagte Rania.
»Nicht, dass du wieder nein sagst«, sagte Jannis.
»Zunächst mal geht's überhaupt nicht«, sagte Ranja. »Ich hab' meine Tage.«
»Das kannst du dir schenken«, sagte Jannis.
»Was kann ich mir schenken?«
»Diese Tricks.«
»Willst du mit mir schlafen trotz meiner Tage?«, sagte Rania.
»Das kannst du jemand anderem erzählen«, sagte Jannis.
»Okay«, sagte Rania.
»Jemand anderem. Dass du deine Tage hast.«
»Reden wir jetzt oder scheißen wir?«, sagte Rania.
»Eine nette Sprache«, sagte Jannis.
»Ja, sehr nett«, sagte Rania. »Wenn ich dir sage, dass ich meine Tage habe, und du mir nicht glaubst.«
»Sehr nett«, sagte Jannis.
»Das ist schließlich kein Geheimnis, das sieht man.«
»Ach so ist das«, sagte Jannis.
»Soll ich jetzt die Binde raushole, damit du nachsiehst?«, sagte Rania.
»Wie schön«, sagte Jannis.
»Damit ich sie dir in die Fresse reibe?«, sagte Rania.
»Bravo«, sagte Jannis.
»Ich frage ja nur«, sagte Rania. »Da du mir nicht glaubst.«
»Sogar in die Fresse willst du sie einem reiben.«
»Da du es bezweifelst, oder etwa nicht?«
»Ein schönes Verhältnis hast du zu mir«, sagte Jannis. »Dass ich nicht mal weiß, ob du deine Tage hast oder nicht.«

»Also«, sagte Rania, »ich sag's dir hiermit. Glaubst du's nicht?«
»Nicht dass du mir wieder nein sagst, sobald sie vorbei sind.«
»Okay«, sagte Rania.
»Wie okay?«, sagte Jannis.
»Da du willst, dass wir uns wie Tiere paaren, lass es uns tun. Ich mach meine Beine breit, und du tust es.«
»Bravo«, sagte Jannis.
»Ja«, sagte Rania. »Komm zum Schluss.«
»Du machst deine Beine breit, damit ich es tue.«
»Was willst du mehr?«, sagte Rania.
»Du machst deine Beine und Arme breit.«
»Nun ja«, sagte Rania. »Das willst du doch.«
»Und du zählst dann wieder heimlich«, sagte Jannis. »Wie üblich.«
»Ja«, sagte Rania.
»So ist das also«, sagte Jannis.
»Was soll ich denn machen, Menschenskind? Wo wir doch Feinde sind oder etwa nicht?«
»Nein«, sagte Jannis. »Der Feind bist du.«
»Meinetwegen, nenn es so.«
»Mit allen Leuten«, sagte Jannis.
»Nenn es so«, sagte Rania.
»Ich bin mit niemandem verfeindet.«
»Mit allen Leuten bin ich also verfeindet«, sagte Rania.
»Sicher«, sagte Jannis.
»Na dann«, sagte Rania.
»Du beschimpfst mich«, sagte Jannis. »Du beschimpfst meine Mutter, beschimpfst meinen Vater. Beschimpfst alle Leute.«
»Deine Mutter beschimpft mich auch«, sagte Rania.
»Ich beschimpfe niemanden«, sagte Jannis.
»Sie nennt mich eine Diebin«, sagte Rania.
»Niemanden«, sagte Jannis.

»Sie nennt mich dieses und sie nennt mich jenes.«
»Okay«, sagte Jannis.
»Und du bist genau wie deine Mutter und dein Vater«, sagte Rania.
»Ich beschimpfe niemanden«, sagte Jannis.
»Wenn du mit einer Frau auskommst, kannst du mir ein Loch durch die Nase bohren. Wenn du überhaupt eine Frau zum Zusammenleben findest.«
»Das werden wir sehen«, sagte Jannis.
»Ich werde mich, wenn ich dann noch lebe, kaputtlachen über deine Misere.«
»Das ist sicher«, sagte Jannis.
»Mit welcher Frau du dich auch einlässt, ich werd' ihr sagen, mein Mädchen, pass auf, so und so.«
»Was heißt das«, sagte Jannis. »So und so?«
»Das, was du Popi angetan hast.«
»Was habe ich Popi angetan?«, sagte Jannis.
»Weiß ich nicht«, sagte Rania. »Jedenfalls hat sie sich von dir scheiden lassen und einen Vertreter geheiratet. Und ist jetzt eine Dame.«
»Mit Popi bin ich seit unserem zwölften Lebensjahr gegangen«, sagte Jannis. »Wir waren Kinder.«
»Ja«, sagte Rania.
»Wir passten nicht zusammen, und wir haben uns getrennt«, sagte Jannis. »Was soll's.«
»Ich bin anscheinend auch ein Kind«, sagte Rania.
»Lass gut sein«, sagte Jannis.
»Wir passen nicht zusammen, wir haben nichts Gemeinsames«, sagte Rania. »Du willst eine Frau, um sie brutal auszunutzen.«
»Ich«, sagte Jannis. »Um sie auszunutzen.«
»Sicher«, sagte Rania, »in jeder Minute.«
»Vielleicht wünscht du dir einen Mann«, sagte Jannis, »den du um den Finger wickeln und auf dem du rumtrampeln kannst.«

»Nein, das will ich nicht«, sagte Rania.

»Ah nein«, sagte Jannis. »Sag mal was anderes.«

»Warum sollte ich mir das wünschen«, sagte Rania.

»An dem Tag, als du abgehauen bist«, sagte Jannis. »Um zwölf Uhr bist du abgehauen und um zwölf Uhr nachts wiedergekommen.«

»Wann?«, sagte Rania.

»Am Tag des Heiligen Spiridon. Oder wann war's?«

»Am Tag des Heiligen Spiridon.«

»Ja«, sagte Jannis. »An einem Sonnabend. Wann war es noch? Am Heiligen Andreas.«

»Am Heiligen Andreas«, sagte Rania.

»An einem Feiertag«, sagte Jannis. »An einem Samstag, genau vor dem Fest des Heiligen Spiridon.«

»An einem Samstag«, sagte Rania.

»Ja, an einem Sonntag«, sagte Jannis. »Am Montag hatte Kapakis Namenstag, Samstag war der Heilige Spiridon, genau an einem Samstag vor Lefteris.«

»Sonst geht's uns gut«, sagte Rania.

»Bin ich nicht rumgelaufen?«, sagte Jannis.

»Sonst geht's uns gut.«

»Uns geht's sogar sehr gut«, sagte Jannis.

»Ich bin also abgehauen«, sagte Rania.

»Ja«, sagte Jannis.

»An Silvester bin ich abgehauen«, sagte Rania.

»Bist du nicht abgehauen, als Beba hier war?«, sagte Jannis. »Und bist du nicht um zwölf Uhr nachts heimgekommen.«

»Aha«, sagte Rania.

»Ja, aha«, sagte Jannis.

»Am Nikolaus-Tag«, sagte Rania.

»Am Nikolaus-Tag«, sagte Jannis. »Ich weiß nicht mehr, am Tag welches Heiligen es war. Ich führe kein Tagebuch.«

»Ja«, sagte Rania.
»Wo du warst, hast du letztlich nicht gesagt«, sagte Jannis.
»Ich hab' dir gesagt, dass ich bei Tassia war.«
»Du hast mir gesagt, dass du im Club warst«, sagte Jannis. »Danach, hast du mir gesagt, sind wir zu irgendeinem Nikos gegangen, der Namenstag hatte.«
»Du erzählst, was du willst«, sagte Rania.
»Und ich sage dir, dass ihr zu diesem Nikos gegangen seid, der Namenstag hatte. Was habt ihr dort gemacht?«
»Was du willst«, sagte Rania.
»Du erzählst mir, die Leute sagten, lasst uns einen Wein trinken gehen. Einen Kaffee.«
»Du erzählst wirres Zeug«, sagte Rania.
»Wirr?«, sagte Jannis. »Sag du doch, was du erzählt hast.«
»Was soll das heißen?«, sagte Rania.
»Menschenskind, sag mir, was du erzählt hast.«
»Die Leute haben gesagt, lasst uns einen trinken gehen«, sagte Rania, »zu dem Nikos, der Namenstag hatte.«
»Mit anderen Worten, genau das, was ich sage«, sagte Jannis.
»Und anschließend wollten wir aus essen gehen.«
»Wo doch dieser Nikos Namenstag hatte, wie wolltet ihr da aus, essen gehen?«
»Nikos wollte uns einladen«, sagte Rania.
»Er hätte seine Wohnung verlassen«, sagte Jannis.
»Ja, warum?«, sagte Rania.
»Wenn man Namenstag hat, verlässt man nicht das Haus«, sagte Jannis.
»Er hätte es gemacht«, sagte Rania.
»Und als du zurückkamst, war das vielleicht eine Antwort?«, sagte Jannis. »Ich habe dir gesagt, führ mich sofort dahin, wo ihr wart.«
»Und ich hab' dir gesagt, ich weiß es nicht, wo es ist«, sagte Rania. »Ich weiß nicht, wo es ist. Man hat mich hingebracht und wieder zu-

rück, und ich weiß nicht, wo es ist. Ist das die Möglichkeit?«
»Meinetwegen, dann ist es eben nicht die Möglichkeit«, sagte Rania.
»Du wolltest, dass ich das glaube«, sagte Jannis. »Dass ich eine solche Sache glaube.«
»Dann war es eben nicht möglich«, sagte Rania. »Was willst du jetzt?«
»Ich will, dass du mir sagst«, sagte Jannis. »Eine verheiratete Frau mit zwei Kindern. Die ihren Mann im Stich lässt, um zwölf Uhr mittags abhaut und um zwölf Uhr nachts zurückkommt.«
»Ja«, sagte Rania.
»Sie kommt um zwölf Uhr nachts nach Hause und weiß nicht, wo sie war«, sagte Jannis.
»Ja«, sagte Rania.
»Wo diese Frau ihre Kinder lässt, das sollst du mir sagen.«
»Wo lässt du sie denn?«, sagte Rania.
»Bei der Nachbarin nebenan, was?«
»Bei der Nachbarin?«, sagte Rania. »Bei Beba.«
»Du hast gewartet, bis Beba zurückkommt, um sie abzuholen.«
»Bei der Nachbarin«, sagte Rania.
»Ja«, sagte Jannis.
»Pass auf, dass ich dir nicht was an den Kopf werfe«, sagte Rania.
»Hast du sie nicht dort gelassen?«, sagte Jannis.
»Zum Teufel«, sagte Rania. »Ich hatte sie doch mitgenommen zum Club.«
»Du hattest sie mitgenommen«, sagte Jannis.
»Ja, du Schwachkopf«, sagte Rania. »Mitgenommen.«
»Du hattest sie mitgenommen.«
»Beba war am arbeiten«, sagte Rania.
»Beba hat mir gesagt, dass du sie bei ihr gelassen hast. Bei Rias Mutter.«
»Beba hat dir das gesagt.«
»Ja, Beba. An jenem Abend.«

»Bring sie her, vor uns«, sagte Rania.

»Ja«, sagte Jannis. »Ich werd' nach Lamia fahren, um sie zu holen.«

»Dann leck mich«, sagte Rania.

»Nett«, sagte Jannis.

»Beba war am Arbeiten, du Schwachkopf. Um vier Uhr war sie noch unten.«

»Ja«, sagte Jannis. »Und da hast du sie bei der Mutter von der Dings gelassen.«

»Von der Ria«, sagte Rania.

»Die zusammen mit Beba arbeitet.«

»Du Blödmann«, sagte Rania.

»Und du bist in den Club gegangen, und Beba hat sie abgeholt.«

»Beba hat sie abgeholt.«

»Ja«, sagte Jannis. »Und du hast ihr gesagt, sie soll herkommen und die Wohnung aufschließen. Nicht einmal einen Schlüssel hatte sie um aufzusperren.«

»Du Blödmann«, sagte Rania, »du machst mich nervös.«

»Hast du Beba etwa die Schlüssel gegeben zum Aufzusperren?«

»Pass bloß auf«, sagte Rania.

»Was hast du Beba denn gesagt?«

»Was ich ihr gesagt habe?«

»Ja«, sagte Jannis.

»Ich war mit Beba hier. Am Samstag.«

»Mit Beba hier.«

»Ja«, sagte Rania.

»Du warst mit ihr hier«, sagte Jannis.

»Ja.«

»Mit Beba?«

»Ja«, sagte Rania.

»Und wie bist du verschwunden«, sagte Jannis, »und weggeblieben.«

»Wie ich verschwunden bin?«

»Ja«, sagte Jannis.

»Ich bin um sieben Uhr abends aufgebrochen«, sagte Rania. »Als du dir dieses Fußballspiel angeschaut hast.«

»Warum?«, sagte Jannis.

»Darum«, sagte Rania. »Weil ich mich geärgert hatte.«

»Du hattest dich geärgert«, sagte Jannis.

»Ja«, sagte Rania. »Und da bin ich abgehauen. Ich hab' mich geärgert und bin abgehauen. Na und?«

»Ah, so macht man das also?«

»So macht man das. Ich hab' mich geärgert, mir fiel die Bude auf den Kopf, und darum bin ich abgehauen.«

»So ist das also«, sagte Jannis.

»Na und, was ist dabei«, sagte Rania.

»Wenn du verrückt bist«, sagte Jannis. »Wenn du verrückt bist, solltest du woanders hingehen. Deine Kinder können nichts dafür.«

»Nein«, sagte Rania.

»Natürlich nicht.«

»Okay«, sagte Rania. »Okay. Du wirst jetzt zum Gericht laufen und alles erzählen. Okay?«

»Natürlich«, sagte Jannis.

»Ich werde auch gehen«, sagte Rania. »Ich werde auch alles erzählen. Dann woll'n wir mal sehen, wer Recht und wer Unrecht hat.«

»Okay«, sagte Jannis.

»Komm zum Schluss«, sagte Rania. »Und Zeugen hab' ich, so viele ich will.«

»Ja«, sagte Jannis. »Wenn du das so spielst.«

»Ich spiel das nicht so«, sagte Rania. »Du machst das.«

»Nein«, sagte Jannis. »Du.«

»Und ich denk nicht daran, dir die Scheidung zu meinen Lasten zu geben«, sagte Rania.

»Die Scheidung willst du, ich nicht.«

»Ja«, sagte Rania. »Ich will sie.«

»Ah so?«, sagte Jannis.

»Ja, so«, sagte Rania.

»Weder werde ich den Antrag stellen«, sagte Jannis, »noch werde ich sagen, dass ich schuld bin.«

»Im gegenseitigen Einverständnis, Menschenskind. Wir passen nicht zusammen.«

»Du passt nicht zusammen«, sagte Jannis.

»Ich passe nicht zusammen.«

»Mit niemandem. Nicht mal mit deinen Kleidern.«

»Ah ja«, sagte Rania.

»Sicher.«

»Ah so?«, sagte Rania.

»Genau«, sagte Jannis. »So ist es.«

»Meinetwegen«, sagte Rania.

»Nicht meinetwegen«, sagte Jannis.

»Dann eben nicht«, sagte Rania.

»In der Neujahrsnacht bist du losgezogen und abgehauen«, sagte Jannis. »Und Prokopis hat dich auf der Straße aufgelesen. Du hast dich rumgetrieben, es passte dir nicht, mit mir zu gehen.«

»Auf der Straße hat er mich aufgelesen«, sagte Rania.

»Hat er dich nicht auf der Straße aufgelesen? Hat er dich nicht unten an der Ecke getroffen?«

»Er hat mich nicht getroffen«, sagte Rania. »Ich hab' ihn getroffen.«

»Das ist dasselbe«, sagte Jannis.

»Das ist nicht dasselbe«, sagte Rania.

»Genau dasselbe.«

»Ich wollte anrufen von der Telefonzelle.«

»Wie bitte?«, sagte Jannis.

»Ich hab' bei deiner Mutter angerufen, und ihr habt nicht abgehoben.«

»Du wolltest anrufen«, sagte Jannis, »von der Telefonzelle.«
»Und ihr habt nicht abgehoben«, sagte Rania.
»Um zwölf Uhr lesen dich die Fremden auf«, sagte Jannis. »Von der Straße.«
»Ja«, sagte Rania.
»In der Silvesternacht«, sagte Jannis.
»Ja«, sagte Rania.
»Es passte dir nicht, Silvester mit deiner Familie zu feiern.«
»Nicht mit deiner Mutter«, sagte Rania. »Und nicht mit deiner Schwester.«
»Mit deiner Familie«, sagte Jannis.
»Mit meiner Familie schon. Nicht mit deiner Mutter.«
»Okay«, sagte Jannis.
»Deine Mutter ist nicht meine Familie.«
»Zunächst mal«, sagte Jannis, »hab' ich dir nicht gesagt, dass wir zu meiner Mutter gehen sollen. Ich hab' dich gefragt, ob wir irgendwo hingehen. Und du sagst mir, ich werd' schlafen. Das hast du mir gesagt.«
»Ach Mensch, leck mich«, sagte Rania.
»Nett«, sagte Jannis.
»Wenn du sagst, gehen wir irgendwo hin, meinst du deine Mutter.«
»Ich weiß nicht, was du verstehst. Ich sage jedenfalls, was ich dir gesagt habe.«
»Die Angelegenheit ist abgeschlossen«, sagte Rania.
»Ich hab' dir gesagt, was ich gesagt habe.«
»Und ich hab' dir gesagt, leck mich«, sagte Rania.
»Nett wie du redest«, sagte Jannis.
»Sind wir uns einig?«, sagte Rania. »Wir sind uns nicht einig.«
»Nein«, sagte Jannis.
»Ich sprech' von einer Sache, du von einer anderen. Also ist es aus zwischen uns.«

»Früher hast du nicht so geredet«, sagte Jannis.
»Ich rede, wie ich will«, sagte Rania.
»Und du warst auch nicht so.«
»Das wäre in deinem Interesse«, sagte Rania, »dass ich nicht so bin.«
»Du bist vulgär geworden«, sagte Jannis.
»Ha«, sagte Rania. »Ich bin nicht dein Frauchen. Das ist jetzt vorbei.«
»Vulgär«, sagte Jannis.
»Ja«, sagte Rania. »Ich bin nicht höflich.«
»Wo ist mein Pullover?«, sagte Jannis.
»Weiß ich nicht«, sagte Rania.
»Menschenskind«, sagte Jannis. »Ich habe gefragt, wo mein Pullover ist.«
»Welcher Pullover?«, sagte Rania.
»Der blaue mit den Streifen.«
»In der Schublade im Schrank«, sagte Rania.
»Ist er nicht«, sagte Jannis.
»Was willst du damit?«, sagte Rania
»Ihn anziehen«, sagte Jannis.
»Gehst du?«, sagte Rania.
»Ja.«
»Wo gehst du hin?«
»Ich leg dir keine Rechenschaft ab«, sagte Jannis.
»Mensch, fick dich«, sagte Rania.
»Nett«, sagte Jannis.
»Menschenskind, ich hab' dich bloß was gefragt.«
»Zu meiner Mutter«, sagte Jannis.
»Ha«, sagte Rania.
»Kannst du mir sagen, wo mein Pullover ist?«, sagte Jannis. »Wo hast du ihn hingeschmissen?«
»In den Müll«, sagte Rania.
»Zwing mich nicht, Maßnahmen zu ergreifen«, sagte Jannis.

»Drohst du mir?«, sagte Rania.
»Ich will meinen Pullover«, sagte Jannis.
»Such ihn«, sagte Rania. »Ich bin keine Hausfrau.«
»Ich will dir mal was sagen«, sagte Jannis.
»Sag mir nichts«, sagte Rania.
»Hörst du?«, sagte Jannis.
»Nein«, sagte Rania.
»Du hast gesagt, dass wir am Ende sind, okay?«
»Ja«, sagte Rania.
»Und ich will meinen Pullover, um wegzugehen«, sagte Jannis.
»Schön«, sagte Rania, »such auf dem Boden oder in der Truhe.«
»Ich habe gesucht«, sagte Jannis.
»Und was ist das?«, sagte Rania.
Sie zog blindlings einen Pullover aus der Truhe und warf ihn ihm ins Gesicht.
Jannis fing ihn in der Luft auf. Als er ihn auseinanderfaltete, beugte er sich vor und schnupperte an ihm.
»Bitte sehr«, sagte er.
»Was ist?«, sagte Rania.
»Schau«, sagte Jannis.
»Was?«
»Er ist in Fetzen. Die Motten haben ihn gefressen.«
»Ha«, sagte Rania. »Meinst du, die streiten sich auch?«
»Du hättest etwas Naphthalin dazulegen können««, sagte Jannis.
Er ließ den Pullover fallen, öffnete die Tür und verschwand.
»Zum Teufel«, sagte Rania und begann, voller Wut zu heulen.

Aus dem Griechischen übersetzt von Ulf-Dieter Klemm

DER LETZTE VARLAMIS

Varlamis

In einer Reihe drei Platanen stehen
Und dichten Schatten wirft die eine.
An ihren Ästen Säbel hängen
An ihrem Fuße Flinten lehnen
Und ausgestreckt darunter liegt Varlamis.

Von diesem Lied sind nur die fünf angeführten Zeilen erhalten. Die dazugehörige Musik ist verloren gegangen. Zuerst hat Passow es herausgegeben (Popularia Carmina Graeciae, Leipzig 1860). Jannis Apostolakis bezweifelt, dass es authentisch ist (*Das Kleftenlied*, Hestia-Verlagsbuchhandlung, Athen 1934):

> *Sollte es sich nicht um ein Fragment handeln, kann es wegen der trockenen Beschreibung der äußeren Umgebung in Frage gestellt werden.*

Vermutlich meint er damit die Ausschmückung des Umfelds. Alexis Politis (*Das Volkslied. Kleftenlieder*, Ermis–Verlag, Athen 1973) äußert sich wie folgt:

> *[...] Ich persönlich halte es für ein Fragment, hauptsächlich, weil Fälschungen selten aus so wenigen Zeilen bestehen und sich noch seltener auf unbekannte oder Nebenfiguren beziehen.*

Im März–Heft 1993 (Nr. 1577) der Zeitschrift *Nea Hestia*, einer Hommage an die »nationale Wiedergeburt«, entkräftet Stavros Zoumboulakis diese Ansichten in seinem Artikel »Die Modernität der Kleften–Lieder.« Indirekt, jedoch unmissverständlich verteidigt er die Vollständigkeit des Lieds sowie auch dessen Authentizität:

> *Die lyrischen Qualitäten dieses ursprünglichen Meisterwerks erzeugen bei uns eine Illusion von Vollständigkeit bei Nennung des Helden, ohne uns jedoch irgendeine Information über sein Leben, seine Taten oder allgemein über sein irdisches Dasein zu liefern. Nicht eine einzige. Die laut Apostolakis »trockene Beschreibung« stellt lediglich die der schlichten Lyrik inhärenten Elemente dar, die anonyme Dichtung kennzeichnen; auf diese Art von Lyrik hat uns, in umgekehrter Weise, Kavafis eingestimmt. In elegischem Ton durchzieht eine unsichtbare Linie die Verse: Varlamis schläft nicht unter der Platane. Varlamis hat keinen bestimmten Artikel. Er ist tot. Das ist alles.*

1952 erscheint der Gedichtband »Wie ein Volkslied« von Thassos Mavrogonatos: eine posthume Edition, für die seine zypriotische Mutter Andri aufgekommen war (daher auch der Name Thassos, eine auf der Insel übliche Kurzform von Athanassios). Thassos Mavrogonatos wurde 1921 in Polygyros/Chalkidike geboren. Sein Vater arbeitete dort als Ingenieur bei der Präfektur. Er studierte klassische Philologie an der Aristoteles-Universität in Thessaloniki. 1948 kam er als Fähnrich der Reserve des Nationalen Heers im Alter von 27 Jahren ums Leben, bei Gefechten auf der unbenannten Anhöhe Nr. 1204 im Grammos-Massiv, Region Arbousi. Eines der Gedichte dieser Sammlung hat denselben Titel wie unser Volkslied:

Varlamis

In einer Reihe drei Platanen stehen
Derweilen fährt Varlamis
Rücklings auf dem Floß
Der wunderbaren Verse liegend
Den Acheron hinauf.

War er groß oder klein
Schwarzhaarig oder rotblond?
Liebte er die Frauen
Wie sein Zeitgenosse Zacharias
Aus Barbitsa im Parnon-Gebirge
Oder neigte er eher zum eig'nen Geschlecht?

Vergeblich diese Fragen.
Gehüllt ins Dunkel der Geschichte
Werden sie ewig ohne Antwort bleiben.
Und weiter geht die Fahrt stromaufwärts.

Stavros Zoumboulakis zufolge, der sich im erwähnten Artikel auf »Wie ein Volkslied« bezieht, blieb der Gedichtband trotz seiner *kühnen Modernität* – ein hierzulande von Alexandros Argyriou eingeführter Begriff – unbeachtet.

Im selben Jahr 1952 – kein Zufall, wie sich später herausstellt – holt Roxani-Rhea Avrolaiti die Eingabe eines Freiheitskämpfers namens Grigorakis Varlamis mit Datum vom 4. Mai 1828 aus dem Staub des Staatsarchivs und veröffentlicht sie im »Preveza-Echo«. Mit dieser Eingabe bittet Varlamis den Regenten Kapodistrias, in die zu gründende Truppe als Offizier aufgenommen zu werden. In der knappen Darstellung seines Werdeganges wird auch seine Abstammung erwähnt: »Als mein Großvater Michail, Kleftenanführer in Lini und Naides [...].« Das von einem Schreiber aufgesetzte Gesuch gibt in typischer Amtssprache das Drama all jener Anführer von Freischärlergrüppchen wieder, die nach dem Ende des Befreiungskampfes nichts mehr zu tun hatten und ihre entladenen Pistolen und Verwundungen durch die Kaffeehäuser von Nafplio schleppten.

In ihrem Kommentar setzt Avrolaiti den Großvater Michail der Eingabe mit dem Varlamis der drei Platanen gleich. Dazu gebracht hat sie das eigentümliche Metrum des Lieds, einziger Fall eines trochäischen Zwölfsilbers, was sie als Beleg für eine Antikisierung ansieht und das Lied auf die Mitte des 18. Jahrhunderts datiert. Drei Generationen zurück. Sie beruft sich ebenfalls auf die Ortsbezeichnung Naides, die auf den Namen eines verfallenen Klosters im Tzoumerka-Massiv hinweist – wo Lini liegt, konnte nicht eruiert werden. Das Marienkloster von Naides wurde in den Jahren vor dem Befreiungskampf gegen die Osmanen als Sitz Aufständischer von einer türkisch-albanischen Bande in Brand gesetzt.

Ihre Argumente sind nicht unwiderlegbar und sie weiß das. Ihre Untersuchungen werden deshalb in einer zweiten, ausführlicheren Arbeit fortgeführt. 1953 veröffentlicht sie, wieder im »Preveza-Echo«, eine 64-seitige Broschüre mit dem Titel »Kleftenlieder – Geschichte.« Sie besteht aus fünf Abhandlungen – darunter eine über Varlamis – zu ebenso vielen in Kleftenliedern besungenen Helden. In den Liedern geht es um deren Tapferkeit, die oft dazu führt, dass sie auf hochdramatische Weise aus dem Leben scheiden. Allesamt Personen, die tatsächlich existiert haben und deren Andenken durch die Volksmuse bewahrt wurde, jedoch ohne weiteren Beleg ihrer Identität: Liakos, Kaliakoudas, Varlamis, Thanassis Vlachos, Tselios. »Unbekannte oder Nebenfiguren«, laut Alexis Politis. Nährt die Geschichte die Kunst oder erschafft die Kunst – in vorliegendem Fall die Dichtung – geschichtliche Wirklichkeit? Die Frage zieht sich unterschwellig durch sämtliche Abhandlungen. Was die besagte, heute kaum auffindbare Broschüre angeht, muss darauf hingewiesen werden, dass die Protagonisten aller fünf Beiträge auch als unabhängige lyrische Figuren im oben erwähnten Gedichtband »Wie ein Volkslied« auftreten. Die Verbindung zwischen beiden, Broschüre und Gedichtband, ist unverkennbar.

Die eine (Kleftenlieder – Geschichte) wirkt als Verlängerung der im zweiten (Wie ein Volkslied) aufgeworfenen Fragen, gelegentlich jedoch auch als Widerrede. Es wächst die Neugier: Gibt es eine Vorgeschichte zwischen Mavrogonatos und Avrolaitou? Eine persönliche Beziehung, wie man zu Recht annehmen könnte? Oder handelt es sich einfach um ein zufälliges Zusammentreffen von philologischer Forschung und ästhetischem Suchen? Zum jetzigen Zeitpunkt und in Ermangelung von Fakten wäre jedwede Interpretation dieses Zusammenhangs riskant.

Roxani-Rhea Avrolaiti wurde 1923 in Deutschland geboren. Ihr Onkel war der damals renommierte Tübinger Sprachwissenschaftler Pavlos Avrolaitis, ihr Vater dessen jüngerer und weniger bekannte Bruder Kriton, Professor für Neurologie an der Universität Berlin.

1932 folgt Kriton Avrolaitis einem Appell von Ministerpräsident Papanastassiou an namhafte Griechen der Diaspora, man möge zurückkehren, um im Land (und für dieses) zu arbeiten – was all die bitter bereuen sollten, die in die Falle ihres nostalgischen Patriotismus tappten. Überdies machte ihm die organisierte Gewalt des aufsteigenden Nationalsozialismus schwer zu schaffen, so dass er mitsamt seiner deutschen Frau Ortrud, Roxani-Rhea und deren zwei Jahre jüngerem Bruder Maximilian nach Griechenland übersiedelte.

Ein paar der hier angeführten Lebensdaten sind dem ausführlichen Nachruf »Ro-Ro. In memoriam« von Fanis Kakridis entnommen, erschienen am 29. Februar 1998 in der Sonntagsausgabe der Zeitung *To Vima*.

Roxani-Rhea, Ro-Ro im engen Familienkreis – wie auch im Nachruf –, studierte Geschichte und Archäologie an der Athener Kapodistrias-Universität. In Juni 1945 schloss sie das Studium mit der Bestnote ab. Schon eine ihrer frühen Seminararbeiten hatte ihren Professor beeindruckt: »Das Lied von Rovas. Auswanderungsriten auf dem Balkan im 18. Jahrhundert.«

1949 wird sie als Lehrerin eingestellt und an das 1. Knabengymnasium in Tripolis geschickt. 1950 erfolgt ihre Strafversetzung an das Mädchengymnasium in Preveza. Anlass der Versetzung: Freizügiges Benehmen. So allgemein, umhüllt vom Dunstkreis eines speziellen Klatsches. Sexuelle Freizügigkeit. Die zerbrechliche – laut Nachruf ätherische – Ro-Ro geht vor den Staatsrat, das oberste Verwaltungsgericht. Drei Jahre später gibt der Staatsrat ihrer Klage auf Aufhebung der Strafe wegen unzureichender Begründung statt. Es ist ein Triumph. Roxani-Rhea Avrolaiti vollendet ihn, indem sie im selben Jahr ihre Entlassung aus dem Beamtenverhältnis beantragt.

Im September 1953 geht sie nach Frankreich. Dort will sie ihre Studien – und ihre Aktivitäten – ausweiten, außerhalb Griechenlands.

Es ist der Beginn eines langen Wanderlebens. Am Institut für Neogräzistik der Sorbonne verfasst sie ihre Doktorarbeit bei Jean-François Arnaud. Ihr Thema: »Der letzte Varlamis.«

Das klingt ein wenig nach fixer Idee. Diesmal über Varlamis und seine Nachkommen. Man könnte es auch als Trauma auffassen.

Grigorakis Varlamis' Eingabe an den Regenten Kapodistrias hatte das gewünschte Ergebnis. Der Enkel des »Oberkleften« begann eine zweite Laufbahn in der regulären Armee als Kommandeur einer Hundertschaft, um gegen Ende der Regierungszeit von König Otto (1863) mit dem Dienstgrad des Oberstleutnants auszuscheiden.

Grigorios Michail Varlamis, Enkel des Oberstleutnants, führte die militärische Familientradition weiter. Oberleutnant im griechisch-türkischen Krieg von 1897, wird er sich als Adjutant von Oberst Smolenski auszeichnen, durch dessen riskanten Angriff bei Welestino der griechischen Armee die komplette Blamage der Kriegsgefangenschaft erspart blieb. Unmittelbar nach dem Ende jenes »patriotischen Missgeschicks« wird er, nunmehr im Rang eines Hauptmanns, als Assistent des Militärattachés an die Griechische Botschaft in Paris gesandt. Verheiratet ist er mit Amalia Griva, Tochter aus großbürgerlichem Hause, dessen Wurzeln bis zu den Armatolen in Zentralgriechenland reichen. Sie haben zwei gemeinsame Kinder: den dreijährigen Stammhalter Michail und ein einjähriges ungetauftes Töchterchen. Nach Paris geht er zunächst allein, bis die erforderlichen Voraussetzungen für den Umzug der Familie gewährleistet sind.

Sechs Monate später erreicht die Leidenschaft der Michèle Deldeau, einer trotz ihrer 38 Jahre noch gefeierten Größe des Kabaretts, für den Hauptmann vom Balkan Teile der Pariser Presse. Der Skandal findet einen abrupten Abschluss. Hauptmann Varlamis lässt alles stehen und liegen, um Michèle Deldeau auf eine von ihr persönlich sorgsam geplanten Tournee in die Länder des östlichen Mittelmeers zu begleiten. Eine Abschieds-Tournee – uneingestandenermaßen. In einem

Bericht an die Zentralabteilung des Außenministeriums kommentiert Botschafter Aristidis Enian den Vorfall wie folgt:

> *Obschon die ganze Angelegenheit, was das Familienleben und die berufliche Laufbahn des betreffenden Hauptmanns angeht, ein Desaster ist, kann sie jedoch aus nationaler Sicht im Hinblick auf das Ansehen Griechenlands hauptsächlich bei den breiten Volksmassen in der gegenwärtigen Situation als besonders vorteilhaft angesehen werden.*

Worauf der zynische Diplomat mit dem Hinweis auf die »gegenwärtige Situation« anspielt, ist offensichtlich: Ganze sechs Monate lang, vom Mai 1897, als der Ausgang dieses idiotischen Krieges entschieden war, bis zur endgültigen Beilegung des Konflikts im Oktober desselben Jahres, war die Gefahr, dass das gerade mal bis zum Olymp reichende kleine Griechenland noch kleiner würde, auf quälende Weise präsent. Während dieser ganzen Zeit lief Botschafter Enian unablässig die Stufen des Quai d'Orsay hinauf und hinab, mal um sich gegen als freundschaftliche Ratschläge vorgetragene indiskutable Kompromisse zu stemmen, mal um wirksamere Unterstützung gegen die Unnachgiebigkeit der türkischen Sieger zu erflehen. Diese ganze Schande, diese Demütigungen, die natürlich irgendwie nationaler Natur waren, hatte er, auf einer anderen, sehr konkreten Ebene höchstpersönlich hinnehmen müssen. Sie wurden nun durch Hauptmann Varlamis' rührigen Phallus triumphal hinweggewischt.

Amalia Varlami erfuhr von den Vorgängen zuletzt. Ihre Reaktion war alles andere als mediterran übertrieben. Ein halbes Jahr des Ausharrens und der Enthaltung von ehelichen Freuden hatte ihre natürliche

Selbstbeherrschung nicht im Mindesten beeinflusst. Sie gab ihrem Anwalt freie Hand bei der Scheidung und strich den Hauptmann ein für alle Mal aus ihrem Leben und Denken.

Michèle Deldeau erwies sich als gute Managerin ihrer selbst. Die abrupt angesetzte Tournee, die im Grunde keine war, dauerte ungefähr fünf Jahre. Nach dem ersten Jahr der Erkundungen in den großen Städten des Nahen Ostens ließ sich das Paar dauerhaft in Beirut nieder.

Mit ihrem ausgeprägten Instinkt begriff Michèle Deldeau, dass der frankophone Libanon für ihre unternehmerischen Ziele – sowie für die Ware, die sie anbieten wollte – das strategische Zentrum eines unersättlichen Markts darstellte, der sich weit über die geographischen Grenzen des Landes hinaus erstreckte. Es folgten fünf Jahre des Triumphs, nicht nur wirtschaftlich. Glanz und Glorie des von Michèle Deldeau mit Durchsetzungsvermögen und Umsicht errichteten und geleiteten Kabaretts »Der Schöne Hauptmann« strahlten weit ins Land hinaus.

Während dieser Zeit der Hochstimmung gab es nur zwei düstere Momente, beide für den Hauptmann. Im Januar 1900, sozusagen als Präsent für das neue Jahrhundert, wurde er vom Heeresministerium mit einem simplen Bescheid davon in Kenntnis gesetzt, dass sein Name endgültig aus der Liste des Berufsoffizierskorps gestrichen sei. Es war wie eine Degradierung. Bitterkeit erfüllte den nunmehr ehemaligen Hauptmann, aber er reagierte beherzt: Er zerriss das Blatt in winzige Fetzen und warf sie hinter sich. Im zweiten Fall tat es weh. Wieder handelte es sich um einen Brief, im selben Jahr 1900, neun Monate später, der ihn mit wochenlanger Verspätung über Frankreich erreichte. Amalia Grivas Anwalt informierte den Hauptmann Grigorios Varlamis, dass sein erstgeborener Sohn Michail am 29. Juli des Jahres während einer lang anhaltenden Meningitis-Epidemie verstorben sei.

Diesmal zerriss der Hauptmann den Brief nicht. Er verbrannte ihn. Und die Asche senkte sich auf seine Seele.

Nach Ablauf dieser fünf Jahre geschah Folgendes: An ihrem 43. Geburtstag verkündete Michèle Deldeau mit merkwürdig verschämter Miene dem ehemaligen Hauptmann, dass Gott sie gesegnet habe. Es dauerte ein paar Sekunden, bis jener begriff, worum es ging. Fünf Jahre des Zusammenlebens und ununterbrochenen täglichen Austauschs mit ihr hatten ihn überzeugt, dass Michèle nichts für Fruchtbarkeit und Reproduktion übrig hatte. Da er die Erfahrung der Vaterschaft bereits gemacht hatte, fragte er sich nie, weshalb und wie sich Michèle mit der Lage abfand.

Fünf Jahre sind jedoch ein ausreichender Zeitraum, um die Leidenschaft zu dämpfen und den Wurm der Nostalgie schlüpfen zu lassen. Was Michèle den Segen Gottes genannt hatte, war nichts anderes als der sehnsüchtige Blick auf ihre verstrichene Jugend. Die Reaktion des ehemaligen Hauptmanns war ebenfalls von schmerzlicher Sehnsucht geprägt. Sie kam als nahezu krankhafte Fürsorge für Michèles Leib und die Frucht, die in ihm wuchs, zum Ausdruck. Er konnte stundenlang wie in Ekstase vor ihrer sich wandelnden Blöße verweilen. Ihr aufgeblähter Bauch, die immer straffere Ebene ihres Nabels und der Steilabfall zur Grenze ihrer Scham umhüllten nicht nur schützend das neue Leben. Es ist seltsam, aber dieses neue Leben, das, noch unsichtbar, geduldig das Gewebe seiner Zukunft spann, löste bei ihm innere Stürme aus, die nichts mit der Zukunft zu tun hatten. Sie hatten ausschließlich mit seiner eigenen Vergangenheit zu tun. So heftig war der Druck in diese Richtung, dass der Ex-Hauptmann gelegentlich, in zärtlichen Stunden, seine Lippen auf Michèles halboffenes Portal heftete und brüllte, er wolle in ihr Dunkel eintauchen. Das überschritt die Grenzen auch ihrer gewagtesten Spiele.

Erschreckt von seinem Ungestüm zog Michèle ihn auf sich und versuchte ihn zu besänftigen, indem sie ihm auf den Rücken klopfte und ihm die Brust darbot. Die Bewegung geschah instinktiv und zeigte Wirkung. Der ehemalige Hauptmann beruhigte sich, drehte sich auf den Rücken und erklärte mit noch immer entrücktem Ausdruck: »Das Kind kommt in Griechenland zur Welt.«

Den Wunsch des ehemaligen Hauptmanns nahm Michèle folgsam auf. Sie stellte jedoch eine Bedingung: Wenn schon Gott ihrer Liebe den Segen erteilt habe, so sollte ihr Bund auch von den Menschen bestätigt werden.

Der ehemalige Hauptmann befasste sich nun mit den entsprechenden Prozeduren. Viereinhalb Monate dauerte es, ein für damalige Verhältnisse durchaus nachvollziehbarer Zeitraum, nebst einer hartnäckig geführten Korrespondenz mit verschiedenen Dienststellen – Standes- und Pfarrämtern und so weiter – bis die erforderlichen Unterlagen zusammen waren. Die Eheschließung fand am 12. September 1904 im Patriarchat von Jerusalem statt. Für den ehemaligen Hauptmann, der sich dafür entschieden hatte, war es eine Konfrontation – aber mit wem? Womöglich mit sich selbst. Seit er mit seinem früheren Leben auf so spektakuläre Weise gebrochen hatte, auch wenn dies ohne äußeren Druck und auf seine Initiative hin geschehen war, hatte ihn die Vorstellung, vor die Tür gesetzt worden zu sein, nie verlassen. Diese Vorstellung und das daraus erwachsene vitale Verlangen nach einer undefinierten Revanche wurden durch die Pracht der Kirche wettgemacht. Auch wenn sich der greise Patriarch mit zittriger Stimme auf die Lesung des Evangeliums beschränkte. Michèle Deldeau befand sich bereits am Ende des sechsten Monats. Die Übelkeit, die ihr anfangs ziemlich zugesetzt hatte, war vorüber. Sie hatte aber zugenommen und litt schwer unter den hohen Temperaturen. Die Hitzewelle in jenem September 1904 war unerträglich. Die Liturgie der Ostkirche gefiel ihr, jagte ihr jedoch, irgendwo tief im Innern, auch Angst ein. Sie stand mit nackten Beinen neben dem Ex-Hauptmann. In ihrem Zustand konnte sie einfach keine Strumpfhalter ertragen.

Ohne Strümpfe, in einem himmelblauen Seidenkleid, das leicht an ihrem gerundeten Bauch klebte, empfand sie sich zum ersten Mal als unanständig. Bloßgestellt. Dieses Gefühl verstärkte der rothaarige Archimandrit, der den Ritus abhielt. Er schaute sie ständig an und lächelte hintersinnig, als wolle er ihr ein Geheimnis verraten. Oder einen vulgären Witz erzählen. Kurz bevor ihre Nerven am Ende waren, setzte plötzlich das Gedächtnis ein.

Vor ihr stand jener merkwürdige Kunde aus dem »Schönen Hauptmann«, der ab und zu überraschend auftauchte, immer mit gepflegtem Bart, langem Dichterhaar und Golfhosen – im Stil eines entspannten, kosmopolitischen Touristen. Sie atmete erleichtert auf. Ebenso der Archimandrit. Das »Wiedererkennen« hatte stattgefunden.

Als er ihr zum ersten Mal einen Schluck vom Wein ihres neuen Lebens zu trinken reichte, fragte er sie, kaum seine Lippen bewegend:

»Le beau capitaine?«

»Il a été vendu«, gab sie zur Antwort, ebenfalls mit fast reglosen Lippen.

Der »Schöne Hauptmann« war in der Tat verkauft worden. Er hatte den Besitzer gewechselt, ohne den Namen zu ändern. Inzwischen war der Name sein Kapital. Der neue Inhaber behielt die Angewohnheit bei, zu jedem 25. März die griechische Fahne an dem starken Mast zu hissen, den der ehemalige Hauptmann eigens dafür errichtet hatte.

Hier ein Einschub, der den »Schönen Hauptmann« historisch mit der griechischen Literatur in Verbindung bringt. In den 1950er Jahren gibt es das Kabarett noch, wenn auch heruntergekommen. Nun ist es ein gewöhnliches Bordell. Nach wie vor heißt es jedoch »Der schöne Hauptmann.« Irgendwie hieß nun die ganze Gegend so. Ein verrufenes Viertel. Der Name war zur Ortsbezeichnung geworden. Im 4. Band seiner politischen Tagebücher notiert der Diplomat und Dichter Giorgos Seferis: »27. April 1952.«

Vor exakt 58 Jahren. Seferis ist damals im Libanon und in Syrien akkreditierter griechischer Botschafter.

> *Habe heute Kavvadias getroffen. Alle zwei Wochen fährt er auf der »Semiramis« vorbei. Er ist dort Bordfunker. Ich bin eigens zum Hafen gefahren, um ihn im Empfang zu nehmen. Das Gespräch mit ihm ist interessant, wenn er nicht gerade seine üblen Scherze treibt. Am Ende ging er mir auf die Nerven und ärgerte mich.*

Kavvadias, von den Literaten Marabu und im Freundeskreis Kolias genannt, gibt die Begegnung anders wieder.

Zum einen war das Postschiff die »Kleopatra«, nicht die »Semiramis.« Auf der »Semiramis« war er nie gefahren. Auch nicht auf der »Theodora«, wie Seferis an anderer Stelle fälschlicher Weise vermerkt. Tatsächlich erwartete ihn dieser im Hafen. Der Botschafterwagen stand da mit laufendem Motor und wehendem Stander am vorderen Kotflügel. Kavvadias nahm dies als Inszenierung wahr, die Eindruck schinden sollte. »Wohin fahren wir?« fragte Seferis. »Wohin du willst. Aber vorher muss ich noch etwas erledigen.« Und er gab dem Chauffeur Anweisungen. Der sagte kein Wort. Man hielt vor dem »Schönen Hauptmann.« »Es dauert nicht lange«, sagte Kavvadias. Die Mädels mochten Kolias gern, er war einer von ihnen. Von jeder Reise bracht er ihnen etwas mit. Korallen, Kämme aus Schildplatt, Elfenbeindöschen. Er sagt zur Puffmutter, einer Griechin namens Vassiliki: »Draußen steht unser Botschafter. Sag ihm doch, er soll reinkommen. Mit den Mädels.«

Seferis wartete tief in den Rücksitz gesunken. Er sah die Damen näher kommen und kapierte. Stieg aus dem Wagen, knöpfte das Jackett zu. Diplomat. »Exzellenz, zu Diensten«, sagte Vassiliki und wies auf ihre Ware. Seferis tadellos. Verbeugte sich, küsste ihr die Hand: »Ein andermal, gnädige Frau.« Innerlich kochte er vor Wut. Drei Jahre lang sprach er kein Wort mit Marabu.

27. September 1904. Die Übersiedlung des Paars nach Athen verlief reibungslos. Man hatte bereits eine Wohnung in der Mitropoleos-Straße, Ecke Aiolou gemietet. In derselben dreistöckigen Athener Villa wohnte Herr Dieter Boehringer, Hofphotograph. Eine persönliche Wahl von Prinzessin Sophia, Gattin des Thronfolgers. Frau Bertha Boehringer war eher vollschlank. Füllig. Eine Mutti. Alles üppig, alles *gemütlich**. Sehr angenehm. Wie eine ältere Schwester stand sie Michèle bei. Möglichst schnell Griechisch zu lernen, war ihr Rat.

Sie stellte ihr Kyria Ioanna vor, eine ältere, aber ausgezeichnete Lehrerin, die ihr selbst geholfen hatte. Die letzten drei Schwangerschaftsmonate widmete Michèle sich ausschließlich dem Lernen. Ihre Fortschritte waren spektakulär. Abgesehen von der unvermeidlichen Betonung der Wörter auf der letzten Silbe, der sie nie Herr wurde, was jedoch ihrer Rede einen besonderen Reiz verlieh. Im Salon von Herrn Boehringer sollte der Ex-Hauptmann einige Honoratioren des Athener politischen und gesellschaftlichen Lebens kennenlernen. Unter anderen den deutsch-griechischen Anwalt Esslin oder den Archäologen Dörpfeld.

16. Dezember 1904. Der neue Michail wird geboren. Von nun an und Zeit seines Lebens Michel Varlamis. Ein echter Schütze. Gewicht: 2 Okka und 320 Dramia. Braune Augen und lange Finger. Das Gewicht des Neugeborenen und das Alter der Mutter machten einen Kaiserschnitt erforderlich. Spät an jenem Abend betrank sich der ehemalige Hauptmann, was inzwischen selten geschah.

* Auf Deutsch im Original

Januar–Oktober 1905. Langanhaltende Wochenbettdepression von Michèle. Oft will sie von ihrem Säugling nichts wissen. Weigert sich, ihn zu stillen. Weigert sich, griechisch zu sprechen, um sich mit der Amme zu verständigen. Der Arzt Christomanos empfiehlt Baldriantropfen und einen beruflichen Neuanfang.

März 1906. Kauf eines Grundstücks im Monastiraki-Viertel, Ecke Adrianou- und Aghiou Philippou-Straße. Im Vertrag Nr. 2408 des Notars Dimitrios Chatzijannis mit Datum vom 23.3.1906, rechtmäßig eingetragen im Transskripktionsbuch des Athener Hypothekenamts, Band 38, Ziffer 452, wird seine Fläche mit 939 Quadratmetern sowie der dafür aufgebrachte Betrag, einschließlich Grunderwerbssteuer, mit 8.700 Drachmen angegeben. Verkäufer ist Nikolaos Davaris, Weißwarenhändler in der Ermou-Straße.

Auf diesem Grundstück wird am 4. Juni 1907 der Grundstein für das Gebäude gelegt, das Periklis Steinhauer, Bauingenieur mit bayerischen Wurzeln, für das Ehepaar Varlamis entworfen hatte.

Der ehemalige Hauptmann sorgte dafür, dass dieses Ereignis festlich begangen wurde. Segen vom Popen der Gemeinde und ein geschlachteter Hahn, gestiftet vom Bauunternehmer. Den Arbeitern kredenzte man Wein.

16. April 1908. Eröffnung des »Café Michèle.«

Das in L-Form, zwei Stufen über Straßenniveau errichtete Gebäude mit sorgfältig bearbeiteten Frontöffnungen ging auf der hinteren Seite des Grundstücks in ein weiträumiges rundes Atrium über. Eine Woche lang hatte Michèle zuvor das Personal in Umgangs- und Servierformen geschult und eingeführt. Unter den Gästen: Boehringer, Esslin, Dörpfeld.

Der Erfolg wird am nächsten Tag in der Gesellschaftsspalte der *Esperini* bestätigt.

Oktober 1909. Das »Café Michèle« etabliert sich erfolgreich. Es entwickelt sich zum Treffpunkt von Intellektuellen und Künstlern. Hauptsächlich Theaterleuten. Mitsos Myrat, Polyvios Dimitrakopoulos, Rosalia Nika, Marika Kotopouli. Die junge Marika! Oft unverfroren ordinär. Journalisten: Tangopoulos, Kambouroglou, Tsokopoulos.

Kundschaft aus dem schlauchförmigen Lokal »Apotsos« in der Stadiou-Straße verlagert sich langsam, aber sicher hierher. Nach der Bewegung von Goudi müssen sich Kronprinz Konstantinos und die Prinzen von den Kasernen fernhalten. Samt ihrer Offiziersstäbe. Die Humangeografie des »Café Michèle« wird vielfältiger. Prinz Nikolaos, begleitet von Panos Aravantinos, erkennt eines Mittags Michèle Deldeau wieder. Sie hatte sich beeilt, die beiden höchstpersönlich zu bedienen.

Trotz der späten Schwangerschaft hat sie ihre elegante Figur nicht verloren. Der Prinz bringt ihr in tadellosem Französisch seine Bewunderung zum Ausdruck. Natürlich hatte er sie in Paris wahrgenommen, an ihren Abschiedsabenden. Er redet, als sei es gestern gewesen. Fünfzehn Jahre sind vergangen. Michèle Deldeau hält ihre Rührung unter Kontrolle.

Prinz Nikolaos macht ihr später, im Mai 1913, während der einmonatigen Pause zwischen den beiden Balkankriegen, persönlich den Vorschlag, an den »Kriegs-Panathenäen« teilzunehmen, die damals fieberhaft vorbereitet werden. Michèle ist geschmeichelt, lehnt jedoch ab. Sie ist vierundfünfzig Jahre alt. Der Prinz beharrt. Das wird nicht lange nötig sein.

In der dreibändigen *Geschichte der »Athinaiki Epitheorisi«* (Ermis-Verlag 1977) liefert Professor Theodoros Hatzipantazis ausführliche Angaben über die Vorstellung. Die Texte stammen von Babis Anninos und Dimitris Tsokopoulos. Erstmals treten Rosalia Nika und Marika Kotopouli, hier auch Leiterin der Truppe, zusammen auf. Theofrastos Sakellaridis zeichnet für die Musik und die Lieder verantwortlich. Das Bühnenbild stammt von Panos Aravantinos. Von dieser Athener Bühne aus wird Aravantinos seine triumphale Laufbahn beginnen, die in den folgenden zwei Jahrzehnten ihren Höhepunkt in Mitteleuropa erreicht. Die Teilnahme von Michèle Deldeau erregte mächtiges Aufsehen. Sie spielte die lebenserfahrene Dame (Frankreich), die der jungen, unbeleckten Schülerin (Griechenland) Ratschläge erteilt, als die es im Drang der Adoleszenz eilig hat flügge zu werden. Die Schülerin wird von der 26-jährigen Kotopouli dargestellt. Michèle Deldeau konnte mühelos und souverän neben ihr bestehen. Das Publikum, das die Details nicht kannte, hielt ihr gebrochenes Griechisch und den genuin französischen Akzent für eine schauspielerische Meisterleistung.

18. November 1916. Michèle Deldeaus Urteil über Menschen beruhte auf ihrem Instinkt. Aspekte der äußeren Erscheinung beeinflussten sie ebenfalls. Kleinwüchsige Männer mit Bauchansatz und Doppelkinn waren ihr ein Gräuel. Ioannis Metaxas war sie ein einziges Mal vor sechs Jahren begegnet, in Zivil, nach der Bewegung von Goudi. Sie wusste nicht, dass er Soldat war. Auch nicht, dass er demselben Jahrgang der Offiziersakademie angehörte wie der ehemalige Hauptmann. Sie wusste ferner nicht, dass gleichzeitig mit der sechs Monate zuvor von der Entente erzwungenen Demobilisierung königstreuer Einheiten, unter Beteiligung des Generalstabs und insbesondere von Metaxas, »Reservisten-Verbände« geschaffen worden waren, die erste paramilitärische Formation in Griechenland. Sie wusste nicht, dass die drei Besuche, die Ioannis Metaxas in den vergangenen zwei Monaten dem »Café Michèle« abgestattet hatte, sich keineswegs der Höflichkeit verdankten.

Was sie hingegen an jenem 18. November wusste: Dass seit Mitte August die Flotte der Entente in Faliro vor Anker gegangen war – denn sie hatte Admiral Dartige du Fournet bei einem seiner seltenen Ausgänge in die Hauptstadt als Gast begrüßt; dass Eleftherios Venizelos Anfang September nahezu heimlich mit hundert Mitarbeitern nach Chania gegangen war, wo er die »Provisorische Regierung des Königreichs Griechenland« gebildet hatte. Das Ereignis wurde von den Zeitungsverkäufern ausgerufen und von Kundgebungen »wütender Volksmassen« begleitet.

An jenem Morgen des 18. November 1916 verließ der ehemalige Hauptmann hastig sein Heim. Ohne Erklärungen, die von Michèle sowieso selten verlangt wurden, mit einem langen Kuss, der sie eher überraschte, denn sie war noch im Halbschlaf. Sie wusste nicht, dass sie ihn gerade zum letzten Mal lebend gesehen hatte.

Giorgos Karantzas, geboren 1897, gestorben 1991 im Alter von 94 Jahren. Erster griechischer Journalist, der 1919 aus beruflichen Gründen ein Flugzeug benutzte. Von 1942–1944 war er war Präsident des Redakteurverbands.

Achtzehnjährig zeichnet er namentlich in der Zeitung *Esperinon Neon Asty* die einzige authentische Reportage über die Zusammenstöße vom November 1916, damals als »Kampf um Athen« bezeichnet. Ihr zufolge sollten am 18. November 1916 (französisch-englisch-italienische) Truppen der Entente, bestehend aus ungefähr 3000 Mann, strategisch wichtige Positionen der Hauptstadt besetzen, ohne auf Widerstand zu stoßen – so jedenfalls zwischen Admiral Dartige du Fournet und König Konstantinos vereinbart. Sie wurden überrascht und durch vielfach überlegene reguläre Kräfte und Reservisten unter hohen Verlusten zurückgeschlagen. »Nach dem hinterhältigen, gleichwohl berauschenden Sieg über die Ausländer gaben sich die Reservisten einem hemmungslosen Pogrom gegen die ›Verräter‹ hin, bei dem (mindestens 35) Menschen getötet sowie prominente und anonyme Liberale misshandelt wurden, unterstützt von der Staatsgewalt. Unter den Opfern war auch der Athener Bürgermeister Emmanouil Benakis.« Verluste während des Kampfes: Entente 149 Tote und Verletzte. 83 Griechen. Darunter auch der zwangsentlassene Hauptmann Grigorios Varlamis, zweiundfünfzig Jahre alt, Anführer der Reservisten im Abschnitt Philopappos-Nymphenhügel-Sternwarte.

Der ehemalige Hauptmann wurde am nächsten Tag bestattet. Auf den Straßen herrschte noch der Pöbel. Esslin, außer sich, in vorderster Linie. Michèle lehnte jede offizielle Form der Beerdigung ab, die man ihr antrug. Auch Grabreden. Sie bestand erfolgreich darauf, dass jegliche Repräsentation von Waffenbrüdern oder sonstigen Organisationen, die angefragt hatten, ausgeschlossen wurde.

Die ganze Angelegenheit beschränkte sich auf den Rahmen einer Familienfeier, mit dem Beistand der Eheleute Boehringer und des Personals vom »Café.« Kurz vor Beginn des Trauergottesdienstes betrat eine junge Frau die Kirche, in Weiß gekleidet, von hohem, schönem Wuchs und mit einem bleichen, nachdenklichen Gesicht. Sie hielt eine weiße Rose. Zögernd kam sie näher, kniete vor dem Leichnam und blieb dann verlegen vor Michèle stehen.

»Ich bin Virginia Varlami«, stellte sie sich schließlich vor. Michèle lächelte ihr höflich zu und reichte ihr die Hand.

»Dein Bruder«, sagte sie und zeigte auf Michel, der neben ihr stand und ebenfalls für sein Alter recht groß war.

Virginia bückte sich und gab ihm einen Kuss.

Diesen Kuss sollte Michel sein ganzes Leben lang in der Erinnerung bewahren. Er war ein einzelgängerischer, sensibler Junge. Und blieb auch so als Erwachsener.

Nach dem Tod des ehemaligen Hauptmanns klammerte sich maman Michèle an ihn, ohne ihm jedoch die Luft abzuschnüren. Er absolvierte die Schule und zwei Jahre später ein Klavierstudium am Konservatorium in der Phidiou-Straße mit der Note gut. Was er für immer bleiben würde: gut. 1925 leistete er seinen Wehrdienst ab im Marineministerium am Klafthmonos-Platz, als Dolmetscher. Griechisch wie Französisch schrieb er zwar fehlerhaft, sprach beides jedoch wie Muttersprachen. Einziges unauffälliges Manko: Bevor er einen neuen Satz begann, zögerte er ein wenig, als könne er sich nicht entscheiden, in welcher Sprache fortfahren.

Im selben Jahr, 1925, kaufte Michèle auf Hinweis eines Anwalts, eines guten Kunden, der ihr Vertrauen genoss, die dreistöckige Villa in der Mitropoleos-Straße, Ecke Aiolou, wo sie beide nach wie vor wohnten.

1929 zieht sie sich aus dem »Café« zurück. Sie ist fast siebzig. Den Betrieb überlässt sie dem Personal, gegen eine angemessene Miete.

Michel ist fünfundzwanzig. Auf einer Auktion in Kifissia kauft er sein erstes Bild. Es ist der Anfang seiner Laufbahn als Kunstsammler. Kunstsammeln als Hobby. Die Auktion fand in einer von einem riesigen Garten umgebenen Villa mit Dach nordeuropäischen Stils statt. Offensichtlich ungehobelte Erben veräußerten eine ganze Welt, zu der sie keinen Zugang hatten. Oder die sie womöglich irritierte. Michel interessierte sich für einen Bechstein-Flügel, der in hervorragendem Zustand war. Er war sich nicht sicher, den Preis richtig gehört zu haben, wagte aber nicht nachzufragen. Unterm Arm sein erstes Bild, 44x53, ging er weg. Öl auf Leinwand. Das Porträt einer jungen Frau. Sie lächelte traurig – und das ausschließlich für ihn. Und ihm wurde warm dabei. Das Bild trug eine Signatur: Spyros Prosalentis.

Michèles Rückzug aus dem »Café« erwies sich als fatal. Nach einem Jahr begann die Kundschaft unmerklich zurückzugehen und sich zunehmend zu verändern. 1935 war der Verfall endgültig. Das »Café Michèle« war nun nicht mehr als ein gewöhnliches Kafenion. Für Leute, die bei den Altwarenhändlern in der Nachbarschaft ein- und ausgingen. 1939 macht es endgültig zu.

Michel behielt das Lokal für eigene Zwecke. Im kleineren Flügel lagerte er die Möbel. Im anderen, dem an der Adrianou-Straße, schuf er seinen Schauraum. Regale und Vitrinen für seine wertvollen Anschaffungen. Einen später errichteten, separaten Bau, der an das Atrium anschloss, wandelte er in eine Zweitwohnung um. Dorthin verbrachte er das Klavier aus dem Hauptsaal für seine einsamen Stunden.

Am 1. November 1940 wird er mit persönlichem Anschreiben eingezogen. Er ist fünfunddreißig. Diesmal trat er seinen Dienst im Generalhauptquartier am Syntagma-Platz an, im Untergeschoss des Hotels Grande Bretagne. Dort diente er wieder als Dolmetscher bis April '41.

Am 27. jenes Aprils, nach vierundzwanzigstündiger Alarmbereitschaft, während der man Archivmaterial verbrannte, wurde allen befohlen, sich einzeln nach Hause zu begeben. Das Radio meldete den bevorstehenden Einmarsch der Deutschen. Im Ambelokipi-Viertel warteten General Kavrakos und Bürgermeister Ambrosios Plytas darauf, ihnen die Stadt zu übergeben.

Sarantis, ein junger, stets gut gelaunter Rekrut aus dem Votanikos-Viertel und Fahrer des Generalstabs, schlug Michel vor, dorthin zu gehen. Verkehrsmittel gab es keine, sie hätten laufen müssen. Michel lehnte ab. Er ging hinaus ohne Schiffchen, den Militärmantel überm Arm. Die Straßen waren fast ausgestorben. Er ging die Ermou-Straße hinab, bog in die Mitropoleos und kam an die Ecke Aiolou. Sein Herz war schwer. Die Stille im Treppenhaus verstärkte seinen Trübsinn. Dass Michèle nicht zu Haus war, kam ihm merkwürdig vor. Er stieß die angelehnte Tür zu ihrem Schlafzimmer auf. Michèle lag im

Nachthemd rücklings auf dem Bett, das rechte Bein angezogen und einen Arm unter den Kopf gelegt. Tot. Sie muss angenehm geträumt haben, als es passierte.

Januar 1942. Der Hungerwinter. Michel ganz allein. Das Haus in der Mitropoleos-Straße ohne Michèle stößt ihn ab. Er zieht sich in die Adrianou-Straße zurück. Dort kann er überleben. In der Umgebung gibt es ein paar Garküchen. Man kennt sich in der Nachbarschaft. Filitsa vom Antiquariat. Sie gibt vor, mit einem Architekten verlobt zu sein. Michel weigert sich, Wertsachen zu kaufen, die ihm für ein Stück Brot angeboten werden.

Juli 1944. An den Mauern der Adrianou-Straße tauchen zunehmend rote Buchstaben auf. »Tod dem Verräter Papathanassis.«

Ein paar Nächte lang hört man es auch durchs Sprachrohr. Minas Papathanassis hat sein Haus in eine Festung verwandelt.

Er kontrolliert die Agios Pavlos-Straße, die Poulopoulou-Brücke, die Gegend bis zur Funkstation. 15 Mann hat er unter sich. Tagsüber verkriechen sie sich. Nachts patrouillieren sie.

Schusswechsel in der Dunkelheit. Michel schläft seit kurzem wieder in der Mitropoleos-Straße.

Anfang August, fünf bewaffnete Männer von Papathanassis gehen am helllichten Mittag die Adrianou-Straße hinauf. Sie bleiben vor der St.-Philippos-Kirche stehen, im Schatten der ausladenden Platane. Michel erkennt Sarantis unter ihnen, den vom Hotel Grande Bretagne. Er trägt jetzt einen Schnurrbart, ist braungebrannt, kein Jüngling mehr. Auch er erkennt Michel wieder. »Ich wusste nicht, dass du hier wohnst«, sagt er zu ihm, fröhlich wie immer. Michels Sammlungsstücke beeindrucken ihn.

Ende August kommt Sarantis wieder bei Michel vorbei. Trotz der Hitze trägt er einen graugrünen Militärmantel. Sicher versteckt er irgendeine Waffe an seiner Hüfte. Er fragt nach Filitsa. Michel stutzt. »Was ist los?« »Heute Nacht hat man einen von uns umgelegt«, war die Antwort. »Die haben eine Frau als Köder.«

September 1944, am Festtag der Kreuzerhöhung. Abends. Michel hat vergessen, die Hintertür an der Adrianou-Straße zu verriegeln, von der aus man ins Atrium gelangt. Ab zehn Uhr herrscht Ausgangssperre. Gerade noch zu schaffen. Rasch verlässt er das Haus und lenkt seine Schritte dorthin. Er biegt in die Iphestou-Straße. An deren Ende zwei Männer, in eine Türnische gezwängt. Reglos. Mit klopfendem Herzen geht er an ihnen vorüber. Biegt links ab. Unter der Platane ein Paar. Der Mann stützt sich mit dem Rücken am Baumstamm ab, die Frau sitzt rittlings auf seinen Knien. Michel stutzt überrascht. Er läuft schräg über die Straße, um den beiden auszuweichen. Die Frau schreckt hoch. Es ist Filitsa. Der Mann versucht, seine Hose hochzuziehen. Michel erkennt Sarantis. Zwei Pistolenschüsse, genau hinter ihm, gleich darauf zwei weitere zerschmettern die Nacht, Anschließend Schritte, die sich hastig entfernen. Filitsa schreit und zeigt auf den entgeisterten Michel: »Der kennt mich.« Die Schritte kommen zurück.

Die ersten zwei Schüsse und die beiden folgenden hörte Michel nicht. Filitsa schrie immer noch hysterisch: »Der kennt mich.«

Michel, seinen getroffenen Bauch mit den Händen schützend, schaffte es, fast über den toten Sarantis hinweg, bis zur Platane zu kriechen. Er lehnte sich an die raue Wurzel, und kurz bevor sein Kopf leblos seitwärts kippte, kam Virginia Varlamis und küsste ihn auf die Stirn.

Den ganzen Sommer '53, einen besonders heißen, verbrachte sie mit Recherchen in Archiven und Standesämtern. Sie korrespondierte mit dem Patriarchat in Jerusalem. Alles in einem intensiven Arbeitsrhythmus.

Am letzten Augustsonntag, eine Woche vor ihrer Abreise, schlendert Ro–Ro über den Flohmarkt auf der Suche nach alten Buchausgaben über die Zeit, mit der sie sich befasst. Memoiren von Militärs, Monografien über historische Ereignisse, abgelegene philologische Schriften. Wo die Agiou Philippou- und die Adrianou-Straße zusammentreffen, versperren aufeinandergestapelte alte Möbel ihr fast den Weg. Thonet-Stühle, kleine Marmortische, ein ramponiertes Klavier, darauf ein kupferner Zapfhahn für Bier. Das alte »Café Michèle« sperrangelweit offen in alle Richtungen. Die Zwischenwände eingerissen, auf dem Fußboden in einer Ecke Mörtelmasse, in der anderen Schutt von abgeschlagenem Putz und gesplitterten Spiegeln. Ein älterer Arbeiter verspeist seinen Imbiss, auf zwei Betonblöcken hockend. Auf dem Schutthaufen nimmt Ro–Ro eine dicke, zerfledderte Geschäftskladde wahr. Sie fragt den Arbeiter, ob sie sie mitnehmen kann. Der schaut sie kauend an. Dann zuckt er mit den Achseln.

Es ist das Buch für Einnahmen und Ausgaben des Betriebs. Noch aus der Zeit des »Schönen Hauptmanns.« Erste Eintragung: 22. November 1899.

Auf der zweitägigen Bahnreise schaut Ro–Ro es aufmerksam durch. Und gerührt. Es ist durchgehend mit derselben lila Tinte geführt, in derselben weiblichen Handschrift, ganz offenbar der von Michèle. Auf der rechten Seite zweispaltig: Einnahmen–Ausgaben, links Bemerkungen. Über Einkäufe, Vorratslücken, spezielle Alkoholsorten, Termine. Und dazwischen persönliche Gedanken. Lakonisch, achtlos hingeworfen, bringen sie exakt die jeweilige Seelenlage zum Ausdruck. Sorgen und Hoffnungen. Vor allem Sorgen. Um ihren Körper – schon sehr früh –, über die Treue des Hauptmanns, über Einsamkeit. Über Glück und Wonne in Erwartung des Kindes.

Ro–Ro stellte ihre Arbeit fertig und gab sie im Juni 1956 ab. Die Gutachten trafen im September in Paris ein. Aus Genf, Palermo,

Lyon, Montpellier. Eine war enthusiastisch, zwei verlegen und vage. Die vierte ein Vernichtungsschlag. Eine stand noch aus, spielte jedoch keine Rolle mehr. Christophe Langlois aus Montpellier kritisierte auf außergewöhnlich angriffslustige Weise den unwissenschaftlichen Charakter des Werks und vor allem die unerhörte, wortwörtliche – und stillschweigende – Verwendung des Schlussteils eines jüngst erschienenen griechischen Romans als historische Tatsache. Er drohte damit, sie im Wissenschaftsbetrieb bloßzustellen. Jean-François Arnaud fürchtete die akademische Borniertheit und sorgte sich um das Los seiner Studentin. Er vermutete hinter dieser heftigen Polemik Langlois' persönliche Verbitterung. Dessen Bosheit war ausschließlich gegen ihn gerichtet. Er besprach mit ihr die Möglichkeit, die Arbeit zurückzuziehen und vor allem das Ende neu zu schreiben, mit begleitenden bibliografischen Verweisen. Ro-Ro lehnte dies kategorisch ab. Sie verabschiedete sich von ihrem Professor und schickte Langlois folgenden Vermerk, groß und dick unterzeichnet:

> *Das Leben an sich ist eine Erzählung. Die Geschichte ist die Sekundärerzählung der ersten. Wenn die Vorgänge ihre Schwingungen verlieren und endgültig verblassen, vertrauen wir notgedrungen der Literatur.*

1959 erscheint im Verlag Actes Sud ihr Buch *Geschichte versus Literatur* (*Histoire vs Littérature*). Die Kommentare waren wohlwollend. Es bestand aus zwei separaten Teilen, jeder ebenso lang wie eigenartig betitelt. Der erste: »Die Fotografie einer Landschaft ist nie die Landschaft selbst, und ihre Qualität hängt nicht von letzterer, sondern von der Fähigkeit des Fotografen ab.« Der zweite: »Jenseits dessen, was Wörter jeweils erzählen, gibt es ihre eigene Vergangenheit. Sie erinnern sich. Dort ist die Literatur.«

Das Buch besteht aus ihrer zurückgezogenen Dissertation in erweiterter Form. Ro-Ros Archiv liegt im Benaki-Museum und soll laut Zusicherung der Leitung bald allgemein zugänglich sein.

1964 erschien ihr zweites Buch, diesmal im Verlag Seuil. *Zeit und Sprache* (*Temps et langage*). Das Buch fiel auf. Im selben Jahr wurde es ins Englische, Spanische und Katalanische übersetzt. Auch ins Deutsche. Seine Hauptaussage: Zeit gibt es nur in der Sprache. Der Urknall ist unvorstellbar jenseits seiner Beschreibung. In Griechenland nahm man vom dem Buch keine Notiz. In einem Interview, veröffentlicht in der Zeitung *Kyriakatiki Eleftherotypia* vom 12.06.2005 erwähnt der Astrophysiker Dimitris Nanopoulos es im Zusammenhang mit einer Attacke gegen Jacques Derrida, um sich davon abzusetzen. Soweit mir bekannt, ist dies die einzige Erwähnung in unserem Sprachraum.

Nach einem Zeitraum von zwölf Jahren erscheint 1976, diesmal wieder bei Actes Sud, der Band »Wie ein Volkslied« von Thassos Mavrogonatos in ihrer Übersetzung. Es ist ihre letzte Arbeit.

Ro-Ro Avrolaiti lebte einzelgängerisch, aber nicht ohne Eros. In den Pariser Intellektuellenkreisen, in denen sie sich bewegte, wurde ihre sentimentale Unbeständigkeit stets mit tadelndem Unterton kommentiert. Sie hatte Erwartungen enttäuscht, grundlos Bindungen abgebrochen und dadurch tiefe Verbitterung hinterlassen.

Bei einem zufälligen Treffen fragte ich Professor Fanis Kakridis, von dem ich wegen seines besagten Artikels den Eindruck hatte, er stehe mit der Familie Avrolaitis in Verbindung, ob diese Gerüchte eine sachliche Grundlage hätten. »Es war ihre, Art, mit der eigenen Trauer umzugehen«, erwiderte er.

Ro-Ro starb im Januar 1998. In ihrem handschriftlichen Testament bat sie, dass ihre Asche am 22. August gleich welchen Jahres auf der unbenannten Anhöhe Nr. 1204 im Grammos-Massiv verstreut würde.

Übertragen wurde diese Pflicht dem Enkel ihres Bruders Maximilian Avrolaitis, Maximilianos Argyropoulos. Enkel seitens der Tochter. Der junge studierte Topograph besorgte sich die entsprechenden Karten vom Militärgeografischen Dienst und mietete einen Jeep an. Die griechischen Berge sind mittlerweile voller Waldwege.

Großmutter Ro–Ro hatte er nie kennengelernt. Nur Fotos von ihr kannte er. Er hatte auch ihre Bücher mit persönlichen Widmungen an den Großvater in dessen Bibliothek gesehen. Er hatte pikante Geschichten über sie gehört, die bei Familientreffen immer wieder zur Sprache kamen, stets leichthin, aber nicht ohne Stolz.

Den Auftrag führte er aus, weil man ihn darum gebeten hatte. An einem Samstagmittag kam er im Arbousi–Gebiet an. Er fand die unbenannte Anhöhe Nr. 1204, wenn auch mühsam, und fuhr mit dem Jeep zum Sattel. Bis zum Gipfel der Anhöhe verblieben ungefähr 250 Meter einer ziemlich steilen Steigung. Er ging sie zu Fuß, unterm Arm die rote, breitrandige Urne aus Presspappe mit Ro–Ros sterblichen Überresten. Auf diesen 250 Metern muss damals der Fähnrich Thassos Mavrogonatos getötet worden sein. Ob er gebückt zum Gipfel lief oder getroffen dorthin kroch, ist bedeutungslos. Vor fünfzig Jahren. Großmutter Ro–Ro hatte, wie seine Mutter es ausdrückte, ihr Leben in vollen Zügen genossen. Maximilianos Argyropoulos fragte sich, was sie wohl zu diesem letzten Wunsch gebracht hatte. Er konnte keine Antwort finden.

Auf dem Gipfel gab es Relikte einer mehrseitigen MG–Stellung. Unter der dichten Vegetation waren sie fast nicht zu erkennen. Dort blieb er stehen. Vor ihm zeichneten sich im klaren Tageslicht hintereinander liegende Berggipfel ab. Eine sanfte Brise wehte, er wandte sich in ihre Richtung, löste das Siegel von der Urnenöffnung und verstreute Ro–Ros Asche. Auf dass sie sich mit dem Staub des Dichters Thassos Mavrogonatos vereinige. In jenem Moment schüttelte ihn ein unwillkürlicher Lachanfall. »Beihilfe zur Unzucht Dritter«, dachte er.

Diesen Ausdruck benutzten er und seine Freude, wenn sie sich gegenseitig ihre Studentenbuden überließen.

Aus dem Griechischen übersetzt von Ulf-Dieter Klemm und Andrea Schellinger

FLUSSAUFWÄRTS
ROMAN

A.

Im Juni 2004 richtete die Schriftstellerin Evjenia Fakinou die gleichen siebzehn Fragen schriftlich an acht Autoren für eine Reihe von Autorenportraits, die vom 1. August bis zum 19. September desselben Jahres in der Zeitung *To Vima* veröffentlicht wurden. Ich kam als letzter dran. Evjenia verdanke ich dieses Buch – seit damals.

Im Juni 2009 rief mich Krista Stratigi an, auf Vermittlung ihres Doktorvaters, Professor Mimis Souliotis von der Universität Westmakedonien. Thema ihrer Dissertation war meine Erzählung »Gewöhnung an Nikotin« – und darüber hinaus der Krieg, die Besatzung und der Bürgerkrieg aus der Sicht eines Kindes, das sich zu einem Schriftsteller entwickeln sollte.

Krista Stratigi bat mich um ein in solchen Fällen übliches Interview, das sich ausschließlich auf den zeitlichen Rahmen der Erzählung erstrecken sollte.

Am Tag darauf rief mich Mimis Souliotis an, offensichtlich auf ihre Bitte. »Sie hat alles von dir und über dich gelesen. Intelligent.«

Am 27. Juni habe ich Krista Stratigi bei mir zu Hause empfangen. Sie war eine junge Frau mit glänzender Haut, klaren Augen, braunen Haaren und von mittlerer Körpergröße. Mit dem minderen Dichter vom Anfang des letzten Jahrhunderts verband sie nur die Namensgleichheit. Sie kam um neun Uhr in der Früh und ging sechs Stunden später. Bevor es losging, stellte ich eine Bedingung: Unsere Diskussion sollte an die Fragen von Evjenia Fakinou anknüpfen und beiderseits im Singular geführt werden. Sie akzeptierte – und ich habe den Eindruck, dass ich ein Aufblitzen von Stolz in ihrem Blick erkannte, was den zweiten Teil der Bedingung angeht. »Liebe Krista«, sagte ich und zog die erste Silbe des Namens etwas in die Länge. »Krysta mit Ypsilon«, antwortete sie, »lieber Thanassis.« Ohne jegliche Aggressivität wies sie mich zurecht. »Von Oma Krystallo, mütterlicherseits«, fügt sie lächelnd hinzu. Es war eine Botschaft, dass sie mir nichts schenken würde.

Zwölf Tage später erhielt ich per Post die Abschrift unserer auf Band aufgenommenen Unterhaltung. Es war ein dickes Päckchen. Ich fragte mich, was sie davon wohl nutzen würde. Auf der letzten Seite hatte sie handschriftlich vermerkt: »Am 23. September findet das Rigorosum statt.«

Der Text des Interviews wird nachfolgend unverändert wiedergegeben. Es wurden nur geringfügige Korrekturen vorgenommen, wo es die Richtigkeit der Fakten erforderte.

B.

»Ich möchte, dass du mir die Landschaft beschreibst, den Raum, in dem du die Jahre deiner Kindheit verbracht hast.«

»Sieben Jahre lang ging die Sonne im Westen auf. Im Osten ging sie unter – logischerweise. Ich frage mich, ob dieses Paradox irgendetwas ankündigte. Sieben Jahre. Danach sind wir weggezogen. Das Haus stand im Tal des Tanos-Flusses. Eine tiefe Rinne, gemäß militärischer Terminologie. Gebirgiges Arkadien, nördliche Ausläufer des Parnon-Massivs. Die zwei Hänge, die dieses Tal einschlossen, waren ziemlich wild – besonders der rechte. Steinig und mit hartem Gehölz bewachsen. Stecheichen und Wildbirnen. Nicht die Wildbirnen von Karyotakis. Bevor die Sonnenscheibe am Himmel erschien, senkte sich ihr Licht bereits über den linken, den westlichen Hang hinab. Die Sonne kam also von dort. Aus dem Westen.

Die Dinge wurden in der ersten Volksschulklasse vom Lehrer zurechtgerückt. Es war die erste grausame Beseitigung einer poetischen Illusion. Das Gelände war abschüssig, wurde von Terrassen gehalten, die sich auf Trockenmauern stützten. Auf einer Terrasse unterhalb unseres Hauses standen zwei summende Bienenkörbe. Die hatte mein Vater hergestellt. Die Bilder von Astronauten in späteren Dokumentarfilmen haben dort ihren Ursprung. Bei ihm. Die Maske der Schutzhaube war aus grünem Maschendraht, die dicken Handschuhe aus Segeltuch. Notgedrungen schwerfällig, mit dem kleinen Räuchergefäß voll glühendem Kuhmist in der Hand, räucherte er die Bienen ein und dämpfte ihre Angriffslust.

Die Begebenheit, die ich erzählen werde, taucht in meinem Gedächtnis in einer früheren Zeit auf. Ich erinnere mich nicht an die Jahreszeit, höchstwahrscheinlich September. Ein sanfter September – wenn die großen gelben Quitten nicht durch eine Vermischung von Bildern hinzugefügt wurden. Ich laufe dort herum, auf dieser Terrasse, mit einem tiefen Gefühl von Harmonie in mir. Vorschulalter. Ich nähere mich den beiden Bienenstöcken, ihre Blechdächer reflektieren die Sonne. Ich haue mit meinen Fäusten darauf, ich haue auf die Sonne. Und plötzlich umkreisen mich Schwärme von wild gewordenen

Bienen. Ich versuche zu fliehen und schütze meinen Kopf mit den Händen. Meine zuckenden Bewegungen provozieren die Bienen noch mehr. Letztendlich haben sie mich nicht getötet, aber eine Woche lang war ich angeschwollen wie ein Weinschlauch. Meine Großmutter väterlicherseits hat mich gepflegt, Oma Martha.«

»Wie hast du dich innerhalb deiner Familie gefühlt? Hattest du je das Gefühl, dass du anders bist? Und inwiefern?«

»Ich war der Dritte in der Reihe, nach zwei Brüdern und vor einer Schwester. Mein Vater war meist über längere Zeiträume weg, er arbeitete damals in der Provinz von Korinthos auf dem Bau. Das Gefühl für Hierarchie ließ mit dem Alter nach. Natürlich habe ich die Unterdrückung durch meine zwei Brüder erduldet. Unsere Mutter spielte die Rolle der Stellvertreterin. Ich glaube, dass ich ihre fragile Sensibilität und ihre ebenso fragile Unsicherheit dem Leben gegenüber übernommen habe. Nicht Angst, Unsicherheit. Das sind natürlich Feststellungen des reifen Alters. Im Übrigen verliefen die Dinge in den gegebenen natürlichen Grenzen. Immer mit den selbstverständlichen Kümmernissen. Ein solch plötzlicher, großer Kummer war der Umstand, dass ich im Sommer nicht barfuß herumlaufen konnte wie alle anderen Kinder. Für mich eine unerreichbare Freiheit. Ein Sommer ohne Barfußlaufen war kein Sommer. Solche kleinen Verbote, die einem in jenem Alter ungeheuer erschienen und die regelmäßig etwas mit einem Verhaltenskodex zu tun hatten. Es waren nicht direkt Diskriminierungen. Auch hat mich nie ein Gefühl der Andersartigkeit beherrscht. Meine ›Andersartigkeit‹ äußerte sich auf andere Weise, wie eine Bürde. Im Alter von drei, vier Jahren, und ich kann mich noch immer an jenen Zustand erinnern, an das Gefühl zu ersticken. Dasselbe Gefühl habe ich nur im Wasser verspürt, bei tiefen freien Tauchgängen. Lange Krisen von Atemnot – eine schreckliche Unfähigkeit, meine Lungen mit Luft zu füllen. Man setzte mich aufrecht ins Bett mit ein paar Kissen, um meinen Rücken abzustützen. Die Provinzärzte hatten mich aufgegeben. Finden Sie sich damit ab, der wird höchstens fünfzehn Jahre alt. In ihrer Verzweiflung schleppte mich meine Mutter zu Pachopos. Die Frau, die ihr von ihm erzählt hatte, empfahl, den Besuch in die frühen Morgenstunden zu legen, damit man ihn nüchtern antreffe. Pachopos war ein Flüchtling aus Kleinasien. Was ihn in diesen unfruchtbaren arkadischen Landstrich verschlagen hatte, ist unbekannt. Er hatte ein einfaches Mädchen aus der Gegend geheiratet, Kinder gekriegt, suchte aber ständig danach, welches Unheil ihn verfolgte. Sehr bald entwickelte er sich zum Kauz.

Am frühen Morgen standen wir vor seiner Tür. Meine Mutter trug mich auf dem Rücken, eingehüllt in eine Wolldecke. Drinnen stritt sich Pachopos bereits mit seiner Frau. Das brachte uns in große Verlegenheit. Sollten wir bleiben oder gehen? Schließlich klopften wir in einer Pause der morgendlichen Zänkerei an die Tür. Pachopos selbst machte uns auf. Er war ein sehr sanfter älterer Mann. Er auskultierte mich mit dem Ohr, klopfte meinen Rücken mit den Fingern ab, schrieb ein Rezept. Irgendeinen Beruhigungssirup, nehme ich heute an. ›Er hat nichts‹, sagte er. Und gab meiner Mutter Anweisungen, sie solle meine Kleidung leichter machen, sie solle mich dasselbe machen lassen wie die anderen: schwitzen, laufen und barfußgehen. Meine Krisen waren augenblicklich vorüber. Viele Jahre später, nach dem Tod meines Vaters, fand ich in seinem Portemonnaie seinen abgeschabten Personalausweis und dahinter das Rezept des Heilers Pachopos. Zusammengefaltet, abgerieben auch und halb verwischt.«

»Wie reagierten die anderen auf dich? Enge Verwandte, Nachbarn, Mitschüler?«

»Ich kann mich nicht an sehr viel erinnern. Bei uns zuhause waren Belobigungen nicht üblich. Auch nicht im weiteren Verwandtenkreis. Selten hörte man, dass man für irgendwas gelobt wurde. Und auch dann nur unter Vorbehalt, mit Einschränkungen. Damit wir uns nichts darauf einbildeten. Ich war eher hartnäckig. Ein konsequenter Dickkopf.

Einmal schnitt ich Papier mit der Schere. Ohne Grund nahm man sie mir weg. Diese grundlosen Verbote, Teil einer Auffassung von Kindererziehung. Ich sah darin eine große und vor allem unsinnige Ungerechtigkeit und begann zu weinen. Damals lebten zwei Schwestern meiner Mutter umständehalber bei uns, beide noch unverheiratet. Tante Fotini, der fürchterliche Zerberus des Hauses. Es war der erste harte Besatzungswinter. Der große Hungerwinter. Tante Fotini teilte die Brotrationen ein. Die täglichen Hostien. Unbeeinflusst von und gefühllos gegenüber unseren Bitten. Die zärtliche Tante Fotini. Und Tante Areti. Berühmt für ihre Stickerei. Letztes Jahr habe ich von ihrem Tod erfahren, in irgendeinem Altersheim in Amerika. Ich begann also zu weinen. Hartnäckig und stundenlang. Irgendwann war ich es natürlich leid und hörte auf. Ich weiß nicht mehr, welche von beiden es sagte, und ob man mich aufziehen oder Dampf ablassen wollte. ›Endlich ist die Heulsuse still.‹ Das war's, sofort legte ich wieder los. Es war jedoch kein Heulen. Es war ein Flennen, ein gleichförmiger und anhaltender Protest. Reaktion meiner verletzten schwachen Würde.«

»Wer war dein liebster Freund oder Freundin deiner Kinderjahre?«

»Ich habe oft die Schule gewechselt. Ich war immer der Fremde. Bis sich einige Freundschaften festigten, musste ich schon wieder gehen. Aus Sparta kann ich mich noch an Nikon Ikonomakis erinnern. Seitdem treffen wir uns ab und zu. Er ist Hobbypilot geworden. Ein, zwei Mal habe ich ihn gebeten, mir Daten aus jenen Jahren zu geben, meinem Gedächtnis nachzuhelfen. An Ilias Kambanessis aus Gythion. Und aus Tripolis – aber das ist ein kleiner Schwarm. Die benenne ich an anderer Stelle.«

»Hattest du das Gefühl, etwas Besonderes zu sein? Glaubtest du, dass du in deinem Leben ›etwas‹ vollbringen würdest?«

»Nein, ich denke nicht. Es waren schwierige Jahre damals. Ich litt unter denselben Entbehrungen wie die meisten Kinder. Es gab keinen Raum, um sich besonders zu fühlen. Und das Höchste, was man vom Leben erwartete, war, dass man seine Lebensbedingungen ändern könnte. Dass man sie menschlicher machen könnte.«

»Wie würdest du dich selber charakterisieren als Kind?«

»Charakterisierung ex post. Das heißt, nicht echt. Einzelgängerisch mit einer Sensibilität, die absolut nicht zu den herrschenden Bedingungen passte, eine ständige Quelle des Unglücklichseins. Frühzeitiges Erwachen meiner Libido. Ein quälender Überfall. Ich zitiere hier einen Ausschnitt aus *Lichtstrahl*, der sich auf mich in jener Zeit bezieht:

> Die erste Dunkelkammer war ein Schuppen für Stroh und getrocknete Hülsenfrüchte. Sozusagen ein Anbau des Stalles. Ungehobelte genagelte Bretter versperrten das einzige Fenster, und durch ein Astloch erfolgte die Invasion: ein zylinderförmiges Lichtbündel, in dem unzählige Staubkörner zu Leben erwachten. Unter diesem Staub und jenseits davon floss die Zeit, losgelöst von der Schwerkraft. Epische Ritte im Galopp, aber vor allem schamlose Kopulationen vollzogen sich da drin. Der geile vorpubertäre Junge konnte sich an der Blase seines Fußballs üben, deren Elastizität und Rundungen sich jedoch seiner Berührung widersetzten und sie anstachelten. Die Explosion ließ natürlich ziemlich auf sich warten. Vorausgegangen waren die Blüten der Akne auf seinem Gesicht, diese Rangabzeichen geschlechtlichen Ruhmes.«

»Hast du jemals spontan ›seltsame‹ Sätze gesagt, die deine Gesprächspartner irritierten? Und welche Kommentare hörtest du?«

»Nein, niemals. Ich war ein absolut einsilbiges Kind.«

»Wie stark war deine Beobachtungsgabe als Kind? Was hast du am liebsten beobachtet?«

»Die Natur natürlich und das Leben in ihr. Etwas weiter von unserem Haus band ein Nachbar sein altes Maultier an. Häufig fuhr es einen langen harten Penis aus, der gegen seinen Bauch schlug. Das war etwas Selbstverständliches, es gab kein Gefühl der Scham. Die Natur schämt sich nicht. Und wir, alle Kinder, hatten Glück mit diesen kostenlosen und häufig praktischen Lektionen in Sexualkunde. Wir sahen die kopulierenden Tiere, die zusammenklebenden Hunde, wir sahen, wie Zicklein geboren wurden, oft sahen wir zu, wenn Schweine geschlachtet wurden.

Der Tanos fiel im Sommer, trotz seiner hochtrabenden Bezeichnung als Fluss, trocken. Es blieben einige kleine, flache Teiche zurück, in denen wir versuchten, schwimmen zu lernen. Dort verfolgten wir irgendwann splitternackt und von der Sonne benommen, wie eine große Wasserschlange einen Frosch verschlang. Sie hatte ihn an den Hinterbeinen gepackt, und der Frosch glitt, scheinbar ungerührt und unnatürlich stumm, langsam in die Schlange hinein. Die Prozedur hielt lange an, unerträglich lange. Als der Frosch schließlich ganz verschwunden war, tötete einer von uns die sich langsam windende Schlange und schnitt ihr mit seinem Taschenmesser den Bauch auf. Da hopste mit einem gewaltigen Sprung, der uns überraschte, etwas Lebendiges daraus hervor und verschwand in den trüben Wassern des Teiches. Das war wildes Leben, sein wildes Geheimnis, und einen Teil davon stellten wir selber dar. Ich kann mich nicht erinnern, jemals offene Fragen über den Zeugungsprozess gehabt zu haben, in seiner weiteren Dimension als Teil des Lebenszyklus. Alles war so klar. Trotzdem gab es etwas, was mich verfolgte – es verfolgt mich noch immer, nur, dass ich es damals nicht benennen konnte: die dunkle Wurzel dieser Klarheit.«

»Hast du dich jemals als Schriftsteller gesehen? In welchem Alter? Hast du damals etwas geschrieben?«

»Nein, niemals. Aber wenn ich nach einer Art Beginn forschen soll, werde ich zwei Begebenheiten anführen. Die erste ist der ›Augenschmerz‹. Die Gegend ist üppig bewachsen. Immer noch. Kastanienbäume, Walnussbäume, Kirschbäume, andere Obstbäume. Auch wildwachsende Bäume und eine Vielfalt von Büschen: Salbei, Brandkräuter, Stechginster. In jedem Frühjahr litten wir Kinder unter einer allergischen Erblindung. Jeden Morgen wachten wir als ›Maulwürfe‹ auf, mit von Talg verklebten Lidern. Wie Welpen warteten wir vier in einer Reihe darauf, dass Oma Martha Kamille abkochte und uns der Reihe nach mit Geduld und Sorgfalt die Augen wusch. Diese Prozedur dauerte Stunden, und ich kann jetzt behaupten, dass es während dieser Zeremonie war, immer gefolgt von einem sich ausbreitendem Gefühl der Panik, dass sich in mir allmählich mein schriftstellerisches Ego rührte. Ebenso blind.

Das andere Ereignis ist von unterschiedlicher Qualität. An jedem 15. August wurde im Nachbardorf Mariä Himmelfahrt gefeiert. Nach dem Gottesdienst gab es das Fest. Eine kleine Musikgruppe und Tanz. Auch wurde eine Taverne im Freien errichtet – gekochte Ziege und Wein. An einer Ecke des Kirchenvorplatzes lag der Friedhof. Bescheidene Gräber mit Holzkreuzen. Auf dem Vorplatz wurde getanzt. Und dieses Durcheinander von Lebenden und Toten passte gut. Die Musikgruppen bestanden damals aus Geige, Klarinette und Laute. Sie waren noch nicht gemischt mit Akkordeon, Schlagzeug und Verstärkern. Und die Lieder waren reine Volkslieder. Es tanzten die jungverheirateten Frauen, es tanzten die Mädchen. Geführt von ihren Männern und Brüdern. Es gab die Authentizität der Not. Die Kirchfeste erfüllten diesen Zweck. Dass die Leute, vor allem die jungen, in der Öffentlichkeit auftreten und die Jungen und Mädchen sich abschätzen, sich schätzen lernen konnten. Das war das Leben.

Meine musikalische Erziehung begann mit diesen Klängen in meinen Ohren. Die Kirche steht immer noch da, ein Denkmal des Schildbürgertums. Eine gewaltige Hülle, die nie vollendet wurde. Aus gehauenem Stein und die Tür- und Fensterumrahmungen aus Marmor. Das ganze Material kilometerweit auf dem Rücken herbeigeschleppt, Anfang des letzten Jahrhunderts. Man fragt sich, welche psychischen Prozesse die Bewohner des kleinen Dorfes bewogen haben mögen, eine solche Kathedrale zu errichten. Als ihre Mittel erschöpft waren, wurde der Bau natürlich eingestellt. Da schlug ihnen ein reicher Mitbürger aus Athen zwei Lösungen vor: entweder die Mauerarbeiten mit den Kuppeln usw. weiterzuführen oder ihnen eine neue, kleinere Kirche in die erste zu bauen. Sie nahmen die zweite Lösung an. Man kann heute beides sehen, die prächtige Hülle und darin die kleine schmucklose Kirche. In die marmornen Türstürze der Hülle eingemeißelt die Namen der Spender. Und die Daten: 1914–1916. Auf diesem Kirchfest also habe ich mich einmal verlaufen, im Alter von fünf, sechs Jahren. Ich erkundete den Ort und befand mich, ohne es zu merken, auf der Rückseite der Kirche. Es gab dort eine geschlossene gewölbte Zisterne. Das Gelände war abschüssig, das Deckengewölbe befand sich auf derselben Ebene wie die Randmauer des Platzes. Man musste nur einen kleinen Zwischenraum überwinden, einen kleinen Sprung machen, was ich mich traute. Am Scheitelpunkt des Gewölbes war die einzige Öffnung, eine Brunnenöffnung. Ich beugte mich darüber. Die Zisterne war das Beinhaus, das sogenannte Ossuarium. Nach Öffnung der Gräber wurden die Knochen der Toten mit Wein gewaschen, vom Popen geweiht und dort hineingeworfen. So demokratisch. Die Knochen von Generationen. Schädel, Ellen. Fassungslos sprang ich auf.

Das Fest auf der anderen Seite ging weiter. Ich suchte nach meiner Mutter. Sie tanzte in der ersten Reihe. Mein Vater führte sie, sie tanzte schön, tanzte verliebt. Ich ging zu ihr, hielt mich an ihrem Rock fest, und sie blieb stehen. Beugte sich herab, umarmte mich und hielt mich zwischen ihren Beinen. Zwischen ihren seidenen Strümpfen. Was hatte sie bemerkt? Mein Vater trat zur Seite und überließ dem nächsten Tänzer die Reihe. Er nahm mich auf den Arm und lehnte mich gegen einen kleinen Erdbuckel in den Schatten eines Maulbeerbaums. Sie haben mich nichts gefragt. Lächelten mir beruhigend zu, und irgendwann nahm meine Mutter mich wieder in den Arm, liebevoll. Ich musste mich zusammennehmen, um nicht loszuweinen. Mir war, als müsse ich die beiden beschützen, ausgerechnet ich, gleichzeitig wusste ich, dass ich das nicht könnte. Diese Szene trage ich seit Jahren mit mir rum. Ich konnte sie nie niederschreiben, jetzt aber weiß ich, dass sie meinen Werdegang bestimmt hat.«

»Was hast du gelesen? Was ist deine erste Erinnerung an ein Buch?«

»Bei uns zu Hause gab es die Enzyklopädie von Eleftheroudakis und vielleicht sonst nichts. Ich erinnere mich an die zwölf Bände mit den goldenen Lettern. Mein Lesehunger äußerte sich etwas später auf krankhafte Art. Ich lebte in Gythion bei einem Bruder meiner Mutter, einem Apotheker. Während der dritten und vierten Volksschulklasse. Er hatte eine riesige Bibliothek, vor allem mit wissenschaftlichen Abhandlungen. Ich habe mich darauf gestürzt. Verstanden habe ich davon fast nichts, aber ich musste jeden Tag eine gewisse Quantität Papier verschlingen.

Die Literatur habe ich unmittelbar danach entdeckt, in der fünften Klasse des Gymnasiums in Tripolis. Zufällig habe ich mir den *Zorbas* von Kazantzakis gekauft. Und irgendjemand hat mir *Eroica* von Kosmas Politis geschenkt, vielleicht mein großer Bruder, er war bereits Student in Athen. Vielleicht hat er es mir von dort mitgebracht. Beide Bücher haben mich verzaubert. Ich weigere mich seitdem, *Eroica* noch einmal zu lesen. Aus Gründen des Feingefühls. Um nicht jenen ersten Zauber zu zerstören.«

»Der Raum, die Landschaft, allgemein die Natur, welche Rolle spielen sie in deinen Texten?«

»Interne Landschaften. Wasserlose, von der Sonne verbrannte. Und der Durst. Oft sind dies meine Protagonisten.«

»Hast du irgendwelche Fixierungen? Irgendwelche Lieblingsworte, die sich immer wieder einstellen, ohne dass du es willst, und die du dann bei der Überarbeitung änderst?«

»Worte ähneln Schwertern. Man kann sich an ihnen schneiden, ohne es zu merken. Deshalb nähere ich mich ihnen mit Vorsicht. Das habe ich von meiner analphabetischen Tante Stavroula gelernt, einer Schwester meines Vaters. Mit ihren 800 Wörtern in deren üblichen, ganz alltäglichen Gebrauch erweiterte sie den Umfang ihrer Welt.«

»Was sind gewöhnlich die Anlässe um loszulegen. Ein Bild, ein musikalisches Thema, ein Satz?«

»All das. Selbst ein Aroma. Oder häufiger irgendein Mangel.«

»Was für ein Schüler warst du? Beschreib mal deine Schule. Ort, Lehrer, Mitschüler. Gab es irgendeinen Lehrer oder eine Lehrerin, die eine wichtige Rolle in deinem Leben gespielt haben?«

»Ich habe häufig die Schule gewechselt. Einige Schulen waren lediglich Lagerhallen, die man in Klassenräume umgewandelt hatte. Ich erinnere mich nur an die wenigsten meiner Lehrer. Im Wesentlichen wegen ihrer brutalen Art. Der Griechischlehrer Chios in Sparta. Ein besonderer Fall. Erste Klasse des achtklassigen Gymnasiums, d. h. fünfte Volksschulklasse. Ich kann mich an seine Gestalt nicht erinnern, nur an den Namen. Er lobte mich für einen Aufsatz: ›Mein Nebenschüler‹. Der ist erst recht aus meinem Gedächtnis entschwunden. Er hatte Schuppenflechte an den Fingern wie wir alle wegen Unterernährung, mit geschorenem Schädel. Es scheint, dass meine Beschreibung besonders anschaulich war. Der Griechischlehrer Chios wurde im selben Jahr, 1943, in Monodendri als Geisel erschossen, zusammen mit den 117. Ich bin ihm diese kümmerliche Erwähnung schuldig.«

»Gibt es in deinen Büchern Helden, die aus diesen Jahren stammen? Wer sind sie?«

»Helden nein, nicht direkt, Elemente von Helden. Und natürlich Atmosphären, Situationen.«

»Kehrst du heutzutage noch in deine Kindheit zurück? Und wenn ja, was für Gefühle löst das in dir aus? Wenn nein, warum vermeidest du das?«

»Dieses Rückkehren kann man nicht vermeiden. In diese zu Unrecht als unschuldig bezeichneten Jahre, die doch schon immer die härtesten waren.«

»Wenn es möglich wäre, in jene Epoche zurückzukehren, was würdest du ändern wollen?«

»Diesen leichten Hauch von Erniedrigung, der manchmal noch immer weht.«

»Wie würdest du dich selbst als Kind charakterisieren? Und schließlich, wird man als Schriftsteller geboren oder wird man zu einem?«

»Man wird so geboren, weiß das aber selber nicht. Daher muss man bald darauf zu einem werden.«

»Das hört sich wie ein Orakel an.«

»Literatur ist ein Orakel.«

»›Familiäre Umzüge während der Besatzung ...‹ So beginnt eine Biografie über dich.«

»Nein. So beginnt eine Abhandlung von Dimitris Daskalopoulos in dem Buch *Nachkriegsprosa* von Sokolis. Daraus hat man einfach Elemente entnommen. Es handelt sich nicht um eine Biografie. Meine Familie war von der landwirtschaftlichen Produktion abgekoppelt. Angesichts der Schwierigkeiten beim Warenaustausch, verursacht durch die Besatzung, hätten wir auf dem Dorf nicht überleben können. Wir verließen es. Es handelte sich im wahrsten Sinne des Wortes um eine ›Flucht‹. Das geschah 1941. Im Sommer, aber ich erinnere mich nicht, in welchem Monat. August? September? Wahrscheinlich später. Oktober. Oder vielleicht Anfang '42. Es ist seltsam, während ich den Eindruck habe, dass all das in mir klar ist, gerate ich durcheinander, sobald ich anfange, darüber nachzudenken. Und jetzt gibt es die Menschen, die mir auf die Sprünge helfen könnten, nicht mehr.

Jedenfalls sind wir weg. In Arachova sollte ein Pferdewagen auf uns warten. Arachova in Lakonien. Heute Karyes. Heimat der Karyatiden. An einem Ortseingang stehen ein, zwei marmorne Kopien davon. Wenn ich mich recht entsinne. Wir kamen dort an. Wie? Zehn, zwölf Kilometer von unserem Haus entfernt. Davon habe ich kein einziges Detail behalten. Diese notwendigen Lücken des Gedächtnisses, damit die Zeit als Poesie bewahrt wird.«

»Du bist da wie alt?«

»Neun bis zehn.

Im Oktober 1994 bin ich nach Kastri gefahren um zu wählen. Gemeinderats-und Bezirkswahlen. Ich begleitete meine 88jährige Mutter. Bevor sie ins Wahllokal ging, bat sie mich, ihr die Wahlzettel auszufüllen. Obwohl sie bis zuletzt mit der Nadel strickte, ließen ihre Augen sie im Stich. ›Ich habe eine Verpflichtung‹, sagte sie schüchtern. Sie wollte mich festlegen und Kostas K. ihr Kreuz geben. Archaische Kodizes: Tassis K., Vater von Kostas K., hatte uns damals mit seinen zwei Maultieren geholfen, unsere Sachen bis zum Pferdewagen zu transportieren. Um jene 10 – 12 Kilometer zu überbrücken. Fünfzig Jahren zuvor.«

»Du sagtest ›Flucht‹.«

»Genau, ›Flucht‹. Die Straße des Hungers, der böse Wind all jener Dinge, die passieren würden.«

»Der Engel des Herrn befiehlt Josef in seinem Traum, den Säugling und die Mutter nach Ägypten zu bringen. Das ist das Zeugnis des Evangeliums. Um sie vor Herodes' Bestialität zu retten.«

»Uns hat kein Engel gewarnt. Es war meines Vaters Entscheidung. Er hatte vielleicht einige biblische Züge. Keinen weißen Bart und so was. Er rasierte sich zweimal pro Woche. Er war knochig und traf seine Entscheidungen allein. Und trug auch deren Last. Er hatte gespürt, was folgen würde. So befanden wir uns unterwegs auf jenem Pferdewagen. Vassilis, Jorgos, ich, und Martha. In absteigender Reihenfolge. Maria war noch nicht geboren. Zwei Bündel mit Decken, ein weiteres mit Wäsche und eine Feldkiste mit Geschirr. Unser gesamter Haushalt. Die Feldkiste hatte mein Vater vom Sakarya-Fluss in Kleinasien mitgeschleppt. Zur Erinnerung an jene glorreichen Zeiten.«

»Und ihr zogt los.«

»Ja. Migranten seit Tausenden von Jahren. Im Rhythmus des Pferdeschritts, mit den Hufen, die auf der Schotterstraße knirschten. Heutzutage auf langen Interkontinentalflügen, stundenlang an den Sitz gefesselt, kann ich weder lesen noch Musik hören oder schreiben. Ich kann gar nichts machen. Wehrlos verfolge ich auf dem Bildschirm die Route des Flugzeugs – und kehre zu jener Reise zurück. Sie dauerte sieben – acht Stunden.«

»Ist es das erste Mal, dass du aus dem Dorf herauskommst?«

»Ja. Wir kamen durch Monodendri – ein gezeichneter Ort. Später.«

»Du bist neun Jahre alt, hast die vierte Volksschulklasse absolviert, ihr passiert eine unbekannte Gegend. Was sind deine Gefühle?«

»Es gibt keine Gefühle. Ich kann sie nicht beschreiben. Die Welt strahlte. Nur das. Auf dem Wagen sind mein Vater und meine Mutter, wir sind unter ihrem Schutz. Sie werden schon wissen.«

»In Monodendri haben die Deutschen die 118 getötet.«

»Ja, zwei Jahre später. Letztlich waren es nur 100.«

»Wieso diese Differenz?«

»Ein lokaler Journalist behauptet, dass die übrigen 18 in jenen Tagen an anderen umliegenden Stellen exekutiert worden sind.«

»Was ist deine erste Erinnerung an den Krieg?«

»Die Glocken unserer Dörfer, die, eine nach der anderen, zu läuten anfingen, als Korytsa fiel. Diese akustischen ›Signalfeuer‹. Und das Bild meines Vaters, der zur Feier in die Luft schoss mit einer Pistole, die er besaß – und nie zuvor benutzt hatte.«

»Und wo ging es hin?«

»Nach Karavas. Vier Kilometer vor Sparta. Am westlichen Ufer des Eurotas. Dort gab es ein Landgut, wo mein Vater Verwalter werden sollte. Die Regelung war durch den Bruder meiner Mutter erfolgt. Der Apotheker Kostas Mangas spielte damals eine wichtige Rolle in meinem Leben.«

»Du hast ihn in deinen Interviews erwähnt.«

»Und nicht nur dort. Natürlich mythisiert, wie es unseren Helden jenes Alters geziemt. Wir zogen nach Karavas. Mythisiert auch dieser Ort. Wie auch die Reise, die uns endlos erschien.

Zur Linken ließen wir die Gipfel des Parnon–Massivs hinter uns und fuhren hinab nach Voutiani. Ich musste schon seit einiger Zeit pinkeln. Wir hatten alle dasselbe Bedürfnis. Der Kutscher lenkte das Pferd zur Seite und hielt an. Mit Vassilis und Jorgos sprang ich runter und wir stellten uns an den Straßenrand. Die Mutter nahm Martha an die Hand, sie gingen etwas zurück und verschwanden im Dickicht des Hangs. Ginster und Rotbüsche. Ebenfalls kleine Feigenkakteen, die ich zum ersten Mal sah. Die Mutter ist 36 Jahre alt. Martha 7. Der Vater 44. Doch kann ich ihn in diesem Rahmen nicht lokalisieren.

Der Kutscher stellte sich neben uns und knöpfte seine Hose auf. Ich hörte, wie er vor Erleichterung stöhnte. Danach sah ich, wie er einen großen, lockeren, dunklen Penis schüttelte. Diese natürliche Erleichterung machte uns alle ein bisschen optimistisch. Wir versammelten uns neben dem Wagen, um uns die Beine zu vertreten. Die Sonne hatte sich geneigt. Der Kutscher zündete eine Zigarette an. ›Der Fluss‹, sagte er und zeigt nach unten. Der Eurotas glänzte zwischen niedrigen, mit Ölbäumen bepflanzten Hügeln. Ein hingestreckter Gott, der sich auf seinen Ellbogen stützt. Genau sieben Jahre später würde ich ihn am östlichen Giebel des Parthenon erkennen.«

»Was weißt du bis dahin von der Besatzung?«

»Wenig. Im Sommer war eine italienische Truppe mit Maultieren und so was durch unser Dorf gezogen. In einem Kastanienwald hatten sie Halt gemacht. Die Soldaten waren etwas älter als wir, fast Kinder. In kurzen Hosen und Schnürschuhen.«

»Das erste Bild, das sich dir eingeprägt hat?«

»Das war in Sparta, einige Wochen später. Ich musste die Aufnahmeprüfung ablegen. Von der vierten Volksschulklasse in die erste Gymnasialklasse. Elementare Fragen. Mathematik, Religion. ›Wer hat Christus gekreuzigt?‹ ›Die Jidden‹. ›Wer?‹ ›Die Juden‹, korrigiere ich erschrocken.«

»Und bist du durchgekommen?«

»Ja. Die Italiener waren außergewöhnlich theatralisch. Und der Rathausplatz diente oft als Bühne. Der zentrale Platz. Ich bin zum ersten Mal in der Stadt, wegen dieser Prüfung. Ich erinnere mich nicht, wer mich begleitet. War es mein Vater oder Vassilis? Der Sonnenuntergang naht, und ein kleiner Trupp erscheint zum Einholen der Flagge. Die Leute weichen zur Seite und schauen zu. Der Trompeter bläst Achtung. An seiner Trompete hängt eine goldene Kordel, er selbst trägt einen Hut mit Federn. Da erscheint an der gegenüber liegenden Ecke der blinde Ausrufer der Stadt. Er bewegt sich allein, indem er mit seinem Stab den Bordsteinen der Bürgersteige folgt. Die Stille kommt ihm seltsam vor. Er ruft forschend einen Namen. Bekommt keine Antwort. Seine nasale Stimme hat etwas Unheilvolles. Und dann – das ist das Absurde. In dieser kurzen Pause beginnt er auszurufen: ›Hört Leute. Pergantis hat ein frisches Sardellenfass aufgemacht.‹ Pergantis. Der große Laden genau hinter ihm an dieser Ecke des Platzes. In den 50er Jahren wird sich einer seiner Söhne in Athen mit der Produktion von Filmen beschäftigen. Ilias Pergantis. Pergantis Films. Der Ausrufer, genannt der blinde Grigoris.

Die Italiener halten sein Geschrei für Spott. Zwei laufen zu ihm hin und beginnen ihn zu schlagen. Sie schmeißen ihn zu Boden, treten auf ihn ein. Niemand wagt sich zu rühren. Selbst nach dem Tusch, der die Einholung der Fahne begleitet. Selbst nach dem Abrücken des

Trupps. Der Ausrufer erhebt sich. Seine Lippen sind aufgesprungen. Ein kleiner Junge, jünger als ich, löst sich von der Hand seines Vaters, läuft hin und gibt ihm seinen Stab. Viele Jahre später erfahre ich zufällig, dass jener Junge Dimitris Petsetidis hieß.

Der Ausrufer tritt mit vorgestrecktem Stab auf den Bürgersteig. Er versucht sich zu orientieren. Jemand geht hin und fasst ihn am Arm. Er schüttelt ihn ab, will keine Hilfe. Er klopft seine Jacke ab, knöpft sie zu, hebt den Kopf und sammelt seine strapazierte Würde. Und dann erreicht die Absurdität ihren Höhepunkt. Er beginnt wieder zu rufen: ›Lauft Leute. Pergantis hat ein frisches Sardellenfass aufgemacht‹. Pergantis selbst trat aus seinem Laden. ›Mensch, Grigoris, was redest du da‹? Einer lachte ironisch auf und ging. So war der Bann gebrochen. Man sagt, dass nichts verloren gehe. Wenn das stimmt, unsere Rufe oder unser Wehgeschrei – die Stimme des Ausrufers, in welchen Weiten reisen sie immer noch fort?«

»Warum hat er das deiner Meinung nach getan?«

»Ich weiß nicht. Er sieht nicht. Er bewegt sich in einem hypothetischen Raum. Die Besatzung ist eine gewaltige Änderung, vermutlich kann er sie nicht begreifen. Die große Hungersnot befindet sich im Anmarsch. Ebenso der Schwarzmarkt. Vielleicht riecht er das. Er ist ein Teiresias.«

»Wann hast du Petsetidis kennen gelernt?«

»Ich glaube nach seinem zweiten Buch. Es gefiel mir und ich hatte einen kleinen Artikel dazu in der Zeitschrift *Dendro* geschrieben. Er ist fünf, sechs Jahre jünger als ich und hat ein erstaunliches Gedächtnis. Besonders in Bezug auf diese Jahre. Unnatürlich.

Ich saß mit anderen zusammen im Café Dolce und erzählte, dass ich mich in einem Text selbst zensiert hatte. Ich versuchte, die psychologische Schwierigkeit zu interpretieren, die Wahrheit über das, was man weiß, auszusprechen, wenn der herrschende Eindruck dem entgegensteht.«

»In welchem Text?«

»In der Zeitschrift *Anti.* ›Fünfzig Jahre nach dem Bürgerkrieg‹. Ich beschrieb den Einmarsch der Partisanen in Sparta. Die verschiedenen Agitatoren, die vom Rathausbalkon aus die Leute aufwiegelten. Sie klagten gewöhnlich an – und noch häufiger verlangten sie den Tod. Tod den Plutokraten, Tod den Großgrundbesitzern. Tod, Tod. Oft wurden die Anklagen auch personalisiert. Tod für jenen, Tod für diesen. Und die unter dem Balkon zusammengedrängte Menge grölte: Tooood. An der Stelle habe ich Sfakianos verschwiegen.«

»Wer war Sfakianos?«

»Ein Kapetanios der ELAS. Er hatte in Albanien gekämpft. Berufsoffizier, Leutnant. Mit den Überbleibseln der Kretischen Division blieb er, abgeschnitten vom Rest, auf der Peloponnes zurück. Sfakianos war ein Pseudonym. 1949 im Bürgerkrieg wurde er auf dem Parnon getötet, auf Seiten der Demokratischen Armee.«

»Warum durftest du ihn nicht verschweigen?«

»Er war einer von den Rednern, die damals auf den Balkon des Rathauses traten. Auf demselben zentralen Platz. Kleinwüchsig mit Bart und gekreuzten Patronengurten über der Brust. Und im Gürtel zwei Klingen. Eleni und Mario. Er prahlte. Mit ihnen richtete er seine Opfer. Immer ›Verräter‹. Er gab ihnen die Wahl, mit welcher von beiden er sie abschlachten würde, eine Art letzter Wunsch. Mit Eleni oder Mario.

Ich stehe dort. Dreizehn Jahre alt. Ich weiß nicht, welchem Zweck diese Schreckensvorstellung diente. Jedenfalls habe ich sie verschwiegen. Niemand würde mir Glauben schenken.«

»Auch ich glaube dir nicht. Ich zweifle jedoch nicht an deiner Aufrichtigkeit.«

»Ich verstehe das. Es gibt fixe Vorstellungen, die man nur schwer erschüttern kann. An dieser Stelle unterbricht mich Petsetidis. ›Diese Szene habe ich beschrieben‹, sagte er. In der Erzählung

›*Bahnhof Sparta*‹. In der Zeitung *Kathimerini*. 1980, im November. Er hat sie tatsächlich beschrieben – mit einer gewissen Ungenauigkeit, was den historischen Hintergrund des Helden angeht. Diese grässliche Szene, die in ein Kinderliedchen einging: ›Die eine heißt Eleni – die andere Mario, und alle macht sie kalt, so oder so‹.«

»Ihr ließt euch in Karavas nieder, an einem euch fremden Ort. War es für euch schwierig, euch anzupassen?«

»Für meinen Vater glaube ich nicht. Er war an solche Wechsel gewöhnt. Oft blieb er einen oder zwei, sogar drei Monate seiner Arbeit wegen weg. Meine Mutter muss gelitten haben, abgeschnitten von ihren Gewohnheiten. Aber sie war es gewohnt, ihrem Mann zu folgen. Ohne Klagen. In Karavas gab es keine Siedlung, nur einige verstreute Landhäuser. Die Landarbeiter kamen aus ihren Dörfern im Taygetos-Gebirge herab und gingen am Abend wieder zurück.«

»Wie war das Leben dort für dich? Für euch Kinder.«

»Es gab keine anderen Kinder zum Spielen, außer gelegentlich. Aber wir sind zu dritt, und es gibt Martha. Ich durchlief die Epoche der Unwissenheit. Und die Welt war noch eine weite Aue. Vor dem Haus, in dem wir unterkamen, lief ein großer Bewässerungsgraben vorbei. Ich habe ein Floß aus trockenen Agaven gebaut. Der Fluss lag weiter unten. Der Eurotas. Der antike Iris. Zwei- bis dreihundert Meter. Oder fünfhundert. Dort lernte ich schwimmen. Wir gingen flussaufwärts, zur Kopanitsa-Brücke. Eine Brücke gab es nicht mehr, ein Hochwasser hatte sie irgendwann mitgerissen. Nur der Name war geblieben. Dort gab es einen länglichen kleinen See. Sein linkes Ufer wurde von massiven, vom Wasser geglätteten Felsen eingenommen. Der Grund war nicht zu sehen. Auf den Felsen konnte man die Reste der Brückenfundamente erkennen.

Als ich zum ersten Mal jene Fläche durchquerte, wie ein Welpe mit dem Kopf über Wasser, fühlte ich einen dunklen Schauer. Aber ich tat es. Ein anderes Mal – das war aber später, wahrscheinlich im folgenden Jahr – haben wir den Strom in einem kleinen Nebenfluss gestaut. Das heißt, wir haben zwei, drei anderen, größeren Jungen dabei geholfen. Michalis, Nektarios, ein dritter ohne Namen. Junge Männer aus der Gegend. Nunmehr Schatten. Und Koulis. Irgendwo teilte sich der Fluss und floss etwas weiter unten wieder zusammen und schuf so eine längliche Sandbank in der Mitte. Wir stauten das Wasser, platzierten Disteln an den Ausfluss und sammelten die Fische ein, die sich dort verfingen. Große Meniden und Aale. Das waren nie gekannte Dinge.«

»Was war mit der Schule? Du hattest die Prüfung, bist in die erste Gymnasialklasse aufgenommen worden. Deine Geschwister waren älter.«

»Vassilis und Jorgos ja. Martha war jünger. Am Anfang gingen wir nach Sparta zu Fuß. Zwei Stunden Wegs hin und zurück. Eines Morgens hörten wir an der großen Kurve unterhalb der Himmelfahrtskappelle ein metallisches Getöse, das auf uns zukam. Es war ein Lastwagen mit Holzvergaser, der langsam auf seinen Felgen rollte, ohne Reifen. Mit solchen Bildern in Ausschnitten brennt sich uns die Besatzung ein. Später haben wir ein Zimmer in der Stadt gemietet. An der Hauptstraße. Das Haus, Richtung Gythion, befand sich auf der linken Seite. Der Gehsteig lag etwas niedriger als die Straße. Es gehörte zwei älteren Schwestern. Die eine war verwitwet, die andere unverheiratet. Später habe ich versucht es zu lokalisieren, ohne Erfolg. Es stehen dort noch drei, vier Gebäude in einer Reihe. Bürgervillen der Provinz, die bislang vom Abriss verschont geblieben sind. Die Miete wurde, wie zu jener Zeit üblich, in Naturalien erbracht. Höchstwahrscheinlich in Olivenöl.

Weiter hinten an der Kurve gab es eine Werkstatt. Karrenbau – Hufbeschlag. Sie hatten ein Pferd, einen Deckhengst, dem sie Stuten oder Eselinnen zuführten. Berufsmäßig. Sie schlossen das große Tor, aber die Bretter hatten Schlitze. Das Pferd sprang auf das Weibchen, und irgendjemand griff sein erigiertes Glied und führte es an die richtige Stelle.

Gegenüber lag die Karvouni-Klinik. Im ›deutschen‹ Stil der Zwischenkriegszeit. Eine Imitation des Bauhausstils. Heute ist die Klinik rosa angestrichen. Und ist keine Klinik mehr. Wahrscheinlich gehört sie der Gemeinde, und irgendeine Behörde ist dort untergebracht.«

»Von dem Arzt Karvounis, der in Monodendri exekutiert wurde?«

»Genau, er war ein Freund meines Onkels. Gehörte zu seinem Kreis. Den haben sie dort umgebracht. Diese sinnlosen Opfer an Menschenleben. Er gehörte zu denen, die Griechenland später gebraucht hätte. Wie auch den Griechischlehrer Chios.«

»Ihr wart vier minderjährige Kinder. Wer kümmert sich um euch, was esst ihr?«

»Das kann ich nicht beantworten. Von diesem Abschnitt erinnere ich mich nur an wenige Dinge. An Martha, die dichte, lockige Haare hat, wir kämmen sie jeden Morgen, bevor sie in die Schule geht, wir – vor allem Jorgos. Martha geht in die erste Volksschulklasse. Oder vielleicht in die zweite? Die zwei freundlichen Hausherrinnen füllen uns eine Kanne mit Wasser, die immer im Zentrum des Tisches steht. Davon trinken wir. Im Frühjahr, als die Sonne stärker wurde, stellten wir fest, dass die Kanne voller Würmer war, an ihrem Boden. Die Damen hatten sie nie von der Stelle gerückt. Wir tranken, und sie füllten immer nur nach.«

»Die beiden freundlichen Damen.«

»Ja. Die Armen hungerten. Und Hunger erniedrigt. Sie klauten uns Brot. Weizenbrot, von unserer Mutter geknetet. Sie schickte uns jeweils einen halben Laib. Vassilis hatte zuerst den Verdacht. Er schnitt den halben Laib in Scheiben. Die Scheiben können nicht spurlos weniger werden. Eine davon hat er als Maß versteckt. Als wir aus der Schule kamen, stellten wir so fest, dass die Scheiben um ca. zwei Zentimeter geschrumpft waren. Quer. Am nächsten Tag ließen wir die

Maßscheibe neben den anderen liegen. Die Botschaft funktionierte nicht. Hunger ist erfinderisch. Unsere Scheiben waren um weitere zwei Zentimeter geschrumpft – und die Maßscheibe entsprechend.«

»Gibt es die Deutschen in deiner Erinnerung?«

»Sehr intensiv. Ihre Kommandantur war im Hotel Menelaion. Ich erinnere mich an die jungen Offiziere, wenn sie nachmittags ausgingen. Gebügelte grüngraue Hosen, deren Beine nach unten enger wurden. Die Unterscheidung gute Italiener – grausame Deutsche wurde noch nicht getroffen. Soweit waren die Dinge noch nicht. Die guten Italiener sind auf Beute aus. Sie stehlen Hühner, sind hinter den Frauen her, mit ihrem Kommissbrot, sie prügeln. Die Deutschen töten. Später.

In Karavas haben wir eine junge Kuh, zwei Jahre alt. Ein schönes Tier. Zufällig ist mein Onkel dort für einige Tage. Er spielt mit ihr. Er streichelt sie, krault ihr die Stirn, sie reagiert. Er selbst hat sie Marouska getauft. Heute vermute ich, dass ihr Spiel eine verborgene erotische Note hatte. Da erscheint eine kleine Gruppe von Italienern. Vier bis fünf. Sie sammeln Eier – was immer sie finden. Die Kuh sticht ihnen ins Auge. Mein Onkel wird böse. Im Haus gibt es ein Foto von ihm in einem billigen Standrahmen. Mit weißem Ärztekittel und Offiziersmütze. Von seinem Dienst an der Albanienfront. An irgendeinem Sanitätsposten. Er hält sie ihnen, immer noch wütend, vor die Nase. Und das hat Erfolg. Die Italiener ziehen sich zurück, vielleicht etwas erschrocken. Das war im Frühjahr '42. Die Besatzung nagt an uns, ist oft aber nicht spürbar. Und Karavas ist im Wesentlichen ohne jede Kontrolle. In gewisser Weise ist es immer noch eine Aue.«

»Auf der du herumtollst.«

»Ja, so ungefähr. Ich tolle herum. Sammle Bilder. In den Weihnachtsferien lernte ich Haken auszulegen für Drosseln. Koulis hat es mir beigebracht. Ein, zwei Spatenstiche, ich sammelte die Würmer aus der frisch aufgebrochenen Erde und bestückte die Haken mit Köder. Sie wurden mit Seide an kleine Pfähle aus Feldahorn gebunden.

In die Pfähle ritzte jeder sein Zeichen. Zwei parallele Linien oder drei oder ein x oder ein +. Damit man sie nicht mit denen der anderen verwechselt. Früh morgens gingen wir mit den Öllampen hinaus und schwärmten aus auf die Hänge von Agios Konstantinos. Dort wuchsen Mastixbäume, Arbutusbüsche, Ginster und am Fuß des Hügels Weiden. Und dazwischen Narzissenzwiebeln und Thymian. Und Königskerzen. Ich hatte zehn, zwölf Angelhaken, und die mussten, bevor das Rotkehlchen zu singen anfing, aufgestellt sein. Ich säuberte den Boden und legte die Köder aus. Die Drossel frisst den Wurm, und ich nutzte das, um die Drossel zu essen. Eingelegt zusammen mit anderen in einen breitrandigen Krug. So einfach. Eine nachträgliche und rationale Interpretation.

Ich machte die Lampe aus und legte mich in den Arkaden der verlassenen Kirche des Heiligen Konstantinos in den Windschutz. Manchmal kamen auch andere dorthin, und wir warteten auf das erste Zwitschern des Rotkehlchens, das den Übergang von der Nacht zum Tag markierte.«

»Wie viele Drosseln fingst du?«

»Ein, zwei. Manchmal drei. Ich hatte nicht die Erfahrung der Großen. Ich ging meine Tour zurück, um die Haken einzusammeln. Meist traf ich die Drosseln schon tot an. Manchmal flatterte eine immer noch verzweifelt herum. Ich packte sie und brach ihr mit dem kleinen Pfahl den Hals. Jetzt ist es mir unangenehm, wenn ich das erzähle. Damals machte es mir nichts aus.«

»Es ist die Zeit der Olivenernte.«

»Ja. Von November bis Februar – manchmal März. Die Olive, diese langanhaltende Reifung. Eine ständige Begeisterung. Der Winter in Karavas war eher mild. Man machte uns geröstete Brotscheiben, getaucht in das erste Öl.

An den Feiertagen kamen die Herrschaften. Kamen morgens und gingen am späten Nachmittag. Sie taten nichts. Spazierten durch den

Nieselregen mit ihren Schirmen, wenn das Wetter so war. Näherten sich den Feuern, die die Frauen anzündeten, um sich zu trocknen. Tassia folgte ihnen nicht. Sie war das Dienstmädchen, zwanzig, einundzwanzig Jahre alt. Abends blieb sie bei uns. Wir Kinder schliefen auf dem Matratzenlager und Tassia mit uns. Eines nachts bin ich von Stößen wach geworden. Ich setzte mich auf und rieb mir die Augen. Vassilis lag zwischen Tassias Beinen, und sie rangen. Tassia atmete schwer. Ich war noch vor der Pubertät, aber das schützte mich nicht vor trockenen und eher schmerzhaften Erektionen. Unerlösten. Irgendwann gab Vassilis sich hin. Danach zog er sich aus Tassias Beinen zurück und merkte, dass ich sie beobachtet hatte. Tassia lag weiterhin auf dem Rücken, und Vassilis zog mich auf sie. Ich wusste nicht, was ich machen sollte. Auf ihrem warmen Bauch. Ihr Nachthemd war hoch gezogen bis zum Nabel. Der Geruch ihres Körpers verwirrte mich. Sie begann wieder schwer zu atmen, fasste mein Glied, das hart wie ein Nagel war, und steckte es sich rein. Wo hinein? Sie war feucht, ihre Schamhaare nass, und ihr Atmen wurde zu einem leisen Stöhnen. Sie fasste mich mit den Händen an den Hinterbacken und stieß mich wild vor und zurück. Mein Kopf schien zu zerspringen, und da umfasste sie mich mit den Beinen und drückte mich so, dass mir die Luft wegblieb. Ich stieß einen kleinen Schrei aus, und sofort ließ sie mich los und hielt mir den Mund zu. Für eine Weile lagen wir unbewegt da. Wie Insekten, die sich totstellen. Aber nichts passierte. Ich meine, niemand wurde wach.«

»Deine erste sexuelle Erfahrung?«

»Wenn man das so sagen darf. Die Qual in diesem Alter ist, dass man den Veränderungen, die in einem vorgehen, ausgeliefert ist. Diese aufeinanderfolgenden aufgepeitschten Wellen. Zwei Jahre später in Gythion nehmen die Dinge einen anderen Verlauf. Mein Onkel hatte in seiner Apotheke ein Mädchen für die Botengänge. In meinem Alter. Popi war eine Magierin. Dünn wie eine Rute mit einem goldenen Fleck auf ihrer rechten Iris. Ich frage mich, ob sie noch lebt. Und wenn ja, was das Leben ihr beschert hat.

Im hinteren Teil der Apotheke lag das Labor. LABORATORIUM. Über der Tür wand sich die Schlange von Asklepios um den Becher mit dem Gift.

Dort drinnen zeigte mir Popi ihre Brüstchen. Sie öffnete ihre Bluse, sie waren klein wie halbe Zitronen. Ich fasste sie an, und sie hing sich an meinen Hals. In ihren Achselhöhlen zeigten sich die ersten Schatten. Dort drinnen hatte ich meine ersten vorzeitigen Ergüsse. Jedes Mal, wenn der Onkel vorne beschäftigt war, rannten wir nach hinten. Popi hing sich an meinen Hals und stellte sich auf die Zehenspitzen. Sie war kleiner als ich. Ich holte meinen pulsierenden Penis heraus, schob ihr baumwollenes, sicher von ihrer Mutter genähtes Höschen beiseite und drückte diesen ungeduldigen Penis ›dorthin‹, aufs Geratewohl, und klappte zusammen. Es kam mir nie in den Sinn, mehr zu unternehmen. Ich glaube nicht, dass Popi mich gehindert hätte. Aber es gab keine Zeit, jedes Mal riskierten wir, in flagranti erwischt zu werden. Außerdem beherrschte mich eine unbestimmte Angst. Nach sechs Monaten verließ Popi die Apotheke. Ich weiß nicht, ob mein Onkel sie rausgeschmissen hat, ob er das Hin und Her ahnte. Ich weiß nicht, ob er das tat, um mich zu schützen. Er war jedenfalls kein Puritaner. Im Übrigen, um mich wovor zu schützen?«

»Wann hörte Karavas auf, eine Aue zu sein?«

»Es dauerte ziemlich. Es war Winter. Welcher Monat, welches Jahr? Februar vielleicht. Onkel Ilias war mit seinem Maultier vom Dorf gekommen, um Apfelsinen aufzuladen. Der Mann von Tante Stavroula.«

»Der Tante mit den 500 Wörtern. Der du deinen Worten nach so viel verdankst.«

»Ja. Onkel Ilias. Ein Schwätzer. In Kleinasien hatte er als Sanitäter gedient. 1939 hat er Jorgos gerettet, der eine doppelte Lungenentzündung hatte. Eine Woche lang hat er an seinem Bett gewacht und heiße Ziegel und Säcke mit heißem Sand gewechselt. Auf der Brust und im Rücken.

Im Februar, falls es Februar war. In einem Bordell in Sparta tötete ein Deutscher einen Landsmann. Im Suff, und als der erste kapierte, was er angerichtet hatte, verschwand er. Er folgte dem Bett des Eurotas, um in die Berge zu fliehen. Es wurden Patrouillen ausgesandt, um ihn einzufangen. Sie durchkämmten die Gegend. Gelangten nach Karavas. Wir Kinder müssen wohl geschlafen haben. Wir wurden wach, die Deutschen in unserem Haus. Durchsuchung. Es gab dort zwei längliche Schuppen, ich habe sie an anderer Stelle beschrieben. Der eine war ein Stall. Dort gab es eine riesige, flache Krippe mit Oliventrester. In einer Hohlstelle der Wand hatte mein Vater seine Pistole versteckt. Mit einem Stein davor. Diese Pistole, ein Teil der Familiengeschichte. 1955 hat sich Vassilis damit beinahe umgebracht. Als ausgebildeter Arzt. Er hat sie betastet, die Kugel ging los und hat die Haut an seinem Bauch gestreift. Jetzt habe ich sie.

Mein Vater führte die Deutschen in den ersten Schuppen. Er sah meine Mutter an, brauchte ihr nichts zu sagen. Sie ging mit Onkel Ilias in den zweiten Schuppen, um die Pistole verschwinden zu lassen. Um sie unter die Krippe zu werfen. Onkel Ilias ließ sie nicht. ›Gib das Ding her‹. Onkel Ilias. Er nahm sie ihr weg und steckte sie unter das Hemd in die rechte Achselhöhle. Er knöpfte gerade sein Hemd zu, als der erste Deutsche eintrat. Der wollte meine Mutter umarmen, dachte, sie sei dort allein. Und erblickte ihn. Ließ ihn die Arme heben und durchsuchte ihn, wie man es heute an den Flughäfen macht. Onkel Ilias gegen die Wand gepresst, und die Wand hinderte ihn angeblich, seinen rechten Arm ganz zu heben. ›Nix, nix, nix‹. Vorne – hinten, ›nix‹. Meine Mutter glaubte immer, dass es ein Wunder war. ›Mutter Gottes‹, rief sie die Madonna an. Ohne gläubig zu sein, glaube ich das auch.«

»Dass es ein Wunder war.«

»Ja. Jene Nacht kostete einer Hekatombe von Menschen das Leben.«

»Ihr kamt jedenfalls davon.«

»Wir hatten einen Schutzengel.«

»Aber du bist nicht gläubig.«

»Nein.«

»Deine Mutter war gläubig.«

»Der Glaube ist eine Gnade. Und meine Mutter hatte sie.«

»Gnade. Was noch?«

»Eros.«

»Was ist aus Onkel Ilias geworden?«

»Er lud die Orangen auf und verschwand. Brüllte, dass wir ihn beinahe auf dem Gewissen hätten und dergleichen.«

»Warst du als Kind gläubig?«

»Als Kind. Ich hatte ein Amulett. Das trug ich am Leib. Kreuzblumen, Weihrauch, eine Träne Weihwasser, eingenäht in ein Stück Stoff. Auf dem Stoff ein gesticktes Kreuz. Ich habe es mit einer Sicherheitsnadel an mein Unterhemd geheftet. Von meiner Mutter gefertigt, barg es ihre Liebe und schützte mich vor jedem Übel. Aber ich durfte es nicht beschmutzen. Weder mit Taten noch Gedanken. Dieser Zusammenprall hat mich erschüttert. Ich habe es abgelegt, als ich anfing, Bordelle zu besuchen. Es war nicht so einfach.«

»Wann war das?«

»Nicht sehr spät. In Tripolis. Nach Gythion bin ich dort weiter auf das Gymnasium gegangen. Ich war in der fünften Gymnasialklasse. Oder in der sechsten.«

»Das heißt: wie alt?«

»Fünfzehn, sechzehn. Mit einem Kumpel aus meiner Klasse, da haben wir alles gelernt. Damals haben sie uns die Köpfe geschoren. Wie beim Militär. Aber wir hatten Schiebermützen gekauft für diese Gelegenheit. Dieser Mythos des Bordells. Das Tischchen in der

Mitte, eine große Vase mit Wasser für die Zigarettenkippen, Sitzgelegenheiten ringsum. Und die Damen, die aus den Zimmern kamen in ihren kurzen Unterröcken, für eine Weile verschwanden und wieder erschienen. Ein strenges Zeremoniell, gestützt auf die Regeln des Gesundheitsamts. Und der Polizei, nehme ich an.«

»Dieses Bordell in Sparta. War das ausschließlich für die Deutschen?«

»Weiß ich nicht, ich glaube nicht. Das Kontingent in Sparta war klein, ich glaube nicht, dass sie solchen Luxus hatten.«

»Was ist aus dem Flüchtling geworden?«

»Das weiß ich auch nicht. In Sommer jenes Jahres besuchte ich mit Vassilis das Dorf.«

»Ihr beiden.«

»Ja. In Karavas tranken wir Wasser aus den Brunnen. Wir hatten einen Krug aus Ägina, stellten ihn in den Luftzug, und das Wasser wurde kühl. Der Ton schwitzte. Mittags deckten wir draußen den Tisch, unter einem Maulbeerbaum. An einem solchen Mittag, am Tag vor dem Marienfest, sagt meine Mutter ›wenn wir doch eine Augustbirne hätten‹.

Was sie daran erinnert haben mag? Sie hatte niemals irgendeine Art von Nostalgie zum Ausdruck gebracht. Die Augustbirnen. Sie reiften am Ende des Monats. Fast golden, etwas herbes Fruchtfleisch mit einem sehr feinen Aroma. Vielleicht war es dieses Aroma. Irgendwas wird sich im Sonnenlicht gerührt haben. ›Ich hol dir welche‹, sagte Vassilis. Ich glaube, er reagierte auf das Verlangen unserer Mutter. Wir hatten einen Birnbaum im Dorf. Zur Hälfte an der Wand einer großen Terrasse. Es gibt ihn immer noch, von Büschen überwachsen, einzigartig in der ganzen Gegend. Auch woanders bin ich diesen Birnen nie begegnet. Unsere Augustbirnen.«

»Hat diese Reise schließlich stattgefunden?«

»Es dauerte einige Tage, bis wir uns entschlossen. Die Mutter war dagegen, sie wollte das nicht. Das Schweigen unseres Vaters deuteten wir als Zustimmung. ›Wohin lässt du sie ziehen, sie werden verschwinden‹. ›Sollen sie verschwinden‹, sagte er. Schließlich zogen wir los. Hinter Vourlias stiegen wir hinab zum Vresthenon-Bach. Die Fahrstraße vermieden wir, auf der würden wir nie ankommen. Der Bach war trocken. Er würde uns nach Arachova führen. Trocken und verlassen in der Mittagshitze. Dort bekamen wir es mit der Angst zu tun. Die Etesienwinde. Es war ihre Jahreszeit. Sie wehten und verebbten. Wir waren mit Geschichten von Gespenstern groß geworden. Und von Nymphen. Nichts Lebendes war um uns herum zu hören. Die Zweige der Bäume gingen auf und nieder, kleine Wirbelwinde hoben ab und zu etwas Sand in die Luft. Sie tanzten. Vassilis nahm meine Hand. Wir teilten uns den Schrecken. Stumm. Wenn wir sprächen, würden sie uns die Stimme nehmen.

Etwas höher erreichten wir eine große Lache mit stehendem Wasser. Die Oberfläche war wie mit Haut überzogen vom Staub. Ein Wasserhuhn flog vor uns auf. ›Jesus Christus, hilf‹. Durch so eine Welt gingen wir, bevölkert von solch verschlagenen Geschöpfen.«

»Kamt ihr am selben Tag im Dorf an?«

»Ja, gegen Abend. Wir trafen Athelis. Dreißig Jahre alt, er nannte uns Vettern. Sein Vater hatte in zweiter Ehe Tante Olga geheiratet, eine Schwester unseres Vaters. Und von Tante Stavroula. Der alte Kotsios Lymberis war wegen Mordes ins Gefängnis gegangen. Fünf Jahre. Die Begebenheit erwähne ich in meinem Buch *Orthokosta*. Als er herauskam, fand die Hochzeit statt. Mit Tante Olga zeugten sie Sofia, Vasso, Tassia. Alle drei sind in der Argolis verheiratet. In Kefalari, in Nafplio, in Malandreni. Keine lebt mehr. Tante Olga muss 1935 gestorben sein. Ich erinnere mich nur vage an ihre Beerdigung. Halb abgetauter Schnee und Leute im Hof ihres Hauses. Athelis hat Marigo Striftobola geheiratet. Sie bekamen Kostas, Jannis und Litsa. Jannis ist in Amerika, Litsa ist vorzeitig gestorben. Kostas ist Techniker bei der Telefongesellschaft OTE. Marigo befolgte die Riten aller

Feste des Lebens. Sie ging in die Kirche, sie fastete, sie kochte Weizen an Allerseelen. Sie lebte in diesen Formalitäten ein steriles Leben. Vorletztes Jahr ist sie gestorben. Dieses Jahr Athelis. Kurz vor seinem hundertsten Lebensjahr, im Schlaf. Er konnte auf den steinigen Äckern unserer Gegend gut im Doppelgespann pflügen. Er nannte uns Vettern und hörte uns trotz des Altersunterschieds wie seinesgleichen zu.«

»Was wurde aus den Augustbirnen?«

»Wir fanden keine. Irgendjemand war uns zuvorgekommen. Wir sahen noch zwei an der Spitze. Wir fingen an, mit Steinen nach ihnen zu werfen. Irgendwann packte Vassilis den Baumstamm und schüttelte ihn mit Ausdauer. Schließlich fielen die Birnen runter. Aber sie waren halbzerfressen von Käfern. Sie dufteten. ›Wir nehmen sie mit, damit sie uns glauben‹, sagte Vassilis.«

»Und ihr kehrtet zurück.«

»Ja.«

»Das geschah also '43.«

»Wahrscheinlich. '43. Kurz darauf haben sie in Monodendri die 118 getötet.«

»Die nicht 118 waren.«

»Ich habe hier die offizielle Bekanntmachung des deutschen Befehlshabers. Er schreibt von 100. Was die anderen betrifft, gibt es außer der Version des lokalen Journalisten noch eine weitere. Die habe ich von Petsetidis gehört – und der von einem Dritten. Zur selben Zeit sei eine vergleichbare Barbarei in der Sowjetunion geschehen mit 118 Toten, die weltweit Wellen schlug. Und die EAM habe aus symbolischen Gründen die in Monodendri Exekutierten zahlenmäßig angeglichen. Einhundertachtzehn.«

»Erscheint dir das wahrscheinlich?«

»Ich würde es nicht ausschließen. Jedenfalls gibt es die Bekanntmachung. Offensichtlich von irgendeinem griechischsprachigen Deutschen aufgesetzt. Mit sprachlichen Fehlern und allen Namen. Darunter eine Frau. Zwischen 32 und 77 Männern. Gerechtigkeit.«

BEKANNTMACHUNG

Als Sühnemaßnahme wegen des feigen und hinterhältigen Angriffs von Partisanen auf eine deutsche Autokolonne auf der Straße Tripolis – Sparta am 25. November 1943 wurden die unten Aufgeführten exekutiert:

AM 26. NOVEMBER
AM ORT DES ANGRIFFS

Aus Tripolis

1. Frangos Prokopios
2. Charitos Athanassios
3. Sardellis Nikolaos
4. Chronopoulos Sotirios
5. Chryssovitsiotis Athanassios
6. Koronios Georgios
7. Papailiou Christos

Aus Sparta

8. Giatrakos Georgios
9. Andritsakis Panajotis
10. Triiris Leonidas
11. Andritsakis Sarantos
12. Alemagidis Dimitrios
13. Koukomelis Nikolaos

14. Tsivanopoulos Ioannis
15. Tsivanopoulos Dimosthenis
16. Papadakos Grigorios
17. Dounias Dimitrios
18. Koutsonikolis Evthimios
19. Makris Georgios
20. Alemagidis Sacharias
21. Alemagidis Ioannis
22. Kontos Theodoros
23. Chios Theodoros
24. Vouloukos Petros
25. Koutoumanos Tsanetos
26. Karajannakos Ioannis
27. Antonopoulos Georgios
28. Tsivanopoulos Paraskevas
29. Tsivanopoulos Sokratis
30. Kechajias Evangelos
31. Kechajias Ilias
32. Kechajias Nikolaos
33. Marinaki Vassiliki
34. Fikioris Meletios
35. Karvounis Christos
36. Servobeakos Antonios
37. Salmas Ilias
38. Gousoulis Georgios
39. Theofilis Anargyros
40. Kontakos Ilias
41. Lambropoulos Spiros
42. Dariotis Panajotis
43. Kafentsopoulos Konstantinos
44. Floros Ioannis

45. Rapatas Konstantinos
46. Koutroumanis Panajotis
47. Triiris Antonios
48. Levetsiotis Nikolaos
49. Alimissis Spiros
50. Kirkinesos Ioannis
51. Manolopoulos Emmanouil
52. Jannakopoulos Panajotis
53. Karteroulis Dimitrios
54. Tsinieris Nikolaos
55. Lygris Nikolaos
56. Vosolas Georgios
57. Synodinos Georgios
58. Synodinos Nikolaos
59. Stelakis Panajotis
60. Synodinos Andreas
61. Theofylojannakos Georgios
62. Maniatis Stavros
63. Papadojannis Nikolaos
64. Drogaris Spiros
65. Kourniotis Nikolaos
66. Chatsipetrakos Ioannis
67. Blathras Panajotis
68. Blathras Georgios
69. Tsigos Konstantinos
70. Safiropoulos Charalambos
71. Papastathis Nikolaos
72. Papastathis Evangelos
73. Stavrakos Theodoros
74. Stavrakos Dimitrios
75. Filipopoulos Panajotis

76. Evstathiadis Anastassios
77. Theodoropoulos Anarjyros
78. Servoulias Stamatios
79. Kyriasis Ilias
80. Kossivas Paraskevas
81. Kefalas Charilaos
82. Tselekis Ioannis
83. Primbas Lymberis

Aus Magoulas

84. Roumeliotis Panajotis
85. Kontojanos Lymberis
86. Kountanis Vassilios
87. Alevetsiovitis Michail
88. Syrianos Kosmas
89. Jorgopoulos Ioannis

Aus Mystra

90. Makrilias Georgios

Aus Skoura

91. Karvounis Konstantinos

Aus Anojia

92. Papakonstantinos Athanassios
93. Plagos Georgios
94. Kouris Spiros

Aus Vamvakous

95. Karachalios Spiros

Aus Parorio

96. Chatsipetrakos Panajotis

97. Michalopoulos Christos

Aus Platana

98. Mitrakos Apostolos

Aus Gythion

99. Menegakos Emmanouil

100. Skifakos Kyriakos

Der Militärbefehlshaber Peloponnes

»Gibt es nicht den Namen dieses Befehlshabers?«

»Nein. Jedenfalls nicht auf der Kopie, die ich habe.«

»Vassiliki Marinaki. Aus Sparta. Verheiratet oder ledig?«

»Unbekannt. Und jedenfalls jetzt ohne Belang.«

»Ganz allein unter so vielen Männern, wie mag sie sich gefühlt haben in jener Stunde?«

»Wahrscheinlich hat sie die Männer getröstet. Die Frauen haben oft mehr Mut.«

»Und ihre Körper? Was wurde aus ihnen? Wurden sie würdig beerdigt oder hat man sie in irgendein Massengrab geworfen?«

»Ich nehme an, dass ihre Angehörigen sich darum gekümmert haben. Ich kann sagen, dass die Dinge erst nach Monodendri schlimm wurden. Und eine gewisse Klarheit bekamen.«

»Das heißt?«

»Es herrschen die Deutschen. Ihre Grausamkeit. Die Italiener werden zur Seite gedrängt. Die Nationale Befreiungsfront EAM hat bereits ein Profil gewonnen. Die Nationale Befreiungsarmee ELAS lässt von sich hören. Die ersten Reaktionen zeigen sich. Wenige Monate später werden die von den Deutschen bewaffneten Sicherheitsbataillone aufgestellt.«

»Wie tritt das in Karavas in Erscheinung? Wie wirkt sich das auf dich aus?«

»1999 hat man mich um einen Artikel gebeten aus Anlass des 50sten Jahrestags seit Ende des Bürgerkriegs. Ich habe ihn in den Band *Wein und Nymphen* aufgenommen. Ich rede über jene Periode, genau wie ich mich an sie erinnere mit den verständlichen Ungenauigkeiten, was die Chronologie angeht.«

»Du meinst den Artikel mit Sfakianos?«

»Ich meine den Artikel ohne Sfakianos.«

»Der in *Anti* veröffentlicht wurde.«

»Genau.«

»Wann wurde der veröffentlicht?«

»Am 18. Februar 2000.«

»Eben im Zusammenhang mit dem Arzt Karvounis hast du diese Exekutionen als ›sinnlose Opfer an Menschenleben‹ bezeichnet.«

»Das genau waren sie. Und haben so viel Leid verursacht. Für jeden ihrer in einem Hinterhalt Getöteten exekutierten die Deutschen 10 bis 50 Geiseln. Dieses Verhältnis wurde oft auf barbarische Art überschritten. In Distomo, in Kalavryta zum Beispiel. In Monodendri wurden zwei Wehrmachtsangehörige getötet. Nach ungenauen Informationen. Und vier bis fünf gefangen genommen. Oder vielleicht sechs. Unbewaffnet waren sie aus dem Urlaub zurückgekommen. Die ELAS-Leute müssen sie gefangen genommen und exekutiert haben. Aus einer Kolonne italienischer Lastwagen, die Heu transportierten. Viehfutter. Der ›Gewinn‹ war jedenfalls minimal im Verhältnis zum ›gezahlten Preis‹«.

»Vielleicht verkennst du den Lauf der Dinge.«

»Wahrscheinlich. Aber dennoch ändert das am Ende nicht das ›Argument.‹«

»Was wurde aus dem Artikel? Gab es Reaktionen?«

»Die üblichen. Was unsere festen Überzeugungen provoziert, ist verdächtig.«

»Mich erstaunt der Titel. ›Neugriechischer Bürgerkrieg‹. Aber wir sind noch in der Besatzung. An ihrem Höhepunkt.«

»Der Artikel schloss mit einem Nachwort:

> Fünfzig Jahre sind seit dem Ende des Bürgerkriegs vergangen. Sein Ende kann auf den Tag genau bestimmt werden, was für den Anfang unmöglich ist. Persönlich bin ich der Meinung, dass seine gewalttätige Phase, d.h. der vorwandlose gegenseitige Terror 1943 begann. Natürlich gibt es andere Meinungen dazu. Die Frage wird endgültig von der Geschichte geklärt werden, wenn sie irgendwann von emotionalen, ideologischen und politischen Zwängen befreit sein wird.«

»Zeitschrift *Anti*, 18. Februar 2000.«

»Ja.«

»Von Christos Papoutsakis.«

»Ja.«

»›Neugriechischer Bürgerkrieg‹«.

»Ja.

> Ich füge hier das Zeugnis eines elfjährigen Augenzeugen an. Bewusst vermeide ich den Begriff Erinnerungen. Ort des Geschehens ist der Oberlauf des Flusses Eurotas, die Gegend Karavas, am westlichen Ufer, die nächst gelegene Stadt ist Sparta. Vier Kilometer entfernt. Heute gibt es dort die gleichnamige Siedlung, die vor allem aus früheren Bewohnern der Dörfer an den Hängen des Taygetos besteht. Damals gab es in der ganzen Gegend nur einige wenige Landhäuser, in gebührender Entfernung von einander.

Die uns nächst gelegenen gehörten zwei Vettern, waren mit anderen Worten brüderliches Erbe. Aus verständlichen Gründen verleihe ich beiden Familien den konventionellen Namen Nikolopoulos. Die erste Familie bestand aus der verwitweten Mutter und ihren beiden Söhnen, bereits im Mannesalter, dem erstgeborenen Nikolas und dem fünf Jahre jüngeren Koulis. Die zweite aus der ebenfalls verwitweten Mutter und sechs Kindern, vier Jungen und zwei Mädchen. Einige der Namen sind mir entfallen. Ich erinnere mich an den ältesten, Nikos, im gleichen Alter wie sein Vetter Nikolas, und an die jüngste in der Reihe, Despina – im selben Alter wie ich. Zweimal hatte ich heimlich und – leider nur flüchtig – ihre noch unbehaarte Scham angefasst.
Die Familie B lebte mit einem Fuß in Karavas und mit dem anderen in Sparta. Dort gab es ein zweites großes Haus. Sie galt als vermögender als die erste Familie und war schon verstädtert.
Ein öffentlicher Fußpfad, der zum Fluss führte, trennte die Felder beider Familien. Die Trennung war nicht nur äußerlich.
Das Gut der Familie B, ein ausgedehnter Orangenhain, war umgeben von einer gekalkten Mauer mit Glasscherben auf der Krone. In der südwestlichen Ecke, hinter den Zweigen eines großen Aprikosenbaums, sah man die kräftig bemalten – blau? – Fenster des Hauses.
Dieses Haus wurde im Herbst in Brand gesetzt, aber in welchem Herbst?
1943? Und war es wirklich Herbst? Jedenfalls waren die Tage noch mild. Eines nachts klopfte man an unsere Tür. Im Türspalt erschien Lioris. Hinter ihm konnte man irgendwelche anderen Schatten erkennen. Von kleiner Statur, mit seiner Schiebermütze, vierzig Jahre alt. Ich hoffe, dass ich ihm nicht zusätzlich Jahre aufgebürdet habe. Er war der Verantwortliche für die Gegend. Spielte auch die Rolle des Agitators. Er sagte uns, dass es draußen Unruhe geben werde, wir uns aber keine Sorgen machen sollten. Er war immer einsilbig und immer nachdenklich. Nach etwa einer Viertelstunde begann

das Feuer zu knistern. Wir wagten nicht, ein Fenster zu öffnen. Der Geruch nach verbranntem Holz drang dennoch tief herein. Zum Schluss hörten wir, wie das Dach zusammenstürzte. Und danach äußerste Stille.

Die zweite Episode ereignete sich später. Ich nehme an, dass es März war. Früher März, am Himmel schwebten leuchtende Wolken. Draußen in unserem Hof lag eng an der Mauer eine dorische Säule. Wie sie wohl dahin gekommen sein mag? Wir fanden sie jedoch alle bequem. Ein Sprechstein. Auf und um die Säule herum waren Geschichten über Geschichten gehört worden. Auf diesem Stein saß an jenem Nachmittag Marina, als sie mich beschuldigte, dass ich ihr Taschenmesser gestohlen hätte. Seit längerer Zeit wurde ich von einem hartnäckigen Schluckauf gequält, und ich begann voller Protest zu schreien. Sie wiederholte den Vorwurf. Ich geriet außer mir. Und dann lächelte sie ironisch. Na gut, sagte sie, ich hab' es. Sie steckte die Hand tief in die Tasche ihres Rocks und zeigte es uns. Ein verrostetes altes Ding. Damit erntete sie Wildkräuter oder schnitt ihr Brot in symmetrische Bissen. Ohne dass ich es merkte, hatte in der Zwischenzeit mein Schluckauf aufgehört. Ihre altertümliche Heilmethode hatte gewirkt.

Ich nehme an, dass Marina damals an ihren Fünfzigern vorbeisegelte. Aber sie war immer die »Marina«, selbst für die Kinder. So wie der »Arzt«, der »Lehrer«. Eine erworbene Eigenschaft. Sie arbeitete als Tagelöhnerin bei der Ernte von Oliven, von Zitrusfrüchten. Manchmal half sie in den verschiedenen verstreuten Haushalten aus, wenn man sie brauchte: Wäsche, Backen. Später begriff ich, dass sie auch andere Dienste anbot. Je nach den Umständen und uneigennützig. Das war Marina.

Ebenfalls präsent in der Episode war Koulis, der zu ihrer Hauptperson werden sollte. Er saß auf der Säule und spielte mit uns. Neckte uns. Obwohl mehr als doppelt so alt, hatte er etwas Kindliches in seiner Erscheinung bewahrt. Er lächelte ständig. Großgewachsen mit gescheitelten braunen Haaren.

Da ertönte von irgendwo weiter weg ein Schrei wie ein Kommando, und etwa fünfzehn bewaffnete Männer stürmten zwischen uns. Männer der Sicherheitsbataillone. Zwei von ihnen, Unbekannte, packten Koulis.

Die meisten anderen waren vertraute Gestalten: der Karrenbauer Blesas aus Sparta, ein Schreihals und Zechbruder. Später behauptete er, er habe geschrien, um uns zu warnen, dass sie kämen. Natürlich vergeblich. Nikon Stathopoulos, ein weit entfernter Nachbar. Sein Haus lag im Grund einer Schlucht, am Rande von Karavas. Noch vor einigen Monaten hatten Vassilis und ich uns dorthin geflüchtet, als die Deutschen einen plötzlich Ausfall machten. Wir waren beide verwirrt und erschrocken, unsere Schienbeine zerkratzt. Wir trafen das Haus leer an. Im Hof kochte Wasser in einem Kessel, und der Waschtrog war voll mit halbgewaschener Wäsche. Verlegen blieben wir stehen, wussten nicht mehr, was wir machen sollten. Da sahen wir am gegenüberliegenden Hang Nikon Stathopoulos, der uns heftig zuwinkte. Wir gingen näher. Es gab dort eine riesige Höhlung unter einem Ölbaum, versteckt in der üppigen Vegetation. Drinnen stillte seine Frau ihren Säugling und wiegte ihn still in den Schlaf, damit er nicht schreit und uns verrät. Von dort sahen wir, wie die Deutschen, das Gewehr im Anschlag, unsere schmale Ebene durchquerten.

Es gab noch mehr bekannte Gesichter in unserem Hof. An Namen kann ich mich nicht erinnern. Aber aus demselben Lehm geformt wie Marina, wie Koulis. Daher war die Erniedrigung, die ich im nächsten Moment verspürte, unerträglich. Die Zwei packten Koulis, zogen ihn hoch und versetzten ihm wiederholt Ohrfeigen. Nikon Stathopoulos trat dazwischen und befreite ihn aus ihren Händen. Das Lächeln war nicht aus Koulis' Gesicht gewichen, es hatte sich nur in Erstaunen verwandelt.

Koulis blieb drei oder vier Monate im Gefängnis in Sparta. In diesem Zeitraum wurden viele Versuche unternommen, ihn zu retten. Es wurde mit Leuten gesprochen, Lösegeld angeboten. In einer Gasse neben dem zentralen Platz gab es einen Ölhändler namens Mavrojannis. Ein Verwandter der Familie Nikolopoulos. Bei dem setzte ich jeden Morgen eine Flasche Milch ab, sorgfältig verschlossen mit einem Pfropfen aus Zeitungspapier. Ich war der ideale Botengänger. Ich passierte den ersten Kontrollposten und durchquerte den Ölbaumhain, der sich zwischen den verfallenen Bastionen der antiken Stadt erstreckt. Die Milchflasche ließ ich auf einem Ölkanister und ging in die Schule. Diese Wegstrecke legte ich jeden Tag zurück, mit Ausnahme der Feiertage. In der ersten und zweiten Gymnasialklasse. Auf diese Weise erfolgte der Austausch von Nachrichten. Orthografisch falsche Notizen, geschrieben mit einem mit Spucke befeuchtetem Bleistift und fest verschnürt in eine gegerbte Schweinsblase.
Die Verhandlungen ergaben kein positives Ergebnis. wurden jedoch fortgeführt. Der letzte Gegenvorschlag war, dass sich Nikolas in Sparta präsentieren solle. Um ins Sicherheitsbataillon aufgenommen zu werden. Um Zeit zu gewinnen, tat er so, als würde er es sich überlegen. Für kurze Zeit lag ein wenig Optimismus in der Luft. Mavrojannis übte Druck aus. Koulis musste gerettet werden. Und eines Tages erfuhren wir unvermittelt, dass sie Koulis erschossen hatten. Zusammen mit verschiedenen anderen als Sühne für drei Deutsche, die in einem Hinterhalt ermordet worden waren.
Sie haben ihn blutverschmiert und unbeweint vergraben, ohne ihn beweinen zu können. »Aber selbst da lächelte er«, sagte uns Marina. Woher hatte sie das erfahren? Wie kam es, dass sie dort war?
Ende September 1944 fanden sich die Spartaner auf Befehl des Platzkommandanten vor dem Rathaus ein. Allein auf dem Balkon verabschiedete er sich von der schweigenden unterdrückten Menge mit einem rohen Monolog in seiner Sprache. Zum Schluss führte er seine

Hände zu einem symbolischen Händedruck zusammen, schlug die Hacken zusammen und machte kehrt.

So zogen sich die deutschen Truppen in einer unheilschwangeren Stille aus der Region zurück. Bald – wie bald? Innerhalb einer Woche? Oder siedelte – womöglich gleichzeitig mit dem Rückzug der Deutschen – das Sicherheitsbataillon, das in requirierten Häusern untergekommen war, nach Mystras um? Dort konnte es sich besser verteidigen.

Noch bevor die Nachhut den Anstieg zur Kathedrale bewältigt hatte, rannte ein junger Mann vor das Hotel Menelaion mit einem Karabiner, den er offenbar versteckt hatte, und begann in die Luft zu schießen. Die ersten Schüsse der Freiheit.

In den folgenden Tagen platzierte die ELAS auf dem »Hügel«, der damals die östliche Bebauungsgrenze von Sparta markierte, einige Kanonen in Schussposition. Sechs oder acht. Genau an den Rand des Hügels und entlang des kleinen provisorischen Militärflughafens. Na, ja Flughafen – es handelte sich um ein eingeebnetes Feld. Das Gerücht lief um, dass die Kanonen zu denen gehörten, die Papadongonas in Tripolis zurückgelassen hatte. In der Zwischenzeit hatte sich das Klima in der Stadt geändert. Auf die unheilvolle Stille folgte ein bedrohliches Treiben. Die Leute, die aus dem Umland zusammenliefen, stießen auf sich widersprechende herrenlose Gerüchte: Das Sicherheitsbataillon aus Gythion rücke an, um sich mit jenem in Mystras zu vereinen. Tsombros, Karadimitropoulos. Gerüchte. Beauftragte Redner tönten, wiederum vom Rathausbalkon, und wiegelten die Massen auf. Der Widerhall des dunklen Rufs nach »Tod« ist irgendwo noch zu hören.

Die Schlacht von Mystras dauerte zwei Tage. Die Entscheidung brachten die Kanonen vom »Hügel«. Papadongonas' Kanonen. Sie feuerten nahezu vor aller Augen. Wir Knirpse waren alle da. Verfolgten die zeremoniellen Bewegungen der Kanoniere und äfften ihre Wartestellung kurz vor dem Feuern nach: ein Schritt zurück, Ohren mit den Fingern zuhalten, offener Mund, damit die Trommelfelle nicht platzen. Unmittelbar danach, bevor wir bis sechs zählen konnten, blühten die Granaten rings um die Burg auf.

Der Beschuss wurde am Abend des zweiten Tages eingestellt. Für kurze Zeit, sehr kurze Zeit herrschte eine gespannte Ruhe. Und Starre. Das einzige, was sich bewegte, war der Widerschein der letzten Sonnenstrahlen auf den Haufen aus großen Messingkartuschen. Einige davon habe ich in den folgenden zehn Jahren in verschiedenen Haushalten wieder getroffen, als dekorative Blumenvasen.

Die Mitglieder der Sicherheitsbataillone ergaben sich. Man sperrte sie in Drahtverhaue im Freien.

Die letzte Szene schreibe ich nach einer Schilderung nieder. Seitens Marinas. »Nikolas ging dorthin. Er hatte sich eine Waffe geliehen, mit dem Degen vorne dran.« Sie meinte eines der italienischen kurzläufigen Gewehre mit integriertem Seitengewehr.

»Er suchte und fand schließlich Stathopoulos. Der begriff. Nikolas spielte mit ihm. Trieb ihn langsam am Drahtzaun entlang. Nikon ging rückwärts, knickte irgendwo zusammen und fiel auf den Rücken. Dort hat er ihn erledigt.«

Die Nachgeschichte ist banal. Das Kriegsgericht brummte Nikolas lebenslänglich auf. Man hatte ihm noch einen weiteren Mord aufgehalst. Er entkam dem Tod wegen der Frau des zweiten Opfers. »Ich kenne den nicht«, hatte sie gesagt.

Nach etlichen Jahren kam er aus dem Gefängnis, bereits in mittlerem Alter. Er heiratete eine jüngere Frau und machte ihr jedes Jahr ein Kind. Als ich irgendwann mal dort vorbeikam, hat mich niemand erkannt. Noch habe ich den Ort wiedererkannt. Und die dorische Säule gab es nicht mehr in unserem alten Hof.«

»Eine schöne Erzählung.«

»Wenn du das sagst, um ihren Wert als Dokument zu mindern, muss ich widersprechen. Es handelt sich nicht um eine Erzählung. Daher habe ich den Text auch nicht in einen meiner Sammelbände aufgenommen.«

»Jedenfalls etwas Schönes. Welche literarische Kategorie? Als ob es einen Unterschied macht. Wann bist du dort noch einmal vorbeigekommen? Wie viele Jahre später?«

»Nie.«

»Nie? Und der Schluss der Geschichte?«

»Etwas melancholisch, wie es zu den Umständen passt. Eine Erfindung aus literarischer Notwendigkeit.«

»Jetzt provozierst du mich.«

»Nein. Mit Nikolas hat es sich so zugetragen. Überprüfte Informationen.«

»Und die dorische Säule? Dieser Sprachstein?«

»Die gab es. Wo sie jetzt ist, weiß ich nicht. Vielleicht hat man sie einkassiert.«

»Hat dich niemals die Neugier gekitzelt – ich sage nicht: das Bedürfnis –, diese Orte wieder zu sehen?«

»Einige Male schon.«

»Aber du bist nicht hingegangen?«

»Nein.«

»Warum nicht? Diese Aue, die Sehnsucht danach? Ich benutze deine Ausdrücke.«

»Es gibt immer irgendwelche Gründe für das, was wir machen oder nicht machen.«

»Wann seid ihr aus Karavas weggezogen?«

»1944. Ende Juni. Nehme ich an. Wir hatten geerntet. Schliefen draußen. Das Sicherheitsbataillon unternahm einen Überfall in die nördlichen Dörfer des Taygetos. Drei Tage lang. Die Grausamkeit erreichte ihren Gipfel. Karavas war nicht länger eine neutrale Zone. Und unser Vater musste wieder eine Entscheidung treffen. Er ging nach Sparta und fand ein Haus in Psychiko. Am Stadtrand, mit Orangenbäumen. Jetzt ist die Gegend nicht wiederzuerkennen. Es gab dort einen offenen, trockenen Entwässerungskanal. Seine beiden Ufer dienten als Schotterpisten. Er kam zurück, wir lösten die Getreidegarben auf. Die ganze Nacht lang. Wir verstreuten die Bündel auf dem Dreschplatz. Die ganze Nacht kamen die Maultiere nicht zur Ruhe. Im Morgengrauen haben wir geworfelt. Dort hat uns die Sonne überrascht. Ich erinnere mich an die Heerscharen von Ameisen auf der ausgedörrten Erde.«

»Und ihr seid wieder auf den Pferdewagen gestiegen?«

»Auf die Pferdewagen. Diesmal waren es zwei.«

»Wieder eine Flucht.«

»Ja. Aber nur vier Kilometer.«

»Wie standen die Dinge in Sparta?«

»Ich erinnere mich nicht an Einzelheiten. Verstreute Bilder. Beziehungsweise erinnere ich mich eher nur an Einzelheiten. In der Nachbarschaft muss es Flüchtlinge gegeben haben. Aus Kleinasien. Es herrschte die Leibesfülle von Kyria Parthena. Tatsächlich ihr Name. ›Jungfrau‹ mit fünf Kindern. Fast unkeusch.«

»Hast du das Gefühl des Eingeschlossenseins?«

»Vielleicht. Ein Gefühl, das mit der Zeit zunehmen wird. Abends hört man manchmal das Lied des Rittmeisters. Die ELAS-Leute hatten Vrettakos im Taygetos erledigt. Und vertont in einem elegischen, nostalgischen Lied. ›Warum wurde der Rittmeister getötet, getötet …‹ Vielleicht das Gefühl der erwarteten Niederlage. Eines Abends war ich nach Magoula gegangen. Ich weiß nicht mehr, wie ich dorthin gelangt bin. Ich sah eine Gruppe von Mädchen und Jungen. Sieben bis acht. Zwei, drei von den Jungen erkannte ich. Aus der achten Klasse. Sie sangen wild. Es gibt dort keine Taverne, aber was?«

»Als Mystras fiel, gab es da über den Fall Nikolas – Nikon Stathopoulos hinaus weitere Todesfälle?«

»Man hat viel gehört. Das Abschlachten von 26 Leuten aus Ajannis ist bestätigt. Parori, Ajannis, Magoula. Im Grunde Vororte von Sparta. Die ergaben sich, und man hat sie umgebracht.«

»Umgebracht?«

»Ja.«

»Meinst du das ernst?«

»Der Hass in den kleinen Gemeinschaften ist außergewöhnlich gewalttätig. Jenseits von ideologischen Unterschieden kommen persönliche Differenzen an die Oberfläche.«

»Aber Gemetzel wie in Meligalas kamen nicht vor. Oder vielleicht doch?«

»Du meinst, was das Ausmaß angeht. Nein. Die Kaiadas-Höhle etwas weiter oberhalb wurde nicht gefüllt. Das hätte aber passieren können. Meligalas, Kalamata waren früher gefallen. In gewisser Weise hatte es bereits eine Entspannung gegeben. Im Übrigen kamen an jenem Tag die Engländer nach Sparta. In ihren kleinen offenen Carriers. Mannschaftstransporter mit Ketten. Einer davon fuhr bis nach Mystras. Die ELAS unterstand formell dem britischen Generalfeldmarschall. Es gab gewisse Absprachen.«

»Wie viele waren die Engländer?«

»Kann ich nicht sagen. Eine kleine symbolische Streitkraft. Jeden Morgen führten sie auf dem zentralen Platz ihren Drill durch. Auf eben diesem Rathausplatz. Mit ihren hanfenen Patronentaschen und ihren mit Bleiweiß gefärbten Gamaschen.«

»Und wie lange blieben sie?«

»Weiß ich nicht. Sie müssen bei den Dezemberereignissen wohl abgezogen worden sein. Aber ich war inzwischen schon weg.«

»In Gythion.«

»Ja. Kostas Mangas hatte dort geheiratet, die Erbin einer Apotheke.

Ein Jahr oder anderthalb Jahre zuvor. Er kam nach Sparta und nahm mich mit.«

»Der Bruder deiner Mutter.«

»Ja. Damals habe ich zum ersten Mal das Meer gesehen. Der Kai, mit dicken Marmorplatten belegt und an einer Stelle vor dem Platz aufgerissen von einem Torpedo der ›Katsonis‹. Vor dem Hotel Kranai. Etwas weiter, immer noch im Hafen, war ein kleines Schiff versenkt worden. Wahrscheinlich ein italienisches. Seine Brücke ragte aus dem Wasser. Ebenfalls das Opfer eines Torpedos.«

»Von demselben Schiff, der ›Katsonis.‹«

»Ja. Das muss '43 passiert sein. Mani wurde immer von U-Booten angelaufen, mal um Flüchtlinge aufzunehmen, mal um Saboteure abzusetzen.«

»Sparta und Tripolis kommen in deinen Werken vor, vor allem in deinen Erzählungen. Gythion fehlt.«

»Das ist Zufall.«

»Am Beginn dieses Interviews hast du Ilias Kambanessis erwähnt. Einen deiner Freunde jener Jahre.«

»Der Ilias. Chemieingenieur. Später Produzent von Saftkonzentrat. Ich habe ihn seit vierzig Jahren nicht gesehen. Weiß jedenfalls, dass er lebt. Irgendwann war er Lilikas Liebhaber. Als sich ihre Sonne schon neigte.«

»Wer ist Lilika?«

»Die Lilika. Ein Stück der Mythologie unserer Jugend. Ich benutze hier offensichtlich ein Pseudonym, allerdings nicht um eine Reputation zu schützen. Eine blonde und forsche Provinzschönheit. Ich frage mich, wie ich sie nach meinen heutigen Kriterien einordnen würde.«

»Was ihre Schönheit oder ihren Wagemut angeht?«

»Beides. Geliebte von Katsareas. Ganz offen, aus gutem Hause, 1945–1947, in der Mani. Schwierige Verhältnisse. Als Katsareas getötet wurde – wenn dir der Name was sagt.«

»Nein.«

»Ein Offizier. Von der Kadettenschule. Zunächst mit Vrettakos auf dem Taygetos, danach beim Sicherheitsbataillon in Gythion. Er wurde 1947 in einem Hinterhalt getötet. Irgendwo Richtung Jeraki – Skala. Er fuhr allein in einem Jeep. Sie haben ihn aufs Geratewohl getötet. Und Lilika hat zwei Jahre lang um ihn getrauert. Zwei Jahre lang ging sie nicht aus dem Haus. In Schwarz gekleidet. Danach hat sie den Bürgermeister von Sparta geheiratet. Einen einsamen Mann im reifen Alter. Sie brachte ihre Aura dorthin. Ich habe das Zeugnis einer Freundin aus Sparta, die damals Schülerin am Gymnasium war: ›Blond, weißhäutig, mit ihrem Hündchen. Eine schöne Helena.‹

Alle Heerführer hatten eine schöne Helena. Später war sie verwitwet. Ich glaube, da kommt Ilias ins Spiel. Sie war mehrere Jahre älter als wir. Fünf oder sieben. Höchstens zehn. Wenn sie noch lebt, geht sie auf die neunzig zu.«

»Erzähl mir von Katsareas.«

»Ich ging eines Morgens die Apotheke aufschließen. Sehr früh. ›Hab keine Angst‹, hatte mir mein Onkel gesagt. Er hatte irgendwas anderes zu tun. Ich sperrte auf – drin war der Fußboden übersät. Zwei Bren Maschinengewehre, verschiedene Maschinenpistolen. Sten und Steyr. Und italienische kurzläufige Gewehre. Draußen hielt ein Lastwagen, drei, vier Mann sprangen ab, packten alles auf das Auto und verschwanden. Gerade begann es zu dämmern.«

»Wer waren die?«

»Katsareas' Männer. Auf der Mani gab es damals fürchterliche Gemetzel.«

»Wie hat dein Onkel ihn kennen gelernt?«

»Vielleicht vor dem Krieg. Ich bin nicht sicher. Kostas Mangas wurde aus der Reserve nach Nafplio einberufen. Achtes Infanterieregiment 1938–1939. Katsareas muss dort gewesen sein als junger Offizier. Als studierter Apotheker diente mein Onkel als Proviantmeister. Aus Nafplio hatte er uns heimlich einen Ballen blauen Stoff ins Dorf geschickt. Höchst wahrscheinlich ›organisiertes‹ Material. Für Dienstbekleidung und so. In Nafplio war die Tante Sofia verheiratet – über sie. Sechste Schwester meines Vaters. Die Tante Stamo in Argos. Zu Tante Stavroula habe ich schon was gesagt. Tante Fani und Tante Tassia in Amerika. Diese beiden habe ich nie kennen gelernt. Tante Olga verstorben. All das, ein Durcheinander. Ein Märchen. Aus diesem blauen Stoff nähten sie uns die Uniformen für die Nationale Jugendorganisation des Metaxas-Regimes. Für Vassilis, Jorgos und mich. Jeden Morgen begrüßten wir den Lehrer mit gestrecktem Arm. Den späteren Priester Papa-Vangelis.«

»Katsareas – Mangas, beide in Nafplio. Und sie trafen sich wieder in Gythion.«

»So nehme ich an. Katsareas war von der Mani. Mavromichalis hatte ihn langfristig freistellen lassen. Mavromichalis, damals Heeresminister. Auch er von der Mani. Paramilitärische antikommunistische Organisationen. Katsareas war Chef dieser Gruppen. Er war jedoch kein Schlächter.«

»Welche Rolle spielte dein Onkel?«

»2006 hat man mich zu einer Konferenz des Forschungsnetzwerks Bürgerkriegsstudien eingeladen. In die Nähe von Kastoria. Ein junger Lehrer, abgeordnet nach Areopolis auf der Mani, hatte seine Freizeit genutzt, um vor Ort über diese Gruppen zu forschen. Vor allem über Katsareas, eine Art Portraitskizze. Das Resümee ›er war kein Schlächter‹ stammt aus dieser Arbeit.«

»Und der hat sie dort vorgetragen?«

»Ja. Zum Schluss betonte er, wie notwendig es sei, das Archiv des Apothekers Kostas Mangas aus Gythion zu finden.«

»Der nicht aus Gythion war.«

»Natürlich nicht. Aber das konnte der Lehrer nicht wissen. Musste er auch nicht.«

»Gab es ein solches Archiv?«

»Nichts gab es. Nicht eine Notiz. Das Einzige, was sich erhalten hat, ist ein Foto. Es wurde wahrscheinlich auf der Insel aufgenommen – auf Kranai. Man sieht eine Ecke vom Tsannetakis-Turm, wenn es sich tatsächlich darum handelt. Im Hintergrund grast ein Esel ohne Sattel an den Felsen zum Meer. Katsareas' Jeep mit offenen Türen. Er selbst sitzt am Steuer, mit Offiziersmütze. Rechts neben ihm aufrecht gegen die Windschutzscheibe gelehnt zwei mir unbekannte junge Frauen. Sie haben ihre Haare locker in Kopftücher gehüllt. Und neben ihnen, ebenfalls aufrecht, ein Mann. Ohne Kopfbedeckung, höchstwahrscheinlich ein Soldat mit Militärmantel und Epauletten. Unbestimmte Rangabzeichen. Hinter Katsareas, eingekeilt, mit den Füßen auf dem Rad, mein Onkel. Mit Mantel. Früher Frühling. Hinter den Steinplatten von Kranai erkennt man blühende Meerlilien. Alle in Pose. Sie schauen in die Linse. Folglich gibt es noch einen sechsten in der Runde, der sie aufnimmt.«

»Warum hielt es der Lehrer für unerlässlich, das Archiv von Kostas Mangas zu finden?«

»Kostas Mangas war als Student links, Trotzkist oder Anhänger des Archivs für Marxismus oder so was, der sich gegen die EAM wandte. Aus irgendeinem Grund hielt man ihn für den politischen Berater von Katsareas. War er aber nicht. Katsareas handelte unabhängig. Er improvisierte. So war die Zeit damals. Ich glaube, alle haben improvisiert. Folgten ihrem Instinkt. Oder den Umständen.«

»Doch hatten die zwei eine besondere Beziehung.«

»Normale Freundschaft. Mein Onkel muss es geschätzt haben, dass der andere sein Leben aufs Spiel setzte. Das verband sie. Eine Männerfreundschaft.«

»Was war Katsareas' Basis?«

»Vor allem Gythion. Aber er kontrollierte die ganze Mani. Auch die Provinz Epidavrou Limiras. Ganz Lakonien.«

»Als Mensch?«

»Sein Erscheinungsbild: immer in Uniform. Mit Offiziersmütze. Damals Oberleutnant. Er sah nicht aus wie ein ›Kämpfer‹. Immer rasiert. Schwarzhaarig mit Mittelscheitel. Auf der besagten Fotografie erkennt man einen feinen Schnurrbart. Um die dreißig. Wen er lebend fing und wer kein Blut an den Fingern hatte, den ließ er laufen. ›Sei ein guter Grieche‹. Sein üblicher Refrain. Auch das aus derselben Studie.«

»Kam er in die Apotheke?«

»Häufig. Wenn er in der Stadt war. Die Apotheke war so etwas wie ein Club. Dort kamen die Ärzte zusammen, einige Anwälte. Lösten die Probleme. Ein, zwei Gymnasiallehrerinnen ebenfalls. Die flirteten mit meinem Onkel. Friedliche Stunden.«

»Und Lilika?«

»Manchmal kam auch sie. Die Straßen waren damals ungeteert, Erdstraßen. Im Sommer sprengte ein Wagen der Gemeinde sie gegen Abend. Wir waren dort, die Stühle draußen auf dem Gehsteig. Ein leichter Wind hatte eingesetzt. Da erschien Pipina Vassilakou. Wie sagt Sikelianos in ›Thalero‹? ›Mit dem Strich der Taube am Hals‹. Ein Zeichen der Reinheit. Pipina in der achten, ich in der dritten Klasse. Ich war wohl in sie verknallt. Das ganze Gymnasium war es.

Pipina ging vorbei mit Schamröte auf den Wangen und hinterließ eine Furche des Schweigens. Ein sinnendes Schweigen. Die Erwachsenen warfen sich Blicke zu. Katsareas hielt eine Tafel Schokolade in der Hand und versuchte sie zu brechen. Eine echte harte Schokolade. Es gab solche Sachen damals. Englische harte Schokoladen, englische Goldpfunde. Produkte der Epoche. Die Mitgift auf den Dörfern wurde in Goldpfunden gezählt. Aus Fallschirmabwürfen. 1945 betrug der Tageslohn eines Technikers ebenfalls ein Pfund.

Er hatte ein Taschenmesser, es entglitt ihm und bohrte sich in seine Hand. Eine oberflächliche Verletzung, er blutete ein bisschen. Mein

Onkel stand auf, um Watte zu holen. Bis er zurückkam, war Katsareas kreidebleich und hatte den Kopf nach hinten geworfen. Er ist nicht direkt ohnmächtig geworden. Alle waren erstaunt. Dieser Mann, der '44, in der Schlacht von Selinitsa, die von den ELAS-Leuten geworfenen Handgranaten mit der Hand auffing und zurückwarf. Man gab ihm etwas Äther, und er kam wieder zu sich.«

»Du sagtest, dass dein Onkel einen Rochus auf die EAM hatte.«

»Ja. Er kannte den Apparat von innen. Er hatte als Trotzkist begonnen, und als die Zeit kam, haben die die Trotzkisten zerschlagen.«

»Wie äußerte sich diese Antipathie?«

»Es muss nach dem Abkommen von Varkiza gewesen sein. Irgendwas war passiert – KP-Generalsekretär Zachariadis war noch in Athen, die offizielle KPG. Gythion erhob sich, mein Onkel hatte die Stadt aufgewiegelt. Er selbst vorneweg. Die örtlichen Büros der EAM lagen am Strand, in einem alten hohen Gebäude. Sie brachen die Türen auf, drangen ein, alles wurde kurz und klein geschlagen. Irgendwelche Typen wollten Feuer legen, man ließ sie nicht. Die ganze Stadt wäre verbrannt.«

»Erinnerst du dich nicht, warum das geschah.«

»Nein. Irgendeine Provokation, nehme ich an, organisiert vom ›Volk‹, natürlich. Nach den Dezemberereignissen, verstehst du. Das Klima, die Zeitungen. Damals sah ich eine üble Prügelei. Ein schmächtiger Mann von etwa dreißig bis vierzig Jahren. Er muss etwas mit diesen Büros zu tun gehabt haben. Auf den Boden gestürzt, blutüberströmt. Er hob nicht mal die Hände, um sich zu schützen. Am Schluss packte ihn jemand an den Haaren, zerrte ihn halbtot hinaus und warf ihn ins Meer. Er versank mit dem Gesicht im Wasser, kam wieder an die Oberfläche, und während alle erwarteten, dass er ertrinken würde, kam plötzlich Leben in ihn, und er begann zu schwimmen, um zu entkommen. Er schwamm eine Strecke und hielt erschöpft inne. Die Menge auf dem Kai schaute zu. Es muss eiskalt gewesen sein. Es war vielleicht März. Der Mann im Wasser mit seinen Kleidern machte ein paar Kurven – ihm blieb nichts Anderes übrig. Er machte wieder Schwimmzüge, um rauszukommen. An der Kaimauer hing ein zerschlissener Autoreifen. Er versuchte, sich daran festzuhalten, schaffte es nicht. Er war schwer geworden. Irgendjemand kniete sich auf den Marmor, beugte sich hinab und gab ihm eine Hand. Und zog ihn hoch. Er war blau angelaufen und tropfte am ganzen Körper. Er muss auch geweint haben, aber das sah man nicht vor lauter Wasser.«

»Was geschah schließlich mit ihm?«

»Jahre später bei einem Besuch in Gythion, zu einem Feiertag, Ostern wahrscheinlich, sah ich zwischen meinem Onkel, dem damaligen Bürgermeister Dr. Anagnostakos und anderen örtlichen Würdenträgern jenen schmächtigen Mann in einem dunklen Anzug mit Krawatte. Er war immer noch schmächtig, aber alt geworden. Alle waren alt geworden. Sie zogen, die kleine örtliche Musikkapelle vorneweg, in die Kathedrale zum Dankgottesdienst.«

»Erinnerst du dich an andere Gewalttaten?«

»An viele. Sechs Jungs wurden in einem Hinterhalt getötet, wo die Straße aus Arachova die Landstraße Tripolis – Sparta trifft. Ungefähr drei Kilometer vor dem bekannten Monodendri. Von Tripolis aus gesehen.«

»Wann ist das passiert?«

»1946. Beim Plebiszit. Am 1. September. Katsareas hatte ein, zwei Gruppen ins Parnon-Massiv geschickt. Damit die Leute frei wählen können. Das heißt, damit sie den König wählen können. Auf dem Rückweg haben die Aufständischen ihnen dort aufgelauert. Es waren noch wenige – niemand hatte das erwartet. Sie kamen aus allen Richtungen zusammen. Kamen zusammen und zerstreuten sich wieder. Und haben sie umgelegt, etwa ein Dutzend. Darunter sechs Jungs aus Gythion. Michalis Skalkos, mein Mitschüler, siebzehn, achtzehn Jahre alt.«

»Ein Knabe.«

»Die Einsegnung erfolgte in der Kirche des Heiligen Georgios. Den ganzen Tag herrschte Schweigen, nur die Glocken waren zu hören. Karfreitag. Mit Bischof und so weiter. Die Särge offen, meine Klasse ging hin und verbeugte sich vor Michalis. Sein Gesicht, die Stirn verbunden mit schneeweißer Gaze. Mit blauen Flecken.«

»Dein Mitschüler.«

»Ja.«

»Siebzehn, achtzehn Jahre alt.«

»Ja. Lief bei ihm nicht gut in der Schule.«

»Wie alt warst du?«

»Fünfzehn. Am nächsten Tag ging ein Anwalt namens Balitsaris auf Jagd in Koutoumou. Auf Wildziegen. Sein Hund begann anzuschlagen. In einem Brombeergestrüpp drei Männer mit Bärten, abgerissen, schnarchen auf Teufel komm raus. Sie gehörten zu denen, die für den Hinterhalt zusammengekommen waren.

Der Jäger nahm den Hund an die Leine, ging zurück, informierte Gythion. Fünf Kilometer Entfernung. Und die Gendarmen gingen hin und töteten sie im Schlaf. Mit einem Karren transportierten sie sie zum Friedhof. Schmissen sie in eine Ecke. Skalkos' Mutter, in schwarz, die Haare offen, stürzte sich mit einem Schaufelstil auf sie und schlug auf die Leichen ein.«

»Wann wurde Koutoumou umbenannt?«

»Das kann ich nicht sagen. Jedenfalls nach 1950. Tarapsa ebenfalls. Daraus wurde Vassilakeion.«

»Irgendwo schreibst du über diese Ortsnamen.«

»Ja. Ein Text, eher aus letzter Zeit.«

»Hast du ihn da?«

»Ja. Eine lyrische Einführung zu einem schwierigen Thema.

Es war eine Entdeckung: Hinter den Bäumen jene große blitzende Terrasse. So habe ich zum ersten Mal das Meer gesehen, im Alter von zwölf Jahren, Winteranfang 1944.
Der Lastwagen, der uns transportierte, war eine »Kriegsbeute« aus jüngster Zeit. Er muss Afrika durchpflügt haben, das Fett in seinen Gelenken war noch voll Sand. So musste der geschickte Chauffeur auf der Strecke von vierzig Kilometern zweimal anhalten. Beim ersten Mal war es der Kühler, der kochte. Als er versucht, ihn zu öffnen, flog der Verschluss zischend in die Höhe, und der Dampf verbrannt ihm die Hände.
Beim zweiten Mal musste er sich rücklings zwischen die beiden Vorderräder legen, um etwas an der Kupplung zu flicken. Das dauert länger als zehn Minuten, und als er von unten hervorkroch, rieb er sich die schmutzigen Hände an einem Stück Werg ab und rief aus: »Was machst du mit uns, Rommel«.
Der Spruch war die natürliche Weiterentwicklung des Schwarzmarktrufs »Halt aus, Rommel«, und wurde hier mit Zorn und Spott zugleich ausgesprochen.
Ich erinnere mich nicht, wer sonst noch mit uns war. Auf jeden Fall natürlich mein Onkel. Das Bild eines Frauenarms, auf die herunter gedrehte Scheibe des Wagenfensters gelehnt, mit bis zum Schatten der Achselhöhle hochgezogenem kurzem Ärmel muss von einer anderen Fahrt gewesen sein.
Wir fuhren durch Chania tis Tarapsas danach durch Koutoumou.
Ich erwähne die Ortsnamen nicht zufällig oder nur der Genauigkeit halber. In den folgenden Jahren wurden diese Orte oft mit Blut gezeichnet. Ich glaube, dass sie wegen der Namen entsprechend vorbestimmt waren. Der Schauder der Sprache enthält den Schrecken der Geschichte.
Um drei Uhr nachmittags fuhren wir in die Stadt hinein. Wir passierten den Friedhof. Zwei kleine bewaldete Schluchten, die dort zu-

sammenlaufen, bilden einen weiblichen Unterleib. An diesem Ort des Hinterhalts ruht seit vier Jahren schon Kostas Mangas.

»Die Luft«, sagte er mir damals, und seine Stirn war leicht verschwitzt. Ich kannte diesen Salzgeschmack noch nicht, der durch die unruhigen Lider hindurch bis in die Seele dringt: Diese Aura der Epilepsie. Wir folgten natürlich der einzigen Straße. Kurz vor dem Park, zwischen dem »Kolonialwarengeschäft Stavropierrakos« und der gegenüberliegenden Konditorei hinderte eine Panzersperre die Durchfahrt für schwere Gefährte.

Der Beton war übersät mit verblassten, übereinander geschmierten Parolen, und zwischen dem vorherrschenden Wort »Tod« hatte man Platz und den Mut gefunden, um in festem, ursprünglichen Griechisch der dissonanten Hoffnung Ausdruck zu geben: »Ehre sei Gott in der Höhe und Friede auf Erden und den Menschen ein Wohlgefallen«. Unmittelbar danach und durch die Bäume hindurch sah ich das Meer.«

»Hast du es damals tatsächlich zum ersten Mal gesehen?«

»Ja. Meine erste Fahrt nach Gythion. Ein anderes Mal fuhr ich in der Gegenrichtung: Gythion – Sparta – Gythion. Das Bild von der weiblichen Achselhöhle stammt eher von dieser zweiten Fahrt. Um Penicillin zu holen, das es in der Apotheke nicht gab. In einem Blechgefäß mit Eis. Nur so konnte es damals transportiert werden. Die Ampullen mit dem kristallinen Pulver. Im Endeffekt war es sinnlos. Der Kranke, für den das unternommen wurde, hat nicht überlebt. Eine Infektion wegen eines gezogenen Zahns, die man nicht rechtzeitig behandelt hatte. Diese in gewisser Weise grundlosen Todesfälle erfüllten die Stadt. Der Schrecken, den sie erzeugten – im Gegensatz zu den anderen, den gewaltsamen, die die Regel waren.«

»›In den folgenden Jahren wurden diese Orte oft mit Blut gezeichnet. Ich glaube, dass sie der Namen wegen dafür vorbestimmt waren.

Der Schauder der Sprache enthält den Schrecken der Geschichte.‹ Was soll das besagen?«

»Was es sagt.«

»Metaphysik natürlich. Metaphysik sui generis.«

»Oder der Hinweis auf eine sui generis Dimension der Sprache. 1991 geschrieben. Wurde in der Zeitschrift *Dendro* veröffentlicht. Wo hast du das gefunden?«

»Im Album *Peloponnes. Bilder des Mythos und der Geschichte.*«

»Mit Fotografien von Nikos Desyllas.«

»Du hast die Einleitung geschrieben. Und hast das darin aufgenommen.«

»Schöne touristische Fotos.«

»In einer Fußnote verweist du auf: Thanassis Valtinos, *Erste Nacht nach dem Neumond.* Als Quelle für den Text. Aber ein solches Buch gibt es nicht.«

»Natürlich nicht. Ein Spiel. Du kannst es auch als Herausforderung ansehen. So was habe ich wiederholt gemacht.«

»Herausforderung für wen?«

»Auch für mich. Ich habe dieses Stück als Beginn eines gleichnamigen Romans konzipiert, der aber nie geschrieben wurde.«

»Und der was sein sollte?«

»Das, was wir jetzt machen. Der Tod – und die Wollust jener Jahre. Erinnerungsreste. Konvulsionen.«

»Diese von Graffiti übersäte Panzersperre am Ende? Von den Deutschen gebaut, nehme ich an.«

»Ja. Um den Vormarsch alliierter Kräfte aufzuhalten. Falls sie jemals in der Mani gelandet wären. Später wurde sie eingerissen. Sie versperrte den einzigen Zugang zum Hafen. Mit beweglichen dicken Eisensperren. Der Xerias war noch nicht zugedeckt.«

»Was war der Xerias?«

»Das Bett eines Wildbachs, der Paliopolis in zwei Teile teilte. Ein natürliches Hindernis mit senkrechten gemauerten Ufern.«

»Und Paliopolis?«

»Der ebene Teil von Gythion. Wenn man zum Hafen schaut, rechts. Jetzt ist der Xerias eine große Straße. Eine Einbahnstraße, um aus Gythion raus zu fahren, Richtung Sparta – Athen.

Zu dem Zeitpunkt, an den ich mich erinnere, waren von der Sperre nur die beiden Betonblöcke übriggeblieben. Die Metallsperren fehlten. Ein etwas größeres Fahrzeug konnte nur mit Mühe dazwischen hindurch fahren. Stathis Koutroumanos hatte etwas weiter seinen Laden. Er verkaufte nichts. Hielt ihn trotzdem offen. 1945. Diese blutgetränkte Epoche. Panos Kakaletris – Panos? – kam oft in die Apotheke und spendete Blut. Der Arzt Jannarakos. Der Arzt Fouridis.

Der General: Oberst Petropoulakis zur Zeit des Kleinasienfeldzugs. Ich glaube nicht, dass er sich irgendwo ausgezeichnet hatte. Sechsfingrig. Das hat ihn markiert. Der sechsfingrige König. Er ging nicht oft aus, und wenn, dann lief er nach vorn gebeugt. Und brüllte. Aus der Zeit, aus der Wirklichkeit gefallen. Die Ärztin Diakoumakou. Streng, mit kurzem Haar, männlich. Unverheiratet.

Manchmal tauchen diese Figuren in mir auf und überraschen mich. Der Chemiker Arapakis. ›Das Thermometer ... das Thermometer des Herrn Doktor ...‹ Eine bequeme Interpretation seines Scheiterns bei den Gemeinderatswahlen. Sein siegreicher Gegenspieler war Arzt. Und der Schneider Vrettos. Ilias Vrettos. Eine enge Höhle, neben der Apotheke. Und Sasa, seine Gehilfin. Mollig und mit ordinärer Sprache. Ebenso Charitos, sein Geselle. Der Barbier Rogakos. Neben der Schneiderei. Und Barbara. Mit ihren feuchten, verweinten Augen. Die kommt auch in *Orthokosta* vor. Auch dort fährt sie einen Lastwagen. Im Dienst des Internationalen Roten Kreuzes. Diese jungen ausländischen Frauen, die damals nach Griechenland kamen, um den Leuten zu helfen.

Barbara habe ich sie genannt. Vielleicht im Gegensatz zu ihrem zarten Äußeren. Willkürlich. Ich musste ihr einen Namen geben. Sie kam aus Areopolis mit einem großen Lastwagen der UNRRA. Sie versuchte, durch die Sperre zu kommen, schaffte es aber nicht. Sie ist fast stecken geblieben Setzte zurück, stieg aus. Voller Verzweiflung. Sommerhitze. Zwei, drei näherten sich, verständigten sich mit Gesten. Einer stieg in den Wagen, ließ ihn an und fuhr ihn haarscharf, auf den Millimeter, durch die Beton-Symplegaden.

Jahre später hat mir Dia ihre Mutter vorgestellt. Sie war eine von diesen Frauen. Hat nie richtig Griechisch gelernt. Hatte einen Griechen geheiratet. War schon eine Greisin. Dia unterrichtet *Erotokritos* in Boston.«

»Dia wer?«

»Dia Filippidi.

Diese jungen Frauen damals. Eine Verheißung von Optimismus auf den schlechten griechischen Straßen.

1946 waren die Straßen nur noch in Kolonnen mit Begleitschutz passierbar. Am 16. Januar ’46 wurde Kondovounissios in Levetsova getötet. Man tötete ihn zusammen mit seinem sechsjährigen Jungen in einem schwarzen Auto. Ein Apologet des Blutvergießens sagt, dies sei aus Versehen geschehen. Der Tod des Kindes. Mit einem Einschuss in der Stirn. Möglicherweise. Den toten Vater zog man heraus und ließ ihn rücklings mitten auf der Schotterstraße liegen mit seinem Jungen kreuzweise auf ihm. Ebenfalls rücklings. Das ist nicht aus Versehen geschehen.«

»Wer war Kondovounissios?«

»Führungsmitglied der Organisation ›Chi‹ auf der Peloponnes. Die ›Chi‹ und ihre Anhänger. Eine antikommunistische Organisation unter Leitung von Grivas.«

»Der Grivas von Zypern?«

»Ja. Während der Besatzung war er vor allem in Athen aktiv. Im

Theseion-Viertel. Nach der Befreiung wurde der Begriff allgemein benutzt. Von den Kommunisten. Alle erklärten Nationalisten wurden über einen Kamm geschoren. Anhänger der ›Chi‹. Auch Anhänger von ›ChiMay‹. Von MAY, den Selbstverteidigungsgruppen auf dem Lande. Eine paramilitärische Organisation der Bauern gegen die Aufständischen. Offiziell: die Banden. Oft auch Wegelagerer. Dieses ganze Durcheinander.«

»Was wollte Kondovounissios in Levetsova?«

»Levetsova. Heute hellenisiert Krokees. Er stammte von dort.«

»Wer hat ihn erschossen?«

»Hier geraten wir in tiefe Wasser. Es ist der Beginn der ›dritten Runde‹. So ging es los. Mit solch kleinen gezielten Schlägen. Jetzt kennt man auch die Vornamen. Die der Täter. Die Parteiorganisation von Krokees. Kapetan-Trajias an der Spitze. Mit Kapuzen, damit man sie nicht erkennt. Brave Bürger, die, wenn notwendig, entschlossen ihre Pflicht erfüllten. Die Terrorisierung des Landes.«

»Gab es Repressalien?«

»Rache. Der schwarze Zyklus des Blutes. Gewiss.«

»Wann bist du aus Gythion weg?«

»Im Sommer '46. Ich hatte die vierte Gymnasialklasse abgeschlossen. Aus irgendwelchen Gründen saß mein Onkel plötzlich im Gefängnis, in Athen. Uneingelöste Wechsel, die ein dortiger Geschäftspartner von ihm missbräuchlich eingesetzt hatte. Damals galt noch die Schuldhaft. Das geschah im Februar oder März '46.

Die Apotheke wurde währenddessen von Kalliopi geführt. Wie die Muse Kalliope. Jüngere Schwester von Tante Stella, Schwägerin meines Onkels. Um die siebenzwanzig, achtundzwanzig Jahre alt. Mit meiner Unterstützung. Ich war bereits ein erfahrener Apothekergehilfe. Ich wusste, wie man Pülverchen verpackt – das ist eine Kunst. Damals gab es die verschiedenen industriell produzierten Präparate noch nicht, die meisten Medikamente wurden im Mörser hergestellt.

Die Ärzte schrieben Rezepte aus und fingen mit CD an. Cum Deo. Mit Gott. Das dauerte etwa ein halbes Jahr. Tante Stella mit ihrem ersten Baby auf dem Arm. Die kleine Mary. Sie ist jetzt Apothekerin in Kavalla. Mit zwei Söhnen, ebenfalls Apotheker. Eine Dynastie. Mittlerweile Großmutter, durch ihren jüngeren Sohn. Tante Stella, die Erbin der Apotheke. Mittags riss ich oft aus und ging ans Meer. Und konnte es nicht verheimlichen. Tante Stella zog mein Hemd hoch und leckte an meinen Rücken. Es war die sicherste Art, um mein Vergehen festzustellen: das Salz auf meiner Haut.

Sie wurde fast verrückt in jenem Sommer. Dreißig Jahre alt. Natürlich verheiratet in arrangierter Ehe. Diese Lieben, die das Leben sie lehrte, allmählich. Eine hervorragende Köchin, hervorragende Hausfrau. Die Vorzüge der Frauen jener Zeit. Jeden Mittwoch nahm sie Mery auf den Arm – damals noch ungetauft – und mich als Begleiter, und so gingen wir nach Paliopolis. Dort war das Flüchtlingsviertel. Wir gingen zu Frau Louisa. Ihr Haus lag beim antiken Theater. Jetzt gibt es das Haus nicht mehr. An seiner Stelle ist der Sitz einer kleinen Militäreinheit.

Frau Louisa las aus der Kaffeetasse. Professionell. Die Zeremonie war streng. Wie in der Kirche. Sie kochte Kaffee auf und servierte ihn schweigend. Mit ihren Hüften, die sich auf ihren geschwollenen Beinen hin und herwiegten. Die ganze Last ihres Unglücks kam in diesem langsamen, doch festen Gang zum Ausdruck.

Wenn das Wetter gut war, saßen wir draußen in ihrem kleinen umschlossenen Garten. Immer fing sie selbst an – jedes Mal gab es die Fortsetzung vom vorhergehenden Mal. Kleine Monologe über die alten Tage in der verlorenen Heimat. Geschichten über den Verlust, die sich jedoch wie Lobreden anhörten. Frau Louisa war keine Wahrsagerin. Sie log nicht. Sie betrachtete die Tasse meiner Tante und verlor sich darin. Die offenen Wege, die schwarzen Flecken, die sich ausdehnten, die großen Türen. Die Himmel. Sie war eine Dichterin.

Unbewusst erhielt ich eine wichtige Lektion für das Gewerbe, das ich später ausüben sollte.

Tante Stella steckte erleichtert einen Geldschein unter die Untertasse, ohne sich zu bedanken, und wir gingen wieder. Danke sagen durfte man nicht. Bis zum nächsten Mittwoch. Frau Louisa begleitete uns an die Tür und schlug hinter uns das Kreuzzeichen in die Luft. Das Geheimnis war die Bejahung des Lebens. Mein Onkel wurde im Laufe des Sommers entlassen. Und ich ging Ende September weg.«

»Deine Familie war noch in Sparta.«

»Nein. Sie waren ins Dorf zurückgekehrt. Vassilis war bereits in Athen, in der Medizinischen Fakultät. Jorgos in Tripolis. Ich war mit ihm zusammen, absolvierte die fünfte Gymnasialklasse. Die Familie war in der Zwischenzeit gewachsen, Maria war geboren. Jorgos hatte Umgang mit Alekos Lykos. Sie waren Klassenkameraden. Alekos ist der Faidros in *Orthokosta*. Er wohnte zusammen mit seinen Schwestern, beide Schneiderinnen. Eleni und Christina. Er hatte Glück, sie kümmerten sich um ihn. Na ja, Glück so weit. Im folgenden Jahr beendeten beide das Gymnasium. Gingen nach Athen. Ich blieb allein zurück. Jorgos besuchte die Handelshochschule, Alekos die Akademie der Luftwaffe. Die mit der weißen Sommeruniform und dem goldenen Degen. Im letzten, im dritten, Jahr fiel er durch die Flugprüfung. Ein Vorwand. Man hatte ihn als Linken angeschwärzt.«

»Konnte so etwas passieren?«

»Damals ja.«

»Und er bestand nicht?«

»Ja. Als ausgebildeter Offiziersanwärter. Er quälte sich ein paar Jahre, dann verschwand er nach Kanada.«

»Wo hast du in Tripolis gewohnt?«

»In verschiedenen gemieteten Zimmern. War kein Luxus. Ohne Heizung im Winter, dass uns das Blut in den Adern gefror. Einige Monate habe ich mit Vassilis Folos zusammengewohnt. Er ist jetzt

Agraringenieur in Kalamata. Wir brieten Kartoffeln und aßen sie im Stehen, eine nach der anderen, sobald sie braun wurden. Wir ernährten uns miserabel. Unser kümmerliches Wochenbudget gaben wir für Fahrräder aus. Koularmanis, Spyropoulos, Fahrradhändler. In Sparta hatte ich Rollschuhe aus alten Autokugellagern gebastelt. Hatte es den anderen nachgemacht. Es war ein einheimisches Patent. Im Schwarm stürzten wir uns die wenigen asphaltierten Böschungen hinunter – die Geschwindigkeit, ihr aggressiver Charakter riss uns mit. Fahrrad und Kino. In Tripolis habe ich meine ersten Filme gesehen. Kolossal.«

»Wie zum Beispiel?«

»›Der Held von Burma‹. Der Krieger Errol Flynn in tropischen Unwettern. ›König der Toreros‹, ›Gilda‹. Im Kino Avra malte Stafidas mit Wasserfarben die Plakate, die man am Eingang zum Saal aufstellte. Frühe Großplakate. Tyrone Power, Rita Hayworth. Die Gesichter in Großaufnahme. Yvonne De Carlo. Auf Packpapier, Meterware. Betty Grable. Ganzkörperdarstellung ihrer provokanten Rumpfbeugen.«

»Wie viele Kinos gab es in Tripolis?«

»Das Avra von Stafidas. Auf der Hauptstraße rechts rein, nach dem Rathaus. Darüber lag das Hotel Anaktorikon. Dort kamen die Wandertruppen unter – wenn sie denn kamen. Gewöhnlich im Sommer. Schauspieler, Sängerinnen. Manche von den Damen markierten die Stars. Es gab dort eine kleine Dachterrasse, umhüllt von Schilfrohr, und dort legten sie sich nackt in die Sonne. Abgehangene Flundern. Auch Conferenciers. Lambros Sounis. Manchmal Orestis Laskos. Er deklamierte die ›Kyra-Pameinondena‹. Und das Apollon. Das war im Maliaropouleion untergekommen, dem alten neoklassizistischen Theater mit der barocken Ausstattung. Heruntergekommen. Unternehmer war B. Trüger. So nannten wir Christopoulos. Er sammelte beim Einlass die Tickets ein, ohne sie abzureißen und verkaufte sie erneut. Abgestempelt vom Finanzamt. Mit Fofo hinter dem Ticketschalter.«

»Fofo aus ›*Zu Fuß zur Lyrik gelangen*‹?«

»Ja.

Inmitten des grausamen Bürgerkriegs stellte Fofo, Kassiererin im ›Apollon‹, ihre hermaphroditische Natur mit zeremonieller Unbeirrbarkeit heraus: Stiefelchen, bunt gemusterte Strümpfe, Rock, Ledergürtel für Männer, der genau die Taille markierte. Von dort aufwärts Hemd, Krawatte, zweireihiges Jackett, und als Krönung ein sorgfältiger männlicher Haarschnitt. Bartlose Gesichtshaut. Diese vestimentäre Kühnheit barg irgendein Geheimnis, wirkte jedoch auf beunruhigende Weise abstoßend. Als was war Fofo wohl obenrum zu beschreiben?

Die Zeitschrift *Piisi*, Frühling – Sommer 2000.

Die abschließende Frage ist natürlich sehr viel jüngeren Datums. Ich meine, im Verhältnis zum Geschehen. Zweiundsechzig Jahre sind seither vergangen.«

»Ich frage mich: wie bist du zu jener Zeit, in dieser kleinen Provinzstadt mit dem Phänomen Fofo umgegangen?«

»Fofo provozierte nicht. Sie zog sich nicht so an, um sich abzuheben. Im Grunde war das, was sie machte, außerordentlich konservativ. Sie war das Produkt der konkreten Gesellschaft, die in hohem Grade frustriert und engstirnig war, jedoch die Abweichung tolerierte, wenn sie aus ihr hervorging.«

»Welche anderen Filme hast du damals gesehen?«

»Im Apollon. ›Das Ungeheuer mit den fünf Fingern‹. Eine abgeschnittene Hand, die durch stille Säle gleitet und schwierige Stücke auf dem Klavier spielt. Peter Lorre. Vom deutschen Film ist er nach Hollywood gegangen.«

»Vom deutschen Stummfilm?«

»Kann ich nicht mit Gewissheit sagen. Am Übergang. Er war Hauptdarsteller in Fritz Langs ›M‹ von 1932. Ein Klassiker.

Wir gingen hinauf auf die Empore. Verwüstet. Die Sitzreihen waren entfernt und gegen bewegliche Holzbänke ausgetauscht worden, die treppenförmig anstiegen. Dort haben wir unsere ästhetische Erziehung vervollkommnet. ›Tarzan‹. Mit Johnny Weissmuller und seinem Schrei. Und auch mit der halbnackten Maureen O'Sullivan. ›Zorro‹. Mit wem?

Ich hatte einen Kamelhaarmantel von außergewöhnlicher Qualität. Von der UNRRA. Fließender Stoff, eher weiblich, mit zwei Abnehmern an der Schulter. Oder vielleicht vorne? Er stand mir jedenfalls gut. Mit großen äußeren Taschen und einem Gürtel. Drei Jahre habe ich mit ihm verbracht. Danach bin ich aus ihm herausgewachsen.

Eines Abends kam ich aus dem ›Apollon‹ und meine Manteltaschen waren voll mit dicken Erdnussschalen. Das Werk derjenigen, die auf der Bank hinter mir gesessen hatten. Vassilis lachte. Ich war wütend.

Vassilis und ich haben nur durch Glück überlebt. Wenn es sehr kalt wurde, zündeten wir draußen Kohlen in einem Kohlebecken an. Wir ließen sie durchziehen, bevor wir sie reinholten. Gewöhnlich legten wir uns um 10 bis 11 Uhr ins Bett. Und lasen. Dann löschten wir die Deckenbeleuchtung aus – das war's. Und wachten morgens auf, um unsere jungen, elastischen Blasen zu entleeren.«

»Ich versuche, mir dieses Zimmer vorzustellen.«

»Ganz einfach. Fast nackt. Zwei gegenüberliegende Sofas, diese mit Sprungfedern, ein Tisch aus gehobelten Brettern dazwischen, mit blauem Papier bespannt. Zwei Stühle. Auf dem Tisch unsere Bücher.«

»Und dort habt ihr gelernt.«

»Vassilis schon.«

»Und du?«

»Ich hab' so getan als ob. Ich habe die Leichtigkeit, mit der ich Aufsätze schrieb, genutzt. Mit vielen Adjektiven. Unsere Griechischlehrer liebten Adjektive. So bin ich aufgefallen. Sie gaben mir Einser. Das hat auch die anderen Fächer mitgerissen.«

»All das in Tripolis.«

»Ja. Eines Abends schliefen wir früh ein. Wir waren nicht rausgegangen, es schneite den ganzen Tag. Nach einiger Zeit stand Vassilis unruhig auf. Öffnete das Fenster. Er wollte sehen, ob immer noch Schnee fiel. Öffnete und fiel zu Boden, kaum dass er die frische Luft einsog.«

»Kohlendioxyd.«

»Diese sanfte Vergiftung. Ich riss die Tür auf, stellte das Kohlebecken hinaus. Die Kohlen, ihr Kern, waren noch am Glimmen. Vassilis kam sofort wieder zu sich. Er übergab sich. Wenn er nicht aufgestanden wäre, um das Fenster zu öffnen, hätte man uns am nächsten Morgen starr in unseren Betten gefunden. Dieser Zufall. Dieser unerklärliche Impuls von Vassilis.«

»Noch ein Wunder.«

»Spotte nicht. Das Leben ist voller Wunder. Nicht unbedingt theologischer Natur.«

»Vassilis und du, ihr habt Kartoffeln gebraten. Was habt ihr sonst noch gegessen?«

»Jeden dritten, vierten Tag schickte man uns vom Dorf eine Hirtentasche. Mit dem Omnibus. Neben uns wohnte ein Student der Pädagogischen Akademie. Er war älter als wir. Aus Gortyn wahrscheinlich. Es sah so aus, als habe er niemanden, er bekam nie etwas. Einmal pro Woche kochte er Bohnen, ließ sie abtropfen und legte sie in eine große Schüssel. Davon aß er dann die ganze Woche. Er steckte sie in seine Tasche wie geröstete Kichererbsen. Und pfiff. Er setzte sich nie an einen Tisch. Wir übrigens auch nicht. Als ich später *Tortilla Flat* von Steinbeck gelesen habe, fiel er mir wieder ein. Die señora Teresina Cortez. Mit ihren acht Kindern – von verschiedenen Vätern: ›Wenn du 400 Pfund Bohnen im Haus hast, hast du keine Angst vor dem Tod‹.

Manchmal fuhren wir an den Wochenenden aufs Dorf. Damit die Mütter unsere Wäsche waschen, damit wir warmes Essen kriegen.«

»Der Kontakt mit dem Land hatte nicht aufgehört.«

»Nein, nie. Er wurde nur allmählich schwieriger. Die Armee war in den Städten, die Aufständischen in den Bergen. Auf dem Parnon-Gebirge, auf dem Menalon. In den Bergdörfern, die sich im Winter sowieso entvölkerten. Und der Raum dazwischen. Dort waren die Dinge verwickelt. Es gab die Selbstverteidigungsgruppen in den verschiedenen Marktflecken, den kleinen Zentren. In die anderen stiegen die Aufständischen hinab. Um Informationen einzuholen, um Lebensmittel zu besorgen. Es gab die Gruppe von Michalis Kritikos. Zehn, zwölf Vettern. Entschlossene Männer, die von ELAS-Leuten drangsaliert worden waren und Leute verloren hatten. Die Aufständischen zitterten vor ihnen. Bei Anbruch der Nacht waren sie im Westen, bei Tagesanbruch im Osten. Unvorhersehbar. Wie jene auch.«

»Wie gingen die vor?«

»Mit Duldung der Behörden, nehme ich an. 1948 war das schlimmste Jahr. In den Osterferien ging ich ins Dorf. Blieb nur eine Nacht und war wieder weg. Die Demokratische Armee war dazu übergegangen, mit Gewalt zu rekrutieren. Ich schlief im Haus des alten Sotiris Kollias. Das hatte mein Vater arrangiert. Das Haus lag unterhalb des Dorfplatzes. Dort hätte ich, wenn nötig, aus dem Fenster springen und im Bachbett verschwinden können. Es war nicht nötig.

Barba-Sotiris war halbblind. Er hatte eine Kerze, ein Weihrauchgefäß angezündet. Er kannte die Apokalypse auswendig, jedenfalls große Teile davon. ›Selig der Lesende und die Hörer der prophetischen Worte und jene, die sich an das halten, was geschrieben steht; denn die Zeit ist nahe.‹ Ich war das Publikum, das er nie hatte. Er hatte auch seine hermeneutischen Ansichten. Alle Augenblicke räucherte er die vier Himmelsrichtungen ein. Die Zeit ist nahe. Er ließ mich die ganze Nacht kein Auge schließen. Er war ein früher Performer.«

»›Und ich hörte eine Stimme rufen: Komm! Da sah ich: ein fahles Pferd.‹«

»Ja. ›Und er, der auf ihm saß, hieß der Tod; und das Totenreich war sein Gefolge. Und es wurde ihm Macht gegeben über den vierten Teil der Erde, zu töten durch Schwert, Hunger und Pest und durch die Tiere der Erde‹.

All das mit Einschüben des Mönchs Papoulakos. Aufgeschriebene Dinge, ausgesprochene Dinge, die jetzt ans Licht kamen. Die sich jetzt ereigneten. Seit Jahren verwitwet, der Barba-Sotiris, seine Kinder im Ausland. Sechs Mädchen, zwei Jungen. Australien, Kanada. Er war zusammengeschrumpelt. Und natürlich Altkalendarier.

›Und ich sah: Als er das sechste Siegel öffnete, entstand ein gewaltiges Beben und die Sonne wurde schwarz wie ein härener Sack und der ganze Mond wurde wie Blut. Die Sterne des Himmels fielen herab auf die Erde, wie ein Feigenbaum seine Früchte abwirft, wenn er von einem starken Sturm geschüttelt wird.‹«

»Du bist nach Tripolis zurückgekehrt.«

»Am nächsten Tag. Tripolis füllte sich mit Menschen. Mit Leuten, die von den Aufständischen vertrieben worden waren, vor allem.«

»Wer genau waren diese von den Aufständischen Vertriebenen?«

»Leute, die in den Dörfern nicht mehr leben konnten. Unter der Besatzung nannte man sie Reaktionäre. Etwas später wird man sie Faschisten nennen. Sie kamen bei Verwandten, bei Bekannten unter. Mieteten Häuser, so sie welche fanden.

Vassilis und ich hatten uns getrennt. Er würde im ›praktischen Zweig‹ weitermachen. Unsere Freundeskreise änderten sich. Ich blieb allein im Agios Dimitrios-Viertel. Charalambos-Vosikis-Straße. War früher Parlamentspräsident gewesen. Ein Liberaler, der aus unseren Dörfern stammte. Das Haus hatte im Erdgeschoss vorne einen Laden. Hinten wohnte der Eigentümer mit seiner Familie. Den ersten Stock vermietete er. Ein Zimmer hatte ich. In den drei anderen wohnten Panagos Pappas mit seinen Schwestern. Aus Steno. Fünf, sechs Kilometer entfernt. Panagos war ein Achtklässler, aber im Zweiten

Gymnasium. Wir teilten uns die Küche und einen großen Raum mit Glaswänden. Ein Wintergarten. Die Mädchen hatte man nach Tripolis gebracht, aus Angst vor der Zwangsrekrutierung.«

»Was machten die Mädchen?«

»Chrysanthi war Lehrerin. Chryssa, die mittlere. Auf ihre erste Stelle nach Alonistena versetzt, aber Alonistena gehörte jetzt zu einem anderen Herrschaftsbereich. Braunhaarig mit Grübchen auf den Wangen. Ihre Stimme verzauberte mich. Ich war in sie verliebt, und sie wusste das. Dazu bedurfte es nicht viel. Ich wartete, dass sie nach Hause kam, um sie zu sehen. Sie ging in eine Schule in Matsagra. Gehörte zur Verfügungsreserve des Inspekteurs, und der hatte sie dorthin gesetzt. Auf dem Dorf blieben nur die alten Eltern zurück. Ihr Vater war ein alter ›Amerikaner‹. Sonntags besuchten sie sie. Nicht immer. Sie gingen morgens hin, kamen am Abend zurück. Der Ort war Durchgangspunkt für die Aufständischen. Vom Parnon-Gebirge nach Artemision. Nachts. Im Oktober starben ihre Eltern. Beide zusammen. An Vergiftung. Die Polizei mischte sich ein. Ich glaube nicht, dass es damals Pflanzengifte waren. Eine Lebensmittelvergiftung. Der Alte sammelte Pilze, vielleicht davon. Die Mädchen trugen schwarz, es stand ihnen. Panagos heftete sich ein Trauerband an den linken Ärmel. Roula, die Große. Was heißt Große, um die 26 Jahre alt. Und Irini, die dritte.

Zum Trauergottesdienst nach vierzig Tagen nahmen sie mich mit. Sie hatten das Tablett mit dem gekochten Weizen vorbereitet, die Opfergabe. Ich half ihnen, alles zu tragen. Sie schlossen ihr Haus im Dorf für kurze Zeit wieder auf. Nach der Kirche regelten sie praktische Fragen. Wer würde sich um die Felder kümmern, wer um die Tiere. Hühner und Haustiere, bis endgültige Lösungen gefunden wären. Ein Bruder ihrer Mutter stand ihnen bei. Mittags lud er uns alle zum Essen ein.

Früh am Nachmittag kehrten wir zurück. Wir waren alle dort, und Chryssa stieg die Stufen hinauf, um das Haus abzuschließen. In einem

Korb trug sie verschiedene kleine Gefäße. Sie bat mich, ihr zu helfen. Ich folgte ihr. Sie stieg die äußere steinerne Treppe hinauf. Mein Herz fing an zu pochen. Ich setzte den Korb auf einem Tisch ab. Chryssa schloss die Fensterläden – kam in meine Nähe. Am Morgen hatte sie in der Kirche geweint, und das war in ihren Augen verblieben. Diese Trauer. Ich wollte sie umarmen, sie an mich pressen. Traute mich aber nicht.«

»Warum?«

»Aus Angst.«

»Wovor hattest du Angst?«

»Vor was auch immer, und hätte ich es versucht, wäre es gewesen, als erniedrigte ich sie.«

»Dass ich nicht lache.«

»Lach nicht. In diesem widersprüchlichen Alter idealisieren wir. Ich habe mich aber ein anderes Mal getraut.«

»Wann?«

»Nicht viel später.«

»Wo?«

»In unserem Wintergarten. Irini machte den Abwasch in der Küche. Chryssa bereitete sich auf die Schule vor. Sie stellte ihren Fuß auf einen Schemel, um ihre Schuhe zu bürsten. Ich nahm ihr die Bürste aus der Hand, kniete vor ihr und übernahm das Bürsten. Mit der anderen Hand hielt ich ihren Knöchel fest. Schon das war eine kühne Tat. Danach wanderte meine Hand an ihrer Wade nach oben. Und dann an ihrem Bein weiter nach oben hin zu der mysteriösen Stelle. Ich war ganz aufgewühlt. Chryssa ließ mein Streicheln geschehen. Und lächelte, nehme ich an. Ich hielt es nicht weiter aus. Meine Erregung erreichte ihren Höhepunkt. Ich warf die Bürste hin und verschwand in meinem Zimmer. Ich hörte Irinis Stimme: ›Was ist los?‹ Und dann Chryssas Schweigen.«

»Was hat Irini gemerkt?«

»Ich glaube nichts.«

»Hat Chryssa das irgendwie weitergeführt?«

»Sie lächelte mir verschwörerisch zu, wenn wir uns sahen. Hat wahrscheinlich mit mir gespielt. Und ich war viel zu unerfahren für irgendeine Initiative. Es war ein Martyrium. Meine unterdrückte Libido war aufgewühlt.«

»Und wie bist du damit umgegangen?«

»Es gibt keinen Ausweg.«

»Auch nicht die klassische jugendliche Methode?«

»Damals nicht. Das Gefühl der Männlichkeit, ihres Verlustes beherrschte mich. Ich hatte häufig Pollutionen. All meine Angst verlagerte sich dorthin. Diese dunkle Welt. Was ist sie, wie ist sie.«

»Die ›dunkle Wurzel‹.«

»Im kritischen Moment wurde der Traum unterbrochen. Völlig erledigt wachte ich auf.«

»Hattest du weiterhin dein Amulett am Unterhemd?«

»Zu jenem Zeitpunkt habe ich es abgelegt. Mit Kostas Paipetis. Meine Brustwarzen waren angeschwollen. Sie brannten. Ich konnte nichts auf meiner Haut ertragen. Das währte einen Sommer.

Mit Kostas gingen wir in das ›Haus‹ in der Nafplio-Straße. Nach der Kirche der Verklärung Jesu, nach dem Friedhof. Ich weiß nicht, warum wir das ausgesucht haben.«

»Gab es auch andere ›Häuser‹«?

»Noch ein weiteres, an der Ausfallstraße nach Agios Sostis. Es waren drei, vier Frauen in dem Salon.«

»Du hast die Prozedur beschrieben.«

»Ich gab einer ein Zeichen, sie nahm mich auf ihr Zimmer. Sie wartete, dass ich mich ausziehe. Ich habe ihr nicht mal ins Gesicht gesehen, so aufgeregt war ich.«

»Fühltest du dich unsicher?«

»Ich habe überhaupt nichts gefühlt. Sie drehte sich um, zog ihren

Schlüpfer aus. Corrado Alvaro schreibt über einen Jugendlichen ungefähr aus meiner Zeit. Wie er zum ersten Mal das ›Ungeheuer‹ sah.«

»Corrado Alvaro?«

»Ein italienischer Schriftsteller. Aus dem Süden. Nicht ins Griechische übersetzt.«

»Wie hast du reagiert auf das ›Ungeheuer‹?«

»Es war eine Enttäuschung.«

»Ein Fehlschlag?«

»Nein, kein Fehlschlag. Eine total mechanische Ausführung, gemäß dem, was ich mich bemüht hatte zu erfahren. Unter Druck. Als würde ich eine Prüfung ablegen.«

»Würdest du das jemals ›Ungeheuer‹ nennen?«

»Nein, nie.«

»Was ist aus Kostas Paipetis geworden?«

»Er ist '63 in Korinthos umgekommen. Als Rekrut, bei seinem ersten Ausgang. Ist an einem Abhang ausgerutscht und mit dem Hinterkopf auf den Asphalt geschlagen. Er war größer als ich, kräftiger. Kostas hatte Zaira entdeckt. Sie bot ihre Dienste in dem anderen ›Haus‹ an. Unsere Einweihung in den Sex erfolgte im Wesentlich durch Zaira. Zaira hat uns befreit. Etwas älter als wir. Zwei, drei Jahre, immer fröhlich. Wir waren Stammkunden – während der sechsten und siebten Klasse.«

»Danach?«

»Danach verschwand sie. Zog offensichtlich in irgendeine andere Stadt.«

»Im *Tagebuch 1836–2011* erinnert dich eine Ingeborg mit roten Schamhaaren an die ›kleine Hetäre von 1949‹. War das die Zaira?«

»Nein. Die rothaarige Ingeborg hat mir 1975 in London vorgeschlagen, dass ich ihr ein Kind mache. Ohne Verpflichtungen. Es war der ›Griechische Monat‹, den Christos Joachimidis dort organisiert hatte. Mit Alexandros Kotzias, Johannes Weissert. Die beiden letzteren mittlerweile verstorben. Ingeborg hatte ihr Studium beendet, würde als Lehrerin eingestellt werden. Beamtin. Ohne Verpflichtungen meinerseits. Ich habe abgelehnt.«

»Warum?«

»Aus vielen Gründen.«

»Einer davon?«

»Der Gedanke an ein Kind, das ohne meine Mitverantwortung aufwächst, gefiel mir nicht.«

»Hast du das bereut?«

»Darauf antworte ich nicht.«

»War Ingeborg eine Deutsche?«

»Ja.«

»Ist es die Frau aus Berlin, mit der du ›viele reife Jahre geteilt hast‹?«

»Nein.«

»Es bleibt also das Geheimnis der kleinen Hetäre.«

»Es gab keine kleine Hetäre. Es gibt kein Geheimnis.«

»Also?«

»Ingeborg hatte Sommersprossen, die ihre Haut sehr sinnlich machten. Besonders an den Schenkeln – an ihrem Unterleib. Ein Detail natürlich, und ich wollte ihr Größe verleihen, sie mit dieser Pseudoerinnerung hervorheben. Im Übrigen hatte Zaira braune Haare.«

»In manchen deiner Texte sind die Bezüge auf Bordelle und Huren außerordentlich dicht.«

»Es gibt eine entsprechende Tradition in der Literatur. Guy de Maupassant z. B. Auch in sekundären Bezügen. *Die Blumen des Bösen*. Baudelaire litt an Syphilis. Die Griechen Romos Filyras. Michail Mitsakis. Vizyinos. Die blasse Spirochäte hat sie alle erwischt. Sie endeten in der Psychiatrischen Anstalt Dromokaiteio. Angesteckt hatten sie sich bei Huren. Karyotakis. Das Rätsel seines Selbstmords.

Er starb mit 32 Jahren. Einen gewaltsamen Tod. Michail Mitsakis mit 53. Er schöpfte die Spanne aus, die die Wissenschaft seiner Zeit in seinem Fall gewähren konnte. Romos mit 54. Visyinos mit 47, geblendet von der ›sich entwickelnden‹ Ähre der vierzehnjährigen Bettina Fravassili.«

»Kanntest du die damals?«

»Karyotakis ja. Geboren in Tripolis. Es gab dort sein Haus. Gibt es immer noch. Und auch Vizyinos.«

»Die anderen zwei?«

»›Unter dem Mond, jung an Jahren, gingen drei Griechen und fünf Magyaren.‹ Verse von Filyras – so ungefähr. Hinter Gittern geschrieben. Für Filyras war kein Platz in den Schulcurrikula. Ich glaube, auch für Mitsakis nicht. Ich bin beiden sehr viel später begegnet.«

»1949 kaufst du in Tripolis den Alexis Zorbas von Kazantzakis.«

»Im Palladion. Buch- und Papierhandlung in zentraler Lage. In eines der beiden Schaufenster wurden manchmal einige Buchtitel gestellt. Zwischen Schreibwarenartikel.«

»Was hat dich letztlich bewogen, dieses Buch zu kaufen. Hattest du irgendetwas gelesen oder gehört?«

»Absolut nichts. Es war eine zufällige Handlung.«

»Und es hat dich ›verzaubert‹.«

»Es hat mich gepackt, würde ich heute sagen. Zorbas mit den Gedanken eines Philosophiedozenten aus Oxford – gemäß Nikos Fokas. Ich hatte viele Stellen unterstrichen. Die ›heroischen‹ vor allem. Dem Buch verdanke ich meine Freundschaften, die sich zu jener Zeit festigten. Ich habe es nacheinander mehreren geliehen. Am Schluss war das gesamte Buch unterstrichen. Ich glaube, irgendwo gibt es dieses Exemplar noch.«

»Freundschaften der fünften Gymnasialklasse.«

»Ja. Wir bemühen uns, Intellektuelle zu sein. Unseren eigenen Raum zu definieren. Ganz allein und ohne Hilfe.«

»Und eure Lehrer?«

»Das habe ich schon gesagt. Ich erinnere mich an die wenigsten und das gewiss nicht wegen ihrer professionellen Tugenden.«

»In ›Sonne und Regen‹ gibt es bei dir jedoch diese schöne Figur des Griechischlehrers Asanis. Des ›fanatischen Nikotinfreunds.‹«

»Eine Konstruktion. Die Erzählung ist fünfzig Jahre nach dem Geschehen veröffentlicht worden, das sie beschreibt.«

»Du hast sie mit der Widmung versehen: ›Für Vassilis B. Zum Abschied.‹ Ein Mitschüler?«

»Ja. Vassilis Benopoulos. Ein Notar. Hat sein ganzes Leben in Tripolis verbracht. Er hatte zwei Töchter und Enkel. Hat zwei kleine Bände mit Erzählungen herausgegeben. Vor zehn Jahren ist er verstorben. Oder waren es mehr?«

»Die anderen aus dem ›Schwarm‹?«

»Alle verschwunden. Ich habe sie in ›Hain der Myrophoren‹ erwähnt. Mit Ausnahme der Zwillinge Zervoulakis. Die waren eine Klasse unter mir. Und Nikolas Balafaras. Später ein Star des Fußballklubs Aris. Mit ihren tatsächlichen Namen. Ich habe nur ihre Berufe geändert.«

»Vassilia ist Tripolis?«

»Ja, ganz offensichtlich.«

»Außer dass du ihre Berufe änderst, bürdest du ihnen noch zehn Jahre auf.«

»Aus arithmetischen Gründen. Damit einer von ihnen in der Schlacht am Grammos-Gebirge getötet wird. Anderenfalls wäre es nicht möglich.«

»Der Griechischlehrer Athanassios Mavrogonatos. Handelt es sich dabei um eine Erfindung des Schriftstellers?«

»Nicht notwendigerweise. Der Schriftsteller lebt immer noch. Und sei es als der Erzähler, der Arzt Silaidis.«

»Im *Varlamis* gibt es ebenfalls einen Philologen Mavrogonatos. Thassos.«

»Verkleinerungsform von Athanassios. Zyprische Variante.«

»Auch der wurde an der Anhöhe 1204 getötet.«

»Er war vor allem Dichter.«

»In den *Drei griechischen Einaktern* taucht irgendwann ein Leon Mavrogonatos auf, seines Zeichens Rechtsanwalt, Emmanouil-Benaki-Straße 8.«

»Und du suchst jetzt wohl nach Bezügen.«

»In einem deiner Texte nennst du die Bewohner deines Dorfes Mavrogonatos (Schwarzknie). Ein homerisches Adjektiv, wie du weiter ausführst.«

»So nennen die anderen sie. Nannten sie. Denn die Dörfer als kleine Gemeinschaften gibt es nicht mehr.«

»Ich frage mich, wie gewisse Konstanten interpretiert werden können. Wie wird ein Held aufgebaut. Im Verhältnis zum Profil des Schriftstellers. Zum Schriftsteller selber. Vielleicht könnte man beim Namen beginnen. Welche Anleihen werden verheimlicht.«

»Also ganz praktisch: Ich habe ein kleines Notizbuch und darin verzeichne ich irgendeinen Namen, auf den ich immer wieder treffe und von dem ich meine, dass ich ihn irgendwann brauchen kann. Alphabetisch. So einfach. Aus diesem Notizbuch wähle ich die Namen meiner Helden aus.«

»Kann ein Held von sich aus existieren?«

»Wenn er komplett ist, gewiss.«

»Als separates eigenständiges Wesen?«

»Ja. Von Thassos Mavrogonatos habe ich ein handschriftliches Dokument. Es handelt sich um einen Brief. Eigentlich ist es ein Gedicht. Ich habe ein Bild von ihm. Das Gedicht ist auf die Rückseite eines flüchtigen Fotos von ihm geschrieben. Mit Drei-Tage-Bart, barhäuptig, widerspenstige, kurz geschorene Haare, rings um den Nacken die Kapuze einer Windjacke. Ich werde nicht sagen, an wen sich das Gedicht richtet noch wie es in meine Hände geraten ist. Geschrieben genau zwei Monate, bevor er getötet wurde:

23. Juni 1948 M.P.A. 920

Meteorologische Daten: Erstes Licht 04.40 Uhr.
Letztes Licht 20.10 Uhr. Wetter: heiter
Stummes Wasser, Feuer zum Fest des Heiligen Ioannis.
Ich denk an die schöne Gabelung deiner Beine.
Erwidere nicht, es sei nur Anatomie.
Ist es nicht.«

»Beim Hören besonders kryptisch.«

»M.P.A. = Militärpostamt. Kodierte Anschrift. Die ›meteorologischen Daten‹ sind Angaben, die in die Tagesbefehle aufgenommen werden. ›Erstes Licht – letztes Licht‹: sind nicht identisch mit dem Sonnenauf- und -untergang. Es ist näher an ›Tagesanbruch – Einbruch der Nacht‹. Militärterminologie. Und noch etwas: die Stunde war in jenen Jahren immer dieselbe. Es gab keine Sommer- und Winterzeit.«

»Stavros Zoumboulakis merkt in seiner Besprechung des *Varlamis* an, dass Ro-Ro bereits früher vorkommt, nämlich im *Tagebuch* als Französischlehrerin in Nafplio.«

»Das ist ihre Vorgeschichte.«

»Genau im Jahr, in dem sie in Tripolis als Griechischlehrerin Dienst tut.«

»Es handelt sich um die unvermeidlichen Willkürakte der Literatur. Oder um ein Versehen.«

»Du siedelst diese Klasse, deren Schüler offen und, ich würde meinen, sehr freizügig über die Lehrerin reden, in Nafplio an.«

»Nafplio war mal die Hauptstadt. Liegt am Meer und hat einen urbanen Charakter. Es weist ein kulturelles Substrat auf, das sich für eine solche Szene eignet. Was die Klasse angeht – nein, es war nicht die ganze Klasse. Der Lehrer mit einigen, höchstwahrscheinlich ausgewählten Schülern bei privaten Treffen. Ein fortschrittlichen pädagogischen Methoden zugeneigter Lehrer, aber mit dichterischen Neigungen.«

»Der erinnert mich stark an Assanis.«

»Weil beide Produkte der Fantasie sind. Zu der Zeit, als ich in Tripolis den *Zorbas* kaufte, schenkte man mir die *Eroica*. An jenem fernen Horizont bewegt sich auch schemenhaft die Gestalt von Kosmas Politis.«

»Ein Geschenk deines Bruders.«

»Wahrscheinlich.«

»Und diese Jungen dort versuchen, den Zauber, den die Avrolaiti auf sie ausübt, zu interpretieren, indem sie ihren Namen etymologisch untersuchen.«

»Es ist eine Suche nach Initiation.«

»Im *Tagebuch* wird Roxani-Rhea noch einmal erwähnt. Nicht namentlich. Als Französin.«

»Französischlehrerin.«

»Da du bei den Eintragungen keiner chronologischen Reihenfolge folgst, ist nicht sicher, welchem Eintrag Vorrang zukommt. Der eine ist vom Januar 1949, der andere vom 22.1.1949.«

»Sagen wir, der zweite ist später.«

»Es ist auch nicht sicher, ob die beiden anonymen Jünglinge, die die Handlung vorantreiben, aus dem Kreis dieser ›privaten Treffen‹ stammen.«

»Ist das von Wichtigkeit?«

»Vielleicht nicht. Aber sie befinden sich in einem fortgeschritteneren Stadium der Initiation. Sie ziehen ihre Lehrerin aus. Mit Humor, sarkastisch gegen sich selbst, ihre Illusionen verspottend.«

»Und ihre Ignoranz.«

»Jedenfalls machen sie das: sie ziehen sie aus. Und folgen dem Pfeil auf das ›Todesdelta‹. Warum nicht ›Todesdreieck‹«?

»Nein, nicht Dreieck. Delta. Der Punkt, wo sich ein Fluss ins Meer ergießt. Das Evros-Delta, das Nildelta. Und die große Gaia auf dem Rücken mit Ouranos über ihr.«

»Der präzise Begriff wäre jedoch ›umgestürztes Delta.‹«

»Richtig. Ich habe ein solches Gedicht im selben *Tagebuch*:

> Die glorreichen Nachmittage und das umgestürzte Delta im Innersten deiner Schenkel. Die unterbliebene Berührung, auch – ihr Schmerz.

Warum lachst du?«

»Weil es angeblich keine Anatomie ist – es aber immer darum geht. Ich möchte auf Zoumboulakis zurückkommen. In seiner Besprechung spielt er auf eine direkte Bekanntschaft zwischen dir und Ro-Ro an.«

»Du hast nicht richtig gelesen.«

»Vielleicht mit einem gewissen schwachen Vorbehalt. Das Erste Gymnasium von Tripolis, das Jahr, in dem du die Schule abschließt. 1949-1950.«

»Zoumboulakis sagt etwas Anderes: Indem ich einen vertrauten faktualen Rahmen benutze, graviere ich meine persönliche Spur in die ausgedachte Geschichte.«

»Mag sein. In einem deiner Essays behauptest du, außergewöhnlich aggressiv, dass die Schriftsteller Modelle benutzen. Wie die Maler.«

»Das behaupte ich noch immer.«

»Eine direkte Frage: Existierte Ro-Ro?«

»Darauf antworte ich nicht.«

»Gehen wir zurück zum ›Hain der Myrophoren‹. Bischof Ilarion aus Kernitsi.«

»Kostas Paraskevopoulos.«

»Universitätsprofessor.«

»Nein. Das war die Maske für die ›Myrophoren‹. Kostas beendete seine Karriere als Berufungsrichter. Von Provinz zu Provinz schleppte er sein steifes Bein.«

»Steif wieso?«

»Ein Querschläger. 1942, am 25. März. Eine deutsche Patrouille jagt jemanden, der Flugblätter verteilt hat, und schießt. Kostas kehrt von der Schule heim mit einer kleinen Papierfahne in der Hand. Er gerät in die Schussbahn des Querschlägers. Passanten haben ihn blutend aufgelesen. Die Kugel hatte sein rechtes Knie zertrümmert. Zu uns kam er in der sechsten Klasse. Bis dahin nahm er an den Jahresprüfungen als Externer teil, der zu Hause unterrichtet wurde. Er hatte immer Schwierigkeiten beim Gehen, insistierte aber. Schon damals war er pedantisch. Von schwacher Konstitution. Schrieb Gedichte. Drechselte sie. Reime im Stil von Kostis Palamas. Der Sündenfall währte nicht lange. Sein Vater billigte diese Abschweifung nicht. Offensichtlich hat er es irgendwann selber gemerkt. Er zeichnete seine Gedichte mit Kostis P.«

»Und veröffentlichte sie wo?«

»In der Zeitschrift *I Nëi*: unter Leitung und Kontrolle des Generalvikars Psarianos. Später Bischof Dionysios von Kozani.«

»Katechismus und so was?«

»Nicht wirklich. Psarianos war ein gebildeter Priester. Sein Bruder Sokratis war in unserem Alter.«

»Und eure eigene Abschweifung?«

»Die lag davor, aber auf andere Weise. *Die Jugend* hat uns imitiert.«

»Das heißt?«

»Zuerst erschien *Phoibos*. Aber das Erscheinen endete mit dem Heft Nr. 1. Hauptverantwortliche die Brüder Zervoulakos. Vor allem Jorgos. Sie waren Zwillinge, Takis der Erstgeborene. Sie hatten ihren Mitschüler Dimitrakopoulos, genannt der Lange, überredet. Seine Familie hatte eine kleine Druckerei. Hochzeiten, Taufen. Einladungskarten. Der Lange setzte dort das Blatt – in den Nächten. Im Umfang eines sechzehnseitigen Druckbogens. Die Kosten für das Papier legten wir auf alle um.«

»Aber mit Heft Nr. 1 habt ihr aufgehört.«

»Der Direktor des Gymnasiums. Er verbot uns, es in der Schule zu vertreiben. Weil wir ihn nicht gefragt hatten. Das war jedoch genau das, was wir nicht wollten.«

»Ohne Genehmigung.«

»Ohne seine Genehmigung. Dieser Kleingeist. Wir hatten eine Genehmigung von der Militärverwaltung der Peloponnes für die Herausgabe. Anders ging das nicht. Und die Genehmigung der Zensur. Major Lantzos. Er war nett zu uns. Wahrscheinlich Reserveoffizier. Vielleicht Rechtsanwalt. Wir brachten ihm den Inhalt des ersten Heftes, das er mit wohlwollender Herablassung prüfte. 1947.«

»Gibt es noch ein Exemplar dieses *Phoibos*?«

»Glücklicherweise nicht. Der Stoff kam zu 60% von mir. Es würde mir jetzt kalt den Rücken runter laufen.«

»Zum Leidwesen der Valtinos-Forscher.«

»Ich registriere den spöttischen Ton. Dafür hat Jorgos Zervoulakos gesorgt. Er brachte einen Haufen *Phoibos*-Hefte zum Kichererbsenhändler Mikojan.«

»Mikojan?«

»Mikojan. Um Papiertüten daraus zu machen. So ein unrühmliches Ende.«

»Hat Kostis P. mit euch zusammengearbeitet?«

»Kostas hatte damals noch einen Hauslehrer. Er stieß erst im folgenden Jahr zu dem Kreis. In der sechsten Klasse, klassischer Zweig. Seit dem Schulabgang habe ich ihn nicht mehr gesehen. Ich war bei seinem Trauergottesdienst. 1999? Vielleicht 2000. Ich erinnere mich nicht. Ich sah seine beiden jüngeren Brüder. Seine sehr viel jüngere Schwester. Ich habe niemanden erkannt. Auch seine Mutter. Sie lebte noch, eine Greisin, aufgelöst in ihrer Trauer.«

»Im ›Hain der Myrophoren‹ zeichnest du ein völlig anderes Portrait von ihm.«

»Eine Frage der Gerechtigkeit.«

»Verstehe ich nicht.«

»Kostas hat ein einsames Leben geführt. Unverheiratet. Wahrscheinlich auch ohne Eros. Als Richter brillierte er nicht. Pedantisch, körperlich versehrt, leicht verletzlich. Aber nicht hypochondrisch. In Thessalien hat er der Konkubine eines Baumwollproduzenten das Recht auf Zugewinnausgleich zuerkannt. Denn ›die Liebe steht über allem‹. Er hat eine Rechtsprechung initiiert.«

»Und wo ist die Gerechtigkeit im vorliegenden Fall?«

»Ich habe Kostas eine blühende Jugend verliehen.«

»Ich nehme an, das hat dich nicht viel gekostet.«

»Nein. Jedoch mehr, als du dir vorstellen kannst.«

»Du bist wütend geworden. Entschuldige.«

»Ich bin nicht wütend.«

»Es tut mir leid. Ich will die Dinge zurechtrücken. Das ›zum Leidwesen der Valtinos-Forscher‹ war kein Spott.«

»Der Ton deiner Stimme verriet was Anderes.«

»Ich weigere mich, über den Ton meiner Stimme zu diskutieren. Wir riskieren unsere Seriosität. Ich würde es als außerordentliches Glück ansehen, wenn ich das einzige Heft dieses *Phoibos* hätte. Mitten im Bürgerkrieg. Über was ihr schriebt. Genau. Genau deswegen, auch wenn es jugendlicher Überschwang war. Oder Unsinn.«

»Wir hatten einen Aufsatz von Jorgos Zervoulakos veröffentlicht. ›Der erste Schnee.‹ Mit Kommentaren – ungefähr wie ein Feuilleton. Indirekt war es ein Angriff auf den Lehrer Zacharias Pelekassis.«

»Auch dieser Name aus dem ›Notizbuch‹, nehme ich an.«

»Das ist unwichtig. Nein.«

»Der Grund des Angriffs?«

»Er hatte ein schwächliches ›ausreichend‹ für etwas gegeben, was wir alle als Meisterwerk ansahen. Ein provokatives Meisterwerk. ›Chratz-chrutz, chratz-chrutz‹ – und so weiter über anderthalb Seiten. Und der Schluss: ›chratz-chrutz, chratz-chrutz, die Schritte des Eisverkäufers auf dem Schnee.‹ So avantgardistisch.«

»Auf jeden Fall intelligent.«

»Zacharias Pelekassis war anderer Ansicht. Er brachte sie in einer starren Begründung zum Ausdruck. ›Die Wörter tragen einen konkreten Sinn, sie erzeugen nicht nur ein Geräusch.‹ Sein Urteil tat uns weh. Wir nahmen es als feindliche Handlung auf. Ein Mangel an Großherzigkeit. Sein enger Horizont entsprach voll und ganz dem Gewicht seines Pragmatismus. Die Kommentare hatte ich geschrieben. Daher würde es mir jetzt kalt den Rücken runter laufen.«

»Welche Beziehung hattet ihr zum Surrealismus?«

»Den brachte Jannis Alexopoulos in unsere Runde. Er ist der einzige, bei dem ich im ›Hain der Myrophoren‹ nicht den Beruf geändert habe. Händler. Über Kostas Farasis und durch die ›Portokalenia.‹«

»Von Elytis.«

»Kostas Farasis war älter als wir. Vielleicht so gegen dreißig. Provinzkorrespondent für Athener Zeitungen. Kleingewachsen und dünn. Hatte philologische Anwandlungen. Eines Tages, als wir die Schule schwänzten, deklamierte er für uns im Park die ›Portokalenia‹. Das war alles. ›Surrealistisches Gedicht‹. Das war unsere Einführung in die Bewegung des Surrealismus. Den Namen Elytis hörten wir zum ersten Mal.«

»Hattet ihr von Seferis gehört?«

»Nein. Noch viel weniger von Embirikos oder Randos. In den letzten Klassen brachte man uns die Zeitschrift *Aktines* in die Schule. Ich glaube, wir bekamen sie umsonst.«

»Indirekte Rekrutierung.«

»Als Dichter kannten wir G. Veritis.«

»Kavafis?«

»Kavafis ja. Von zwei an die Tafel geschriebenen Zeilen. Als Antrittslektion.«

Ehre denen, die irgendwann in ihrem Leben Thermopylen
Bestimmten und sie nun bewachen.

»Von wem dorthin geschrieben?«

»Sag ich nicht. Aber das war später. Im April '49.

Kostas Farasis habe ich Jahre später in Athen wiedergesehen. Im Januar 1990, beim Staatlichen Rundfunk ERT. Er kam in mein Büro, bei ERT 2. Er selbst arbeitete in der Nachrichtenabteilung. Dieselbe Brille mit dem Metallgestell. Aber er war noch ein paar Zentimeter kürzer geworden. Er stand etwas zögerlich in der Tür. ›Erheb dich kleine, kleine, kleine Portokalenia‹, deklamierte er grinsend. Leise. Wie eine Erkennungsmelodie.

Er hatte zwei Schwestern, wahrscheinlich Zwillinge. In Tripolis. Blonde Haare, schwarze Kleidung. Hübsche Frauen nach den Kriterien jener Zeit. Hochgewachsen, die beiden, mollig. Sie gingen immer zusammen. Selbst bei wolkenverhangenem Himmel leuchteten die Straßen.«

»Welche Folgen hatte der Angriff auf Zacharias Pelekassis?«

»Ich glaube nicht, dass irgendeiner von ihnen den *Phoibos* las. Im Übrigen haben wir ihn nicht namentlich erwähnt.

Im September '48 hatten wir Geschichte bei ihm. Sechste Gymnasialklasse, klassischer Zweig, 75 Schüler. Er ließ uns eine unangekündigte Klassenarbeit schreiben. Es war seine Methode, um uns alle benoten zu können.

Ein junger Diakon, der sich etwas spät entschlossen hatte, seine formalen Abschlüsse zu verbessern, saß in der letzten Reihe. Er zieht eine Pistole aus seinem Gewand, legt sie auf das Pult und fängt an, ganz offen aus dem Lehrbuch abzuschreiben. Zacharias Pelekassis, der die

Aufsicht führte, bemerkt die Provokation. Aus seiner Gesäßtasche zieht er seine eigene Pistole. Legt sie auf den Tisch. In leisem, aber festem Ton verlangt er, dass alle Bücher weggelegt werden. Ebenso wie die ›Eisen‹. Der Diakon gehorcht notgedrungen. Er muss auch an sein Seelenheil denken. Mit Sicherheit merken weder er noch Zacharias Pelekassis, dass sie in jenem Moment selber Geschichte ›schreiben‹.

Das wurde wenige Tage später bestätigt. Auf der Ebene von Milia war die Weinlese beendet. Die ganze Strecke bis nach Levidi, alles Weinstöcke. Rebsorte Fileri. Bis dahin wurde sie als schwache Traube angesehen und die Weinproduktion mit anderen Sorten verschnitten, um mehr Gehalt zu bekommen. Nikoletopoulos hat sie als Moschofilero bekannt gemacht. Er kam mit seiner Frau aus Lakonien, sie ließen sich in Tripolis nieder. Aber das geschah später, '51–'52. Ein junger Chemiker, der in Frankreich studiert hatte. Dieser süffige Weißwein.«

»Da stimme ich zu.«

»In der Ebene von Milia lag die Weinkellerei von Kambas. Heute eine Ruine. Während der Weinlese errichtete man etwa einen Kilometer weiter am Fuße eines Hügels eine provisorische Taverne im Freien. Die Taverne von Diamanda. Erleuchtet von einer starken Petromaxlampe. Sie blieb bis nach der Weinlese geöffnet, solange mildes Wetter herrschte. Dieser Zeitraum war wie ein Waffenstillstand. Mit den geplünderten Weingärten und der noch warmen Erde, die erleichtert atmete. Die Aufständischen kamen von den Bergen, die Bürger aus Tripolis gingen dorthin. Auch Michalis Kritikos' Männer. Waffentragen war verboten. Diamandas Waffenstillstand. Eine ungeschriebene, aber respektierte Regel. Ihre Erscheinung ist nicht überliefert. Es gibt keine Beschreibung von ihr. Urenkelin von Ledas Tochter, vermute ich. Solchen Frauen begegnen wir im Volkslied. Jetzt sind sie verschwunden. Mit dieser Kraft, die Männer um sich zu versammeln und sie im Griff zu halten.

An der Grenze von Diamandas Herrschaftsgebiet fand man eines

Tages Zacharias Pelekassis in einem Graben. Mit zerschossenem Bauch. Er war nicht dazu gekommen, seine Pistole zu ziehen.«

»Wer hat ihn erschossen?«

»Das hat man nie erfahren. Im Februar, vielleicht im März, kam sein Ersatz, eine Frau. Der stellvertretende Direktor hat sie in die Klasse geführt. Eine junge Frau, fast in unserem Alter. Eine Fee. Er stellte sie uns vor, überfließend vor Höflichkeit. Ein alter Junggeselle. Offensichtlich hatte er bereits begonnen, sich Hoffnungen zu machen.

›Ich bin Paraskevi Vernardaki‹, stellte sie sich selbst erneut vor, kaum, dass der stellvertretende Direktor die Tür hinter sich geschlossen hatte. Als müsse sie von Anfang an gewisse Dinge klarstellen. Als Antwort war aus den letzten Bankreihen ein kräftiges Rülpsen zu hören. Lautes Gelächter erhob sich. Paraskevi Vernardaki blieb ungerührt. Sie wartete ab. Ruhig, lächelnd. Bis unser Gelächter verlegen erstarb. Ohne etwas zu sagen, wandte sie sich dann an die Tafel und schrieb jene zwei Zeilen auf. Sie hatte sich definitiv gegen uns durchgesetzt. Darunter setzte sie K.P.KAVAFIS, mit Großbuchstaben. Etwas später würde sie diese Verse wieder vor sich sehen. Ebenso den stellvertretenden Direktor.«

»Kann ich etwas fragen?«

»Nein. Kannst Du nicht. Zacharias Pelekassis' Tötung war schändlich.«

»Der Tod ist immer eine Schande.«

»Ich rede nicht allgemein. Ich rede von seiner Tötung.«

»Was meinst du?«

»Die Sprache benutzt Stilfiguren, um die ihr eigenen Schwierigkeiten zu überwinden.«

»Ich kann dir nicht folgen.«

»Sie kreiert Klischees zur Sicherheit. Wie Ampullen mit Lyrik. Du brichst eine auf und trinkst sie.«

»Und?«

»Solche Klischees sind die Sprichwörter. Und vergleichbare Formen.«

»Oft sind es nur Gemeinplätze. Vom Gebrauch abgenutzte Ausdrücke.«

»Oft. ›Abgeknallt wie ein Hund‹ ist es nicht. So starb Zacharias P. Aber Zacharias P. suchte irgendetwas am Saum jenes Septembers. Was, werden wir nie erfahren. Darin liegt das Schändliche seiner Tötung.«

»Dann lass ihn doch anders sterben.«

»Manchmal fühle ich mich nicht gut, wegen all dem, was ich ihm im *Phoibos* vorgeworfen habe. Weil ich bösartig war. In den Jahren der Unreife.«

»In der *Nea Hestia* vom Juli – August 2007 sagst du: ›1947, 1948, 1949. Zuspitzung des Bürgerkriegs, die Atmosphäre in der Stadt ist die einer Belagerung.‹«

»Genau.«

»Wie zeigt sich das?«

»Es zeigt sich nicht. Man lebt es. Die Aufständischen sind bis nach Taka vorgedrungen. Tripolis ist abgeschnürt. Die Verbindung nach Sparta, nach Argos, nach Kalamata erfolgt mit Konvois. Jeden zweiten, dritten Tag. In Begleitung von gepanzerten Fahrzeugen. Manchmal sogar von richtigen Panzern. Die Reise nach Athen dauert zehn Stunden.«

»Du fährst fort: ›Und trotz all dieser Umstände oder eben weil sie nicht isoliert stehen, bilden sie eine stabile Situation, sind sie zur Routine geworden, das Leben erscheint uns normal, fast natürlich.‹«

»Es ist die notgedrungene Anpassung. Aber das hört 1949 auf. Der Winter Anfang 1949. Drei endlose Monate. So dicht. Im Januar fand die Schlacht von Agios Vassilios statt. Ein Dorf im Parnon-Gebirge. In der Nacht des 21. greift Perkeses, der Kommandant der Aufständischen, die Stadt Leonidion an. Mit seiner Brigade. Es gelang ihnen nicht, die Stadt einzunehmen. Sie mussten über die Straße nach Elona eindringen. Oder vielmehr sich darüber zurückziehen. Diese wurde von einer alten Windmühle kontrolliert. Fünfzehn Leute habe sie in Schach gehalten. Der Leutnant Ioannis Loumbardias. Einer aus der Gegend. All ihre Namen stehen jetzt auf einer marmornen Stele. Bis vor einigen Jahren hat man ihre Schädel der Reihe nach in einem Regal der Mühle aufbewahrt. Ein Wallfahrtsort. Sie kämpften bis zum Morgengrauen. Am Schluss feuerten die anderen eine Bazooka ab und zertrümmerten die Wand. Aber es war schon spät, sie mussten abziehen.«

»Woher weißt du das alles?«

»Das ist alles mittlerweile beschrieben. Erforscht. Mit Namen und Zahlen. Die Aufständischen zogen sich hungrig und ohne Schlaf aus Leonidion zurück. Sie teilten sich auf die Dörfer Paliochori, Platanaki, Agios Vassilios auf. Am 22. Januar, bei Tagesanbruch, fand die Schlacht statt. Ein Gemetzel. Zwei Züge der Gebirgsjäger, die ganze Nacht im Schnee, zwei Meter Schnee. Sie haben sie eingeschlossen. Und im Morgengrauen haben sie sie erwischt. 130 Tote. Abgesehen von den Gefangenen. Stell dir 130 Körper ausgestreckt in einer Reihe vor. Ein Zug stieg ab nach Tripolis zur Parade. Der andere nach Sparta.«

»Wie reagierten die Menschen?«

»Hängt davon ab, von welchen Menschen wir reden. Die Leute konnten nicht mehr. Warteten darauf, aufatmen zu können. Einige sind wie ein rohes Ei zwischen zwei Steinen.«

»Es trifft gerechte wie ungerechte.«

»Es gibt die Schilder von Tsakalotos. Kleine Schilder mit roten Buchstaben. ›Eintritt für Militärpersonen verboten.‹ An die Türen gewisser Läden geheftet. Verdächtiger Läden. An Frisörsalons, Lebensmittelläden. Apotheken. Damit der Informationsfluss unterbrochen wird. ›Wann kamt ihr.‹ ›Wann rückt ihr aus.‹ ›Zu welcher Einheit gehört ihr.‹ ›Wo geht ihr hin.‹ Solche ›harmlosen‹ Fragen.«

»Harte Maßnahme.«

»Der General Tsakalotos. Die Zeitungen nannten es verfassungswidrig. Aber dem war das wurst. Er tat seine Arbeit. Seine Aufgabe war es, seine Soldaten zu schützen. Und die Aufständischen aufzureiben. Und das tat er. Die Demokratische Armee bricht auf der Peloponnes zusammen. Dieses Psychodrama. Bis Februar – Anfang April. Das Kriegsgericht in Tripolis arbeitete Tag und Nacht.

Eines Abends bin ich mit Takis Zervoulakos da reingegangen. Am Aris–Platz. Die Angeklagten waren etwa zehn an der Zahl. Einer wurde zweimal zum Tode verurteilt. Das hörte sich so unsinnig an. ›Sie werden erschossen und dann stellt man sie wieder an die Wand und erschießt sie ein zweites Mal‹, sagte Takis.

1952 brachte er sich um. Medizinstudent im ersten Jahr. Ohne Grund. Ohne offensichtlichen Grund. Ohne irgendjemand etwas zu sagen. Jorgos rief mich an. Mit Voranmeldung. Ich war damals auf dem Dorf. Ich hörte seine gebrochene Stimme. Er fragte, ob ich etwas wüsste. Ich glaube, er hat das immer noch nicht überwunden. Es war der erste Riss in unserer Gewissheit. In der Gewissheit unserer Unsterblichkeit.«

»Obwohl ihr so oft über den Tod gestolpert seid.«

»Ja, trotzdem.«

»Was würdest du heute abschließend über jene Zeit sagen?«

»Nichts.«

»In der so viele Dinge passiert sind.«

»Beschlossen von anderen. Wir waren nicht Teil des Spiels. Sie würden ihre Spuren hinterlassen – aber sie betrafen uns nicht.«

»Es war die Stärke eures Alters.«

»Dem stimme ich zu. Meine Gedanken kreisten vor allem um die Schenkel der Afrikana.«

»Das ist die aus ›Gewöhnung an Nikotin.‹«

»Wie dem auch sei, ich will das nicht kommentieren.«

»Im April kam Paraskevi Vernardaki an eure Schule.«

»Ja.«

»Aus der Familie von Grigoris Vernardakis?«

»Weiß ich nicht. Möglicherweise seine Enkelin.«

»Noch eine Frage: Du sagtest, sie sei mit den zwei Zeilen von Kavafis konfrontiert worden, die sie an die Tafel geschrieben hatte. Und mit dem stellvertretenden Direktor. Aus welchem Grund?«

»Das ist eine andere Geschichte.«

»Wenn ich insistiere?«

»Insistier nicht.«

»Ich bin fertig. Die Diskussion wirst du abschließen.«

»1966 kam Alekos Lykos für einen Monat aus Kanada. Er war noch nicht verheiratet, hatte noch keine Familie gegründet. Arbeitete dort als Taxifahrer. Wir trafen uns zufällig in Tripolis für einige Tage. Auf der Durchreise alle beide. Bevor er wieder wegfuhr, mieteten wir uns eines Mittags Fahrräder und fuhren zu den ›Frauen‹. In Erinnerung. Die großen Bordelle gab es nicht mehr. Im Agios Charalambos-Viertel waren verschiedene Häuschen aus dem Boden geschossen. Mit einem zentralen Hof. Wir sind in eines davon gegangen. Die Frau darin – ihre Physiognomie, ihre Augen kamen mir vertraut vor. Schließlich war es ihre Stimme, die in meinem Gedächtnis widerhallte. Vielleicht ein bisschen angekratzt. ›Zaira‹? fragte ich. Sie reagierte erstaunt. Es war Zaira. Aber jetzt wurde sie Koula genannt. Ich glaube, auch sie hat mich wiedererkannt. Jedenfalls behauptete sie das. 18 Jahre waren vergangen. Sie bot uns an, Kaffee zu kochen.

Alekos war eher muffig. ›Bleib du hier‹, sagte er. ›Ich werd' mich mal umschauen‹. Er bedankte sich höflich bei Zaira.«

»Warum war er so ungehalten?«

»Vielleicht war er verlegen. Vielleicht störte ihn die Vertrautheit. Zaira ging auf die Vierzig zu. Abgehangenes Fleisch. Alekos kannte sie nicht in ihrer Jugend. Er hatte andere Bilder im Kopf. Denen jagte er nach.

Zairas kleiner Salon sah gepflegt aus. Dänische Pseudomöbel, ohne den Puffgeruch. Ohne Wasserglas für die Kippen. Sie versuchte ein Heim zu inszenieren. Auf einer Kommode stand ein Foto in einem dicken Holzrahmen. Zaira als Braut. Sie kam zurück mit den Kaffeetassen und bemerkte, dass ich es betrachtete. ›Du hast geheiratet‹, sagte ich. Sie lächelte seltsam. Nahm den Rahmen und öffnete ihn wie einen Fächer. Eine Holzschnitzarbeit. Ein wahres Kunstwerk. Der Rahmen bestand aus fünf Teilen. In allen fünf Zaira, jedes Mal als Braut. Man musste sorgfältig hinschauen, um zu erkennen, dass die Fotos verschieden waren. Dass sie zu verschiedenen Zeitpunkten aufgenommen worden waren. Kleine Abweichungen von einem zum anderen. Trotz der Retuschen etwas schwerer die Lider, etwas schlaffer der Hals. ›So, aus Spaß‹, sagte Zaira. In jeder neuen Stadt, in die sie zog, ließ sie sich als Braut fotografieren. Als Braut – für die Männerhorden, die über sie hinweggehen würden.«

»Eine symbolische Verlobung – unbewusst.«

»Sie zeigte mir ihre Hand, sie trug einen Ring. ›Ich überrasche sie damit‹, sagte sie. ›Einige mögen es, dass ich verheiratet bin. Sie haben das Gefühl, jemandem Hörner aufzusetzen.‹ Dann verdüsterte sich ihr Ausdruck. ›Erinnerst du dich an jene Tage‹? Während sie den Kaffee aufkochte, sind scheinbar ›jene Tage‹ wieder in ihr aufgestiegen. ›Wir waren Kinder, und jedes Mal wolltest du mich auf allen Vieren nehmen‹. Ich versuchte, diese Atmosphäre aufzubrechen. ›Wir sind immer noch Kinder‹, antwortete ich. Sie brach in ein plötzliches Lachen aus, etwas irre. ›Was kann ich jetzt für dich tun?‹ ›Lies mir den Kaffeesatz‹, sagte ich.

Es entstand eine kleine Pause. Ich hatte sie wohl enttäuscht. Da hörte man von draußen Frauenstimmen. Sie lauschte. ›Das ist die Sonne‹, sagte sie. Sie stand auf und ging zur Tür. Ich folgte ihr. Es war tatsächlich die Sonne. Die Zeitungen und das Radio hatten diese mittägliche Sonnenfinsternis angekündigt. Die ›Mädels‹ waren aus ihren Häusern getreten und beobachteten die Sonne durch rußgeschwärzte Glasscherben. Ich sah Alekos unter ihnen. Er macht mir ein Zeichen. Während das Licht allmählich abnahm, bog ein landwirtschaftlicher Kleinlaster fast geräuschlos um die Ecke. Er blieb inmitten des Hofes stehen. Ein glatzköpfiger Sechzigjähriger stieg aus. Erstaunt über das, was er sah, kam er auf uns zu.

›Kann ich reinkommen, Koula?‹ fragte er.

Zaira trat zur Seite.«

Das angesetzte Rigorosum fand nie statt. Vier Tage vor dem festgelegten Termin (23. September) starb Krysta Stratigi bei einem Autounfall auf der Egnatia-Autobahn. Sie war allein unterwegs nach Florina. Die Verkehrspolizei schrieb die Schuld dem entgegen kommenden schläfrigen Fahrer eines LKW zu, unter dessen Rädern ihr gebrauchter Mini Cooper im wahrsten Sinne des Wortes zermalmt wurde.

Sie war 27 Jahre alt.

Aus dem Griechischen übersetzt von Ulf-Dieter Klemm.
Der Übersetzer dankt Andrea Schellinger für ihre Ratschläge.

ANMERKUNGEN*

Die Legende des Andreas Kordopatis

7 Mit »Legende« ist das Wort »Synaxari« des Originaltitels übersetzt. Das Synaxari war ein populäres Genre der Volksliteratur, das vom Leben und Martyrium eines Heiligen oder Märtyrers (Vita) bzw. allgemein von christlichen Leben und Praxis erzählte.
Der Text trägt den Untertitel »Erstes Buch: Amerika« und wurde 1964 publiziert. Erst 2000 publizierte Valtinos den Roman *Die Legende des Andreas Kordopatis. Zweites Buch: Balkankriege–'22*, in dem allerdings die Erzählstimme des Kordopatis nicht im Vordergrund steht, sondern Erzählungen weiterer fiktiver Personen, die die Kriege 1912–1922 erlebt haben.

10 Arvaniten sind eine Bevölkerungsgruppe albanischer Herkunft in Griechenland mit eigener Sprache (Arvanitika, ein albanischer Dialekt) und Kultur; sie gehören dem orthodoxen Christentum an und haben ein griechisches Nationalbewusstsein. Die meisten Arvaniten leben im südlichen Griechenland, auf der Peloponnes und auf einigen Inseln des Saronischen Golfs.

11 Krieg von '97: Aufgrund einer der wiederholten Krisen auf der damals osmanischen Insel Kreta brach von April bis Mai 1897 ein Krieg

zwischen dem Königreich Griechenland und dem Osmanischen Reich aus, den Griechenland verlor. Die Kriegshandlungen fanden hauptsächlich in Thessalien und Epirus statt, den damaligen Grenzgebieten.

12 Das geographische Gebiet von Makedonien war zum Zeitpunkt der Erzählung Teil des Osmanischen Reichs, wurde jedoch von Griechenland und Bulgarien beansprucht, wobei sich auch Serbien und Rumänien dafür interressierten. Am Anfang des zwanzigsten Jahrhunderts brach der sogenannte »Kampf um Makedonien« aus, bewaffnete Auseinandersetzungen zwischen griechischen und bulgarischen Partisanen, die von den jeweiligen Staaten inoffiziell unterstützt wurden. Der Kampf um Makedonien dauerte bis zur jüngtürkischen Revolution 1908 an.

Dringender Bedarf an Öl

Es gab im griechischen Siedlungsgebiet schon seit der Antike kleine jüdische Gemeinden. Die große und blühende jüdische Gemeinde von Thessaloniki stammte aus Spanien. Ihre Vorfahren waren nach der Reconquista vor der Verfolgung durch die Inquisition ins Osmanische Reich geflohen, wo sie willkommen waren. Bis zur Eroberung Thessalonikis im 1. Balkankrieg durch die griechische Armee im Jahre 1912 bildeten die Juden den größten Bevölkerungsanteil der Stadt. Ihre Muttersprache war ein mittelalterliches Kastilisch, das Ladino. Viele besuchten die französischsprachigen Schulen der Union Israélite Universelle, lernten Französisch als Bildungssprache und nahmen französische Vornamen an.
Eine Veranlassung, Griechisch zu lernen, hatten sie bis 1912 nicht, als sie ungewollt zu griechischen Staatbürgern wurden, obwohl sie keines der beiden Definitionskriterien für Griechentum, orthodoxe Religion und Beherrschung der griechischen Sprache, erfüllten.
Als 30 Jahre später die deutschen Besatzungsbehörden die Judenpolitik der Nazis auch in Griechenland durchführten, erwiesen sich die unvollkommene Integration in die griechische Gesellschaft und lückenhafte Griechischkenntnisse als von tödlicher Bedeutung. Etwa 95% der jüdischen Gemeinde Thessalonikis wurden in Auschwitz ermordet.

83 Der Titel ist ein Wortspiel, das unübersetzt bleibt. Im griechischen Original ist das Wort »Öl« im Genitiv phonetisch richtig aber orthographisch falsch geschrieben, wodurch das Wort »Erbarmen« entsteht; so kann der Titel »Dringender Bedarf an Öl« auch als »Dringender Bedarf an Erbarmen« verstanden werden.

87 Atheato bedeutet »unsichtbar«.

Gewöhnung an Nikotin

94 Die ELAS (Griechische Volksbefreiungsarmee) war der militärische Arm der kommunistisch dominierten EAM (Nationale Befreiungsfront) und kämpfte im Zweiten Weltkrieg gegen die Besatzungsmächte, führte aber auch zunehmend Kämpfe gegen rivalisierende Widerstandsorganisationen. Sie wurde im Februar 1945 entwaffnet und demobilisiert; die Demokratische Armee Griechenlands setzte sich zum großen Teil aus Mitgliedern der ELAS zusammen und beteiligte sich am griechischen Bürgerkrieg 1946–1949.

Der Abstieg der Neun

Die Handlung vollzieht sich gegen Ende des Griechischen Bürgerkrieges auf den Bergen der Peloponnes. Der Originaltitel lautet »I kathodos ton ennia«, eine deutliche Anspielung auf Xenophons *Anabasis*, dessen Untertitel »I kathodos ton Myrion«, »Der Zug der Zehntausend«, heißt. Xenophons Werk ist in Griechenland Schullektüre und daher ist die Anspielung für die griechischen Leser leicht verständlich.

110 »Koutsos« bedeutet auf griechich »lahm«, »hinkend«.

Kostas und Marina

147 Albanien: dort wurde der Kampf der griechischen Armee gegen die Invasion italienischer Truppen ausgetragen. Vrettakos: Tilemachos Vrettakos, Partisanenanführer, der später von der ELAS hingerichtet wurde. Bataillone: die sogenannten Sicherheitsbataillone, von der Wehrmacht ab 1943 ausgerüstete griechische Verbände, die gegen die ELAS kämpften. Ab 1946 brach zwischen den Konfliktparteien ein offener Bürgerkrieg aus.

Theodoros Prekeses war Kommandant der 55. Brigade der Demokratischen Armee Griechenlands, bestehend aus 800 Partisanen, die vor allem in der Gegend um Leonidion und im Parnon-Gebirge aktiv waren.

148 Sten: von Briten im 2. Weltkrieg entwickelte, einfach zu bedienende Maschinenpistole.

Tiefblau fast schwarz

Anmerkung der Übersetzerin: Die Übersetzung folgt soweit wie möglich dem Sprachduktus des von dem ununterbrochenen Redefluss der erzählenden Person gekennzeichneten, griechischen Originaltextes. Sie berücksichtigt seine eigenwillige Interpunktion und häufige Inversion der Satzbauelemente. Ich danke Timon Koulmasis für seine Ratschläge bei der Durchsicht des Textes.

161 »Die Chioten gehen zu zweit«. Redewendung über die Bewohner der Insel Chios, die auf diese Weise situationsbedingten Ansprüchen leichter entsprechen können.

162 Agrafa ist eine Ansammlung unzugänglicher Bergdörfer in Zentralgriechenland.

163 Der Dexameni-Platz liegt im noblen Viertel Kolonaki im Zentrum Athens.

163 »... die man als Braut in sein Dorf bringt«: Anspielung auf die Tradition, der zufolge die Braut nach der Hochzeit feierlich in das Dorf ihres Mannes gebracht wird.

182 Der Epitaphios ist ein liturgischer Gegenstand der orthodoxen Kirche, ein überdachtes Gestell aus geschnitztem Holz, in den am Karfreitag Christi Leichnam gelegt wird.

183 *Elle est très amie avec le fils du bougnat*: Sie ist mit dem Sohn des Kohlenhändlers gut befreundet.

185 Ajios Vassilis ist der Heilige Basilios, der an Silvester die Geschenke an die Kinder verteilt.

199 »Maraki« ist der Diminutiv von Maria.

203 *De la chaise au fauteuil et du fauteuil au lit:* Vom Stuhl zum Sessel, und vom Sessel zum Bett.

Der letzte Varlamis

Ausgehend von fünf Zeilen eines – tatsächlich überlieferten – anonymen Volkslieds entfaltet Valtinos' Text eine fiktive Familiengeschichte, die sich über zwei Jahrhunderte erstreckt: vom Ende der osmanischen Herrschaft über Griechenland bis in die Gegenwart; die eingangs zitierten fünf Zeilen bilden die einzige authentische Passage des gesamten Texts. Dabei spielt Valtinos mit zahlreichen historischen und erfundenen Figuren und Szenen. Einmal mehr behandelt er ein Thema, das sich durch viele seiner Werke zieht: das Verhältnis der Fiktion zur Geschichte. Und umgekehrt.

277 »Kleftenlieder« war eine Gattung von Volksliedern, die die ›Outlaws‹ der osmanischen Zeit besangen. »Kleftis« bedeutet zwar »Dieb«, hat aber einen positiven Klang, insbesondere nachdem sich viele Bandenführer als Freischärler dem Freiheitskampf gegen die Osmanen angeschlossen hatten.

283: »griechisch-türkischer Krieg '97«: S. Notiz S. 11.

288 »Le beau capitaine?« / »Il a été vendu«: Der schöne Hauptmann? / Er wurde verkauft.

288 *Der schöne Hauptmann*: Titel eines Romans von Menis Koumandareas

289 »›Kleopatra‹, ›Semiramis‹ und ›Theodora‹«: Titel eines Gedichts von Alexandros Baras

298 Papathanassis, Sarantis, Filitsa: Personen aus dem Roman »Belagerung« von Alexandros Kotzias

Flussaufwärts

307 Kostas Karyotakis, 1896–1928, griechischer Dichter, der Selbstmord beging. In seinem Gedicht »Ύπνος« (Schlaf) vergleicht er die Mädchen seines Dorfes mit Wildbirnen.

319 Der Sakarya-Fluss war Frontlinie während der griechischen Invasion in Kleinasien 1921.

Korytsa ist der griechische Name der Stadt Korcë im Südosten Albaniens. Als griechische Truppen die italienische Streitmacht, die im Herbst 1940 von Albanien aus in Griechenland einmarschierte, zurückschlugen, eroberten sie Korytsa, was deutlich machte, dass der Angriff erfolgreich abgewehrt war.

323 Kapetanios wurden die Truppenführer der Griechischen Volksbefreiungsarmee (ELAS) genannt.

325 Meniden ist eine nur im Eurotas vorkommende Fischart.

341 Mit »Sicherheitsbataillonen« sind von der Kollaborationsregierung aufgestellte und von der Wehrmacht bewaffnete griechische Hilfstruppen gemeint.

347 Dionysios Papadongonas war Kommandant der »Freiwilligen Gendarmeriebataillone«, einer von der Wehrmacht ausgerüsteten Hilfstruppe der deutschen Besatzungsmacht.

350 Tilemachos Vrettakos s. Anmerkung S. 147.

351 Meligalas ist eine Kleinstadt in Messenien auf der Peloponnes, wo im September 1944 nach dem Abzug der Wehrmacht eine erbitterte und blutige Schlacht zwischen der ELAS und den Sicherheitsbataillonen stattfand. Anschließend richtete die ELAS über 700 (echte oder vermeintliche) Kollaborateure der Deutschen hin. Nationalkonservative und Rechte stilisierten den Ort zum Symbol kommunistischer Gewalt.

Kaiadas ist eine Höhle in der Nähe von Sparta, in die nach der Überlieferung die antiken Spartaner behinderte Säuglinge warfen.

Als »Dezemberereignisse« ist der »Kampf um Athen« im Dezember 1944 zwischen der ELAS und hauptsächlich britischer Truppen bekannt.

357 Varkiza ist ein Badeort an der attischen Südküste, in dem im Februar 1945 ein Abkommen über die Entwaffung und Demobilisierung der ELAS unterzeichnet wurde.

363 »Sechsfingrig«: Nach der Sage hatte der letzte Kaiser von Konstantinopel, Konstantinos XI Palaiologos, Symbolfigur der Irredentisten, sechs Finger an jeder Hand.

364 *Erotokritos* ist der Titel eines Anfang des 17. Jh. verfassten, sehr populären Romans im kretischen Dialekt; er war von zentraler Bedeutung für die griechischen Intellektuellen des 20. Jh.

Georgios »Digenis« Grivas war ein griechisch-zyprischer Widerstandskämpfer im Zweiten Weltkrieg, Gründer der rechtsradikalen »Organisation Chi« und ab 1955 Anführer der nationalistischen »Nationalen Organisation zyprischer Kämpfer« (EOKA), die gegen die britische Kolonialherrschaft auf Zypern kämpfte.
Die »Organisation Chi (=Organisation X)« wurde 1943 gegründet mit dem Ziel, gegen die EAM zu kämpfen. Die 1946 gegründete Miliz »Chi-MAY« (X-Landessicherheitseinheiten) wurde offiziel und inoffiziel gegen die kommunistischen Partisanen eingesetzt.

365 Die »dritte Runde« bezeichnet die letzte Phase des griechischen Bürgerkriegs 1946–1949. Die »erste Runde« war demnach der Kampf der ELAS gegen andere Widerstandsgruppen während der Besetzung

durch die Achsenmächte, die »zweite Runde« entspricht den sogenannten Dezemberereignissen 1944.

382 »Stummes Wasser« weist auf einen Volksbrauch hin, bei dem unverheiratete Mädchen am Tag vor dem Fest des Sankt Johannes (23. Juni) Wasser aus der Quelle oder dem Brunnen holen und in ein Haus bringen, ohne dabei zu sprechen, auch wenn die männliche Dorfjugend sich bemüht, sie zum Reden oder Lachen zu bringen. Das Wasser dient zu Prophezeiungen.

388 Die Zeitschrift *Aktines* (Strahlen) wird seit 1938 vom griechischen Verband Christlicher Wissenschaftler herausgegeben.

389 Das Zitat aus dem Gedicht »Thermopylen« von K. Kavafis umfasst die ersten beiden Zeilen. Die Übersetzung wurde dem Band *Brichst du auf gen Ithaka ..., Sämtliche Gedichte, griechisch – deutsch*, übersetzt von Wolfgang Josing, 5. Aufl., Köln, Romiosini, 2009, entnommen.

393 Thrasyvoulos Tsakalotos war Kommandant des 1. Armeekorps während des Bürgerkriegs auf der Peloponnes.

395 Grigoris Vernardakis (1848–1925) war Philologe und Universitätsprofessor.

* Die Anmerkungen stammen von den Übersetzerinnen/Übersetzern der jeweiligen Texte.

NACHWEISE

Die Legende des Andreas Kordopatis. Erstes Buch: Amerika [Originaltitel: *Συναξάρι Ανδρέα Κορδοπάτη. Βιβλίο πρώτο: Αμερική.* Erstveröffentlichung: Zeitschrift *Tachydromos*, 1964; erste Buchausgabe: Athen, Kedros-Verlag 1972. © Thanassis Valtinos] Aus dem Griechischen übersetzt von Hans Eideneier et al. Revidierte Fassung der 1982 beim Romiosini Verlag erschienenen Ausgabe.

Dringender Bedarf an Öl [Originaltitel: *Επείγουσα ανάγκη ελέου.* Erstveröffentlichung: Zeitschrift *Entefktirio* (Heft 77), Juni 2007; erste Buchausgabe: Athen, Hestia-Verlag 2015. © Thanassis Valtinos] Aus dem Griechischen übersetzt von Ulf-Dieter Klemm. Revidierte Fassung des 2013 in *Lettre International* (Heft 103) erschienenen Textes.

Gewöhnung an Nikotin [Originaltitel: »Εθισμός στη νικοτίνη«, in: *Τρία διηγήματα: Θανάσης Βαλτινός, Χριστόφορος Μιλιώνης, Δημήτρης Νόλλας*, Stigmi-Verlag, Athen 1984. © Thanassis Valtinos] Aus dem Griechischen übersetzt von Ulf-Dieter Klemm. Revidierte Fassung des 1991 (^{2}2001) beim Insel Verlag erschienenen Textes, in: Danae Coulmas (Hg.), *Griechische Erzählungen des 20. Jahrhunderts.* (Wiederveröffentlicht in: Lettre International, 103, Winter 2013)

Der Abstieg der Neun [Originaltitel: *Η κάθοδος των εννιά*. Erstveröffentlichung: Zeitschrift *Epoches*, 1963; erste Buchausgabe: Athen, Kedros-Verlag 1978. © Thanassis Valtinos]. Aus dem Griechischen übersetzt von Ulf-Dieter Klemm. Revidierte Fassung des 2007 in *Lettre International* (Heft 79) erschienenen Textes.
(zuerst 1976 in der Übersetzung von Johannes Weißert unter dem Titel *Der Marsch der Neun* bei der Edition LCB, Berlin, erschienen)

Kostas und Marina [Originaltitel: *Κώστας και Μαρίνα*. Erstveröffentlichung: Zeitschrift *Nea Hestia* (Heft 1856), Dezember 2012; erste Buchausgabe: Athen, Hestia-Verlag 2015. © Thanassis Valtinos] Aus dem Griechischen übersetzt von Andrea Schellinger. Revidierte Fassung des 2014 in *Lettre International* (Heft 106) erschienenen Textes.

Tiefblau fast schwarz [Originaltitel: *Μπλε βαθύ, σχεδόν μαύρο*, Stigmi-Verlag, Athen 1985. © Thanassis Valtinos] Aus dem Griechischen übersetzt von Danae Coulmas.

Schnepfengefieder [Originaltitel: *Φτερά μπεκάτσας*, Agra-Verlag, Athen 1992. © Thanassis Valtinos] Aus dem Griechischen übersetzt von Ulf-Dieter Klemm.

Der letzte Varlamis [Originaltitel: *Ο τελευταίος Βαρλάμης*, Hestia-Verlag, Athen 2010. © Thanassis Valtinos] Aus dem Griechischen übersetzt von Andrea Schellinger und Ulf-Dieter Klemm. Revidierte Fassung des 2016 in *Lettre International* (Heft 114) erschienenen Textes.

Flussaufwärts [Originaltitle: *Ανάπλους*, Hestia-Verlag, Athen 2012. © Thanassis Valtinos] Aus dem Griechischen übersetzt von Ulf-Dieter Klemm.

Mehr über Thanassis Valtinos und sein Werk können Sie lesen in
Hommage à Thanassis Valtinos, Edition Romiosini 2017
ISBN: 978-3-946142-36-2, 160 Seiten, 10,- €
www.edition-romiosini.de

© Venthesikymi Soukouli

Thanassis Valtinos wurde 1932 in Arkadien/Peloponnes geboren und lebt seit 1950 in Athen. Sein literarisches Debüt erschien 1958 in einer Zeitschrift. Er wurde für seine Prosa mehrfach ausgezeichnet, u.a. mit dem Großen Staatspreis für Literatur für sein Gesamtwerk.
Valtinos' literarischer Stil reicht von realistischer Berichterstattung bis zur postmodernen Collage erfundener Dokumente, seine Prosa umfasst so unterschiedliche Textarten wie Berichte, Monologe, Theaterdialoge, fiktive Zeitungsberichte, Werbungen, Bedienungsanleitungen und Interviews. Ebenso breitgefächert sind seine literarischen Bezüge: Zwar bilden der griechische Bürgerkrieg und seine Aufarbeitung einen Mittelpunkt seines literarischen Kosmos, er weiß jedoch auch von Migration zu berichten, das Kleinbürgertum zu sezieren oder über die eigenen Schreibprozesse zu reflektieren.
Valtinos ist seit 2008 Mitglied der Athener Akademie und zählt zu den modernen Klassikern der zeitgenössischen Literatur Griechenlands, der eine ganze Generation zeitgenössischer Autorinnen und Autoren geprägt hat.